LA ASESINA DEL REY

LA ASESINA DEL REY

SAGA SANGRE MESTIZA

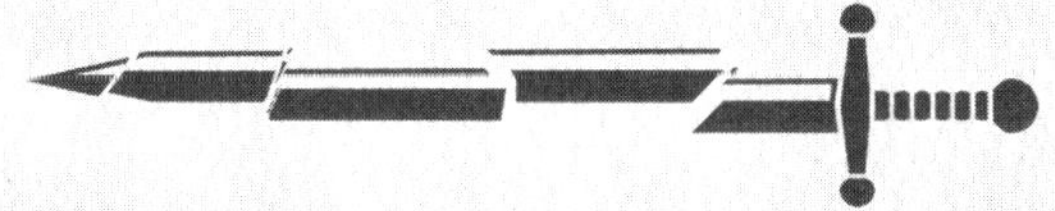

MELISSA BLAIR

TRADUCCIÓN DE JUANA SILVA PUERTA

Obra editada en colaboración con Editorial Planeta – Colombia

Diseño de portada: Kim Dingwall
Diseño de páginas interiores: Colleen Sheehan y Jordan Wannemacher
Planeta Arte & Diseño

Arte del Mapa: Karin Wittig

Bajo el sello editorial PLANETA M.R.
Avenida Presidente Masarik núm. 111,
Piso 2, Polanco V Sección, Miguel Hidalgo
C.P. 11560, Ciudad de México
www.planetadelibros.com.mx

Primera edición impresa en Colombia: junio de 2024
ISBN: 978-628-7715-69-1

Primera edición impresa en México: julio de 2024
ISBN: 978-607-39-1685-1

Impreso en los talleres de Litográfica Ingramex, S.A. de C.V.
Centeno núm. 162-1, colonia Granjas Esmeralda, Ciudad de México
Impreso en México – *Printed in Mexico*

Este libro está dedicado a BookTok,
tanto a los creadores como a los espectadores.
No existiría sin ustedes.

Con cariño,
una de ustedes.

Elverath

Tratado de
las tierras de Fae
Aralinth
Caerth
Cereliat
Bosqueoscuro
Montañas Ardientes
Campos Venenosos
Estanque de Elvera
Myrelinth
Silstra
Acantilados
de Elandorr
Wolford
Bosquecantor
Belmoor
Volcar
Tierras Áridas
Tierras Escarchadas
Remanso
los Exíliad

Islas Fragmentadas
Bosquemuerto
La Orden
Koratha
Wenden
Grieta de Calen
Estribaciones de Anticor
Estanque Negro
Ruinas de
Faevra
N
W
E
S

Advertencia de contenido

Este libro es un romance de fantasía que explora temas de alcoholismo, adicción, colonialismo, depresión y violencia sistémica. Si bien no son el foco de la obra ni se representan gráficamente en las páginas, algunos contenidos pueden ser desencadenantes emocionales para lectores que hayan experimentado autolesiones, agresiones, depresión o ideaciones suicidas.

Recomendamos leer esta historia con precaución.

Mi cuerpo está hecho de cicatrices;

algunas me las infligieron,

pero la mayoría me las hice yo misma.

Año [illegible] AC

El decreto de la sangre mestiza

De ahora en adelante, el rey solo reconocerá a dos especies como ciudadanos de la Corona:

Mortales
&
Fae oscuros

(siempre que permanezcan dentro del Tratado de las Tierras de Fae)

A partir de este día, todos aquellos de sangre impura quedan bajo la custodia de la Corona. Todos los mestizos, aquellos de linaje mortal y élfico, cargan con la misma abominación que sus antepasados impuros. El rey Aemon luchó incansablemente para desterrar de su reino a cualquier elfo restante y, ahora que completó su misión, se hace responsable de la descendencia antinatural que dejaron.

La ciudadanía de todos los mestizos queda revocada y se consideran desde ahora propiedad de la Corona. Todos aquellos que vivan en el reino de Elverath deben entregarse.

La negativa a someterse a esta orden resultará en la muerte.

CAPÍTULO 1

Tenía diecisiete armas ocultas por todo el cuerpo, cualquiera de ellas más que suficiente para matar al hombre que tenía enfrente. Los dardos de acero que llevaba escondidos en la ropa de cuero le asestarían un golpe mortal incluso antes de que me viera mover el brazo. Las espadas gemelas que tenía cruzadas en la espalda serían más lentas, pero él era mortal. Humano. No podría escapar de mí.

Aunque cualquiera de mis armas serviría, sabía que su vida terminaría gracias al filo de la daga de color rojo sangre que ocultaba, enfundada, en el muslo. Solo era cuestión de envolver los dedos alrededor de la empuñadura de hueso y asestar el golpe.

Pero no podía matarlo hasta conseguir lo que necesitaba.

—Por favor —susurró a través de los labios hinchados. Una mirada suplicante, enmarcada por el ojo morado que le había regalado hacía una hora, se encontró con la mía—. ¡Ya le he dicho todo lo que sé!

—Has sido más servicial que la mayoría de las personas que interrogo —le confesé.

Muchos de mis objetivos esperaban hasta que derramara la mitad de su sangre antes de derramar ellos sus secretos. Este hombre había cedido después del tercer golpe. Apenas se retorció cuando lo até a la silla.

—¡Haría cualquier cosa por el rey! ¡Lo que fuera! Solo déjeme ir, por favor. —Sus últimas palabras salieron como un gemido patético. Debería haber sabido que este era de los que lloriqueaban.

—El rey solo requiere una cosa más de ti antes de que te extienda su misericordia —le respondí, con la mano derecha sobre la empuñadura blanca de mi daga.

—Lo que sea. —Se le quebró la voz y unas líneas de lágrimas calientes le recorrieron las mejillas mientras se balanceaba hacia adelante y hacia atrás.

—Un nombre.

Di un paso hacia él. Se encogió de miedo. Sus grandes ojos marrones se movieron de mi cara a mi mano y de vuelta.

—Ya se lo he dicho. Se llamó a sí mismo la Sombra. Se ocultaba bajo la capucha de su capa. ¡Es todo lo que sé!

Se inclinó hacia adelante, luchando contra las cuerdas con las que tenía atado el torso. Sus gruesas venas, tensas contra el cuello, palpitaban casi tan rápido como su respiración. Sabía lo que sucedía cuando la Espada terminaba de hacer sus preguntas.

—Ese nombre no —susurré. No necesitaba más información para el rey. Este nombre era solo para mí.

—¿Qué nombre? Le daré el nombre que quiera —dijo. El sudor se le acumuló entre los dispersos pelos del bigote.

Necesitaba terminar con esto. Estaba siendo cruel.

—Tu nombre —le aclaré.

Todavía me miraba fijamente, pero se le desenfocaron los ojos cuando se desplomó contra el respaldo de la silla. Tragó saliva.

—¿Por qué?

Aquel era el momento que más detestaba. Cuando la determinación de una persona se disolvía y abrazaba su destino. Cuando aceptaba que yo la mataría. Las muertes sorpresivas eran mucho más fáciles.

Levanté la mano con gentileza hacia su barbilla e hice que me mirara de nuevo. Mi trenza marrón cayó hacia adelante, acariciándole la mejilla.

—¿Qué tal un nombre por otro? Tú me das el tuyo y yo te doy el mío. —Era todo lo que podía ofrecerle. Una ilusión de control en sus últimos momentos.

Levantó las cejas y parpadeó. Me dio un solo asentimiento lento.

—Mathias —susurró—. Mi nombre es Mathias.

Trazó mi rostro con la mirada, a la espera del mío. Un destello de curiosidad reemplazó su temor.

—Mathias… —dije, desenvainando mi daga con un movimiento rápido—. Mi nombre es Keera.

Le corté la garganta antes de que pudiera decir una última palabra.

La Sombra. No sabía desde cuándo había comenzado a susurrarse su nombre por todo Elverath, pero quedaba claro que se estaba ganando una reputación. Y no solo entre los mercaderes de pescado de Desembarco del Mortal. Había escuchado su apodo entre cuchicheos por todo el reino. A donde quiera que fuera cuando cazaba enemigos de la Corona, su nombre surgía en conversaciones que espiaba en tabernas o callejones, siempre con una reverencia temerosa que me hacía sentir incómoda. Había pasado mucho tiempo desde que alguien se había atrevido a actuar contra el rey, si eso era lo que esta Sombra estaba haciendo.

Saqué el corcho de una botella de vino de la noche anterior con los dientes y lo escupí en el suelo del carruaje que me llevaba rumbo a Koratha, la capital de Elverath. Me tragué el amargo néctar mientras el cochero me conducía hacia la muralla exterior de la ciudad circular. Aunque una suave muselina cubría las ventanas, aún podía ver los cuerpos borrosos que colgaban del muro de piedra. Mortales que habían cometido asesinato o traición. Mestizos que habían tenido las agallas de ignorar una orden. Cualquiera que hubiera violado uno de los decretos. Sus cuerpos se quedaban ahí, colgando, hasta pudrirse. Esa era la forma preferida de comunicación del rey. Un mensaje para todos aquellos que se preguntaran si podían desafiar su mandato.

Ningún mortal estaba por encima de la Corona y los mestizos eran prescindibles.

Yo lo sabía muy bien. Mi trabajo consistía en rastrear criminales y enemigos de la Corona. Algunos de ellos eran mortales; la mayoría eran mestizos que trataban de evadir el servicio del rey ocultando su sangre élfica. Los que parecían suficientemente humanos podían vivir durante años sin ser reconocidos, pero al final su engaño quedaba al descubierto. Un vecino entrometido comenzaba a sospechar, alguien notaba sus orejas puntiagudas o sus reflejos más rápidos de lo normal o, peor aún, sufrían algún corte y se revelaba el color ámbar de su sangre, que era la marca de la abominación, de ser parte mortal, parte elfo.

Arrastré un dedo por el borde de mi daga, sabiendo que esa misma sangre me corría por las venas. Todos los mestizos eran propiedad del monarca y estaban obligados a servirle. Mi mejor manera de hacerlo era por medio de la muerte.

Odiaba estar en la capital, pero no podía posponerlo más. Debía tener otra audiencia más con el rey para decirle que el enemigo había recibido su castigo, pero que había mencionado a esa esquiva Sombra. Aquel pescador era la tercera persona en tres meses que había intercambiado secretos con la amenaza enmascarada. Ninguno de ellos conocía su nombre. Ninguno de ellos le vio el rostro. Una parte de mí quería creer que la Sombra no era más que un mito, pero incluso yo me había cruzado en su camino alguna vez. La Sombra era real; se ocultaba tras una capa negra para esconder su identidad de aquellas personas que podrían matarlo.

Personas como yo.

La Sombra me robaba el sueño. Ni siquiera disfrutaba de mi vino por las noches porque no podía dejar de pensar en el hombre que se escondía bajo la capucha. Como la Espada del rey, yo era la asesina y espía más hábil del reino, así que debían ser mi nombre y mi capa los que infundieran miedo a los campesinos y a los crueles nobles. Ahora, en cambio, hablaban en susurros sobre esta figura anónima.

Incluso el rey estaba empezando a notar los rumores. Los nobles y los sirvientes hablaban de la Sombra entre dientes por todo el palacio. Las cortesanas y las doncellas debatían sobre quién se escondía bajo esa capucha. Los guardias discutían acerca de las motivaciones de la Sombra. Todo el mundo se preguntaba si el hombre envuelto en penumbras era siquiera un mortal. Tal vez la Sombra era más traicionero de lo que parecía. Tal vez era un elfo perdido desde hacía mucho tiempo que buscaba vengarse del rey por matar a los de su especie. Tal vez los fae oscuros del oeste finalmente habían decidido usar su magia contra la Corona. O tal vez era un mestizo, obligado a esconder su rostro o sufrir las consecuencias de desafiar los decretos.

La verdad era que nadie sabía la respuesta, ni siquiera el ejército de espías que el rey mantenía bien entrenado y financiado. Como yo era la cabeza de ese ejército, al rey no le haría gracia que, una vez más, hubiera regresado con las manos vacías. Un espasmo me recorrió los hombros. Prefería trabajar tan lejos de su vista como fuera posible, pues tener los ojos de la Corona clavados en la nuca era peligroso. Debería saberlo, ya que soy la persona a quien la Corona envía a cortar esos cuellos.

El carruaje atravesó la ciudad y llegó a la muralla interior que protegía el palacio. Era una magnífica creación de piedra blanca, construida como si las mismas rocas se hubieran ramificado en tres torres y tallado las recámaras de aquellos que las habitaban.

Fae. Ellos habían construido esta casa milenios atrás. Había sido el hogar de los fae de la luz, una raza mágica que llevaba ya mucho tiempo extinta. Cada una de las tres torres se encontraba coronada por cámaras de vitrales con techos de más de tres pisos de altura. El cristal estaba rodeado de enredaderas que se espesaban bajo la luz de los dos soles. Cuando ambos astros brillaban a través de las cimas de las torres, los tonos de oro, violeta y plata caían en cascada sobre las paredes de los bordes exteriores.

Para cuando llegamos a la entrada del palacio, ya había despachado la mitad de mi botella de vino. Suspiré al escuchar los lentos crujidos de las puertas de hierro que empujaban los guardias. No tendría tiempo de terminarme la bebida antes de que me llamaran a la sala del trono. Quizás era lo mejor, pues la cabeza llevaba dándome vueltas desde la noche anterior.

Un guardia abrió la puerta del carruaje y yo me ajusté la capucha para protegerme el rostro. Él sabía que no debía ofrecerme la mano para ayudarme a bajar. Podía ser la Espada del rey, pero sin duda no era una dama. En Elverath ni siquiera me consideraban una mujer. Aquellos que se molestaban en dirigirse a mi especie me llamaban igual que a todas las mujeres de sangre élfica: *hembras*.

Ante los ojos del monarca, los mestizos tenían sangre sucia, parte mortal y parte animal, así que llamarnos por nuestro sexo era solo otra manera de solidificar la distinción entre nuestras especies. Nuestra esclavitud era para el bien de todos; los mestizos ni siquiera eran humanos. El guardia se alejó de la puerta. Ningún hombre mortal se dignaría a tocar a un mestizo. Además, tocarme era peligroso porque me habían entrenado en más de treinta formas de torturar a un hombre con mis propias manos hasta hacerlo pedir su propia muerte a gritos.

El guardia retrocedió aún más, como si sintiera mis pensamientos. Yo sonreí antes de saltar del carruaje y aterrizar en la tierra. Llevaba los cordones de mis botas de cuero cubiertos de barro por los días que me había pasado cabalgando, y mi ropa se encontraba igual de desaliñada. Sopesé retirarme a mi dormitorio para cambiarme, pero una de las espías reales me estaba esperando en la puerta interior con el claro objetivo de escoltarme.

Era una penumbra, una de las fuerzas élite de hembras mestizas que el rey había entrenado para que hicieran su voluntad. No estaba segura de quién era ella y no me importaba demasiado. Cualquiera podía estar escondida bajo esa capucha. Podía ser alguien con quien entrené en la Orden o una recién graduada. De cualquier forma, sabía que no era una amiga. Yo no tenía amigos. Y, si me decidiera a tenerlos, sin duda no elegiría a una penumbra.

—El rey está esperándola —me anunció una voz fría desde debajo de la capucha cuando disminuí la velocidad. Había bebido más vino del que pensaba. Sentía el cuerpo como si aún estuviera zarandeándome en el carruaje.

—¿Acaso no vamos ya a su encuentro? —le respondí con un tono punzante. No me hacía ninguna ilusión reunirme con el rey. Con toda seguridad se explayaría hablando sobre el comercio en declive mientras mi rodilla ardía contra el suelo de mármol. Debí haber tomado más vino.

La penumbra no respondió, pero movió los hombros. Me pregunté si estaría poniendo los ojos en blanco. De nuevo, no podía saberlo. La parte superior de su capucha tenía un corte largo y contenía una varilla flexible para proyectar siempre una sombra sobre sus rasgos. Era la misma capucha que yo llevaba y que había sido diseñada específicamente para mantener nuestras identidades en secreto, al igual que la túnica negra y los pantalones que ambas usábamos. Cuando me entrené en la Orden, me dijeron que el uniforme era para protegernos y hacer que fuera más difícil identificar a una penumbra en particular. Yo pensaba que era un recordatorio de que nuestras identidades no importaban, solo nuestro servicio al rey. Éramos prescindibles, como cualquier otro mestizo. Tal vez incluso más.

Lo único que nos distinguía a las dos era mi mayor altura y mi capa. A las penumbras solo se les permitía portar una capucha; una capa tenía que *ganarse*.

La penumbra tamborileó los dedos contra sus brazos cruzados; le tembló levemente una pierna.

Yo suspiré y apreté el paso. Era mejor terminar pronto con la audiencia para poder retirarme por el resto de la noche.

Fuera de la sala del trono había dos guardias. Se veían minúsculos junto a las grandes puertas que ascendían hacia el techo arqueado, tres pisos por encima de nuestras cabezas. Aunque la veta blanca se había amarilleado con el paso de los siglos, las ramas y las hojas talladas en la madera contenían grandes paneles de vidrio pintado. Otra de las reliquias que habían dejado los fae de la luz que alguna vez habían recorrido estos pasillos.

—¡Aquí está!

Se me secó la boca cuando la voz profunda del rey retumbó en los pilares que bordeaban la sala del trono. Di un paso firme hacia el estrado. Aunque podía sentir su mirada perforándome la capucha, mantuve los ojos fijos en la pata adornada de su trono dorado. Me arrodillé frente a él y no me levanté. El estómago me dio un vuelco, pero no precisamente por culpa del vino.

—Cuéntame, ¿qué noticias llegan de Desembarco del Mortal? —preguntó.

Su voz tenía un tono alegre que hizo que se me acelerara el pulso. El rey agarró una copa de la bandeja que tenía al lado y la levantó hacia mí. El aroma intenso del vino élfico inundó el aire. Me palpitaba la cabeza y la sequedad me arañaba la garganta. Lo que fuera que hubiera bebido la noche anterior era orina de caballo en comparación con la colección de vinos finos del monarca.

—Su conjetura fue acertada, Su Majestad —dije.

Seguía arrodillada sobre el suelo frío, pero levanté la cabeza para mirarlo y me retiré la capucha. El cabello rubio le brillaba a la luz de las imponentes ventanas y la luz solar le enfatizaba los dos mechones plateados que tenía sobre las orejas. Eran la única señal de envejecimiento que el rey se permitía mostrar.

—Efectivamente, el comerciante de peces que las penumbras descubrieron estaba haciendo tratos con criminales, uno de los cuales era la Sombra —continué, desplazando mi peso hacia los dedos de los pies en lugar de la rodilla—. Al final fue bastante servicial. Me dio los nombres de todas las personas con las que estuvo involucrado. Me aseguraré de pasárselos al Arsenal para que las penumbras se encarguen de ello.

—Por lo que he oído, el Arsenal no ha sabido de ti en meses. —El rey levantó una gruesa ceja.

Incliné la cabeza e inhalé una espesa bocanada de aire.

—Su Majestad seleccionó a las mejores penumbras para destacarse sobre las demás. Confío en que las otras señoras se hayan comportado bien en mi ausencia.

Bajé la cabeza, esperando que eso fuera suficiente para apaciguarlo. Como la Espada, me encontraba a la cabeza del Arsenal y, por extensión, de las penumbras, pero el día a día me parecía agotador. ¿Por qué querría dirigir a las cientos de espías que se encontraban repartidas por todo el continente? ¿O los campos de entrenamiento del otro lado del canal, donde se forjaban a las iniciadas y las convertían en armas para la Corona? Las demás miembros del Arsenal eran mucho mejores que yo en eso. Así como yo era mejor que ellas en beber y asesinar. Era un trato más que justo.

El rey soltó una risa burlona y me dirigió una mirada por encima del borde de su copa. Unas pestañas gruesas enmarcaban un par de ojos verdes que se negaban a parpadear. Se me detuvo la respiración. Busqué en su rostro una señal de lo que estaba por venir, una leve sonrisa, unos labios fruncidos o unos dedos apretados contra el cáliz, pero no encontré ninguna. Había dominado el arte de esconderse tras una máscara mucho antes de que me convirtiera en su Espada.

—Levántate —dijo al fin, dándole un trago a su bebida.

Dejé escapar un suspiro; relajé los hombros. Me levanté con un movimiento rápido y me bajé del estrado sin decir una palabra. A nadie se le permitía estar por encima del rey.

—Entonces, ¿te las arreglaste al menos para conseguir su nombre? ¿El de esta Sombra de la que sigo oyendo hablar?

Devolvió la copa a la bandeja. Tenía las mejillas enrojecidas por el vino, pero su rostro había perdido ese brillo alegre de cuando había entrado. El corazón me latió aún más fuerte contra el pecho. El rey Aemon, el Corrupto, era conocido por sus repentinos cambios de humor, y era aún más peligroso cuando estaba molesto.

—No, Su Majestad, no lo conseguí.

Desvié la mirada hacia las líneas grises grabadas en las baldosas. No era frecuente que volviera a la corte con malas noticias. No me habían ascendido a Espada por hacer mi trabajo a medias.

—¿Quieres decir que lo dejaste escapar de nuevo?

No fue el rey quien hizo esa pregunta. La voz le pertenecía al príncipe heredero, Damien, quien ahora atravesaba despreocupadamente las puertas traseras que conducían a los aposentos reales. Dibujó una torcida sonrisa burlona en su rostro mientras se apoyaba contra la pared. Lo miré, notando que se había cortado el pelo, de modo que los rizos rubios que solía atarse hacia atrás se habían transformado en ondas suaves que le llegaban por encima de la oreja. Un nuevo corte de pelo en el príncipe podía inducir a las jóvenes de la corte a un estado de frenesí durante varias semanas. Damien se pasó a propósito una mano por la melena y arqueó las cejas hacia mí.

Me mordí los labios para no hacer una mueca.

—No lo he visto, Su Alteza —respondí, luchando por mantener la voz firme.

—Exacto. ¿De qué sirve una espada si no tiene a nadie a quien cortar? —Enfocó sus ojos de jade en mi espalda.

Moví los hombros hacia atrás y lo miré de frente.

—Mi misión era capturar e interrogar al comerciante de pescado, señor. Una tarea que completé en la mitad del tiempo que me asignó el rey.

—Con respecto a la Sombra... —espetó Damien—. Era más que evidente que lo queríamos muerto. Creo que lo que pasa es que estás demasiado asustada después de haber perdido contra él en Volcar. ¿Quizás por fin encontraste a un rival que te supera? —Recorrió con un aire desenfadado la habitación y se paró junto a su padre.

Apreté la mandíbula. La Sombra me había atacado durante una misión de exploración en la ciudad occidental de Volcar. Había sido algo inesperado, lo que en sí mismo era una especie de derrota, pero no me había vencido. Luchamos durante unos minutos antes de que él abandonara la pelea al saltar desde una azotea y aterrizar sobre una carreta en movimiento. Se escapó, lo que significaba que, en el mejor de los casos, era un empate. Aunque yo jamás empataba con nadie.

—Cuando nos volvamos a encontrar, será su fin —afirmé.

—Entonces hagamos oficial la tarea. No debes regresar a Koratha sin la cabeza de la tal Sombra en una bolsa. —Damien sonrió maliciosamente ante la orden.

El estómago me dio un vuelco.

—Si la Corona lo ordena —respondí.

A pesar de que me repugnaba la idea de hacer algo que complaciera al príncipe, quería a la Sombra. Quería vencerlo y asegurarme de que lo supiera justo antes de clavarle una espada en el vientre. Además, un nuevo fracaso y el rey me cortaría la cabeza.

—La Corona no lo ordena —intervino el rey, golpeando su cáliz contra el brazo del trono. Unas gotas de vino salieron disparadas al aire, manchando el suelo de mármol.

—Padre, no seas absurdo...

Él levantó la mano y silenció a su hijo. Sonreí con suficiencia.

—Esta Sombra es un inconveniente, pero tenemos problemas más grandes, Espada mía. La señora Hildegard me ha informado que tiene motivos para creer que lord Curringham está aliándose con los fae oscuros.

Las mejillas del rey se habían tornado completamente rojas. Después de varios intentos por asesinarlos a todos, su alianza con los fae oscuros era, en el mejor de los casos, débil. Cuando las Guerras de Sangre terminaron y su población mermó casi hasta el punto de la extinción, los fae oscuros acordaron firmar un tratado con el rey. No interferirían con la Corona o el recién fundado reino de Elverath; a cambio, se les permitiría vivir el resto de sus vidas inmortales en las Tierras de Fae. Ahora que su última hembra había muerto, los fae oscuros ya no podían transmitir su magia. Su raza estaba condenada a agostar sus vidas inmortales con los pocos elfos que no habían conocido la espada del rey Aemon.

—Ambos son nuestros aliados —intervino Damien en un tono burlón—. Sin duda, esta Sombra es más importante.

—Son mis aliados, pero la única razón por la que los fae oscuros no se han rebelado contra mi reino es porque no tienen los números necesarios. ¡No planeo dejar que esos bastardos pacten con mis propios nobles bajo mis malditas narices! —El rey resopló, examinando a su hijo.

—Los fae oscuros jamás se levantarían contra ti —banalizó este, agitando la mano—. Tú eres su rey.

El rey se llevó los dedos hacia la sien y sacudió la cabeza.

—Eres un necio si crees que los fae oscuros alguna vez me han considerado su rey.

Una fría calma se instaló en la habitación. Me recordó el momento previo a un ataque, justo antes de que comience la violencia.

—¿Para qué les sirve a ellos una corona? —incidió Damien, encogiéndose de hombros—. Sus poderes se han desvanecido. Su raza está condenada.

Se examinó las uñas. Su padre frunció el ceño.

—Tú, hijo mío, ya has vivido más tiempo que cualquier mortal antes que yo, pero tus décadas no son nada comparadas con las de los fae. Yo he vivido siglos, pero aún hay fae respirando que han vivido cerca de diez mil años. Mientras vivan, siempre serán una amenaza —sentenció el rey con los ojos entrecerrados, dirigidos hacia el príncipe.

—A los elfos los acabaste sin muchas complicaciones. Sin el uso completo de sus poderes, los fae son iguales —insistió Damien, aunque el color se le había desvanecido de la cara. Se alejó de la silla de oro de su padre.

—Solo contamos con la sospecha de que los poderes de los fae han seguido desapareciendo. No tenemos a nadie que lo confirme en tanto dure el tratado. —El rey sacudió la cabeza—. Y los elfos fueron derrotados porque eran una abominación. Los hijos no mágicos de los fae nunca debieron existir. Eran antinaturales. Parásitos marcados por los dioses con esa sangre marrón… Las criaturas antinaturales son fáciles de matar para los justos. No será tan sencillo eliminar a los fae —zanjó con voz cortante, jugando con el gran anillo de oro que descansaba sobre su dedo corazón. Tenía grabado el escudo de una espada ardiente, la misma que había usado durante las Guerras de Sangre contra los elfos, una especie maldita que había robado las tierras de los fae y los hombres. Los dioses recompensaron al rey por purificar la tierra con un año de vida por cada elfo que había matado. O al menos esa era la historia que obligaba a los juglares de la corte a contar.

El rey me pilló mirándole el anillo. Me enderecé y me volví hacia el príncipe.

—Lord Curringham no es una amenaza. ¡Es el Señor de las Flores! —Damien se rio entre dientes, usando el apodo que le había dado al noble como una broma cruel.

A su padre se le tensó la mandíbula y respiraba con mayor fuerza.

No tenía intenciones de corregir a un miembro de la casa real, pero Damien estaba equivocado. Lord Curringham tenía la posición perfecta para ser un aliado de los fae. El rey parecía estar de acuerdo.

—Curringham podrá ser un zoquete —dijo—, pero produce la cosecha más grande de todas las del reino.

—Cosecha de maíz y trigo —murmuró Damien, dejándose caer en la silla que descansaba junto a su padre.

—Así es. Justo los productos que alimentan al reino —señaló el rey mientras los nudillos se le tornaban blancos—. Y ahora que los huertos orientales han fallado, las suyas son las únicas fuentes de *winvra* que nos quedan.

Cogió su cáliz y lo arrojó al otro lado del salón.

—Padre —dijo Damien, incorporándose. Al fin había notado la irritación que irradiaba el monarca. Sus ojos bailaban entre el trono y yo—. Tal vez deberíamos tener esta conversación solos.

El rey bufó.

—Estoy seguro de que mi Espada ya es consciente de que mi hijo es demasiado tonto como para darse cuenta de que el mismo reino que espera heredar puede ser susceptible de caer.

Me quedé congelada. Sentía los crueles ojos del príncipe taladrándome la carne. Respiré hondo, mirando directamente frente a mí. Podía oírme el corazón latiéndome en el pecho. Damien me haría pagar por ese comentario más tarde.

—Los fae oscuros son demasiado débiles como para atacar a la Corona —afirmó Damien, retomando el tema. Ante la de su padre, su voz se había convertido en un chirrido bajo.

—Los fae oscuros ejecutan sus planes a lo largo de siglos. —El rey estampó un puño contra el reposabrazos del trono—. No te dejes engañar por su complacencia, muchacho. Es una artimaña como cualquier otra. Pueden ser pocos, pero no carecen del beneficio del tiempo. Esperan años, vidas enteras, a que la Corona muestre una señal de debilidad. No es un buen augurio que las penumbras hayan escuchado rumores de una alianza ahora.

El rey agarró el colgante de oro que llevaba en el pecho y lo frotó con los dedos de manera protectora.

—¡La Corona sigue siendo tan fuerte como siempre lo ha sido! —dijo Damien, extendiendo los brazos a los lados. Cuando su padre le lanzó una mirada fría de desaprobación, los replegó.

Me agarré la muñeca por detrás de la espalda y me forcé a cerrar la mandíbula. La Corona era tan rica como siempre, pero su gente tenía hambre. Con la motivación correcta, ese malestar podría propagarse como un incendio por todo el reino.

—¿Crees que es una coincidencia que los fae oscuros hayan comenzado a actuar justo cuando la *winvra* empieza a escasear? Por lo que sabemos, bien pueden ser ellos mismos quienes estén drenando la magia del suelo —explicó el rey con un puño tembloroso.

La *winvra* era una de las pocas plantas mágicas que todavía crecían en Elverath. Por lo general se reconocía por sus enredaderas carmesí y hojas negras, pero su verdadera magia reposaba en sus bayas. Bayas del color de la noche que podían crear todo tipo de brebajes curativos y frutos color sangre que podían envenenar una mesa entera con una sola gota de su jugo. La *winvra* necesitaba magia para crecer, magia que los reinos mortales al otro lado del mar no tenían. Pero la magia en Elverath llevaba milenios desvaneciéndose, y parecía que ahora lo hacía con aún más rapidez.

El rey se inclinó hacia adelante en su trono. Sus ojos eran dos finas líneas verdes con las que miraba a su hijo.

—Todo el reino caería si lord Curringham se aliara con los fae oscuros. Explicarte estas movidas políticas a los veinte años era admisible, pero estás llegando a tu tercer siglo. Tal vez deberías pasar menos tiempo en fiestas y más tiempo en tus estudios. Aprende un poco de tu hermano —agregó.

El príncipe se sonrojó y tensó los labios contra los dientes. Sentía poco afecto por su hermano Killian; por eso al más joven se lo veía muy poco en casa.

—Sí, padre —dijo Damien con los dientes apretados.

—Bien. Esta Sombra se está convirtiendo en una molestia, pero debemos abordar la amenaza más grande y asegurar la lealtad de lord Curringham antes de que ocurra otro desastre. Una vez que la magia se desvanezca de sus tierras, no tendremos nada que cosechar. El Señor de las Flores bien podría convertirte en un príncipe de mendigos, muchacho —concluyó el rey.

Damien se agarró el muslo con tanta fuerza que pensé que la tela se rasgaría. La decepción de su padre levantó un escudo tan desafiante en el príncipe que se le endureció la mirada. Aquello que más odiaba era que lo compararan con su hermano.

Finalmente, inclinó la cabeza en señal de penitencia.

—Por supuesto, padre.

El rey negó con la cabeza antes de volverse hacia mí.

—Espero que te vayas pronto, Espada mía. —Me enderecé y asentí—. No quiero darles a esos fae más tiempo para ejercer su mal sobre Curringham —añadió—. Te irás por la mañana.

—Me habré ido al amanecer —respondí de inmediato. En la capital no había nada para mí excepto un baño y una cama calientes.

—¿Necesitarás la ayuda de las penumbras? —preguntó el rey.

—No, Su Majestad. Prefiero...

—Trabajar sola —terminó él por mí—. Que así sea. Pero trabaja rápido. Primero la Sombra y ahora los fae. Si algo más comienza a colarse por entre las grietas, es posible que tenga que encontrar una nueva Espada.

Se me cortó la respiración al tiempo que un escalofrío helado me recorrió la columna vertebral.

—¿Y qué debo hacer con lord Curringham? —pregunté antes de retirarme.

—Preferiría que siguiera con vida. Al menos por ahora —señaló el rey. Un destello de luz roja de los soles ponientes le brilló en los ojos—. Saber que su lealtad se está resquebrajando podría resultar útil. Si encuentras alguna prueba de traición, puedes matar a tantos fae oscuros como quieras.

Asentí.

—Como desee, Su Majestad.

CAPÍTULO 2

TAN PRONTO COMO SALÍ DE la sala del trono, escondí el rostro bajo la capucha. Solo unas pocas personas en el palacio habían visto alguna vez mi cara. Un buen asesino sabía lo útil que podía ser el anonimato, aunque el título de Espada del rey era suficiente para infundir miedo en la mayoría y hacer dudar a los estúpidos e intrépidos.

Me dirigí hacia mi dormitorio, esperando que mi equipaje ya hubiera llegado. El olor a estiércol de caballo y cerveza rancia se me aferraba a la ropa. Necesitaba desesperadamente un baño.

—¿Otra vez con las manos vacías, Keera?

Habría reconocido ese tono de superioridad en cualquier lugar. Solo una persona usaba a propósito mi nombre en vez de mi título.

—Hermoso día, *Gerarda* —dije, enfatizando su nombre completo solo porque sabía que lo detestaba.

Una mestiza bajita se detuvo detrás de mí e hizo girar su cuchillo de lanzamiento favorito entre los dedos. Tenía puesta la capucha ligeramente hacia atrás sobre la cabeza, lo suficiente como para que pudiera verle el rostro. Una sonrisa engreída se le dibujó en los labios. Los rayos de los soles le habían bronceado los pómulos y la nariz plana, dejándole un tono castaño en la piel. Una señal de su linaje élfico.

Gerarda Vallaqar también era una espía y asesina del rey. Habíamos entrenado juntas en la Orden antes de que ella pasara sus Pruebas y se convirtiera en una penumbra. Para cuando me gradué, ya había sido promovida al cargo de Daga del rey. Era la segunda posición de más rango en el Arsenal.

El día en que fui ascendida para convertirme en la Espada del rey, solo tres años después de dejar la Orden, fue gloriosamente divertido. Gerarda, que esperaba recibir el título después de la muerte de mi predecesora, soltó un grito ahogado cuando el rey dijo mi nombre. Vestida con un traje negro liso y capucha como el resto de las penumbras, acepté mi capa y me la sujeté con un broche en forma de espada de plata. La capa, un símbolo del Arsenal; el broche, un símbolo de mi título dentro de él.

Gerarda había abandonado la sala del trono, con el corto cabello negro rozándole los hombros mientras se alejaba de la ceremonia. Si no hubiera estado tan nerviosa, me habría reído. Para ser una criatura tan pequeña, Gerarda se enfurecía sin consuelo con mucha facilidad.

—El rey tendrá que reconsiderar el orden de su Arsenal si su Espada sigue fallándole. —La dulzura de su voz cubría el veneno de su intención.

—Eso lo decidirá él. Yo estoy a su servicio —dije con cuidado. Engatusarme para que hablara en contra del monarca sería la forma más fácil de que la Daga se convirtiera en Espada.

—Claro que la Sombra podría dejarte fuera de servicio por completo —añadió, retándome.

Yo la ignoré y empecé a caminar de nuevo. No tenía paciencia para sus bromas, al menos no sin un licor fuerte a mano.

—Parece que está obsesionado con nosotras, ¿no? —gritó Gerarda detrás de mí.

Me detuve.

—¿Qué quieres decir?

—Va por ahí con una capa negra, escondiendo su identidad debajo de una capucha. Tal vez no eligió su nombre, pero, por lo que he oído, sin duda lo promueve. La Sombra. Las penumbras. Se está burlando de la Orden. —Abrió los ojos de par en par y la gruesa línea de tinta que llevaba a lo largo de las pestañas creó la ilusión de que tenía un pliegue. Gerarda siempre trataba de mezclarse con los mortales en la corte.

Una fría ola de comprensión se me estrelló contra la piel. Durante todos los meses en los que había recolectado retazos de información sobre la Sombra, nunca me había tomado un momento para pensar en lo que estaba tratando de decir.

—No se está burlando de la Orden —compartí el descubrimiento en voz alta—. Se está burlando de la Corona.

Gerarda me examinó con el ceño fruncido. Se me tensó el cuello cuando su mirada me recorrió todo el cuerpo antes de regresar a mi rostro.

—Cuidado, Keera —me advirtió con frialdad—. La bebida puede estar nublándote el juicio más de lo que crees.

—Mi gusto por la bebida no es un problema. —Me froté la sien y puse los ojos en blanco, aprovechando que los tenía cubiertos por la mano.

—Puede que sí, puede que no. —Usó una voz amable. Fruncí el ceño, pues Gerarda era de todo menos amable—. Pero la iniciada con la que hice mi entrenamiento jamás se habría sorprendido por lo que acabo de decir. Ella habría sido la primera en descubrirlo.

Se fue caminando por el pasillo y me dejó deseando un trago más que cualquier otra cosa.

Me moví con rapidez por el castillo, usando los pasadizos de sirvientes entre el ala real del lado oeste y los cuarteles del Arsenal en el este para evitar encuentros desagradables. Los pocos sirvientes con los que me crucé se limitaron a evitar mi mirada y apartarse de mi camino. Sabían que no era buena idea dirigirse a un miembro del Arsenal del rey, y aquellos que no lo sabían a menudo terminaban sin lengua.

Mis aposentos estaban en el lado del palacio más cercano al mar que bordeaba Koratha. Desde mi balcón se podían distinguir apenas los bordes de un castillo idéntico en miniatura construido en una isla frente a la costa. La Orden. Me había pasado la infancia mirando por sus ventanas, preguntándome cómo sería mi vida como una penumbra en Elvcrath. Ahora, cada vez que estaba en palacio, me veía obligada a enfrentar mi pasado. No era de extrañar que tuviera que beber.

Acababa de subir los tres tramos de escaleras cuando apareció a mi lado, fingiendo toser, como si no supiera que estaba allí. De alguna forma, el príncipe Damien había cruzado el castillo más rápido que yo.

Dos mujeres se encontraban de pie a su lado, mirándolo y riéndose detrás de sus abanicos de seda. No reconocí a ninguna de las dos, pero eso no era inusual. Damien tenía la reputación de rotar a sus mujeres con regularidad. Una tenía un peinado aprctado dc rizos que le flotaban por encima de las orejas. Para cualquier otra persona podría parecer mortal, tal vez una recién llegada de los reinos mortales del norte, pero gracias a mis sentidos agudos noté un muy leve pellizco en la cresta de su oreja: era mitad elfa.

Cuando dejé de observarle la oreja, me encontré con su mirada, medio escondida detrás del abanico. Tenía los ojos muy abiertos y la mano con la que se abanicaba el rostro le temblaba ligeramente. Pude oír que se le aceleraba el corazón. Si estaba caminando y riéndose de esa manera significaba que el príncipe no sabía su secreto. Yo no sería la persona que le revelaría que ella era una mestiza.

—¿Olvidé algo antes, Su Alteza? —pregunté, esperando que no notara el breve intercambio visual entre su compañera y yo.

Damien levantó una comisura de la boca antes de hacerles un gesto a las mujeres para que nos dejaran. Las vi alejarse por el pasillo, ambas con la mirada puesta en el príncipe. No pude evitar fijarme en sus vestidos, que eran idénticos excepto por el color. De frente me habían parecido típicos —faldas y mangas completas que revelaban una cantidad aceptable de busto para una dama de la corte—, pero tenían la espalda desnuda, completamente descubierta desde la curva de los hombros hasta la base de la espalda. Era hermoso, pero también sabía que era intencional.

—Es encantadora la nueva moda, ¿no te parece? —dijo Damien, levantando una ceja—. Ojalá todas las mujeres la usen esta temporada.

—De ser así, se verán aún más hermosas de lo habitual, señor —respondí con frialdad, sin saber hacia dónde iba la conversación. Él no olvidaría lo que presencié en la sala del trono. Tenía toda la crueldad del rey y nada de su tacto.

Damien levantó el brazo y, con delicadeza, me trazó una línea con el dedo desde los hombros hasta la espalda baja. Su tacto era un cuchillo de hielo puro que me cortaba la piel una vez más.

—Me encantaría verte en uno. —Su aliento me quemó el oído.

Me alejé de su alcance.

—Sería inapropiado que la Espada usara un vestido, Su Alteza. No se espera que participe en las festividades de la corte.

—No, pero podría hacer que te pusieras uno para mí en privado.

Su sonrisa burlona se había transformado en una mueca cruel. Sentí que me sonrojaba ante la sugerencia y me pregunté si este sería el momento en que al fin cruzaría esa última raya. Llevaba décadas amenazándome con eso.

No me moví, sino que lo miré de frente. No había calidez en sus ojos. El borde negro que los rodeaba parecía espesarse con su sonrisa. Le gustaba jugar a sus pequeños y malvados juegos.

—Tal vez cuando regreses de Cereliath tendré uno esperándote —me susurró tan cerca del oído que pude sentir el roce de sus labios.

Un escalofrío me recorrió la espina dorsal. Busqué mi daga por instinto, pero el príncipe ya se había girado hacia sus damas.

Avancé hacia mis aposentos con los dedos todavía rodeando la empuñadura de mi arma. Por lo general, lograba ignorar las provocaciones de Damien, pero últimamente se me hacía más difícil. Por fortuna, el príncipe se pasaba la mayor parte del tiempo coqueteando por todo el reino, pasando de un señor o dama al siguiente, dejando un incesante rastro de fiestas y mujeres a su paso. Solo me provocaba cuando estaba en casa y aburrido.

Mi alcoba no había cambiado en nada. Una gran cama con dosel se encontraba en medio de la habitación, enmarcada por dos ventanas que daban a los jardines de abajo. La otra pared estaba hecha completamente de vidrio: una ventana hacia las olas que ondulaban a lo largo de la playa, engrandeciendo la vista, de modo que el agua parecía entrar hasta la habitación. El palacio de Koratha era el único edificio en el reino con tales características gracias a los fae de la luz que lo habían construido cuando su gente gobernaba estas tierras. Algunos decían que el vidrio estaba imbuido de magia; otros creían que era una tecnología que los fae habían desarrollado. Si eso era cierto, la tecnología se había perdido tras su extinción muchos siglos atrás.

Al rey no le interesaba financiar la innovación; por el contrario, gobernaba desde el trono que él mismo se había construido y obligaba a sus súbditos a cultivar y explotar lo que quedaba de la magia. Comerciaba con todos los reinos mortales. Los continentes de los que habían venido los humanos no tenían magia propia y pagaban muy bien por cualquier resto de lo que le sobrara a Elverath.

Los fae de la luz habían dejado atrás un mundo de belleza, pero ese no sería el caso del rey. Si alguna vez muriera, si alguna vez lo mataran, su legado sería de muerte y destrucción. No es que importara, pues él creía que viviría para siempre. O al menos eso era lo que decía cuando tenía público. Afirmaba ser inmortal, como los fae, pero ellos no necesitaban teñirse el cabello para ocultar el gris.

Mi equipaje ya estaba dispuesto a los pies de la cama y las armas extendidas en la cómoda, esperando a que las puliera. Seguramente Gwyn había tenido que irse. Ella era la única sirvienta que permitía en mis aposentos y la única que podía tocar mis cuchillos. Desenvainé la daga que tenía en el muslo y desabroché la funda. Puse la daga con suavidad junto a las demás armas. El carmesí intenso de la hoja destacaba contra el plateado de todas las demás.

Me desnudé, arrojé perezosamente la ropa sobre el banco del pie de la cama y entré en el baño. Giré el grifo de oro para llenar la gran bañera ovalada y rocié un poco de esencia de abedul en el agua. La habitación se llenó con el denso aroma de la madera y la tierra húmeda, lo único que me hacía sentir como en casa.

Me observé de reojo en el espejo que colgaba sobre el tocador. El cabello castaño oscuro se me salía de la trenza en la que lo mantenía atado. Tenía la cara salpicada de barro y los tonos oscuros casi parecían pecas contra mi piel de color marrón claro. Mis ojos seguían siendo de un llamativo color plata —el color de los cuchillos y la muerte—, pero lo único en lo que pude fijarme fue en el enrojecimiento a su alrededor. Tal vez Gerarda tenía razón. Mis interminables noches de bebida finalmente estaban empezando a notarse.

No siempre había sido bebedora. Cuando me gradué de la Orden, me tomé en serio mi deber y mi juramento. Recorrí ciudades y pueblos en busca de secretos en conversaciones susurradas. Atravesé el reino a caballo, a pie, a vela, lo que fuera necesario para cumplir con el deber. Todo sin tocar una gota de cerveza o vino.

Con el tiempo se hizo todo más difícil: la muerte y las intrigas. Las promesas incumplidas.

La mayoría de las penumbras morían al cabo de diez años, asesinadas a manos de algún enemigo de la Corona. Las que sobrevivían duraban veinte más, con algo de suerte, antes de que su sangre mortal las hiciera lentas y débiles.

Pero yo no era como mis hermanas de la Orden. Por alguna razón, mi sangre élfica era más fuerte que la de ellas. Tenía las orejas largas y puntiagudas, a diferencia de la mayoría de los mestizos, que poseían una mezcla entre mortal y elfo. Era más alta que los mortales en la Corte, e incluso que el resto de mestizos. Cuando era niña, deseaba poder decir que había heredado los ojos de mi padre o el cabello de mi madre, pero era una expósita. No tenía padres ni recuerdos de la vida que había vivido antes.

Hacía mucho tiempo había aceptado que nunca conocería mi verdadero linaje. La única razón por la que me habían aceptado en la Orden, la única prueba que tenía de mi linaje mortal, era mi sangre. Su color ámbar era el signo de los mestizos, la estirpe mixta de elfos y hombres.

Todos los que tuvieran sangre élfica eran una abominación ante los ojos del rey. Cualquier elfo de sangre pura que todavía viviera se pasaba los días escondido o había dejado Elverath hacía mucho tiempo para ir a otras tierras. Yo sospechaba que la mayoría se había mudado a las Tierras de Fae, al oeste de las Montañas Ardientes.

Entonces las únicas abominaciones que quedaron fueron los mestizos, aunque el rey prefirió esclavizarnos en lugar de matarnos. Nuestros cuerpos eran demasiado útiles para la Corona. Siglos después del decreto de la sangre mestiza, la mayoría de los mestizos apenas tenían una gota de sangre élfica. Pero una gota era todo lo que se necesitaba para hacer que la sangre de alguien fuera de color ámbar en lugar de roja.

Sin importar cuánto lo odiara ni cuánto se me erizara la piel cada vez que los ojos del rey aterrizaban sobre mí, llevaba la marca de su propiedad a dondequiera que fuera. Al no tener padres que me dieran un apellido propio, cargaba con el que se les daba a todos los huérfanos.

Keera Kingsown.

Cerré el grifo y me metí en la bañera. El agua hirviendo me cortaba la piel; podía sentir cómo la mugre y la suciedad se me desprendían de las extremidades y el cabello. Fuera de palacio era difícil encontrar bañeras, en especial cuando intentaba pasar desapercibida. Me incliné hacia atrás y dejé caer el cuerpo hasta quedar completamente sumergida. Me gustaba la forma en que el agua me llenaba los oídos y silenciaba el sonido externo. Ya no podía oír las olas que rompían contra la playa ni las risas de los sirvientes que podaban el jardín. Por un instante, todo lo que pude escuchar fue el latido de mi corazón, que vibraba a través del agua.

Después de un rato, comencé a lavarme el cuerpo con la esponja y los jabones perfumados que Gwyn me había conseguido. Sentía como si el toque abrasivo de la esponja estuviera limpiando más que la suciedad, como si al presionar más fuerte pudiera borrarme la sangre de las manos.

La sangre de Mathias.

Siempre era lo mismo. Hombres llorando por sus vidas, mestizos luchando por sus familias. Incluso había habido algunos niños, pero no me permitía pensar en eso sin un barril de vino a mano.

Me lavé la espalda pensando en el comerciante de pescado, en si tenía una familia que lo extrañaría o un niño que tuviera que alimentar. ¿Acaso se habrían dado cuenta de que estaba muerto en los seis días que habían pasado desde que lo maté? Esas eran respuestas que nunca obtendría, pero las preguntas jamás se desvanecían.

Me ardía la espalda cuando presionaba demasiado fuerte con la esponja. Incluso treinta años después, las cicatrices seguían siendo sensibles. Podía ver su tono rojizo en el espejo, las líneas ásperas y curvas que el príncipe Damien me había tallado en la espalda. Dedicó horas a trazarme las lesiones en la carne, una runa en élfico antiguo que nadie podía leer. Había dicho que era una marca de mi lealtad hacia la Corona.

Por supuesto, esa no era la única cicatriz que tenía en el cuerpo. A esas alturas, la mayor parte de mi piel estaba marcada de alguna manera. La pequeña cicatriz de la cadera derecha de antes de que tuviera memoria. Las líneas eran tan limpias y perfectas que no podían haber sido involuntarias, pero su artífice era un misterio para mí. Otra respuesta que nunca obtendría.

Las demás me las había hecho yo misma. Eran nombres que se extendían por mis hombros, pecho y brazos, pequeños pergaminos con las vidas de los inocentes y desarmados que había tomado en nombre de la Corona. Me los había grabado en la carne de modo que pudiera llevar sus muertes conmigo siempre. En un mar de tantos cortes, tanta gente, era difícil decir dónde terminaba una palabra y comenzaba la siguiente.

Un nombre destacaba de los demás. Estaba grabado en letras grandes a lo largo del antebrazo de la mano con la que luchaba. El resto de la piel a su alrededor seguía intacta. Me lo froté con la esponja y me alegré al ver cómo permanecía después de que la espuma se hubiera disipado. Tracé las crestas del nombre una y otra vez con un dedo. Era una de las pocas cosas que podía traerme un momento de paz.

—¿Keera? ¿Estás aquí? —Escuché a Gwyn llamarme desde la alcoba.

—En la bañera —respondí, pero ella ya había entrado en el baño.

No traté de cubrirme el cuerpo. Era la única persona que sabía de mis cicatrices y su origen. Ella misma llevaba también algunos regalos del príncipe. Era un secreto que no me importaba compartir con ella. Había sabido de su existencia desde que era una niña mestiza y su madre era mi criada.

Los suaves rizos de Gwyn rebotaron cuando se acercó a la bañera. Los mechones eran una mezcla de rojo brillante y castaño, justo como los de su madre. Tenía la piel pálida porque se mantenía en el interior. Por eso siempre parecía un poco enferma. Gwyn no había podido salir del palacio desde que su madre murió.

—Lamento no haber podido terminar antes. Necesitaba un momento en mi habitación —dijo Gwyn con timidez.

No hacía falta preguntar por qué. Me di cuenta por el rojo de sus ojos y la delicada forma en que caminaba que había estado con el príncipe. A él le encantaba atormentar a los sirvientes mestizos del palacio, pero le gustaba Gwyn en especial.

—No te preocupes —le aseguré, hundiendo la cabeza en el agua para enjuagar el jabón—. Hay algo para ti en la alforja.

Reí cuando Gwyn soltó un grito de emoción y corrió de vuelta a la habitación para buscar su regalo. Trataba de traerle algo cada vez que regresaba a Koratha para que pudiera experimentar un poco más del mundo de lo que le permitían.

—¿Qué es? —susurró, sosteniendo la pequeña bolsa roja entre las manos.

—Tienes que abrirlo, Gwyn —dije con dulzura.

Ella puso los ojos en blanco.

—La anticipación es la mitad de la diversión, Keera. A estas alturas, ya deberías saberlo.

Era cierto. Gwyn decía lo mismo cada vez, pero yo no quería cambiar nuestro guion. Era una de las pocas costumbres que mantenía.

Cerró los ojos, abrió la bolsa y sacó un anillo. En el lugar en el que debería haber una piedra, había un racimo de cordones de oro en forma de lágrima.

—Nunca había visto un anillo así —dijo Gwyn, girando la joya entre los dedos.

Sonreí.

—Eso es porque no es solo un anillo.

—Ah, ¿no? —Gwyn abrió los ojos de par en par mientras se acercaba el anillo a la cara para mirarlo más de cerca.

Sacudí la cabeza al incorporarme y cogí una toalla. Le hice un gesto para que se lo pusiera en tanto me envolvía con la tela.

—¿Ves este pequeño botón de aquí? —le señalé, guiándole la mano hacia el interior del anillo.

—En realidad no, pero lo siento —dijo ella, bailando de un lado a otro con emoción.

—Bien. Ahora presiónalo —le expliqué, separando nuestras manos.

—¡Oh! —Gwyn se sorprendió cuando el cordón en espiral se le encajó alrededor del dedo, convirtiéndose en una garra.

—Ten cuidado. La hoja puede ser pequeña, pero es muy afilada —le advertí.

Aquel anillo costaba más que la mayoría de mis dagas. Las reliquias hechas por los elfos no eran baratas.

—Así siempre puedes llevar un arma contigo.

Gwyn giró la mano para observar bien el anillo.

—¿Qué se supone que debo hacer con una garra?

Me encogí de hombros.

—¿Rasguñar?

—Eso no matará a nadie. —Gwyn se rio—. ¡Grrr!

Fingió arañarme, pero yo le agarré la muñeca.

—No, no matará a nadie —dije en serio, sin soltarle la mano—. Pero si perforas el músculo de la pantorrilla o del muslo, el corte dolerá lo suficiente como para permitirte huir. También puedes sacar un ojo.

—Keera, ¡qué asqueroso! —gritó. El rostro se le puso ligeramente verde.

Damien nunca había violado a Gwyn, pero quería que estuviera preparada en caso de que se aburriera de las palizas y el tormento mental. Se merecía la oportunidad de luchar.

—Sí, es verdad —admití—, pero los hombres también lo son. Solo quiero saber que estás a salvo, en especial cuando no estoy aquí.

La madre de Gwyn había muerto hacía tres años. A sus dieciséis, Gwyn era muy joven, demasiado joven, como para perder a una madre y, sin duda, demasiado joven como para heredar su deuda.

—Gracias —dijo, y me dio un largo abrazo. Traté de no ponerme tensa cuando me rozó las cicatrices de la espalda con la mano.

—¿Supongo que quieres dormir, ya que te vas tan pronto? —me preguntó, caminando conmigo de vuelta a la alcoba.

Asentí. La amenaza de un dolor de cabeza se cernía sobre mí y quería descansar antes de sentirme obligada a encontrar otra forma de curarlo.

—Entonces me llevaré tus armas. Estarán con tu caballo por la mañana.

Dejó una gran cesta sobre la cómoda.

—Gracias, Gwyn.

Traté de sonreír, pero estaba demasiado cansada. Ella me regaló una ligera sonrisa mientras yo me metía en la cama y comenzó a recoger mis armas.

—¿Gwyn? —pregunté, tirando de la pesada cobija.

Ella se volvió hacia mí.

—¿Sí?

—Deja la pluma de mago.

Señalé la mesita de noche al lado de la cama. Ella ubicó el mango de oro sobre la mesa y yo observé fijamente la punta afilada con forma de pluma. Gwyn me dirigió una mirada comprensiva, me besó la mejilla y me dejó sola para que me tallara otro nombre en la piel y pudiera irme a dormir.

CAPÍTULO 3

SEGÚN LO QUE SABÍAN LAS PENUMBRAS, lord Curringham se alojaba en su residencia en Cereliath, la Casa de la Cosecha. Podría haber viajado todo el camino a caballo, pero preferí tomar el sistema de canales hasta Silstra y seguir cabalgando desde allí. Eso me acortaba un par de días de viaje, lo que significaba que tendría tres días para holgazanear en una barcaza en lugar de padecer por la silla de montar.

Me mantuve aislada durante la mayor parte del viaje. No necesité colarme con el cargamento porque el capitán era un conocido del Arsenal al que le pagaban bien para no divulgar nuestros movimientos y no hacer preguntas. Aun así, me gustaba pasar desapercibida. Embarqué antes de que llegara la tripulación y me escondí entre los rollos de seda en la parte posterior de la barcaza. Nunca se sabe en dónde yacen las lealtades de los hombres que reciben dinero. Cuantas menos personas supieran que estaba a bordo, mejor.

El primer día pasó como un borrón de sueño y bebida de mi bota de vino. Me balanceaba en la hamaca al tiempo que me bebía el líquido caliente y pensaba en la Sombra. Necesitaba terminar la misión en Cereliath lo más rápido posible antes de que la Sombra tuviera tiempo de atacar de nuevo o, peor aún, antes de que otra de las penumbras lo capturara.

El rey no mantendría su misericordia mucho tiempo. Si pensaba que su Espada había perdido el filo, no me sometería a una piedra de afilar, simplemente me descartaría y me desecharía como al sinfín de armas que dejaba a un lado tan pronto como dejaban de ser de utilidad. Había un ejército de penumbras haciendo fila para reemplazarme, empezando por Gerarda.

Tenía que ser yo quien le llevara a la Sombra. No podía dejar ninguna duda en la mente del rey sobre lo valiosa que podía ser. No solo por el bien de mi propia cabeza, sino por todos aquellos que contaban con que mantuviera mi título.

Cada vez que cerraba los ojos podía ver el contorno de esa capucha, la ropa oscura que llevaba la Sombra y la larga espada que empuñó durante nuestro combate. Lo recordaba alto y musculoso, lanzando golpes con suficiente fuerza como para cansarme los brazos.

Bebí en la hamaca hasta que estuve tan borracha que no recordaba mi propio nombre, menos aún el de la Sombra.

El vino se me terminó después de la segunda noche. El cálido zumbido se disipó y me dejó el cuerpo tembloroso y sudoroso. La cabeza me palpitaba tan fuerte que pensé en golpeármela contra el travesaño para que me doliera en un lugar diferente.

Para el tercer día estaba inquieta. Quería estirar las piernas, respirar aire fresco, pero necesitaba un trago. Cada hora que pasaba parecía la hora de mi muerte y el estómago se me retorcía con nudos tan apretados que la cabeza me iba a explotar. Solo una bebida me curaría, pero mi bota seguía estando vacía por mucho que abriera la tapa una y otra vez con la esperanza de que mis labios se encontraran con el dulce sabor de la baya y el tanino.

No podía recordar la última vez que había pasado tanto tiempo sin beber. ¿Unos cinco años? Tratar de pensar me desencadenaba un martilleo en el cráneo. No bebí una gota de licor cuando me vi atrapada en una tormenta de nieve en las Tierras Escarchadas. Había pasado semanas encerrada en un edificio abandonado, destrozando poco a poco las paredes en busca de algo para quemar, esperando ver a un animal a través de la blanca tempestad que se negaba a amainar. Lo único que me calmó las ansias fue el hambre. Para la tercera semana, ya había comenzado a mirarme el brazo izquierdo mientras la saliva me goteaba por la barbilla. Solo sobreviví porque un oso brumal se cruzó en mi camino y, tras tres semanas muriéndome lentamente de hambre, estaba lo suficientemente loca como para atacarlo.

La gigantesca bestia invernal me dio pelea y destrozó la mayoría de mis armas de un solo golpe, incluida la vieja empuñadura de mi daga. Al final, logré saltarle sobre la espalda y apuñalarla en el ojo con una flecha rota, la única arma que me quedaba. Ahora el hueso del oso le servía de empuñadura a mi daga y su piel me había ayudado a ganar una buena suma de dinero en el mercado.

Cuando por fin regresé a Volcar, congelada y al borde de la inanición, lo celebré con un barril de cerveza barata. Desde entonces no podía recordar un solo día en que no consumiera al menos algún tipo de bebida. Era un hábito que me había negado a afrontar.

Gerarda tenía razón: estaba flaqueando. Por eso, la Sombra había sido capaz de extenderse por el continente e inflar su reputación. Su existencia amenazaba mi posición ante el rey y ponía en peligro la pequeña pizca de poder que había amasado para proteger a aquellos a quienes podía salvar. Pero ocultarse en la umbría no lo protegería durante mucho tiempo. Yo sabía bastante de sombras, pues me había entrenado para vivir en medio de ellas. Eran más grandes justo antes de la puesta de sol, pero perdían su poder cuando, inevitablemente, caía la noche, pues las sombras no existen en la oscuridad.

Había llegado la hora de traer la noche.

Silstra era una ciudad de comerciantes, mendigos y ladrones. Se encontraba en la bifurcación de tres canales, las Hermanas, que se extendían por buena parte de Elverath. Dependiendo de por cuál de las Hermanas se navegara, se podía llegar al puerto de cualquiera de las principales ciudades. Por eso, Silstra era el principal centro económico de todo el reino. Todo lo que se comercializaba o vendía en la Corona llegaba a través de sus aguas.

De ahí los mercaderes y ladrones. Los mendigos se debían a que la mayor parte de la cosecha se enviaba a través de los puertos de la ciudad. No sabía si esto hacía que sus vendedores fueran más caritativos, pero, de todas formas, los hambrientos acudían al llamado de la comida.

La ciudad había sido construida en dos partes por encima de la gran presa. La orilla oeste, donde vivían los ricos comerciantes y nobles, era una ciudad de piedra. Unas casas majestuosas con varios niveles y plomería rodeaban un pequeño castillo que, se decía, había sido tallado en una montaña. Antes de que los mortales la reclamaran también, Silstra había sido una pequeña ciudad de los fae de la luz.

La orilla este había sido construida por hombres; por lo tanto, era mucho menos grandiosa. Los comerciantes más modestos tenían casas de ladrillo que habían sido reparadas y mantenidas tras siglos de desgaste, mientras que los pobres construían refugios con cualquier material de desecho que pudieran encontrar.

A esa parte de la ciudad fue a donde me dirigí primero.

Los pobres solían tener pocos secretos. *Secreto* era solo otro sinónimo de *poder*, y era evidente que los pobres no tenían nada de eso.

Los afortunados que habían hallado más poder del que tenían cuando nacieron abandonaron los barrios marginales más rápido que ratas de alcantarilla en un día de tormenta. Allí caminaba con más soltura, pues no me preocupaba cruzarme con nadie que hubiera sido comprado por los bolsillos reales. Incluso las penumbras tenían pocos ojos en los círculos más bajos de Silstra. No valía la pena pagar si los pobres no tenían a nadie a quien espiar.

—¡Keera! —gritó Victoria cuando entré por la puerta de lo que alguna vez fue una posada, pero a la que ahora le faltaba la mayor parte del techo—. No te esperaba —susurró, dándome un abrazo.

Su cabello canoso me hizo cosquillas en la mejilla. Miré hacia abajo y le regalé una sonrisa. Era una mujer baja, y la edad la había hecho aún más pequeña. Mi mirada se posó en el bebé que se aferraba a su cadera. Parecía como si siempre tuviera a una pequeña criatura cerca. Era probable que esta no tuviera padres.

Sus ojos azules se fijaron en el sencillo lazo que llevaba alrededor del cuello. Me había cambiado y puesto una capa verde de viaje antes de salir del barco. La gente aquí no me conocía como la Espada, solo como Keera. La capa negra y el broche plateado llamarían demasiado la atención de ojos indeseados. Victoria era la única que sabía la verdad.

—No puedo quedarme —dije, depositándole una bolsa de monedas de oro en las manos—. Ojalá pudiera, pero tengo que encontrar un caballo lo suficientemente fuerte como para llegar a Cereliath antes del anochecer.

Su mirada se quedó fija en las líneas rojas que me rodeaban los iris plateados y en la humedad de mi frente. Aquellos dos días sin beber estaban comenzando a pasarme factura.

—Al menos toma un poco de té. Julian necesita algo de comer, de todos modos —dijo, haciéndole cosquillas en la barriga al bebé gordo hasta hacerlo reír. Tenía la cara redonda y unos brazos suaves, con rollos iguales a los de las piernas. La parte superior de las orejas ya se veía puntiaguda. Era un mestizo.

—¿Todavía hay algún médico por aquí que pueda ayudarlo? —Me senté y bebí de la taza que Victoria puso delante de mí.

—Sí, aunque no puede venir con mucha frecuencia. Aun así, debería poder cortarle las orejas a tiempo.

Besó a Julian en la cabeza y le metió un biberón en la boca. La mayoría de los mestizos eran idénticos a los humanos excepto por sus orejas, y si se las cortaban a tiempo, una vez que comenzaban a ponerse puntiagudas, un médico o un sanador experimentado podía coserlas de una manera que asegurara que crecieran redondas y que se vieran más humanas. Si esto se hacía en la infancia, la mayoría nunca notaría la diferencia.

—¿Has tenido algún problema? —pregunté después de un largo trago de té.

—No. No desde que te encargaste del asunto.

La sonrisa de Victoria era tensa y delgada. Sabía que no se encontraba cómoda con lo que había sucedido la última vez que había estado en Silstra, pero había tenido que hacerlo, sin importar cuán espantoso hubiera sido.

—Muy bien. —Dejé la taza vacía y me puse de pie—. No sé cuándo volveré. Esta misión podría alejarme de aquí durante un año más, pero seguiré enviando ayuda cada mes.

—Podrías gastarte tu dinero en ti misma, ¿sabes? —bromeó Victoria, aunque sabía que aceptaría mi ayuda. Demasiadas bocas dependían de ella.

—No es solo mi dinero. —El rey no se había dado cuenta de que yo desviaba parte de su reclamado tesoro a los pobres, al menos no durante los más de veinte años en los que llevaba haciéndolo—. Además, sabes tan bien como yo que un verdugo no tiene a nadie en quién gastar su dinero.

—No eres un verdugo, Keera —dijo ella. Abrió los ojos de par en par y la dura línea de sus labios se transformó en un suave puchero.

Me di la vuelta.

—No, tienes razón. Un verdugo tiene el consuelo de saber que sus víctimas tuvieron un juicio —afirmé. La verdad de mis palabras me descolgó los hombros hacia el suelo.

—Todos tenemos que hacer cosas malas, Keera, cosas que no queremos hacer pero que tenemos que hacer para sobrevivir. Tus manos están más atadas que las de la mayoría, pero no todos deciden ser amables. Eso debería contar más que lo malo.

Victoria me dio unas palmaditas en el hombro. Los rizos grises le enmarcaban un rostro suave y le rozaban las arrugas grabadas en su piel bronceada. Era una mujer simpática, maternal. Por un momento, me pregunté si la mía había sido igual.

—Creo que sobrestimas la cantidad de buenas acciones que hago.

No había suficiente bondad que pudiera lavar el mar de sangre que había creado.

CAPÍTULO 4

ODIABA VIAJAR POR BOSQUEMUERTO. La mayoría de los viajeros tomaban el camino más largo, siguiendo la orilla del río, por temor a las criaturas que acechaban en el bosque enfermizo, hambrientas de carne mortal. Las historias no mencionaban nada sobre si los monstruos preferían el sabor de los mestizos. Eso no importaba. En los treinta años que llevaba siendo la Espada del rey había cruzado Bosquemuerto muchas veces, a menudo sola. Y yo siempre era lo más parecido a un monstruo que merodeaba el bosque.

Los árboles en descomposición, con sus troncos doblados y ramas sin hojas, ya no me asustaban. Ahora encontraba refugio en ellos, pues sabía que no me toparía con extraños por el camino y que podría beber de mi bota sin tapujos. Una savia oscura e hirviendo al tacto se derramaba por las raíces de los árboles y dejaba la corteza quemada y ennegrecida, como si un incendio hubiera barrido el bosque, tan caliente y tan rápido que ninguna vegetación podía renacer entre la putrefacción.

Alguna vez, Bosquemuerto tuvo con un nombre diferente. Un nombre ahora olvidado por mestizos y mortales. Árboles con todo tipo de magia se habían extendido por el norte, hogar de criaturas que habían desaparecido junto con los fae de la luz. Cuando llegaron los mortales, la magia del bosque ya se estaba desvaneciendo. En los primeros siglos de su reinado, Aemon cortó la mayor parte del bosque que rodeaba Cereliath y labró la tierra para los cultivos que ahora alimentaban a la gente de Elverath y llenaban los bolsillos del rey.

Los juglares viajaban por todo el reino contando la historia de Bosquemuerto. Los árboles que se encontraban con el hacha del rey usaban la poca magia que les quedaba para advertir a sus hermanos del sur, aunque los juglares nunca decían cómo lo hacían. Los mortales solo veían la magia de dos maneras: como rentable o malvada. No tenían ningún interés en comprenderla más. Bosquemuerto había sido consecuencia de esta última. Sabiendo que el monarca también los cortaría, los árboles que quedaron se replegaron sobre sí mismos, retorcieron sus troncos en nudos inutilizables y dejaron caer sus hojas mágicas en tropel para hacer arder el suelo. La savia que rezumaba de su corteza dejaba quemaduras terribles en cualquiera que se atreviera a blandir un hacha.

La única ruta segura a través del bosque era por los estrechos caminos. Un paso en falso y un caballo podía quedar cojo y su jinete chamuscado. El rey había matado a cientos de mestizos al obligarlos a eliminar los árboles ennegrecidos para labrar el camino. Sus cadáveres enmarcaban el paso que el monarca había querido construir por el bosque. Un sendero se entretejía entre los árboles y terminaba fuera de la capital. El otro era el camino por el que viajaba yo ahora.

Si los fantasmas de esos mestizos permanecían aún entre los árboles, nunca los había visto. Tal vez los fantasmas que me acechaban los mantuvieran a raya.

Para cuando los árboles escasearon y dieron paso a tramos planos de tierras de cultivo, el cuerpo me dolía y los muslos me ardían de tanto montar. Además, me había quedado sin vino y todavía faltaba un día entero de viaje hasta la ciudad.

Mi caballo trotó por los campos de trigo y maíz. De vez en cuando, el dulce aroma de las bayas quedaba atrapado en la brisa y me encontraba con un campo de *winvra*. La pequeña fruta crecía en racimos, algunos negros y otros rojos. Algunos para curar y otros para matar. La *winvra* crecía entre altos postes que los mortales habían construido, envolviéndose a su alrededor como hiedra, siempre en busca de la luz de los soles. La fruta era la última planta mágica que crecía en el reino, el único camino que le quedaba al rey para mercantilizar la magia que alguna vez había campado a sus anchas por estas tierras.

Algunos de los huertos que pasé eran pobres y sus bayas se habían marchitado. La magia también había comenzado a desvanecerse aquí. Observé cómo los hombres medían el crecimiento de las bayas grises, recogiendo muestras para analizarlas en laboratorios y buscando respuestas para el rey que explicaran por qué la magia de Elverath estaba desapareciendo. Era una pregunta que el monarca llevaba siglos haciéndose, pero que nadie lograba responder. La teoría más probable afirmaba que se trataba de una especie de declive natural ligado a la magia de los fae. Muchos creían que cuando muriera el último de los fae oscuros, toda la magia desaparecería de Elverath por completo.

A mí no me importaba la magia. Solo me importaba la gente que se moría de hambre mientras el rey compensaba sus pérdidas de *winvra,* vendiéndoles más productos a otros reinos. Elverath cultivaba más que suficiente comida para alimentar a su gente, pero enviaba la mayor parte de la cosecha en grandes barcos al otro lado del mar. El rey y sus nobles se guardaban las riquezas para ellos mientras los pobres pasaban hambre.

Cuando llegué al límite exterior de la ciudad, los cuerpos comenzaron a bordear la carretera. Algunos habían fallecido, cadáveres que se achicharraban bajo los soles y daban alimento a las aves carroñeras, mientras que otros estaban casi muertos. Unas manos débiles se extendieron hacia mi caballo, pero sus dueños estaban demasiado exhaustos como para mendigar. Para ganar lo suficiente como para comer, había que trabajar en los campos. Los viejos e inválidos quedaban a merced de los transeúntes para obtener un bocado de comida o algún centavo.

Pero a medida que las ganancias por la *winvra* disminuían, también lo hacía la generosidad de quienes podían permitirse el lujo de abastecer su mesa.

No podía ayudarles vestida con mi capa negra y mi broche de plata. El rey sabía que los hambrientos mendigaban a lo largo de todas las ciudades del reino. Sabía que sus huesos se mezclaban con la tierra de los caminos y que eran picoteados por pájaros y aplastados por cascos. No le importaba. No les ofrecía misericordia. Y tampoco podía hacerlo su Espada.

Me rechinaron los dientes mientras cabalgaba hacia Cereliath con la mirada fija al frente, oculta bajo la capa. Me concentré en la melena enredada del caballo y traté de no saborear la muerte en el aire. Sabía que la mayoría de los hambrientos que dejaba atrás eran mortales, pero también que algunos eran mestizos. Unos que parecían lo suficientemente humanos como para camuflarse entre ellos y otros que habían sido descartados por los nobles que los poseían. Todos ellos abandonados a una muerte lenta, apelmazada con tierra, después de que el rey hubiera extraído hasta la última gota de trabajo de sus cuerpos.

Tal vez era un consuelo ser una penumbra. Al menos sabía que cuando mi larga vida terminara no sería tras una muerte lenta, sino que llegaría gracias a la punta de un arma afilada.

Aun así, se me revolvía el estómago al contar las hordas de gente que el rey estaba más que dispuesto a sacrificar. Apreté las manos contra las riendas de cuero hasta que me hormiguearon los dedos. La garganta me ardía por la necesidad de algo que me ayudara a borrar los rostros de aquellos que yacían muertos justo fuera de las murallas de la ciudad. Sabía que no habían perecido por mi mano, que había sido el hambre la que les había perforado los vientres, no mi hoja, pero aun así sentía que me picaban las partes lisas de la piel. Sentía la necesidad de dar la vuelta y preguntarle a cada uno de ellos su nombre antes de ponerle fin a su dolor yo misma.

Pero no podía.

Cuando llegué a mi posada favorita, le pedí a la camarera que me llevara dos jarras de vino y ahogué mis ansias en la bañera.

Seguir a lord Curringham era aburrido. Cada mañana me levantaba antes que los soles y merodeaba cerca de la Casa de la Cosecha donde Curringham dormía hasta mucho después del amanecer. Aquel lugar era donde se alojaban todos los señores de la cosecha en Cereliath. Como el hombre más rico entre ellos, Curringham tenía sus aposentos en el piso más alto, con la mejor vista de toda la ciudad y de todos los cultivos que la rodeaban. Me sentaba sobre el techo esperando a que el lord se levantara y observando cómo los cielos oscuros se pintaban con largas rayas de oro cuando salía el primer sol. Notaba la luz solar cálida sobre mi mano cuando me llevaba la bota a los labios. Por lo general, me quedaba apenas la mitad para cuando los sirvientes entraban a vestir a su señor.

La Casa de la Cosecha se había erigido a partir de un único pedazo de piedra arenisca montañosa. Como todas las casas construidas por los fae, la piedra había sido grabada con intrincados diseños: un patrón de hojas envueltas alrededor de los pilares de piedra, como vides escalando una pared. Usaba los surcos para subir al techo cada mañana, escuchando entre las sombras mientras Curringham seguía con su día.

Conversaciones soporíferas sobre acuerdos comerciales. Discusiones sobre la pérdida de potencia con la última cosecha de *winvra*. Ensoñaciones aburridas sobre su infancia en Caerth. Pero nada que me hiciera sospechar que estaba negociando una alianza con los fae oscuros.

—Lady Darolyn está esperándolo en la terraza, señor —habló una voz desde el interior de la oficina de Curringham. Sonaba como el asistente que lo seguía a dondequiera que iba.

—¿La chica de Volcar? —preguntó el noble.

—No, señor. Lady Darolyn es del continente del norte. Su padre posee una de las redes comerciales más grandes en los reinos mortales —le recordó su asistente.

Así que lady Darolyn no era una dama en absoluto, pero sí lo suficientemente rica como para comprar el título durante su estancia.

—Bajaré en breve —dijo Curringham.

No parecía emocionado por comer con la nueva residente de la mansión, en especial una que se había ganado la reputación de tener demasiadas ansias por llegar al altar. Aunque era guapo, Curringham mostraba poco interés por encontrar esposa o incluso por cortejar a las doncellas de Cereliath con su excepcional sonrisa e interminables riquezas. Como todo lo demás en la vida del lord, buscaba la compañía como una transacción.

Todos los días, al mediodía, el asistente de Curringham dejaba que una cortesana entrara en su oficina para un revolcón en su escritorio. Durante las tres semanas que llevaba vigilándolo, nunca había pedido a la misma mujer dos veces y nunca había durado más de unos pocos minutos. Una vez que terminaba, las despedía lanzándoles una pequeña bolsa de monedas y pidiéndoles que enviaran a una chica nueva al día siguiente. Yo luchaba contra el impulso de vomitar cada vez que decía aquello.

Mientras el lord se paseaba por su oficina y murmuraba en voz baja, me tomé otro trago de la bota. Estaba ansiosa por escuchar algo más que la respiración rápida y el masticar desagradable de Curringham durante una hora. Esperé a notarlo salir de su oficina antes de descender al borde del techo y al balcón de abajo. Cuatro pisos eran demasiados como para saltar en silencio, así que me agarré del delgado pilar junto al rellano y me deslicé por la parte posterior hasta el suelo. Las sombras del mediodía camuflaban bien mis movimientos, y me movía tan rápido que, si alguien alcanzara a ver mi capa, no podría seguirme a través del laberinto de pilares de piedra.

La terraza estaba en la parte posterior de la mansión, enclavada en el foso que rodeaba la casa en un círculo perfecto. Era una sección que Curringham había instalado cuando heredó el título de su padre.

No había techo sobre aquella zona, así que atravesé sigilosamente el borde de la mansión, con los hombros rozando la piedra, en busca de un lugar para espiar al lord y a su invitada. Había un pequeño cobertizo encajado entre la mansión y el lecho del río. Me colé en la estrecha grieta y esperé a que llegara el noble.

En seis pasos, su alta figura atravesó la terraza. Tenía el mismo andar exigente de los hombres nacidos en la riqueza y la barbilla alta de quien ha duplicado el valor de su patrimonio. El cabello arenoso, que se veía rubio bajo los soles, destacaba la palidez de su piel. Tenía la tez de alguien que nunca había trabajado en el campo en su vida, pero que había labrado su fortuna a costa de los mestizos que le había comprado a la Corona.

—Lady Darolyn —dijo, besándole el cuello como saludo.

—Lord Curringham —respondió ella, bajando la cabeza, haciendo una reverencia y dándole al noble la oportunidad de echarles un vistazo a sus generosos pechos. Curringham ni siquiera miró.

Lady Darolyn era una belleza de cuello largo y penetrantes ojos verdes. Sus pestañas revolotearon cuando ella y Curringham se sentaron en el otro extremo de la terraza, a la espera de su comida. Estaban tan lejos que no podía leerles los labios, pero con los oídos élficos no me costaba escucharlos.

—¿Ha disfrutado de su estancia en el reino, mi señora? —preguntó Curringham. Buscaba con los ojos a un sirviente y movía la rodilla nerviosamente por debajo de la mesa.

—¡Sí! —El tono agudo de lady Darolyn sonaba poco natural. Se alisó la falda roja mientras sus dedos jugaban con el cinturón de cuentas ajustado al dobladillo—. Puede que esta sea la casa más hermosa de todo el reino. —Sus palabras tenían cierta dureza, pero esa era la única marca de su acento.

Curringham le echó una ojeada rápida a su invitada.

—¿Más majestuosa que el palacio? —preguntó, levantando una ceja.

Lady Darolyn asintió de forma exagerada, captando el cambio de atención del noble.

—El palacio tiene una cierta frialdad con la que no encajé. No había tantos invitados como esperaba y luego, cuando llegué a Cereliath, ¡descubrí que todos estaban aquí! Tiene sentido, pues la mansión es más cómoda y sus señores trabajan para mantener al resto del reino. —Levantó los ojos hacia el lord al tiempo que le daba sorbos a su bebida. Parpadeó una vez, sin apartar la mirada del noble.

No se iría de Cereliath sin un novio, mucho menos sin uno rico.

—¡Exacto! —gritó Curringham, girando los hombros hacia ella. Apoyó los codos en la mesa y se inclinó. El colgante de oro que llevaba al cuello rayó la mesa—. El rey a menudo me pide mi opinión sobre asuntos reales.

Bufé ante la mentira.

—Es sabio que busque consejo del hombre que controla gran parte de la *winvra* del reino. —Lady Darolyn se pasó la lengua por los labios y esta vez Curringham la miró. Ella captó su mirada y sonrió.

—¿La ha probado? —preguntó él, inclinándose aún más.

—¿No me matará? —Le respondió con tal suavidad que tuve que contener la respiración para escucharla.

—Las bayas rojas, sí. —Curringham asintió—. Solo un bocado y caería al suelo para nunca más despertarse.

Ella se acarició el labio inferior con un dedo. Los ojos del lord siguieron el movimiento.

Si terminaba escuchándolos revolcarse sobre el escritorio, me lanzaría del techo.

—¿Y las negras? —ronroneó lady Darolyn.

—Las negras pueden hacer todo tipo de cosas maravillosas... —Curringham jugó con su cadena de oro mientras observaba los labios carnosos de la dama—. Las semillas se pueden mezclar en ungüentos para curar a los heridos o enfermos. El jugo se embotella y se utiliza como un suero para mantener la juventud de quien lo consume. Pero la mejor...

Ahora era lady Darolyn quien acercaba su cuerpo.

—La mejor manera de disfrutarlas es arrancar la baya negra de su vid y comerla —dijo Curringham. Se llevó los dedos a los labios como si sostuvieran un fruto.

—¿Qué efecto tiene? —preguntó ella, con los ojos brillantes y un acento más marcado que antes.

Curringham arqueó una ceja.

—En el momento en que la baya pase por sus labios, el rostro se le acalorará. —Acunó el rostro de lady Darolyn con una mano y le acarició la mejilla con el pulgar—. Entonces, todo su cuerpo se encenderá. Las horas pasan en una euforia tan intensa que es posible que ni siquiera recuerde su propio nombre o reconozca dónde está, pero no le importará porque la *winvra* le hará sentir así de bien. Solo un bocado —Le deslizó el pulgar sobre los labios con un movimiento lento— sería suficiente. Éxtasis total.

Lady Darolyn se mordió el labio como si pudiera saborear el jugo de la baya.

—¿Cuántas veces la ha probado? —preguntó. La voz le salió rasgada. Tomó un sorbo de su bebida y se acomodó de nuevo en la silla.

—Nunca. —Curringham se inclinó hacia atrás, cruzando los brazos, y dejó asomar una sonrisa orgullosa, deleitándose al ver el movimiento del pecho de lady Darolyn.

—¿Ni una sola vez? —insistió ella, frunciendo el ceño e inclinando la cabeza hacia un lado. La luz solar proyectaba un cálido resplandor sobre su piel marrón, el cual enfatizaba la longitud de su cuello.

—Los nobles que tienen el hábito de probar su cosecha pronto acaban sin nada —dijo él con los labios apretados.

Lady Darolyn abrió los ojos de par en par.

—¿Es adictiva?

—Mucho —respondió Curringham—. Por suerte, la *winvra* es demasiado cara como para que la mayoría se arriesgue a caer en la adicción.

Sonrió con malicia. Se trataba de un precio que él ayudaba a inflar artificialmente para así llenar sus almacenes de oro.

—En mi continente, la gente dice que la *winvra* es con lo que su rey se sostiene a sí mismo. Una dieta de bayas para mantener su juventud. Es sorprendente cómo evita la muerte y la adicción —observó ella, desviando la mirada hacia las puertas de la mansión.

Curringham tosió. Pensé que iba a ignorar la acusación por completo, pero se acercó aún más a ella.

—Las emociones pasajeras de la *winvra* no son suficientes para tentar a un hombre como el rey. O como yo. El rey no es tonto. No compartiría el secreto de su longevidad con el mundo, fueran cuales fueran las ganancias.

Bufé.

Lady Darolyn inclinó la cabeza.

—Pero, entonces, ¿cómo...?

—Equilibrio —la interrumpió él—. Dicen que hay un equilibrio en la magia de esta tierra. Los elfos eran codiciosos; forzaron la magia hasta sus límites e incluso entonces no fue suficiente. Querían más.

Las criaturas antinaturales no conocen límites naturales. El rey restauró ese equilibrio durante las Guerras de Sangre que libraron a este reino de los elfos. Los dioses lo bendijeron por devolver a Elverath a su estado natural, dándole un año de vida por cada elfo asesinado. Su bendición aún se mantiene, y parece que les ha transmitido esa inmortalidad a sus hijos —concluyó Curringham.

Lady Darolyn asintió con los ojos muy abiertos. Era la misma historia que se contaba en todo el reino. El rey Aemon y su espada ardiente habían traído equilibrio y prosperidad a sus dominios hasta el final de los tiempos. Ya me había percatado de que las historias nunca parecían explicar cómo los mestizos, también criaturas antinaturales, habían traído el equilibrio con sus vidas en lugar de con sus muertes.

La dama se colocó un mechón de su oscura melena ondulada detrás de la oreja y luego le dio vueltas entre las manos, justo por encima del pecho. Cuando la mirada de Curringham bajó de nuevo, arrugó los labios.

—Cuando estuve en la capital, robaron un cargamento de *winvra*. ¿Eso pasa a menudo?

Su tono era desenfadado y sus parpadeos rápidos. Era obvio para cualquiera que lady Darolyn ya sabía la respuesta, pero Curringham se tomó un momento para procesar la pregunta, con la mirada aún clavada en su pecho.

—No —contestó.

Enderezó la espalda y movió los dedos. Había sido su cargamento el que habían robado los ladrones.

—¿Se sabe quién fue el responsable del robo? —preguntó ella, a pesar de que también lo sabía. Todo el reino sabía quién había logrado robar una caja de la *winvra* del rey.

—La mayoría cree que fue la Sombra —espetó Curringham.

La mención de su nombre hizo que todos los músculos se me tensaran. Hubo testigos esa noche. Tres de los hombres del lord, los que no fueron asesinados, culparon a la Sombra del robo. Entrecerré los ojos ante la incredulidad de Curringham.

—¿Usted no? —preguntó lady Darolyn. Las cejas le rozaron el nacimiento del cabello. Al parecer, esa tampoco era la respuesta que ella estaba esperando.

—La Sombra ha estado entablando amistad con contrabandistas y comerciantes. Estoy al tanto de sus actividades gracias al rey. —Su mirada volvió al rostro de lady Darolyn y yo puse los ojos en blanco. Otra mentira—. Si él hubiera sido el ladrón de la *winvra*, lo lógico sería que, a estas alturas, ya estuviera en el mercado negro, pero no es así. Tengo varios espías que lo vigilan por mí.

Hice una nota mental para recordar que debía consultar al Arsenal sobre este tema. Tenían redes que sabrían si se estaba comerciando algo de *winvra* en cualquier parte de este reino o de los demás. Si la información de Curringham era cierta, eso hacía que el robo fuera aún más extraño.

—Si no es la Sombra, ¿entonces quién? —insistió lady Darolyn. Sus ojos grandes y la voz entrecortada al fin parecían auténticos.

—Solo hay un grupo que robaría la *winvra* para algo distinto a venderla.

Curringham inclinó la cabeza en dirección a las Montañas Ardientes. Estaban tan lejos que no se veían desde la mansión, pero incluso los extranjeros sabían lo que había en las tierras occidentales de Elverath.

La dama miró fijamente hacia el oeste. Una comprensión repentina le cruzó los rasgos, y se le abrió la boca.

—Los fae oscuros —dijo, su voz apenas más fuerte que un susurro.

Curringham asintió, cruzando los brazos. Metió la mano debajo del bíceps y el músculo se movió hacia adelante.

—Hay fae oscuros que todavía se atreven a irrespetar el tratado e ignorar por completo el mandato del rey. A veces se escabullen por las montañas en busca de *winvra* que robar. Por lo general, la cogen directamente de los huertos, pero sus tendencias rebeldes van en aumento.

—Pero ¿cómo pueden ustedes defenderse de ellos? —se preocupó lady Darolyn—. Dicen que algunos pueden matarte con solo mirarte y otros pueden abrirte la mente y obligarte a hacer cosas indescriptibles... —Se detuvo, demasiado horrorizada como para continuar.

Lord Curringham hinchó el pecho y se ajustó las mangas.

—Los fae oscuros no son una amenaza tan grande como la gente cree. Al menos no para hombres poderosos como el rey o como yo. Sus poderes ya habían comenzado a desvanecerse para el final de las Guerras de Sangre, y ahora seguro que se han desvanecido del todo. Dudo que uno pudiera obligarme a hacer algo que yo no quisiera hacer, mucho menos matarme.

Me apoyé contra la pared y crucé los brazos. Si Curringham se estaba aliando con los fae oscuros, ¿hablaría tan abiertamente de ellos frente a una desconocida? Me acerqué un paso más hacia el borde del cobertizo y achiqué los ojos para enfocar a Curringham.

—¿Y qué hay de los cambiaformas o los conjuradores de tormentas? Su magia derribó a ejércitos enteros —dijo lady Darolyn, que extendió un brazo hacia el cielo y lo sacudió con un ligero temblor.

Yo sabía que se estaba imaginando un rayo abriéndose paso a través de las nubes y destrozando la mesa donde estaban sentados. Torcí la boca hacia un lado. Ella no se equivocaba. El rey por poco había perdido la primera de las Guerras de Sangre debido a los poderes de los fae oscuros.

Curringham soltó una risa.

—Nadie ha visto magia así en siglos. Incluso cuando los fae estaban en la cúspide de sus poderes, los conjuradores de tormentas y los cambiaformas eran poco comunes. Dudo que muchos sigan con vida y mucho menos que encuentren tiempo para entrar en el reino a robar *winvra*.

Yo estaba de acuerdo con él. Las penumbras no habían visto magia fae en más de doscientos años.

—Se rumora que toda la magia fae se desvaneció cuando su última hembra murió. Ahora no son más que elfos con apenas una pizca de magia —continuó el lord, jugando con la cadena de su colgante. El medallón contenía una llave y él jamás se lo quitaba.

—Pero los elfos eran guerreros hábiles —dijo ella, deslizando una mano por la mesa para acariciarle el brazo a Curringham—. ¿No los consideraría una amenaza? —Le tocó el zapato con su zapatilla de seda.

Él echó la cabeza hacia atrás y se rio. Lady Darolyn le miró las manos y la cara por un instante y arrugó el entrecejo.

Curringham se levantó y movió el brazo en un amplio gesto, señalando la terraza.

—Mire esto. Todo lo que ve frente a usted. Esta casa. La comida. La *winvra*. Todo esto alguna vez les perteneció a los elfos, pero ya no.

Lady Darolyn escrutó el horizonte despacio, con la boca redonda y abierta.

—Los juglares cantan sobre los mortales que conquistaron estas tierras, sobre el rey Aemon, que construyó el primer trono y reino verdaderos. Los traidores dicen que lo robamos. Los elfos pensaron que lo habíamos asesinado. Yo creo que es infinitamente más simple. Nosotros ganamos. Los elfos perdieron. Si alguno todavía vive, se esconde en las Tierras de Fae y está al borde de la extinción, mientras que el reino de Elverath prospera. —Se acomodó la solapa de la chaqueta—. ¿Que si creo que los elfos son una amenaza? ¿O los fae? Por supuesto que no. Creo que son perdedores, y pensar en ellos como cualquier otra cosa es un mal negocio —terminó Curringham, sentándose de nuevo en la silla.

Tenía que informar al Arsenal de inmediato. Esta misión ya no era una para la Espada.

CAPÍTULO 5

TAN PRONTO COMO REGRESÉ A LA POSADA, le envié una carta al Arsenal. Pasaría otras dos semanas en Cereliath en tanto la señora Hildegard enviaba a un par de penumbras para reemplazarme. Según las órdenes del rey, Curringham todavía tenía que estar bajo vigilancia, pero parecía poco probable que hubiera conocido a un fae oscuro y mucho menos que hubiera negociado una alianza con uno.

Saberlo me hacía el trabajo más sencillo. Todavía me despertaba antes que el noble y me subía al techo con una bota extra. Me pasaba las horas sentada en las tejas de arcilla, a la sombra de la gran torre que brotaba en el medio de la mansión. La miraba fijamente, bebiendo largos tragos de vino, hasta escuchar el movimiento del líquido en el estómago. En la parte superior de la torre había una piedra solar gigante a la que, al parecer, no la sostenía nada en absoluto. Entender cómo los fae la habían ubicado allí era algo que sobrepasaba la imaginación de cualquier mortal. La respuesta era siempre la misma.

Magia.

Pero ¿qué clase de magia? Tenía demasiado tiempo para reflexionar sobre la pregunta mientras espiaba al lord. Los días pasaban lento, incluso con el vino. Estaba segura de que la señora Hildegard había recibido información errada y que los fae oscuros no tenían ningún tipo de relación con Curringham. Tendría que encontrar la fuente de ese aviso, pues me había costado un mes de mi tiempo. Al rey no le importaría que la lealtad de Curringham hubiera quedado comprobada. Lo vería como otro fracaso, tal vez el que lo convencería de ponerme una soga alrededor del cuello y dejar mi cuerpo colgando contra las murallas de Koratha.

El vino me calmaba las preocupaciones.

Tres noches más tarde, observé cómo Curringham le ofrecía el brazo a lady Darolyn para ayudarla a subir a un carruaje. Iban de camino a ver el espectáculo itinerante en el círculo del mercado. Le di un último trago a la bota y me levanté para seguirlos.

Fue entonces cuando vi a alguien que no reconocí acercándose a la casa. Tenía la piel de color marrón claro, pero el resto de sus rasgos estaban ocultos bajo una capa de viaje de color azul marino. Se movió rápido entre las sombras, cruzó el camino y le dio la vuelta a la mansión hasta llegar a una entrada lateral.

Era alto, más alto que yo y que la mayoría de los hombres. Sin verle las orejas no podía estar segura, pero había algo en la determinación de sus pasos que me hacía pensar que no era mortal.

Pero ¿se trataba de un mestizo? ¿O quizás de algo más?

Corrí por el techo tan sigilosamente que no hice ruido alguno y tan veloz que no llamé la atención de nadie. Se había deslizado entre la mansión y los establos. Bajé al primer piso de la vivienda y me escondí en el espacio entre el techo y la pared. Ahora estaba apoyado contra un pilar de madera. Nadie lo notaría, pues se mezclaba con las sombras oscuras que proyectaban las linternas, pero yo podía verle el contorno del torso y la punta de una bota. Era de cuero, ligeramente desgastada, aunque estaba limpia. Había un patrón grabado en el material, pero me encontraba tan lejos que no podía apreciarlo.

Un joven sirviente salió de la mansión. Estaba vestido con una túnica roja bien ajustada y con una vaina de bronce abrochada en el pecho, el símbolo del ayudante de un lord. Lo reconocí como el criado de Curringham que lo seguía siempre de una habitación a otra cargado de papeles y que todos los días, al mediodía en punto, le entregaba su emparedado. En todo un mes vigilando al lord, nunca lo había oído usar el nombre de su asistente.

Pero ¿por qué este se reuniría con un extraño tan tarde en la noche? Y justo después de que su señor se hubiera ido. Tal vez estaba actuando como su mensajero y su coartada. El asistente dio un paso más hacia los establos y se apoyó sobre el pilar detrás del cual se escondía su cómplice.

Me acerqué con cuidado de no hacer ruido.

—¿Cuándo? —dijo el asistente de Curringham, como si le hablara al aire. Luego se agachó y fingió reatarse la bota.

—Esta noche. Antes del amanecer —respondió la figura encapuchada.

Relajé un poco los hombros. No era la voz oscura y dominante de la Sombra. Quienquiera que fuera este hombre, no era la amenaza encapuchada, pero eso no significaba que no estuviera trabajando para él.

—¿El mismo puerto de la última vez? —preguntó el ayudante, mirando a su bota.

Así que esto había sucedido antes. Ahora solo necesitaba saber qué era exactamente lo que estaba presenciando.

Como respuesta, el extraño arrojó una pequeña bolsa al suelo. Aterrizó con un ruido sordo. El asistente la recogió y se la metió dentro de la bota al tiempo que se sacaba un montón de papeles del cinturón. Se puso de pie, se apoyó contra el poste y le pasó los papeles a quien estuviera entre las sombras.

Pude vislumbrar la espada enfundada en el cinturón del hombre encapuchado mientras alcanzaba los documentos. La empuñadura no estaba envuelta en cuero o hecha de acero, sino de madera. El mango estaba conformado por gruesas ramas entrelazadas que se extendían hacia arriba, hasta la hoja de piedra. Había sido hecha por elfos.

Las espadas de ese tipo eran casi desconocidas en el reino. Y las que existían se exhibían sobre los hogares de hombres ricos, no atadas al costado de algún viajero desconocido. Ningún mortal cualquiera llevaría un arma así. Ningún mestizo podría permitírsela. Quien estuviera debajo de esa capucha había venido del otro lado de las Montañas Ardientes.

Sin decir otra palabra, el extraño desapareció de nuevo entre las sombras por el camino de carruajes. Empecé a seguirlo, pero me quedé inmóvil en el borde del techo. Me rondaban demasiadas preguntas por la cabeza. ¿Por qué había venido alguien de las Tierras de Fae a visitar al asistente de Curringham? ¿Significaba esto que, después de todo, el lord sí que tenía una alianza con los fae oscuros? ¿Acaso la persona debajo de esa capa era un fae? ¿Un elfo? ¿Un mestizo?

Necesitaba respuestas, y sabía que tendría una mejor oportunidad de conseguirlas con el joven asistente que con aquel que había desaparecido en la noche. Por primera vez como Espada, deseé tener una compañera que pudiera vigilar al chico en la mansión mientras yo iba tras la persona misteriosa con quien se había encontrado.

Pero yo trabajaba sola, así que me senté en el techo y esperé a que el asistente saliera sigilosamente de la casa y me llevara a lo que fuera que estuviera esperándolo en los puertos.

El asistente de Curringham no volvió a salir sino hasta una hora antes del amanecer. Caminé detrás de él, lo suficientemente lejos como para que sus sentidos mortales no lo notaran, pero sin perderlo nunca de vista. Se dirigió hacia los puertos más antiguos, donde los pobres rogaban por un pasaje a cambio de trabajo y los criminales colaban cajas de bienes robados.

Parecía fuera de lugar, con su túnica bien entallada y sus botas limpias, caminando por los muelles decrépitos. Las velas andrajosas colgaban sueltas de los barcos y los muelles mismos estaban desgastados. Tablas enteras de madera se pudrían. Nadie aquí dedicaría siquiera una moneda para reemplazarlas.

El asistente caminó hacia un pequeño barco llamado Auriela, un hermoso nombre para una embarcación lamentable. Salté del muelle justo cuando se alejaba y me escondí detrás de una de varias cajas grandes. Entreabrí la tapa y me sorprendió descubrir que estaba repleta de comida: harina, carnes curadas, mermelada y grano.

¿Por qué los fae oscuros estarían comerciando con productos básicos?

Escuché con atención. Solo había dos latidos a bordo: el ritmo constante del asistente y uno más tranquilo, probablemente del capitán.

Me bajé la capucha hacia adelante para asegurarme de que me cubriera la cara y luego me moví.

Primero me deslicé dentro de la pequeña cabina de mando. El frágil anciano que capitaneaba el barco se encontraba de pie junto al timón de madera. No estaba segura de que fuera lo suficientemente fuerte como para nadar de regreso a los muelles estando tan lejos río abajo, pero una oportunidad era mejor que la certeza de mi espada. No tuvo tiempo de gritar antes de que lo sacara de la habitación y lo lanzara al agua gris. Suspiré aliviada cuando vi que su cabeza emergía y que comenzaba a impulsarse hacia los muelles con sus frágiles brazos.

El asistente ni siquiera notó el chapoteo, lo cual me dio tiempo para agarrar un pedazo de red. Se giró justo cuando levanté los brazos para golpearle la cara; luego le amarré las cuerdas alrededor del torso. Comenzó a gritar, pero yo desenvainé de su funda de cuero uno de los pequeños cuchillos que guardaba en mi manga y se lo sostuve contra la garganta.

—Solo vivirás mientras nadie sepa que estoy aquí —susurré con frialdad.

Se quedó quieto y me miró a la cara a pesar de que, debido a la capucha, no podía vérmela. Lo senté encima de una caja y até la cuerda a un ancla junto al mástil.

—Si gritas, te mato. ¿Entendido?

Él asintió.

—Bien. Te vi hablando con ese macho. Quiero saber por qué.

—Me compré una armadura élfica...

Le metí parte de su túnica en la boca y dejó escapar un grito ahogado que helaba la sangre. Le había sacado una uña con los alicates que guardaba en una bota.

—Mentir solo te traerá dolor. ¿Quieres intentar responder a eso de nuevo? —Le agarré otra uña con los alicates.

Él asintió. Le saqué la mordaza despacio de la boca.

—Querían saber con quién se reunía el señor. —Tosió—. Y con cuánta frecuencia.

—¿Querían? —Yo solo había visto a uno.

—A veces es alguien diferente. En realidad, nunca les veo los rostros, pero el otro era... —Se mordió el labio como para evitar que las palabras se le derramaran de la boca.

Incliné la cabeza hacia un lado.

—¿Fae?

Él se encogió de hombros.

—¿Y el de hoy?

Lo miré fijamente. Tenía las pupilas tan dilatadas que sus ojos parecían negros. Podía oler la adrenalina que bombeaba por sus venas.

—Mestizo, creo. —Volvió a toser. Se miró la mano y se fijó en la sangre que le goteaba del dedo—. Solo lo he visto una vez sin capucha, pero sus orejas eran normales. —Se echó hacia atrás sobre la caja para generar la mayor distancia posible entre nosotros.

Apreté la mano más fuerte contra su garganta.

—¿Qué más les dijiste?

—No mucho. A veces les doy documentos: contratos, registros de cosecha. Por lo general, solo quieren saber qué nobles están en la ciudad y quién los visita.

Había muchas razones por las que los fae oscuros podían ver a Cereliath como un objetivo y la mayoría tenía que ver con interrumpir la distribución de alimentos. Justo lo que le preocupaba al rey.

—¿Te dijeron por qué quieren saberlo?

Dudaba de que cualquiera de ellos hubiera sido lo suficientemente tonto como para revelar sus planes, pero valía la pena preguntarlo de todos modos.

—No. Ni lo pregunté. —Le tembló la voz, pero levantó la barbilla.

—¿No te da curiosidad? —insistí.

—No me importa —espetó.

Levanté las cejas, pero él no pudo ver mi sorpresa bajo la capucha.

—La gente tiene hambre —continuó—. La ciudad está plagada de cadáveres, tan delgados y frágiles que los pájaros ni siquiera vienen por ellos. Simplemente se quedan ahí y se pudren.

La respiración irregular le hacía palpitar la mandíbula.

—¿Y el sujeto de esta noche? Él va a acabar con eso, ¿verdad?

Crucé los brazos, sosteniendo aún la gruesa cuerda que le ataba las extremidades del joven a los costados. Él sabía que moverse no era una opción.

—Así es. Él y la Sombra.

Ni siquiera trató de enmascarar la ira en la voz.

—¿La Sombra? —repetí.

Él asintió con firmeza.

—¿Cómo sabes que trabaja con la Sombra? —pregunté, tirando de él para acercarlo—. ¿Lo has visto en persona?

Negó con la cabeza.

—No lo sé. No usan nombres, pero las cajas —Golpeó con el talón el arcón sobre el que estaba sentado— están llenas de comida para alimentar a los hambrientos. Mortales. Mestizos. No les importa. Cualquier persona con el estómago vacío.

—¿Y la Sombra se ha atribuido estos actos? —Apreté los labios. No había oído hablar de la caridad de la Sombra.

—No directamente —dijo, encogiéndose de hombros—. Sin embargo, la gente susurra su nombre por toda la ciudad. Cada saco de bienes que se entrega se recibe con alabanzas de agradecimiento a la Sombra. Nadie más ha dado un paso al frente para adjudicarse la hazaña porque nadie más sabe que está sucediendo. —Sus labios formaron una sonrisa suave.

—¿Curringham no lo sabe? —pregunté.

El chico bufó.

—A Curringham no le importa lo que les ocurra a los pobres. Se pasa todo el tiempo en Cereliath ignorando a la gente, encerrado en la mansión y fingiendo que fuera de sus paredes todo va bien. Su propia ciudad está aún peor. Allí, la mitad de la gente se queda sin comer cada noche. Los bebés mueren porque sus madres no se alimentan lo suficiente para producir leche, y niños de tan solo seis años trabajan en los campos a las afueras de la casa del lord para alimentar a sus familias. —Arrugó la nariz y se mordió el labio.

Aflojé el agarre sobre la cuerda. El estómago se me agitó como las olas debajo del barco. Podía oler la muerte de la ciudad; el olor se me había quedado marcado a fuego en las fosas nasales. Cerré los ojos y vi destellos de los cuerpos que bordeaban el camino hacia Cereliath, demasiado débiles incluso para suplicar, demasiado débiles para tener esperanza.

Me tragué los recuerdos y apreté los puños alrededor de la soga, abriendo de nuevo los ojos para estudiar al joven que tenía frente a mí.

No importaba que entendiera su ira. No importaba que estuviera de acuerdo. Yo seguía siendo la Espada.

—Entonces, ¿buscaste a los fae? —pregunté con los dientes apretados.

Él negó con la cabeza.

—Ellos me encontraron. Después de algunas visitas, me di cuenta de que eran los únicos que intentaban ayudar. ¿Quién soy yo para juzgarlos cuando mi propio lord le ha dado la espalda a su pueblo?

Volvió la cabeza hacia los muelles, hacia la Casa de la Cosecha. Sabía por el resplandor de sus ojos que, si pudiera, quemaría toda la mansión.

—¿Cuándo empezaste a trabajar para ellos? —pregunté, y él volvió a dirigirme su atención.

—Yo no trabajo para ellos… —Le presioné de nuevo la hoja contra la garganta—. Esta primavera —musitó, atragantándose contra el acero.

—Traicionar a tu señor es traicionar a la Corona —le recordé.

Él asintió con la mirada fija en el broche de la espada de plata que llevaba al cuello. Cuando volvió a dirigir la vista a mi capucha, había una dureza en sus ojos que no estaba allí antes.

—Mi señor me traicionó cuando mi hermano menor murió de hambre en su cama el invierno pasado —estalló, sacudiéndose contra sus ataduras por primera vez.

Lo golpeé hacia atrás y le presioné el borde afilado con más fuerza contra la garganta. Una delgada línea roja apareció a lo largo del acero.

—No importa cuál sea la razón, la traición no puede quedar impune —dije. Las palabras me sabían a ácido en la garganta. Me tragué el dolor y traté de ignorar lo que había dicho sobre su hermano.

—Es curioso que a alimentar a los pobres se le llame traición, mientras que a que la Corona deje que su gente se muera de hambre se le llame el derecho divino del rey.

No respondí.

—Si no luchamos, ¿quién hará responsable al rey? —preguntó.

Sus palabras me dejaron fría, pues eran un eco de algo que yo había dicho hacía mucho tiempo. Una promesa que me había esforzado por olvidar.

Le estudié el rostro. Tenía ojos amables y redondos, oscuros como su cabello y su piel. No podía tener más de veinte años. Tan joven, pero tan lleno de ira. Era injusto lo que este reino parecía hacerles a aquellos con corazones bondadosos. Eran los primeros en morir o los primeros en corromperse.

Respiré hondo y pregunté:

—¿Cuál es tu nombre?

—Rylan Porter —dijo con un aire seguro de sí mismo, como si pudiera presentir lo que se avecinaba.

—Rylan Porter —repetí, levantando el ancla con una mano y la cuerda atada alrededor de sus extremidades en la otra—. La Espada del rey te extiende esta misericordia.

Lo arrojé del barco con el ancla y desenvainé un cuchillo arrojadizo de mi cinturón. Le acerté en el ojo antes de que el peso lo hundiera.

Al menos no lo dejé ahogarse.

CAPÍTULO 6

Fondeé el barco en uno de los puertos más ricos y le pagué al gerente del muelle suficiente dinero para que mantuviera la boca cerrada. Le dije que un contacto vendría a recoger las cajas. Conocía a alguien que dirigía un refugio en Cereliath. Un amigo de Victoria. Ella se aseguraría de que la comida llegara a las manos de quienes la necesitaban.

Atravesé la ciudad hasta la Casa de la Cosecha para continuar espiando a Curringham. Me escabullí por entre las sombras y los hambrientos que yacían tirados en las calles. El lord había dormido más tiempo de lo normal; no pareció importarle cuando un sirviente le informó de que Rylan no se había presentado esa mañana.

—Busca a otro. —Fue todo lo que dijo.

Para el mediodía estaba segura de que Curringham no sabía nada de los fae ni de que su antiguo asistente estaba ahora en el fondo del canal. Cuando su nueva cortesana llegó al mediodía, empaqué mis odres y me dirigí a la posada para dormir.

Me deslicé por uno de los pilares de piedra y salté a la pared que dividía los jardines de la entrada de carruajes. Los árboles altos bordeaban la piedra y sus gruesas ramas eran el lugar perfecto para esconderme mientras me escabullía por el muro de vuelta al mercado.

Cuando llegué a la posada, pedí una botella de vino a mi alcoba y agua caliente para la tina. Me senté en la bañera contemplando el nombre de Rylan hasta que las velas se apagaron. Me tallé el pequeño garabato por la curva del codo: sus líneas rojas se camuflarían en el remolino de llamas. Su nombre completó el diseño que me recorría el brazo izquierdo.

La sangre ámbar se me acumulaba en la piel y se tornaba marrón al coagularse en la parte superior del corte. Sumergí el brazo en el agua fría y observé cómo se disipaba.

Apoyé la cabeza contra el borde de la bañera y miré al techo. La carne se me puso de gallina cuando el agua fría se agitó. Habría podido salir y vestirme, pero las palabras de Rylan seguían resonándome en la cabeza, estrellándose en mi mente una y otra vez, con tanta fuerza y tanta intensidad que no podía ignorarlas.

«¿Quién hará responsable al rey?».

Sus palabras me transportaron treinta años atrás, al momento en que me tracé el único nombre que tenía en el antebrazo derecho, aquel que no soportaba decir.

Los recuerdos me inundaron con el ímpetu de la marea alta. Me encontraba de nuevo en mi habitación de la Orden, ese pequeño espacio que fue todo lo que pude llamar mío durante las décadas que pasé entrenando en la isla. La luz de las lunas brillaba sobre la cama donde yacía despierta horas después de que los iniciados debieran estar dormidos. Ella estaba tendida a mi lado, como siempre. Su cabello rubio me hacía cosquillas en la cara mientras hablábamos entre susurros sobre nuestro desagrado por el rey y por la Corona.

Yo le había hecho entonces la misma pregunta: «¿Quién hará responsable al rey?».

Su respuesta aún me acechaba después de tantos años.

«Nosotras lo haremos».

—¿Le apetece algo de vino, señorita?

La alegre voz de la camarera rechinó contra mi cráneo. Levanté la copa de vino que había traído de mis aposentos para que la rellenara y ella abrió mucho los ojos por un momento antes de verter el líquido rojo en ella. Hizo una pausa cuando la copa estaba a medio llenar. La fulminé con la mirada. Dejó la jarra sobre la mesa y corrió de vuelta a la cocina para traerme la comida.

Hacía horas que me había bañado, no estaba segura de cuántas, pero los soles seguían en el cielo, irradiando el suelo de luz dorada. Aún tenía los brazos rígidos por el agua helada cuando me llevé la bebida a los labios. El estómago me gruñía con cada trago, ansioso por probar comida sólida, pero el vino me calmaba el dolor pulsátil que sentía en el cráneo.

La camarera, con la cara rosa y los ojos escondidos detrás de su largo cabello, regresó con un plato lleno y, en silencio, ubicó un tazón de sopa humeante frente a mí. El aroma de exuberantes especias y abundante calabaza se arremolinaba en el aire. Aquella posada podía ser un establecimiento de mala calidad, el lugar favorito de sinvergüenzas y pícaros, pero la comida era una de las mejores de la ciudad. Una pequeña comodidad para compensar los endebles colchones que ofrecía.

Sorbí la sopa con una cuchara de madera y probé la variedad de quesos y carnes que había traído. El estómago se me apaciguó: la comida me sabía rica y la sentía pesada en la boca. No podía recordar la última vez que me había sentado a comer.

Bajé el ritmo, saboreándola mientras el fuego en el hogar ardía débilmente. Las penumbras que me reemplazarían estarían aquí dentro de una semana; hasta entonces, seguiría vigilando la Casa de la Cosecha para ver si el misterioso macho de las Tierras de Fae regresaba por Rylan.

«Poco probable», pensé para mis adentros.

Los fae oscuros eran antiguos. Los más viejos tenían más de ocho mil años. No importaba quién hubiera estado escondido debajo de esa capa, era una tontería esperar que regresara a la mansión. Aquellos que han vivido durante milenios saben una que otra cosa sobre autoconservación. Estaba segura de que ya sabrían que el chico había muerto y que su asesino estaría esperando a que cometieran un error.

Eso significaba que me encontraba en un callejón sin salida, a menos que pudiera pensar en alguna forma de atraerlos. Pero no tenía nada que ofrecer. Su contacto estaba muerto. E incluso si no hubiera matado a Rylan, el asistente había dejado de serles útil en el momento en que lo vi hablando con un hombre que llevaba una espada élfica.

—Hay otro envío que llega la próxima semana. —Oí a alguien susurrar al otro lado de la habitación casi vacía. Algo en su voz sonaba desesperado.

Poco a poco bajé el tenedor y me tragué un bocado de queso. Me recosté en la silla con las manos sobre el estómago y moví los hombros en dirección a la voz.

Le pertenecía a un hombre grande, encorvado sobre una pequeña mesa. Tenía las enormes manos llenas de callos por el trabajo duro y la piel bronceada y agrietada por la intemperie, lo que acentuaba la claridad de su cabello. A su lado, sentado sobre el asiento acolchado de la silla, estaba su opuesto, un hombre pequeño cuyos pies no alcanzaban el suelo, con una nariz torcida y unos ojos grandes que examinaban atentos la habitación.

No había visto a ninguno de esos hombres antes.

—Eso dices tú. El último nunca llegó —espetó el hombre pequeño.

Los labios apenas se le movieron, y no miraba a su camarada. Hubiera podido jurar que nadie más que yo y su amigo sabíamos que había dicho algo.

—Seguro que tuvo problemas por el camino —respondió el hombre más grande. Levantó una ceja y torció la barbilla. Para él, los problemas significaban la muerte.

Como Rylan y su cargamento perdido.

—Ni siquiera tenemos un sitio para almacenar nada de eso. Te dije que le dijeras que no. —El hombrecillo de ojos grandes se crispó, pero trató de disimularlo levantando una pequeña mano para rascarse la cicatriz de la nariz.

—Nos las arreglaremos. La gente tiene hambre y el invierno está cerca. ¿Quieres que se repita lo que pasó el año pasado?

Golpeó un enorme puño contra la mesa, provocando un frenético temblor. Al instante, el hombre pequeño movió la mano hacia adelante para estabilizar la superficie y echó una ojeada por encima del hombro para ver si alguien los estaba observando.

Fingí un bostezo y estiré un brazo, bebiendo un trago de mi copa. Me recosté en la silla y descolgué el cuello como si estuviera descansando. Oí al hombre pequeño volverse hacia su amigo.

—Pero si no podemos ocultarlo, alguien lo encontrará y, entonces, ¿de qué servirá?

—Podríamos pedirle ayuda a él —sugirió el hombre grande, imitando el tono silencioso de su amigo—. Podría tener una segunda ubicación que podamos usar.

Observé a los hombres desde debajo de la capucha. El pequeño agitaba los pies debajo de la mesa y sacudía la cabeza.

—¿Por qué tienes tantas ganas de confiar en un hombre que no conoces?

Sentí un leve espasmo en las orejas y tuve que forzarme a mí misma a no enderezarme.

—Eso no es cierto —repuso el grande—. Nos conocemos.

Había algo cortante en su respuesta y en la forma defensiva en que se encogió de hombros para acompañarla. Tal vez no necesitaría a Rylan como cebo después de todo.

—No conoces a un hombre si nunca le has visto el rostro. —El pequeño se inclinó hacia adelante sobre la mesa—. No tienes ni idea de cuál es su aspecto o de cómo se llama.

No necesitaba escuchar la respuesta del hombre para saber de quién estaban hablando.

La Sombra.

Me levanté sin pensar y en cinco pasos crucé la habitación hasta donde estaban sentados.

—Hablan de la Sombra —dije. No era una pregunta.

El hombre pequeño se quedó congelado en la silla, mientras que el más grande se levantó como para atacar, pero yo me moví más rápido. Levanté la mesa del suelo y la golpeé contra su rodilla. Cuando se cayó hacia adelante, le agarré la cabeza con la mano. Una navaja delgada se asomó entre mis dedos. El hombre parpadeó ante el destello del metal. Desenvainé la daga y apunté con ella a su pequeño compañero.

—Si te mueves, mueres —le advertí.

El hombrecillo asintió. Los ojos del hombre grande bailaban entre la navaja y mi capucha. Le apreté el acero contra el pecho.

—¿Ha quedado claro? —pregunté, empujándolo con fuerza contra la silla.

—Sí —se rindió con una exhalación. Vio el broche que llevaba en el cuello y el sudor comenzó a acumulársele en la frente. Podía verle el pulso en el cuello grueso.

—Sé que están hablando de la Sombra —dije de nuevo.

—No estábamos hablando de…

Interrumpí al hombrecillo con un suave pinchazo de la daga. Él chilló y saltó hacia atrás en la silla, tan fuerte que golpeó la pared.

—No me interesa. —Puse los ojos en blanco ante la pequeña bola que gimoteaba en la silla—. No voy a delatarlos ante el rey... Tengo un mensaje para que se lo den a la Sombra la próxima vez que lo vean.

—¡No podemos matarlo! —exclamó el hombre pequeño, mirándome a través de los dedos. Unas delgadas líneas rojas le rodeaban los amplios ojos.

Me burlé y sacudí la cabeza.

—No necesito que lo maten —dije, bajando la daga. Él levantó la pequeña cabeza con cautela—. Solo que le digan algo de mi parte —terminé.

—¿Qué?

El torpe grandulón hinchó el pecho y me estudió. Sus ojos siguieron mi trenza marrón oscuro que desaparecía dentro de la capucha y se detuvieron ante el broche de la espada plateada sin encontrarse con mi mirada.

Sonreí, a pesar de que no podían verlo.

—Díganle que la Espada del rey le pide la revancha.

CAPÍTULO

7

Los días habían avanzado sin que nadie extraño apareciera en la Casa de la Cosecha. Me pasaba veinte horas al día encaramada en el techo de la mansión, escondiéndome de los soles y de la gente de la calle. No había vuelto a ver a ningún conspirador con una espada élfica. A ninguna Sombra. A nadie fuera de lo común en absoluto.

Le di un trago a la bebida. El segundo sol comenzaba a desaparecer bajo el horizonte y una brisa fresca me revoloteaba contra el calor de la piel. Necesitaba detener a la Sombra. Un ataque más contra la Corona y sabía que el rey se desharía de mí.

No me importaba tanto mi cabeza; una parte de mí anhelaba el alivio de la horca. Pero esto iba más allá de mí. Yo solo mataba a los que tenía que matar, a aquellos que el rey nombraba. Salvaba a cualquier persona que pudiera perdonar y canalizaba dinero a través de refugios para mantener a los mestizos bien escondidos y alimentados. Sabía que Gerarda no haría lo mismo si la ascendían a Espada. Ella mataría a quien fuera necesario para completar sus misiones y servir a su rey.

La sangre que había derramado era mi maldición, pero era menos de lo que otros derramarían. Menos de lo que el rey pensaba que había derramado. Era una penitencia insignificante ante las vidas que había tomado, las que había arruinado, pero al menos era algo. No dejaría que la Sombra destruyera el pequeño resquicio de cambio que había logrado conseguir.

«No hasta que cumpla mi promesa», me dije. Me llevé la bota a los labios y bebí hasta que ese pensamiento desapareció. ¿De qué servía el vino si no me impedía darles vueltas a mis fracasos?

Escuché al sirviente de Curringham dejar al noble en su cama. La lámpara de aceite que pintaba suaves líneas naranjas en la ventana se apagó. Unos minutos más tarde, escuché el familiar ascenso y descenso de los ronquidos del lord.

Me puse de pie demasiado rápido y tuve que extender los brazos para evitar caerme mientras el techo giraba bajo mis pies. A mi alrededor se hallaban tiradas las botas vacías. Necesitaba irme a la cama pronto, antes de que un fuerte dolor comenzara a partirme el cráneo en dos.

Un destello de movimiento me llamó la atención. Un sirviente salió corriendo por la entrada lateral y continuó por el camino de piedra de los carruajes. Eso, por sí solo, no era extraño, pero había visto al mismo sirviente entrar en la mansión apenas tres minutos antes, y ahora llevaba la ropa desgarbada y era quince centímetros más alto.

El impostor se movió rápido, mirando hacia atrás por encima del hombro como si esperara que alguien lo siguiera. Si hubiera sido lo suficientemente inteligente como para mirar hacia arriba, podría haberme visto.

Lo seguí saltando primero al balcón de Curringham y luego al de abajo. Me lancé contra la pared de piedra con los brazos sueltos a los lados para mantener el equilibrio. Por supuesto que el impostor tenía que aparecer después de que me hubiera terminado el vino.

Miró hacia atrás dos veces mientras lo seguía por la pared. Los árboles me mantuvieron oculta, lo que me permitió fijarme en que había algo raro en su forma de andar. No tenía el pecho agitado y sus pasos eran demasiado firmes para la torpeza con la que los brazos se le balanceaban a los costados. No pude distinguir ningún rasgo concreto de su rostro, pero estaba segura de que aquel hombre no trabajaba en la mansión.

Era una estratagema. Y una muy obvia.

Llegué al final del muro y me detuve. Seguí con la mirada su figura mientras cruzaba el callejón y se dirigía hacia el centro de la ciudad.

Se trataba de una trampa.

Y quienquiera que me estuviera esperando al final seguramente no tenía la barriga llena de vino. Yo daba tumbos desequilibrados a cada paso, lenta, demasiado lenta como para una pelea.

Apreté los dientes cuando el hombre desapareció por el callejón sombreado del sector comercial. Quería —o, más bien, necesitaba— saber quién estaba detrás del cebo. Si era la Sombra, no podía arriesgarme a perder la oportunidad.

Era él o yo. El resto no importaba.

Salté de la pared y corrí en la dirección en la que se había ido el impostor. Las piernas me flaquearon; los dedos protestaron cuando me propulsé hacia la parte superior de la hilera de tiendas. No tardé mucho en dar de nuevo con él. Su ritmo se había ralentizado y su mirada se movía en todas direcciones, como si estuviera tratando de encontrarme al acecho entre la multitud. Se chocaba con carros y transeúntes, asegurándose de ser fácil de rastrear.

El vino se me revolvió en el estómago. Me llevé un puño a la boca y aguanté las ganas de vomitar. El pie se me resbaló del techo y caí de espaldas, deslizándome hacia el borde. Busqué con los brazos algo a lo que aferrarme hasta lograr asirme de una pequeña chimenea. Volví a enderezarme. Luego me arrastré sobre las tejas y miré por encima de la pendiente.

Nadie miraba hacia arriba ni susurraba. Podía distinguir perfectamente la silueta del impostor, que tenía la cabeza vuelta hacia atrás sobre el hombro. La caída me había quitado algo de la ebriedad. Sentía el cuerpo caliente, pero concentrado. No me volví a resbalar mientras saltaba de techo en techo siguiendo al misterioso hombre.

Cruzamos toda la ciudad hasta acabar en un templo abandonado. Observé al hombre tirar de unas cadenas que no estaban unidas por ningún candado y abrir la puerta lo suficiente como para escabullirse dentro. Había una ventana sobre la entrada. El vidrio estaba roto, así que solo quedaba un agujero curvo en la pared. Me saqué dos cuchillos puntiagudos del cinturón y me aseguré la capucha. Corrí a toda velocidad a lo largo de la iglesia y salté. Me impulsé con el marco de la puerta para ganar algo más de altura y me anclé al muro con un cuchillo. Levanté el brazo y aseguré el segundo, usándolo para subirme al alféizar de la ventana.

Observé el interior. El templo consistía solo en una habitación grande; la luz de las lunas se derramaba por las altas vidrieras, rebanando las nubes de polvo. El hombre se había ido. Había desaparecido por una de las ventanas rotas sin dejar rastro. Una ligera brisa se arremolinaba contra un pendón púrpura que colgaba del púlpito. Estaba descolorido y rasgado, pero todavía podía verse en él la insignia de una larga flecha cosida en oro.

Me incliné hacia la pared a la que estaba encaramada. Sabía que aquello no era una coincidencia. El hombre había sido demasiado obvio en su recorrido torpe por la ciudad como para desaparecer justo en el momento en que nos habíamos quedado a solas y nadie nos podía escuchar. Pocas personas frecuentaban esta zona y, ahora que los soles se habían puesto, los trabajadores del puerto ya se habían ido a casa. Era el momento perfecto para un ataque.

Alguien quería jugar.

Me saqué las espadas gemelas de la espalda y salté. Aterricé en el púlpito con un suave ruido sordo.

—Escuché que quieres una revancha —me saludó una voz gruesa desde una esquina del templo.

Se me tensó la espalda. Reconocí el timbre de nuestra pelea en Volcar.

La Sombra vestía una capa negra, igual que yo. Tenía el cuerpo alto apoyado casualmente contra un pilar, y los brazos cruzados. Ni siquiera sostenía su espada, que llevaba envainada detrás de la cabeza. No podía verle el rostro debajo de la capucha, pero de alguna manera sabía que estaba sonriendo.

Que se estaba burlando de mí.

Fue entonces cuando vi las semejanzas que Gerarda había notado. La capucha tenía exactamente la misma forma que la de una penumbra, que la mía. La capa estaba hecha de un material diferente y de alguna manera era más oscura que la nuestra. Incluso llevaba pantalones negros y una túnica.

Tendría que preguntarle por su sastre antes de matarlo.

—Me alegra saber que recibiste mi mensaje —dije e hice girar mi espada izquierda, sintiendo su peso en la muñeca.

—Habría sido descortés ignorar una solicitud de la Espada del rey —respondió, encogiéndose de hombros.

Me crují el cuello, esperando a que diera un paso hacia mí.

—¿Tienes ganas de morir?

Aguanté por un instante la respiración para escuchar a cualquier cómplice que estuviera oculto en las sombras, pero solo pude oír los latidos de su corazón y del mío. Arrugué la nariz al darme cuenta de que el mío latía más rápido que el suyo.

La Sombra dejó escapar una risita, como si pudiera leerme los pensamientos.

—¿Estás segura de que puedes matarme? —preguntó, sacando lentamente la espada de su funda.

Dio un único paso hacia mí.

—¿Tan seguro estás de que no lo haré? —lo reté, levantando mis aceros.

—Que gane el más digno —concluyó.

Entonces, atacó.

Tras correr seis pasos, saltó. Con los brazos sobre la cabeza, descargó su espada contra mí. Yo me aparté rodando de su trayectoria, esquivando su embate, y giré sobre la almohadilla del pie. Mi espada le barrió las piernas.

Aunque se echó hacia atrás, conseguí hacerle una muesca en la bota. Un corte delgado en el cuero, demasiado superficial como para tocarle la piel. Me puse de pie mientras él atacaba de nuevo.

Me agaché y lancé una estocada con las espadas. Él saltó hacia atrás.

Me acerqué para acortarle el espacio que tenía para blandir su espada. Así de cerca, cada golpe sería un riesgo para él.

Atacó y yo lo bloqueé. Su espada quedó suspendida en el aire entre el cruce de las mías. Nos quedamos congelados; nuestras respiraciones se fusionaron. Él era grande, mucho más grande que yo.

Volvió a atacar. Yo esquivé hacia un lado y lancé dos golpes rápidos con las espadas.

Él saltó por encima de ellos. Era rápido para ser tan grande.

—Ha pasado más de un minuto y aún no me has hecho sangrar —me provocó.

—Una vez más se ve que estás deseando morir. —Cada respiración me quemaba la garganta y hacía que me palpitara la cabeza.

—La muerte es la única certeza en esta vida —dijo, cambiando de mano la espada al tiempo que dábamos vueltas uno frente al otro. Yo retrocedí—. Esperaba más de la Espada del rey. Ya esquivaba ataques como ese cuando era un aprendiz.

Gruñí y me abalancé con todas mis fuerzas, pero él igualó cada estocada, cada golpe.

Cada movimiento parecía un paso de baile. Él rodeaba mi cuerpo y yo el suyo; esquivábamos tajos que podrían acabar con nuestras vidas y asestábamos otros más.

Blandió la espada y yo tropecé. Su hoja cayó a apenas unos centímetros de mi cuello.

Pude ver el vaho de mi aliento contra el acero.

Esquivé un segundo ataque y amplié el espacio entre nosotros. Él se abalanzó hacia adelante, su espada buscando morderme.

Esquivé el golpe deslizándome por debajo de su brazo y corrí hacia uno de los bancos. Podía escuchar su respiración irregular detrás de mí.

Me impulsé de uno de los respaldos para hacer un mortal y sobrevolé la cabeza de la Sombra, que tardó demasiado en darse la vuelta. Le pateé la mano; su espada cayó al otro lado de la habitación.

No fue a recuperarla, sino que se movió hacia mí. Me agarró de la muñeca, la retorció y me quitó el acero de la mano. Yo le acerqué el otro al cuello, pero me interceptó el antebrazo a mitad de camino. Me estremecí. Podía sentir cómo un moretón comenzaba a aparecer allí donde sus dedos se encontraban con mi piel.

Me dio un rodillazo en el estómago. Con fuerza. El aire se me escapó de los pulmones y mi espada cayó detrás de mí. Antes de que pudiera darme cuenta, la Sombra ya corría a por la suya.

Me saqué un cuchillo de la manga y se lo lancé. Le desgarró la piel de la mano. En medio de la oscuridad, no pude distinguir el color de la sangre.

No me importó. Yo lo había hecho sangrar primero.

—¿Alguna preferencia sobre cómo quieres que te mate? —me jacté, recuperando el aliento.

Él se detuvo.

—No, pero me gustaría saber por qué quieres matarme.

Su capucha se volvió hacia mí, pero sus hombros seguían girados hacia la espada.

—El rey lo ordena —dije simplemente, preparándome para atacar cuando él se moviera.

—¿Alguna vez has soñado con no servirle al rey?

Su voz era oscura y uniforme. Los vellos del cuello se me erizaron. ¿Acaso era él capaz de adivinar siquiera cuántas veces había estado de pie frente al rey imaginando que le clavaba una de mis dagas en el pecho?

—Ese es el problema de las coronas —susurré—: cuando una cabeza cae, otra las recibe.

La Sombra hizo una pausa. No podía verle el rostro, pero sentí cómo sus ojos me examinaban. Dejé de respirar.

—Solo si dejas una corona que reclamar —respondió después de un momento. Se agachó y los dedos le quedaron a solo unos centímetros de la espada.

Arremetí desde el suelo, pateando la espada fuera de su alcance. Él hizo un barrido con la pierna. Yo salté, pero aterricé mal en el tobillo. Tenía las piernas inestables por el vino. Caí justo cuando la Sombra se enderezaba.

Me impulsé del suelo con las manos por encima de la cabeza y aterricé de pie.

Él se abalanzó sobre mí sin un arma.

No tuve tiempo de agarrar mi daga. Me agaché.

Me golpeó de nuevo y yo me moví hacia un lado. Lancé un puñetazo. Él lo esquivó. Intercambiamos golpes de ida y vuelta. Debido al vino, estábamos a la par.

Estudié sus movimientos. Sus pasos eran uniformes y tenía los hombros rectos. No parecía favorecer un lado o una rodilla.

Embistió. Yo me moví a la izquierda, pero él ya lo había previsto, fingiendo su embestida y empujándome hacia el pilar. El yeso se resquebrajó contra mi cráneo y unas manchas negras me inundaron la visión. Cuando se despejaron, alcancé a verle los ojos oscuros antes de que la capucha cayera hacia adelante y los cubriera de sombras. Eran grandes y me estudiaban el rostro.

El rostro.

La capucha se me había quedado atrapada entre la cabeza y el pilar. Había perdido mi anonimato y la pelea de un solo golpe. Pero ¿por qué no había asestado ya el golpe final?

—No es posible —susurró. No estaba segura de si lo decía para sí mismo o para mí.

—¿De qué estás hablando? —espeté.

La cabeza me palpitaba; podía sentir cómo la sangre me empapaba el cabello. Un corte de su espada me curaría tan bien como cualquier bebida. ¿A qué estaba esperando?

—¿No puedes sentirlo? —preguntó, ignorándome por completo.

Abrí la boca para repetir mi respuesta, esta vez sin contener las maldiciones, pero él me detuvo.

De repente, sus labios se posaron en los míos.

Estaba tan aturdida que no pude moverme. Sabía dulce y fresco, como las aguas glaciares de las Montañas Ardientes. Profundizó el beso y una descarga de corriente eléctrica me atravesó el cuerpo. Me di cuenta por la forma en que me apretó la cintura con la mano de que la Sombra también la había sentido.

La Sombra.

La persona que estaba destinada a matar.

La mente se me aclaró cuando me moví para ahondar el beso. Le pasé la lengua por los dientes y sentí un pinchazo agudo.

Colmillos.

Lo acerqué más a mí. El aroma a madera de abedul y rocío llenaba el aire. Le mordí el labio mientras desenvainaba lentamente la daga que llevaba en la cadera.

Me sostuvo el cuello con una mano, tirándome del pelo con delicadeza, mientras me devolvía el mordisco.

Dejé escapar un suave gemido al tiempo que blandí la daga contra su pecho.

La Sombra se movió tan rápidamente que el brazo pareció un borrón. En un momento, me estaba besando con fuerza y, al siguiente, tenía los dedos agarrándome la muñeca. Me sostuvo el brazo en el aire y la daga quedó suspendida justo encima de mi cabeza. Me clavó el otro brazo contra el torso; me sostuvo contra el pilar.

—¿Tienes la costumbre de besar a la gente antes de matarla? —dije.

Me retorcí bajo su agarre, pero era fuerte, más fuerte que yo. Traté de distinguirle el rostro por debajo de la capucha, pero estaba demasiado oscuro.

—No volverá a suceder —murmuró contra mi mejilla.

Respiré con celeridad, anticipando un golpe mortal, pero no llegó. La Sombra saltó hacia atrás, dejándome contra el pilar, y desapareció por una ventana rota.

CAPÍTULO

8

NO TUVE MÁS REMEDIO que irme de Cereliath a la mañana siguiente. Dos penumbras aparecieron al amanecer para recibir mi reporte. A pesar de que estábamos solas en la habitación que habían alquilado, decidí seguir cubriéndome el rostro con la capucha, pues me protegía los ojos de la luz y apaciguaba el dolor que latía detrás de sus cuencas. Con cada respiración sentía el vómito de la noche anterior. Había devuelto una vez junto al pilar después de que la Sombra desapareciera y luego otra cuando iba dando tumbos hacia la posada.

Hablé con las penumbras con la boca reseca y los labios agrietados. Ansiaba el sabor del vino, cualquier cosa que pudiera amainar el dolor del cuerpo y adormecer la vergüenza de mi derrota. Aun así, se lo rechacé a la camarera cuando me preguntó si queríamos una jarra.

No me merecía mi vicio. Por poco me había costado la vida, y me había costado la Sombra.

Mi lengua no probaría ni una gota de vino más hasta que tuviera su cabeza entre las manos.

Pero para eso necesitaba tiempo. Tiempo para encontrarlo. Para atraer a la Sombra hacia la luz el tiempo suficiente como para clavarle mi espada en el pecho. O en el cuello. O en un ojo. No me importaba dónde con tal de detenerlo y de asegurar mi lugar como Espada una vez más.

—¿Algo más de lo que informar, señora? —me preguntó una de las penumbras.

Me clavó los ojos oscuros en la capucha, pero yo estaba distraída mirando la larga cicatriz que se le deslizaba desde la túnica hasta el cuello. Era joven y, a juzgar por la palidez de su piel y la curvatura de sus orejas, en gran parte mortal. Dudaba que tuviera más de veinte años.

Tan joven y ya tan llena de cicatrices. Moví los hombros. Los nombres que llevaba en la piel me arañaron la túnica.

—No —mentí, y salí de la habitación.

¿Qué iba a decirles a unas penumbras? ¿Que había matado al asistente de Curringham y luchado contra la Sombra, pero no había conseguido nada? Guardaría esos secretos hasta que tuviera que revelarlos. Hasta que el rey comenzara a hacer preguntas.

Después de todo, estaba segura de que un beso inesperado no sería una excusa válida ante los ojos del monarca.

No entendía por qué la Sombra lo había hecho. ¿Una técnica de distracción, quizás? Me parecía poco probable. Él llevaba ventaja. ¿Tal vez era un juego para él? Al igual que todas las mestizas, me había cruzado con muchos hombres con fantasías repugnantes.

El rostro del príncipe Damien se me pasó por la mente.

Sonreí con sorna. Damien era lo suficientemente cruel, pero me resultaba imposible imaginar al príncipe heredero escondiéndose del mundo. Era demasiado orgulloso como para mantener sus acciones en secreto.

Abandoné la ciudad, sin dejar de galopar hasta llegar al borde de Bosquemuerto. No quería volver a ver los rostros de todas esas personas hambrientas. No quería saber cuáles habían muerto y dejado sus cadáveres pudriéndose bajo los soles.

El sudor se me acumulaba en la frente cuando dejé que mi caballo se detuviera y descansara. Tomé un sorbo de mi bota; el agua tibia me recorrió la lengua, calmando la sed, pero no el deseo. Tan pronto como comencé a montar de nuevo, vomité sobre el costado del animal, que me observó con sus ojos negros mientras me limpiaba la boca.

Iba a ser un largo viaje de regreso a la capital.

—Buenos días, Keera —me recibió Gerarda, esperándome junto con dos penumbras a las afueras de Koratha.

Se la veía aún más pequeña frente a la imponente muralla que había detrás de ella. Conté siete cuerpos que colgaban de la piedra blanca y vi que unas delgadas líneas de rojo y ámbar se les escurrían bajo los pies.

—¿Me atrevo a preguntar cómo supiste que tenías que esperarme aquí? —Arqueé una ceja. Normalmente llegaba a la capital por los puertos, no a caballo.

—Algunas de nosotras somos espías, Keera —dijo, sonriendo de lado. No me pasaron inadvertidos ni el ataque ni el uso de mi nombre frente a las penumbras.

—No sabía que nos espiábamos entre nosotras, Gerarda —contesté, observando con satisfacción cómo aquella sonrisa ladeada se le desdibujaba.

—A la señora le gustaría hablar contigo —reveló, ignorando por completo mi insinuación. Se acomodó el corto cabello negro detrás de una oreja y se encogió de hombros.

Fruncí el entrecejo.

—¿Ahora? —pregunté, señalándome la ropa sucia.

Llevaba pegado el inconfundible olor a estiércol de caballo, vómito y sudor, y lo único que quería más que un trago era un baño.

Gerarda me lanzó una sonrisa malvada y asintió.

—¿Cuál de todas? —inquirí, a pesar de que sabía a quién se refería.

—El Arco —me indicó, usando el título de Hildegard y mirando hacia las penumbras. Gerarda solo faltaba al respeto cuando se trataba de mí.

—Muy bien —dije.

Le di una palmadita en el costado al caballo y comencé a trotar junto a la muralla curva de la capital.

—¡Espera! —me llamó Gerarda. Giró sobre las puntas de los dedos de los pies y dio un delicado paso hacia mi cabalgadura—. Tengo que acompañarte. —Hizo un gesto para que las penumbras tomaran las riendas.

—No necesito una niñera —escupí, bajándome de la silla.

Sin decir una palabra, las dos penumbras se montaron juntas en el caballo y cabalgaron hacia las primeras puertas.

—Piensa en mí más como una guía —suspiró, poniendo los ojos en blanco. Cuando no me moví para seguirla, se dio la vuelta—. Quiere hablar con las dos, Keera. Y, para que conste, no me gusta que me envíen a buscar a nadie. Mucho menos a ti. —Tenía los brazos tensos a los costados y los puños apretados dentro de sus guantes de cuero.

Al menos ninguna de las dos estaba contenta con la situación.

Gerarda dio media vuelta y su capa del Arsenal dejó un rastro negro a su paso. Mantuve la distancia mientras avanzábamos junto a la muralla exterior de la ciudad, de camino al mar. Anduvimos en silencio hasta que pude saborear la salmuera en el aire. Me concentré en el familiar zumbido de las olas estrellándose contra las rocas que rodeaban la costa. Las gaviotas volaban en círculos perezosos por encima de nuestras cabezas, lanzándose al agua para cazar. Pisé la arena húmeda de la marea baja con las botas cuando llegamos al extremo romo de la muralla.

Ahí estaba.

La Orden.

Un reflejo exacto del palacio del rey, solo que más pequeño y ubicado en su diminuta isla, como si fuera un juguete infantil. Pero la isla no era un lugar para niños. Era a donde enviaban a las hembras mestizas más fuertes a entrenar como iniciadas. Y luego, si eran lo suficientemente fuertes, como penumbras.

No había puesto un pie en esa isla en más de dos años. El estómago se me revolvía violentamente con cada paso que dejaba en la arena. La Orden había sido el telón de fondo de demasiadas de mis pesadillas. Pensé en correr hacia el palacio, en su lugar. Allí encontraría mis aposentos y mi bañera. Y también estaría Gwyn. Podría sacar a relucir mi rango y decirle a Hildegard que se encontrara conmigo allí.

Pero no lo hice. Caminé con pasos flojos detrás de Gerarda y me limpié la frente con el dorso de la manga. El verano estaba a punto de terminar, pero los soles aún eran calurosos y yo tenía el cuerpo destrozado por más de dos semanas sin beber. Me dolían las rodillas cada vez que un pie se me hundía demasiado en la arena.

Oí cómo los pasos de Gerarda chasquearon contra el cristal y levanté la mirada. Estaba parada en la única vía de acceso a la isla, el Puente Prohibido: un largo arco de cristal que estaba suspendido sobre el canal entre los terrenos del palacio y la isla. Solo a las penumbras se les permitía usarlo, aunque eso no importaba. El puente no estaba completo, sino que terminaba muy por encima del agua arremolinada, a casi cien metros de la costa de la isla.

La brecha se había rellenado con varios postes pequeños, hechos de la misma piedra que la Orden, que sobresalían de entre las olas a diferentes alturas, esparcidos por el abismo. Solo alguien lo suficientemente hábil como para maniobrar a través de ellos podía llegar a las costas de la isla.

Gerarda se movió primero. Dio un brinco hasta el pilar más cercano con un salto mortal en el aire. La fanfarria era solo por mí. Saltó con gran habilidad de un pilar al siguiente sin vacilar una sola vez a pesar de que algunos eran solo tan anchos como su pie. Atravesó con gracia la brecha como una bailarina y, en cuestión de segundos, cruzó al otro lado.

Yo nunca había poseído la elegancia de Gerarda, así que corrí hasta el final del puente y me impulsé desde el borde con un salto largo. Pedaleé con las piernas, impulsándome hacia adelante. Aterricé en un pilar del medio y corrí por encima de los postes. Con grandes zancadas, salté de uno en uno en una carrera exagerada. Me lancé desde el último con un giro en el aire y aterricé con los pies firmes en el suelo.

Gerarda torció la mandíbula hacia un lado y cruzó los brazos. Ambas nos quitamos las capuchas antes de dirigirnos hacia la entrada principal de la Orden. Este era el único lugar donde una penumbra podía salir de las sombras.

Subimos la gran escalera, y luego otra secundaria. El estudio de Hildegard estaba en la torre central. Tuve que detenerme a mitad de camino. Me agarré las rodillas, controlando las ganas de vomitar, y cerré los ojos con fuerza para tratar de amortiguar el dolor que palpitaba detrás de sus cuencas. Pensaba que, después de dos semanas, los síntomas de abstinencia tendrían que haber disminuido, pero las gotas de sudor aún me brotaban de la piel y la garganta reseca clamaba por algo más que agua para aliviar el dolor.

Gerarda olfateó ruidosamente y dio unos golpecitos con el pie en la parte superior de la escalera de piedra. Detrás de ella había una estatua de un guerrero élfico vestida con prendas de cuero sobre las cuales estaban cosidos cada uno de los elementos a lo largo de sus extremidades y torso. Por instinto me jalé la manga, pues sabía que el mismo patrón estaba tallado en mi piel. Mi rebelión secreta contra la Corona no era algo que le pudiera revelar a nadie, ni siquiera a quienes habían entrenado conmigo toda la vida. Nadie podía saber que no le temía a esa parte perdida de mí, la parte élfica, como me habían ordenado que hiciera. En cambio, la reclamaba a mi manera con cada nombre que me grababa en la piel.

Recuperé el aliento y subí despacio los escalones que quedaban. La mirada de Gerarda se detuvo en los círculos rojos que tenía alrededor de los ojos, en mi piel húmeda. Se mordió los labios y dibujó con ellos una línea recta. Esperé una réplica sarcástica, pero no dijo nada.

Gerarda llamó a la puerta del Arco dos veces.

—Entren —ordenó una voz desde el interior de la habitación.

Hildegard estaba de pie frente a su escritorio con los brazos entrelazados detrás de la espalda. Era la misma postura que adoptaba cada vez que me metía en problemas siendo una iniciada; en aquel entonces pasaba mucho tiempo en esta oficina. Llevaba el cabello gris amarrado en un moño bajo que le tiraba de las arrugas que le enmarcaban los ojos. Me sacaba solo quince años, pero parecía una anciana, mientras que yo podía pasar por una joven de veinte.

Hice una ligera reverencia antes de tomar mi asiento habitual. Gerarda no se sentó, sino que se quedó de pie junto a la pequeña ventana para mirarnos a nosotras y a la puerta a la vez. Toda una soldado modelo, en especial cuando estaba frente a su maestra favorita. Siempre había sido una aduladora.

—Me alegra verte de vuelta en la isla, Keera —dijo Hildegard, y arrugó la nariz cuando una brisa de la ventana le llevó mi olor. Fruncí el ceño. Ella había sido la que había insistido en tener una reunión urgente—. Hemos mantenido tu oficina limpia —agregó, señalando la puerta al otro lado del pasillo.

Nunca había puesto un pie dentro y nunca lo haría.

—No es necesario —repuse—. He pasado tiempo más que suficiente en estos pasillos. Además, no sería buena idea: solo sería un estorbo para ti y para el maravilloso trabajo que haces con las iniciadas.

Mi voz estaba cargada de sarcasmo, pero era verdad. Hildegard era señora estricta pero justa, y cualquier mestiza a su cargo estaba a salvo.

—Ni que fuera tu trabajo —murmuró Gerarda desde la ventana. Imitaba la postura de Hildegard: la espalda recta como una flecha y las manos apoyadas detrás de ella.

—Como Espada, mi trabajo es dirigir el Arsenal como mejor me parezca, Gerarda —respondí con frialdad—. El Arco y la Flecha nunca se han quejado de sus deberes entrenando a las penumbras, ¿o me equivoco?

Levanté una ceja hacia Hildegard y fijé la mirada en el broche de un arco plateado que llevaba en la túnica.

—No —contestó ella.

—Admito que no veo al Escudo desde hace tiempo, pero ¿acaso se queja de sus deberes cuando comparten cama? —le pregunté a Hildegard de nuevo.

Ella frunció los labios, entrecerró ligeramente los ojos verdes y sacudió la cabeza.

—Tal como me imaginaba. Nos quedas solo tú, entonces, Gerarda —dije, volviéndome hacia ella—. ¿Estás presentando una queja oficial? ¿Ser la Daga y organizar misiones es demasiado para ti? —Levanté una ceja y sonreí.

—Por supuesto que no —respondió ella con los dientes apretados.

—Entonces no hay necesidad de hablar del tema —rematé, agitando la mano—. Hoy. Ni frente al rey.

Le lancé las últimas palabras a Gerarda, que tuvo al menos la decencia de mirarse las botas. No me había olvidado de la última audiencia con el monarca.

—Ya basta de cortesías —intervino Hildegard con el rostro serio—. Hubo un ataque en Volcar. No hemos identificado a los culpables, pero perdimos a cuatro penumbras.

Inhalé con fuerza. Los ataques contra las penumbras siempre habían sido parte de la vida en la Orden, pero últimamente estaban empeorando.

—Si sumamos esto a las tres que perdimos en Desembarco del Mortal y al grupo que nunca regresó de la Trampa del Loco, nuestros números han disminuido vertiginosamente —continuó, mordiéndose el interior de la mejilla. Respiró hondo antes de concluir—: El rey cree que es hora de convocar las Pruebas. —Posó los ojos en el pergamino que yacía sobre el escritorio.

Apreté un puño contra el brazo de la silla.

—¿Tan pronto? —dije—. Las últimas fueron hace apenas dos años.

Las Pruebas eran la razón por la que las iniciadas entrenaban. Una serie de cinco desafíos creados para probarlas individualmente de la manera más brutal. Solo aquellas que pasaban las cinco se convertían en penumbras.

Hildegard asintió, lúgubre.

—¿A cuántas convocarás para que lo intenten? —exigí saber.

El Arsenal seleccionaba a las iniciadas que consideraba que estaban listas antes de cada serie de Pruebas. Desde que había sido nombrada Espada, les había dejado esa responsabilidad a las demás señoras.

—El rey cree que cualquiera con ocho años de experiencia está lo suficientemente bien entrenada —respondió. Su tono de voz era sereno. Demasiado sereno.

Cerré la mandíbula de golpe, cogí el jarrón de su escritorio y lo arrojé al otro lado de la habitación. Ni Gerarda ni Hildegard se inmutaron cuando se estrelló contra la pared.

—¿Ocho años? —Bufé mientras daba vueltas de un lado a otro frente al escritorio—. Ocho años son apenas suficientes para dominar las habilidades básicas. Si convocas a iniciadas con tan poca experiencia, las estarás llevando a su muerte. —El busto me subía y me bajaba violentamente cuando miré fijamente a Hildegard.

Su mirada era suave, pero tenía la mandíbula rígida. Cruzó los brazos frente al pecho.

—Estoy a las órdenes del rey —se defendió—. Todas lo estamos.

—¡A la mierda con el rey! —grité.

La atención de Gerarda se disparó hacia mí, observándome con los ojos muy abiertos a modo de advertencia. Hildegard caminó hacia la puerta y la cerró.

—La Sombra tiene al rey al límite —dijo—. Cree que estos ataques están relacionados entre sí y le preocupan sus números. Su ejército ha disminuido y ahora hay menos penumbras de las que solía tener…

—¡Tal vez si no insistiera en colgar a todos los mestizos que decide tildar dc traidorcs sin razón alguna tendría más mano de obra a su servicio! —exploté.

Agité el brazo sobre su escritorio y tumbé por accidente un frasco de tinta. El líquido oscuro se extendió sobre una página suelta de pergamino.

—Keera, ya basta —siseó Gerarda, ayudando a Hildegard con la tinta.

Sacudí la cabeza. Cada respiración irregular me palpitaba contra el cráneo, y tenía la piel en carne viva, ardiendo de rabia ante la indiferencia del rey. No le importaba cuántas mestizas murieran en las Pruebas. No era capaz de entender que con más entrenamiento podrían servirle mejor.

Él quería más penumbras, costara lo que costara.

—Ya nos obliga a cazarlos —espeté—, a buscar por todo el reino a mestizos que esconden a sus hijos. ¿Saben a cuántos padres he matado solo para traer a sus hijas a esta maldita isla? ¿Y para qué? ¿Para que mueran antes de pasar sus Pruebas? ¿Para que caigan en su primera misión porque no saben cómo protegerse? ¿Es que el rey no ha aprendido nada desde la última vez?

—Al parecer no —susurró Hildegard.

Para las últimas Pruebas, el rey había insistido en convocar a todas las iniciadas con diez años de experiencia. La mitad de las graduadas murieron en el transcurso de un año.

—Esto es una locura —gruñí, y me desplomé de nuevo en la silla.

—Y, sin embargo, son nuestras órdenes —dijo Hildegard con un suspiro—. No hay forma de cambiar la opinión del rey. Ya lo he intentado.

Se mordió el labio y miró por la ventana. Pude ver el brillo vidrioso que le cubría los ojos.

—Si hubieras vuelto con la cabeza de la Sombra… —murmuró Gerarda, recogiendo los pedazos de vidrio rotos del suelo.

—Me enviaron a Cereliath para vigilar a lord Curringham —aclaré—. Lo cual, por cierto, fue una pérdida de tiempo.

Los dedos de Gerarda se agarrotaron contra un gran trozo del jarrón. No sabía nada sobre el asistente y la Sombra y yo, claramente, no iba a decírselo.

—En cualquier caso —retomó Gerarda—, el rey está fuera de sí con todo esto de la Sombra. No cambiará de opinión sobre las Pruebas hasta que se detenga la amenaza.

—Entonces voy a acabar con la Sombra de una vez por todas. Antes de que se celebren las Pruebas —dije llanamente—. Dime, por favor, que tenemos tiempo.

—El rey es inflexible —contestó Hildegard y a mí se me cayó el alma al suelo—, pero le he dicho que las iniciadas necesitarán tiempo para prepararse. Creo que puedo convencerlo de que posponga las Pruebas hasta el solsticio de invierno.

—¿Cinco meses? —No era mucho tiempo, pero tenía que bastarme—. No voy a ser jueza —añadí, cruzando los brazos. Solo había juzgado una serie de Pruebas como Espada y me negaba a hacerlo de nuevo.

—Eso es entre el rey y tú —respondió Hildegard.

Una sombra le cubrió los ojos: supe que estaba pensando en la única vez que me había presentado como jueza. Me había encontrado desmayada en un puesto de limpieza con la misma ropa que tenía puesta la noche de la última prueba. Había deambulado de taberna en taberna durante todo un mes, yéndome solo cuando los posaderos me echaban. Hildegard me había sacado de entre una pila de estiércol y me había devuelto a un estado mental funcional.

Nunca más volví a asistir a una serie de Pruebas.

—Yo estaré allí —dijo Gerarda. El orgullo en su voz hizo que el contenido del estómago me gorgoteara por la garganta—. Pero estoy de acuerdo con Keera. Que vaya tras la Sombra. Si se pueden detener las Pruebas, será lo mejor.

Me quedé con la boca abierta; la miré fijamente. La Daga no me devolvió la mirada, pero asintió con rigidez.

—¿Dónde comenzarás tu búsqueda? ¿De vuelta en Cereliath? —preguntó Hildegard, mirando el mapa que colgaba de la pared. Estaba marcado con cien alfileres que representaban las ubicaciones de todas las penumbras en misión. Sacó uno y lo preparó sobre el pergamino.

—No —respondí—. En las Tierras de Fae.

Gerarda jadeó y Hildegard clavó el alfiler en el marco de madera. Se partió en dos y cayó al suelo.

—Eso es que deseas morir —susurró Gerarda—. Nadie regresa de las Montañas Ardientes.

—El rey nunca lo permitirá —dijo Hildegard, mirándome una vez más—. No romperá el tratado por una corazonada.

—Lo hará —respondí, y me golpeé los muslos con las palmas mientras me ponía de pie—. Él quiere a la Sombra más que nada y su paciencia conmigo se está agotando. No sobreviviré a otro fracaso.

Gerarda puso las manos sobre el escritorio.

—Nunca se desharía de ti —musitó—. Eres su trofeo más brillante.

—Todos sabemos que no brillo desde hace mucho mucho tiempo. —Incliné la cabeza. Era la mejor disculpa que iban a recibir—. Yo misma me he puesto en esta posición. Si la elección debe ser entre arriesgar mi vida en las Tierras de Fae para protegerlas —Señalé por la ventana a las iniciadas que recibían su entrenamiento abajo— o esperar a que el rey se deshaga de mí, déjenme tomar la decisión.

Miré a Hildegard fijamente, negándome a parpadear hasta que cediera. Pasó un largo momento, y luego ella asintió.

—Entonces está decidido. —Hildegard aplaudió—. Trataremos de darte todo el tiempo posible, Keera, pero necesitas acabar con la Sombra.

—Lo haré —dije, y salí por la puerta.

La brisa marina me enfrió la rabia. Se me llenaron los pulmones con el aire salado y el pecho se me fue relajando con cada respiración. Cada vez que me veía obligada a regresar a la isla, me sorprendía por lo poco que cambiaba. Caminar por los jardines era como viajar atrás en el tiempo. Las mismas piedras gigantes sobresalían del mar en un círculo alrededor de la isla, evitando que los marineros desembarcaran en sus costas. Los mismos blancos estaban dispuestos por todo el campo junto a la misma carrera de obstáculos en la que yo misma me entrené.

Observé desde la cima de la colina a las iniciadas que practicaban abajo. Incluso ellas se parecían a aquellas con las que había entrenado yo. El mismo atuendo negro y las trenzas apretadas. Una mezcla de orejas puntiagudas y redondas. No importaba que sus rostros cambiaran a lo largo de los años: cada iniciada tenía aún la misma sangre ámbar en las venas. La sangre que las marcaba como propiedad del rey.

Estas iniciadas eran jóvenes, no solo en edad sino en habilidad. Solo estaban a nueve metros de su objetivo, pero algunas de las flechas seguían sin dar en el blanco. A una en especial le costaba más que a las demás. Tenía los brazos tensos y la cuerda del arco floja. Una pila de flechas yacía en el suelo a medio camino entre ella y el blanco.

Me acerqué a la joven mestiza, viéndola inclinar el codo hacia arriba para lanzar otra flecha. Voló poco más de cuatro metros antes de caer en picado al suelo.

Me acerqué despacio. Ella bajó el arco y se volvió hacia mí, abriendo mucho los ojos ante el broche de la espada de plata que llevaba en el cuello y que brillaba con la luz del sol.

Escondió el rostro detrás del arco.

—Ho-hola.

Traté de devolverle una sonrisa amable.

—¿Cómo te llamas?

Se estremeció tanto que pensé que iba a romper el arma.

—Fy-Fyrel.

—Fyrel —repetí, tan suavemente como pude—. Tu agarre no está bien, por eso no puedes alinear el brazo correctamente. —Hice un gesto hacia el arco. Le tembló en las manos—. Finge que agarras una flecha.

Fyrel apretó la empuñadura demasiado arriba del cuero, así que puse una mano sobre la de ella y le aflojé los dedos uno por uno. Estudié su postura una vez más y le incliné la mano un poco hacia la izquierda.

—Inténtalo así —dije.

Tiró de la cuerda del arco, esta vez con el agarre perfectamente alineado.

—¡Lo conseguí! —gritó. Miró con ojos abiertos la longitud de su brazo.

Asentí, dirigiendo la vista al círculo.

—Intenta darle al blanco.

Fyrel posicionó una flecha en el arco y respiró hondo. Luego tiró de la cuerda, ajustando su agarre tal como le había indicado. Disparó; la flecha voló por el campo. La punta perforó el borde interior de la diana, cerca del pequeño punto rojo.

—¡Es la primera vez que alcanzo el blanco! —gritó, envolviéndome con los brazos.

Me arrodillé para nivelar mi mirada con la suya.

—¿Cuál es tu mejor habilidad? ¿La que más te gusta?

—Combate con espadas —respondió de inmediato.

Llamé a una de las demás chicas, una mestiza de estatura baja, con pelo oscuro y cejas gruesas. Era la mejor arquera del grupo.

—¿Cómo te llamas? —le pregunté.

—Saraq —dijo ella.

—¿Se conocen? —Ambas asintieron tímidamente—. Bien. Fyrel necesita ayuda con el tiro con arco y yo sé que eres la mejor de tu año. —Le sonreí a Saraq y ella asintió con orgullo—. Y Fyrel es la mejor espadachina. Quiero que entrenen juntas de aquí en adelante. Apóyense mutuamente para perfeccionar sus habilidades.

Las dos chicas se miraron a los ojos y se volvieron hacia mí. Asintieron al unísono justo cuando el campanario dio la llamada de la cena. Las dos iniciadas hicieron una breve reverencia antes de retarse a una carrera hasta la colina donde les esperaba la comida.

—Eso fue muy amable de tu parte —dijo Hildegard.

Miré por encima del hombro. No la había escuchado acercarse a la sesión de entrenamiento.

—Es más fácil —expliqué, dejando caer los hombros— cuando tienes a alguien a tu lado.

Hildegard suspiró y siguió con la mirada a las iniciadas colina arriba. Sabía que pensaba en el momento en que el rey la haría convocarlas a su muerte.

—Eso lo sabes muy bien —susurró después de un momento.

Me giré hacia el borde del acantilado y vi las olas romper contra la piedra. No quería hablar de eso. De ella. Me mordí el labio, esperando a que Hildegard dijera algo más.

—Dime qué pasó en Cereliath. —Ella siempre detectaba con rapidez mis estados de ánimo.

Suspiré.

—Bailé con una Sombra.

Era más de lo que debía admitir, pero sabía que no se lo diría al rey, pues era la primera en ser consciente de que una de sus rachas de mal humor podría llevarnos a cualquiera de nosotras a la muerte. Incluso a su Espada.

Arqueó las cejas.

—Pero ¿no pudiste atraparla? —preguntó mientras se dirigía al borde del acantilado. Caminé junto a ella.

—No. —Pateé una piedra con una bota—. No estaba en mi mejor momento esa noche.

Las palabras me rasparon la garganta, pero me tragué la vergüenza.

—Ah —dijo Hildegard, cruzando de nuevo los brazos detrás de la espalda—. ¿Supongo que es por eso por lo que llegaste pareciendo estar al borde de la muerte?

—Sí.

No tenía sentido negarlo. Los ojos de Hildegard trazaron las venas rojas de los míos y los círculos oscuros que colgaban como capas bajo ellos.

—¿Cuánto tiempo? —preguntó.

—Trece días.

Era un período de tiempo demasiado corto, pero las ansias lo hacían eterno. Cada minuto sin beber se me hacía una hora. O diez.

Ella sonrió con suavidad y se sacó algo del bolsillo. Era un frasco de líquido negro.

—Tómate esto —dijo, y me lo dejó en la palma de la mano.

Me cerró los dedos alrededor de la botella y me presionó el pulgar sobre la tapa. Me llevé el frasco a la nariz y removí el líquido oscuro.

—¿Esto no es...?

—Elixir de *winvra*, sí. Solo una gota al día debería ayudarte a sobrellevar la peor parte. Calmará el dolor hasta que puedas gestionarlo por tu cuenta.

—No puedo aceptarlo —le susurré, devolviéndoselo. Era demasiado caro. Ni siquiera estaba segura de cómo ella había logrado conseguirlo.

—Sí puedes —dijo, ignorando mi mano tendida. Me agarró del hombro, y el cuello se me tensó cuando me presionó con el pulgar una de las cicatrices—. Esto te ayudará, Keera. Te ayudará a acabar con la Sombra y a salvar a las iniciadas de un destino peor que los que ya han sido escritos para ellas. Tómalo. Úsalo. Y regresa con tu misión cumplida.

Abrí la boca. Ninguna palabra abandonó mis labios porque no podía pensar en una que tuviera tanto significado como la opción que me había dado. Me acerqué a Hildegard y le envolví los brazos con firmeza por la espalda. Ella me miró con los ojos muy abiertos antes de acomodarse en el abrazo.

—No les fallaré —afirmé, dirigiendo una última mirada a las paredes blancas del lugar que una vez había sido mi hogar.

«No de nuevo».

CAPÍTULO 9

Los terrenos del palacio estaban abarrotados. No de gente, sino de mesas y comida. Había cintas que colgaban en tiras flojas de los árboles del jardín. Una de ellas se descolgó y me aterrizó sobre el hombro cuando me acercaba sigilosamente a la entrada este. Caminé evitando los vidrios rotos que bordeaban el camino, y pisé sin querer pedazos podridos de fruta machacada. Suspiré y me limpié las bayas rojas contra la hierba.

—Keera, te perdiste las festividades.

La espalda se me puso rígida cuando el príncipe Damien se paró delante de mí.

—No sabía que el rey celebraba una fiesta —dije, enderezándome tanto como pude.

Damien estaba apoyado contra la pared de piedra, con la camisa arrugada y desabrochada a la altura del cuello. Sostenía una copa de cuyo borde se derramaba un líquido oscuro. Me señaló con un dedo.

—Ambos sabemos que la única fiesta que a mi padre le interesa celebrar es su coronación.

Arrastraba las palabras y sus ojos perdían el foco cada vez que parpadeaba. Parecía que el príncipe no había dormido en toda la noche.

—Por supuesto, Su Alteza —dije, inclinando la cabeza.

Cada diez años, el rey celebraba la inauguración de su reino con un verano lleno de eventos. Durante semanas, el palacio se llenaba de emoción por los torneos, las fiestas y la música. Por fortuna, no tendría que padecer eso de nuevo sino hasta dentro de dos veranos.

Damien hipó y se enderezó con una sacudida.

—Esta fiesta es obra mía —se pavoneó, balanceándose y dando un paso hacia mí—. La planeé para mi hermanito. Estoy seguro de que se lo pasó de maravilla.

Incluso borracho, no podía borrarse esa sonrisa engreída del rostro. Su hermano odiaba las fiestas más de lo que a Damien le gustaba hacerlas.

Me agarró del hombro y apretó los dientes. Sabía que podía sentir las crestas de las cicatrices que me había hecho, las cuales se extendían por mi espalda. Me acarició la cara con un dedo pegajoso de la mano con la que aún sostenía la copa de vino.

—Habrías estado encantadora con uno de esos vestidos sin espalda —susurró, recorriéndome la columna con los dedos. Me mordí la lengua hasta que pude saborear la sangre—. Todos los nobles se habrían puesto a babear al verte. La fruta prohibida —susurró, con la cara encajada dentro mi capucha, de modo que pude sentir el chasquido de su lengua en la oreja—. Una fruta realmente hermosa —añadió, arañándome las cicatrices más anchas—, pero podrida.

La piel me ardió como si el tacto de Damien la abriera de nuevo en dos. Cerré los ojos y contuve la respiración, esperando que eso aplacara la rabia incandescente que me latía por las venas. Me aferré a la empuñadura de mi daga, pero no la saqué de su funda. Me rehusaba a participar en su juego.

—Lamento habérmelo perdido, señor —respondí con frialdad.

Damien movió la cabeza hacia atrás y me estudió con los ojos muy abiertos. Mantuve un gesto inexpresivo, pues sabía que el más mínimo indicio de una sonrisa podría desatar en él una rabia brutal. Una que no descargaría conmigo, sino con Gwyn. Sus fríos ojos se quedaron fijos en los míos, entrecerrándolos como si mirara a los soles. Después de un momento, formó una sonrisa con los labios.

—Sí, es una pena —afirmó, dando un paso atrás y tomándose un largo trago de vino—. Esa boca habría sido una delicia en el Baile de los Bastardos.

No pude evitar inclinar la cabeza y fruncir el ceño.

—¿No te has enterado? —continuó él, deslizándose contra la pared una vez más—. Comenzó como una broma, pero el nombre gustó. Tal vez vuelva a organizar uno la próxima vez que mi hermano se digne a visitarnos. —Le palpitó la mandíbula antes de tomar otro trago de vino.

Yo me dibujé una sonrisa falsa en el rostro.

—Muy inteligente, señor —dije con un asentimiento rígido.

El príncipe agitó la copa frente a sus labios fruncidos. Odiaba que su hermano hubiera nacido y aún más que fuera hijo de una fae. Damien había estado junto la cama de su madre, la primera esposa del rey, cuando ella había muerto a la edad de ciento siete años. Tres días después, Killian había nacido de la amante fae del rey.

—Debería haberlo llamado el Baile de los Mestizos —le murmuró a la copa mientras se terminaba la bebida.

Asentí, pero él ya no estaba escuchando. Tres damas habían aparecido al final del pasillo; los ojos hambrientos del príncipe acecharon el balanceo de sus faldas. Arrojó la copa al suelo y las persiguió sin decir una palabra más.

Recogí la copa y la puse sobre la mesa. Damien no sentía más que desprecio por su hermano. Yo no entendía por qué. Killian no había mostrado ningún interés por ascender al trono y pasaba años lejos de su padre y su hermano. Miré hacia el pasillo por donde Damien se había alejado.

Mestizo.

¿Era por eso por lo que lo odiaba? Sacudí la cabeza y subí las escaleras hacia mis aposentos. El rey había buscado engendrar un hijo con una fae para consolidar la paz con las Tierras de Fae. O eso decía. En cualquier caso, Killian había nacido y su madre había muerto en el parto.

Si bien técnicamente el segundo príncipe era un bastardo, no era un mestizo.

Killian había nacido mortal, sin más fuerza ni altura de lo normal. Tenía las orejas redondas y la piel tan pálida como la de su padre. Incluso su sangre era roja. Los mortales y los fae tenían sangre pura, sangre roja, y por lo tanto creaban descendientes puros. Lo único que diferenciaba al príncipe era su larga vida, algo que él y su hermano habían heredado del rey.

Me desplomé en la cama sin bañarme. Estaba demasiado cansada como para un baño y podía sentir la sed de vino en la garganta. Le quité el tapón al elixir y probé una gota, dejando que la dulzura me arrastrara a una noche de descanso sin sueños.

El rey esperó un día entero para convocar una audiencia conmigo. Dos guardias abrieron las enormes puertas de la sala del trono y la luz de los soles que entraba por las grandes ventanas me calentó la capucha. Entré en la habitación, donde encontré cada una de las tres sillas ocupadas. El rey estaba sentado en el centro, en su trono, con sus dos hijos flanqueándolo a cada lado. Se me cortó la respiración. No esperaba una audiencia con los tres.

Me quité la capucha y me arrodillé ante el trono. Podía sentir cómo los ojos del rey me perforaban el cráneo y cómo los de Damien me atravesaban la blusa de lino que llevaba debajo de la capa.

—De pie —dijo el rey en un acto inusual de misericordia por mis rodillas. Esto podía ir bien o muy muy mal—. ¿Qué averiguaste en Cereliath? —preguntó con los dientes apretados.

Muy mal, entonces.

—Menos de lo que esperaba, Su Majestad —me excusé con una reverencia—. Seguí a lord Curringham durante más de un mes y no encontré nada que me llevara a pensar que estaba tratando con los fae oscuros o —Respiré— que era consciente de que su asistente lo estaba haciendo.

—¿Su asistente?

Damien levantó una ceja. Estaba arrellanado en la silla, apoyándose en el reposabrazos con una pierna sobre la otra. Killian estaba sentado recto, pero tenía las cejas levantadas.

—Sí, Su Alteza —respondí, negándome a mirar al príncipe. Era un riesgo contarle al rey lo del joven. Un riesgo que, esperaba, valiera la pena—. El asistente llevaba al servicio de lord Curringham más de un año. Lo vi reunirse con un conspirador que, según él, trabajaba para la Sombra.

—¿La Sombra? —repitió el rey, y apretó el brazo del trono con tanta fuerza que los nudillos se le pusieron blancos.

—Sí, Su Majestad —contesté—. El hombre mantuvo el rostro oculto bajo la capa de viaje para que no pudiera identificarlo. Cuando interrogué al asistente, dijo que solo trataba con dos personas, una que creía que era la Sombra y la otra, su cómplice.

No era del todo cierto, pero el rey no tenía a nadie que pudiera verificarlo, pues yo había dejado al único testigo en el fondo de un canal.

—¿Me estás diciendo que la Sombra y los fae oscuros están trabajando juntos? —bramó él, estampando un puño sobre el trono. Las fuertes exhalaciones le sacudieron la barba y casi le desaparecieron los ojos detrás de las mejillas enrojecidas.

Negué con la cabeza.

—El chico no estaba seguro. Rylan nunca lo vio claramente, pero dijo que se movía demasiado rápido como para ser mortal.

—¿Rylan?

Era la voz suave del príncipe Killian. Guardé silencio. Killian apenas hablaba en la corte, mucho menos a mí.

—El nombre del chico, Su Alteza —aclaré, observando al príncipe, que se inclinó hacia adelante sobre la silla con la cabeza hacia un lado.

—¡Qué importa el nombre de un traidor muerto! —gritó el rey, estampando el otro puño—. ¿Qué hacía la Sombra en Cereliath?

Dejé de mirar a Killian y me enfrenté al rey.

—El conspirador estaba moviendo un cargamento de alimentos por la ciudad. Creo que la otra persona con la que se reunió el asistente pudo haber sido la Sombra o alguien que trabajaba para él.

—¿Por qué? —preguntó Killian, que levantó una ceja de color miel y se quitó un mechón de pelo de la cara.

—El chico estaba convencido de que así era —respondí y levanté un hombro—, al igual que muchos de los campesinos en Cereliath. Los pobres tienen hambre y alguien los ha estado alimentando. Creen que es la Sombra.

Killian asintió despacio. Pude ver cómo los ojos se le arremolinaban mientras procesaba la información en silencio, a su manera.

—Las únicas personas que se mueren de hambre en Cereliath son las que se niegan a trabajar —dijo el rey.

«O las que no pueden hacerlo», pensé, apretando los dientes.

Damien se frotó la cara y apoyó el brazo sobre el respaldo de la silla.

Killian se volvió hacia mí.

—Esto solo prueba que el chico estaba trabajando con la Sombra, no que la Sombra esté conectada con los fae oscuros.

El rey se inclinó hacia adelante, levantando al tiempo las gruesas cejas y las comisuras de la boca.

—¿Crees que mi hijo está en lo cierto, Espada mía? —preguntó, lamiéndose los labios.

Hice una pausa.

—No encontré ninguna evidencia directa que implicara a los fae oscuros mientras estuve en Cereliath. El chico insistió en que nunca había tratado con ellos. —Otra mentira: Rylan no había podido confirmarlo o negarlo.

—Así que el verdadero peligro es esta amenaza de la Sombra —intervino Damien, sonriéndole con burla a su hermano—. ¿No fue eso lo que dije la última vez que estuviste en esta sala? —Se volvió hacia mí con la misma sonrisa engreída en el rostro.

El rey se recostó en el trono, imponiéndole una mirada fría a su hijo mayor.

—Me gustaría escuchar cuál es la evidencia indirecta —interrumpió Killian. Sus labios rosados se separaron en una sonrisa retadora.

—¿Perdone, Su Alteza? —pregunté, inclinando la cabeza hacia el príncipe.

—Has dicho que no encontraste ninguna evidencia directa —especificó, con un discreto gesto de la mano—. Me gustaría saber cuál es la evidencia indirecta.

El rey asintió; Damien puso los ojos en blanco.

—El conspirador que habló con Rylan llevaba una espada —dije—. Un arma hecha por elfos, demasiado fina como para que la llevara un simple criminal. —Killian arrugó los labios—. Además —continué—, la Sombra lucha demasiado bien. Quienquiera que sea, es muy fuerte como para ser mortal. Y si fuera un mestizo de Elverath, no tendría entrenamiento en combate.

El rey creía que los mestizos machos eran demasiado peligrosos como para convertirlos en soldados; por eso, en cambio, los había puesto a trabajar y había dejado su Ejército en manos de los hombres mortales, en quienes podía confiar, y de las penumbras, a quienes podía controlar.

—¿Luchaste contra la Sombra otra vez? —intervino Damien, acomodándose en la silla. Sus ojos de jade destilaban muerte.

El sudor se me acumuló en la parte baja de la espalda y el corazón empezó a golpearme el pecho. Si quería convencer al rey de que me enviara tras la Sombra, no podía decirle que había vuelto a perder.

—Estaba haciendo referencia a nuestro duelo en Volcar —respondí con frialdad—. Por lo que sé, la Sombra nunca estuvo en Cereliath durante mi estancia.

Damien se recostó de nuevo en la silla. Killian me examinó detenidamente la cara y las extremidades. No era la mirada depredadora de su hermano, sino una curiosa. Pensé que iba a decir algo, pero en vez de eso se inclinó hacia atrás y miró por la ventana.

—¿Crees que la Sombra es fae? —Las palabras del rey eran ardientes y peligrosas.

—Lo consideré, Su Majestad —dije, bajando la cabeza—, pero sería muy difícil para un fae oscuro pasearse por Elverath sin alertar a las penumbras o captar la atención de la gente. Los fae oscuros se identificaban fácilmente por el color violeta de sus ojos—. Creo que es más probable que sea un mestizo —continué—. Tal vez uno que haya crecido en las Tierras de Fae o...

—Un elfo —susurró Killian como respuesta.

Asentí mientras un silencio frío se asentaba en la sala del trono. Pocos se atrevían a mencionar a los elfos frente al rey. Podía escuchar el rechinar de sus dientes en tanto yo contenía la respiración.

—No me importa lo que sea —dijo Damien, atreviéndose a romper el silencio—. Un traidor es un traidor y hay que matarlo.

Golpeteó en el reposabrazos con los dedos y miró a su padre en busca de aprobación. El rostro del rey permaneció inmóvil, con los ojos sobre su hijo mayor. Asintió una vez y se volvió hacia Killian.

—Estoy de acuerdo —dijo este, apretando y soltando un puño en la silla.

—¿Con la Espada o con tu hermano? —preguntó el rey, moviendo el brazo de mí hacia Damien.

—Con ambos —respondió Killian—. Si hubiera un fae oscuro deambulando por Elverath, las penumbras lo sabrían. De cualquier manera, esta Sombra se está convirtiendo en una amenaza demasiado grande como para que la ignoremos.

El monarca asintió con rigidez.

—Es hora de llevar a la Sombra ante la justicia. —Los ojos del rey fueron directamente hacia donde yo estaba—. Prepárate para una cacería, Espada mía. No quiero que regreses hasta que hayas desenmascarado a esta Sombra, preferiblemente trayéndome su cabeza.

—Con mucho gusto, Su Majestad —dije con una reverencia.

—¿No fue esto lo que propuse la última vez? —murmuró Damien, que volvió a estirar las piernas sobre el costado de la silla mientras una expresión aburrida regresaba a su rostro.

La mirada que me dirigió el rey fue severa.

—Confío en que acabes con esto como mejor te parezca, pero debes saber que no puedo enviar a nadie tras de ti si las cosas salen mal en el lugar al que te diriges.

Asentí. No esperaba nada menos.

—Y si no puedes darme la vida de la Sombra —continuó, con la boca en línea recta—, entonces me darás la tuya.

Se me tensó la espalda. La capa se me apretó alrededor del cuello y se me aceleró el pulso. Me la separé de la piel, pues la sensación era demasiado similar a la de una soga.

—Un elfo solo podría esconderse entre las Montañas Ardientes —dijo Killian, con el rostro suave frente al semblante pétreo del monarca—. ¿A qué ciudad fae te dirigirás? —preguntó con una rápida mirada a su padre.

—Aralinth.

La ciudad de la eterna primavera.

CAPÍTULO 10

NUNCA HABÍA ESTADO EN ARALINTH. Los fae oscuros habían protegido bien su ciudad de los súbditos del rey. Cada vez que la Corona tenía algún negocio con los fae, ellos se reunían con los emisarios reales en Caerth. Lo poco que se comerciaba entre las Tierras de Fae y el reino también se gestionaba al este de las Montañas Ardientes.

Pocos en Elverath habían visto alguna vez a un fae oscuro; sin embargo, las leyendas de sus poderes aún se contaban por todo el reino. Cómo envolvían a sus oponentes en oscuridad, cegándolos hasta propinarles un golpe mortal. Cómo hablaban con sus camaradas sin mover los labios, implantando pensamientos directamente en las mentes de los demás. Cómo tenían la capacidad de transformar cualquier líquido en un veneno insípido e inodoro que causara una agonía sumamente potente antes de llevar a la víctima a la muerte.

Esperaba que los rumores del desvanecimiento de su magia fueran ciertos. De lo contrario, no sabía cuánto tiempo sobreviviría en las Tierras de Fae.

Me tragué el miedo al salir de la sala del trono. La decisión ya estaba tomada. Iría a las Tierras de Fae en busca de la Sombra. Si tenía que acabar con el resto de los fae oscuros antes de cortarle la garganta con mi espada, así lo haría. La Orden confiaba en mí. Los mestizos contaban conmigo.

Además, ¿qué tenía que perder? O bien moría en las Tierras de Fae por su magia o bien regresaba ante el rey con las manos vacías para que se deshiciera de mí. Viajar a la capital de los fae era peligroso, tal vez lo más peligroso que hubiera hecho jamás, pero también era mi única opción.

Unas gotas de sudor se me formaron en la frente mientras caminaba por el palacio y un dolor conocido me rascó la garganta hasta quemarme. Desplacé la mano hacia el costado para tomar una bota de vino que no estaba allí. En su lugar, me saqué el pequeño frasco del bolsillo delantero y le quité la tapa del cuello. Me llevé la varilla delgada a la boca y observé cómo una pequeña gota de ébano me caía sobre la lengua. Sabía dulce, más dulce que cualquier fruta o vino que hubiera probado nunca.

Al instante, se me alivió la tensión de la espalda, los latidos del corazón se me ralentizaron y el ardor de la garganta se apaciguó lo suficiente como para que pudiera pensar en algo más que en lo mucho que quería tomar una copa. Aun así, no confiaba en que pudiera permanecer demasiado tiempo sola en mis aposentos. Allí había pasado demasiadas noches solitarias bebiendo vino, de modo que sería fácil volver a los viejos hábitos y enviar a una sirvienta a traerme una jarra o dos.

Busqué cómo distraerme en los jardines. Los soles estaban en lo alto del cielo. Hacía tanto calor que las damas del palacio no se paseaban por entre las flores y era muy temprano como para que los sirvientes hubieran terminado con su trabajo. Era el momento perfecto para estar a solas y pensar.

Me senté debajo de un viejo arce, recosté la espalda contra su tronco robusto, cerré los ojos y dejé que el calor de los soles me inundara. El aroma de las flores frescas flotaba en el aire. Podía escuchar el suave murmullo de las sirvientas que conversaban y lavaban la ropa fuera de las cocinas. Sus voces se las llevaba la misma brisa que barría el mar y aireaba la ropa colgada. Dejé que la paz me llenara y, después de un rato, me adormeciera.

—Keera —llamó una voz. Parpadeé, mirando hacia arriba, pero lo único que vi fue una silueta negra contra la luz de los soles—. Pensaba que ya estarías de vuelta en tus aposentos.

Me froté los ojos y sonreí. No necesitaba ver su rostro para reconocer a Gwyn.

—No sabía que me estabas esperando —dije, poniéndome de pie y quitándome la suciedad de los pantalones—. No te había visto desde que regresé.

—Lo sé, lo siento —musitó ella. Tenía los ojos fijos en mis botas y las mejillas se le sonrojaron—. Estaba… El príncipe Damien… me retuvo en su habitación hasta que se fue el último de sus invitados. No me permitió salir sino hasta anoche, después de que te acostaras.

Levantó la cabeza y se agarró el codo por detrás de la espalda. Noté el enrojecimiento que tenía alrededor de las pestañas y tuve que morderme el labio para no maldecir el nombre del príncipe.

—¿Por qué? —pregunté. Aunque Damien era cruel, se aburría fácilmente. No era propio de él mantener encerrado a nadie durante varios días.

Gwyn se encogió de hombros, frotando la punta de la bota contra el suelo.

—No me ha hecho nada. No en realidad. Creo que solo quería mostrarme que podía hacerlo.

Unas marcas rojas brillantes le trazaban las muñecas. El imbécil la había amarrado.

—¿Caminas conmigo? —pregunté y le extendí el brazo.

Ella lo agarró con una amplia sonrisa. Noté el anillo de oro en su dedo, el mismo que le había dado la última vez que había estado en la capital.

Gwyn captó mi mirada y tamborileó los dedos sobre mi brazo.

—No tuve que usarlo —susurró.

Asentí e intenté devolverle la sonrisa, pero no pude. Una ola de frío se me estrelló contra el cuerpo. Temía lo que Damien pudiera hacerle a Gwyn algún día, hasta dónde podría llevar las cosas. Mi peor miedo era volver a la capital y encontrar su cuerpo colgando del balcón del príncipe.

—¿Qué tal Cereliath? —preguntó ella, sacándome de mis pensamientos.

—Aburrido —respondí cuando salimos del jardín hacia la playa.

Gwyn me soltó el brazo cuando pisé la arena. No podía ir más allá.

—Lo siento —dije tan pronto como me di cuenta. No había pensado en su atadura.

—No pasa nada —me calmó ella, con la voz más tranquila que antes—. Aunque sí desearía poder volver a caminar por la playa.

Observó las olas con los ojos muy abiertos, no como cuando era niña, llena de asombro y chapoteando en la marea creciente, sino de la forma desolada en que las viudas de los marineros miran el mar, ahogándose en recuerdos de algo que una vez fue, llenas de dolor y una ínfima esperanza. Una esperanza destruida por su atadura.

Gwyn estaba atada al palacio como parte de una deuda de vida. No la había contraído ella, sino un antepasado suyo hacía mucho tiempo. Estaba atada a los terrenos del palacio por alguna magia antigua y olvidada y lo seguiría estando mientras viviera el rey. Igual que su madre y su abuela antes que ella. Recordé el día en que murió su madre, tres años atrás. Yo estuve de pie junto a Gwyn cuando su madre exhaló aquel último suspiro. Una lágrima le rodó por la mejilla cuando sucedió. Aulló cuando la atadura se apoderó de ella, dejándole una marca ardiente alrededor del tobillo como sello.

Caminamos de regreso por las afueras del jardín, por entre árboles exuberantes y flores suntuosas, y Gwyn me contó los chismes de la fiesta. Habían encontrado a la esposa de un lord revolcándose con un mestizo en una habitación vacía. Ella había caído en desgracia y a él lo habían ejecutado al instante.

Llegamos a los muros del castillo; Gwyn me soltó el brazo. Tenía deberes que atender, pero prometió cenar conmigo antes del atardecer. La llamé cuando se alejó por el pasillo, pero no se dio la vuelta. La mano me cayó inerte a un lado y una sensación sombría se me arraigó en el estómago.

Damien la atormentaba. Sentí una opresión en el pecho, pues sabía que de alguna manera lo hacía por mí. Desde que me había tallado las cicatrices en la espalda, buscaba ansiosamente otras formas de cortarme. Había visto cómo me encariñaba con Gwyn, cómo dejaba que su madre la llevara a mis aposentos cuando trabajaba. A veces, cuando era una bebé, Gwyn se quedaba durante horas en esa habitación, escuchando historias de mis viajes. Tan pronto como la atadura entró en efecto, él comenzó a jugar con ella. Le generaba algún tipo de satisfacción enfermiza saber que, cada vez que la lastimaba, también me hacía daño a mí.

Gwyn sabía por qué el príncipe la buscaba más que a los demás mestizos, pero nunca me lo reprochaba. Su amabilidad era algo que nunca podría pagarle.

Miré hacia la playa y se me ocurrió una idea. Los soles habían pasado su punto medio en el cielo; las sombras de la terraza del jardín ya habían comenzado a estirarse. Tendría que ser rápida para lograrlo antes de que Gwyn se reuniera conmigo para cenar.

Crucé el jardín y entré en la terraza de la biblioteca. Escondida en una alcoba del castillo había una pequeña puerta tras la que sabía que los sirvientes guardaban el equipo de jardinería. Necesitaba un balde. Uno grande.

Lo que encontré fue aún mejor: una carretilla oxidada. A pesar de lo vieja que era, me bastaría. Moví la pila de rastrillos y azadas a su alrededor y la saqué del pequeño armario. Crujió cuando la empujé, pero, aun así, le arrojé una pala dentro. No me importaba incomodar a los sirvientes.

Volví a bordear la esquina de la terraza, maniobrando la carretilla con agilidad por entre los pilares de piedra. Justo cuando pasaba por el último pilar, alguien salió de detrás de él y se estrelló contra mí.

—Lo siento —dijo una voz apacible.

—¿Es que estás ciego? —exploté.

La sangre se me escapó del rostro cuando me di cuenta de quién era.

El príncipe Killian me sonrió. Los suaves ojos verdes le brillaban a la luz de los soles. Llevaba un libro en la mano.

—Discúlpeme, por favor, Su Alteza —me excusé, con una rápida reverencia, y me quité la capucha para que pudiera verme la cara.

—Soy yo quien debería disculparme —repuso con una sonrisa torcida—. No estoy ciego, pero debería acostumbrarme a usar los ojos.

Me quedé congelada, sin saber qué decir.

—Está bien, Keera, de verdad —insistió, con la sonrisa aún en el rostro—. De hecho, me alegro de haberme encontrado contigo. Quería darte esto. —Me tendió el libro que llevaba.

—¿Un libro? —pregunté.

Fruncí el entrecejo, mirando la cubierta encuadernada en cuero. Tenía un relieve grabado de tres hojas doradas cuyos tallos estaban trenzados en una sola rama.

—Es una colección de ensayos históricos —explicó, trazando las letras élficas a lo largo del lomo—. Abarca algo de historia élfica y algo sobre los fae. Pensé que podría ser útil que lo leyeras, ya que planeas pasar tiempo en las Tierras de Fae.

Tomé el libro de sus manos. Era más pesado de lo que esperaba.

—Gracias, señor —dije, aún sorprendida—. Aunque no estoy segura de que vaya a tener mucho tiempo para leer durante el viaje. O si esto me ayudará.

Killian asintió, mordiéndose el interior de la mejilla.

—No he sido testigo de muchas guerras ni conflictos. Las batallas de Elverath se ganaron mucho antes de que yo naciera, pero me he esforzado por aprender sobre las guerras de los hombres... y los elfos. Comprender al enemigo es la clave para derrotarlo. Tal vez te ayude a vencer a la Sombra.

Abrí el libro por la mitad. El papel esbozaba la imagen de una fae que sostenía a dos bebés a la altura del pecho. Recorrí con los dedos sus voluminosos rizos y su fuerte barbilla. Los ojos eran del color del oro fundido.

Era una fae de la luz.

—Entonces, ¿es esa la clave para prevenir guerras? —dije, con los ojos todavía enfocados en el boceto—. ¿Usar el conocimiento sobre tu enemigo para derrotarlo incluso antes de que comience la batalla?

Killian movió los labios hacia un lado cuando nuestros ojos se encontraron.

—Esa es una ventaja —musitó.

—¿Y la otra? —pregunté, cerrando el libro.

—También puede serte útil darte cuenta de si un enemigo es realmente tu enemigo —respondió.

Clavó sus ojos en los míos sin parpadear. Levanté una ceja, pero él no dijo nada más.

—¿Cuánto tiempo planea quedarse? —pregunté, rompiendo nuestro intercambio de miradas para meter el libro en la bolsa que llevaba debajo de la capa.

Killian se aclaró la garganta.

—Me voy a Volcar pasado mañana. Solo regresé por petición de mi padre.

Se frotó el cuello y le vi una pequeña mancha de tinta en la manga. Killian estaba siempre en la biblioteca cuando se encontraba en casa. La mayor parte del día lo pasaba leyendo y, el resto, escribiendo.

—Ya te he robado demasiado tiempo —dijo con una leve inclinación de cabeza—. Te dejaré volver a tu trabajo.

Le lanzó una mirada a la carretilla, con una sonrisa en los labios, y levantó una ceja. Era sorprendente lo similares que eran sus fuertes rasgos a los de su hermano; sin embargo, en el fondo los príncipes no se parecían en nada.

—Voy en busca de un poco de arena —dije, señalando la carretilla con la necesidad de dar alguna explicación.

—¿Arena?

Se mordió el labio, pero había una ligereza en sus ojos que me alivió el peso de los hombros.

—Sí. —Asentí, sin saber si debía dar más detalles.

El príncipe retrocedió hacia la biblioteca con una risita.

—Todos tenemos derecho a nuestros secretos, Keera —dijo por encima del hombro, desapareciendo entre las pilas de libros y pergaminos.

Acababa de terminar la sorpresa cuando Gwyn entró.

—¿Qué hiciste? —chilló, cubriéndose la boca con las manos mientras se balanceaba en las puntas de los pies de adelante hacia atrás. Era el mismo gesto que hacía cuando era una niña pequeña y le traía algo de mis viajes.

Toda mi habitación estaba llena de arena de la playa. Había arrastrado la cómoda al cuarto de baño para que nada bloqueara la vista del mar tras la larga pared de vidrio y, frente a ella, había ubicado dos toallas con una cesta y una jarra de agua.

—Vamos a hacer un pícnic en la playa —dije, incapaz de contener la sonrisa. El peso que llevaba sobre los hombros siempre se aligeraba cuando intentaba llenar de alegría los días de Gwyn.

Abrió los ojos de par en par cuando se quitó las zapatillas. Luego caminó hacia la playa improvisada y se detuvo al borde. Extendió el pie, dejándolo un momento suspendido sobre la arena, y bajó los dedos despacio hacia el suelo. Una risita le brotó de los labios. Movió los pies contra la arena, balanceando las caderas hacia delante y hacia atrás.

—¡Qué sensación tan maravillosa! —dijo antes de correr por la habitación y saltar sobre mí. Estuve a punto de caerme sobre la cesta antes de poder estabilizarme—. Muchas gracias, Keera —exclamó, entre risas, mientras yo le daba vueltas. Con gusto le traería carretillas llenas de arena todos los días si eso garantizaba el brillo de su sonrisa.

—Me alegro de que te guste. —Sonreí y me senté sobre una de las toallas. Gwyn siguió caminando por la habitación, dando vueltas y jugando en la arena. Me recordó a la época en que seguía a su madre por el castillo cuando hacía sus tareas, bailando y riendo desde el alba hasta el anochecer—. Mira debajo de tu almohada —le dije cuando finalmente se sentó sobre la toalla.

Sacó un paquete sellado con una cinta elegante. Sobre la cera estaba marcado el contorno de dos gavillas de trigo cruzadas, el símbolo de la Casa de la Cosecha.

—¿Qué es? —preguntó a su habitual manera.

Levanté una ceja y negué con la cabeza.

—Tienes que abrirlo, Gwyn —le recordé, negándome a abandonar nuestro guion.

Ella se rio al quitar el sello; abrió la caja. Dentro había una botella de vidrio con perfume. El recipiente estaba hecho de oro y tenía un pequeño rubí incrustado en la parte superior. El rojo me recordó a su cabello.

—Me encanta —dijo, estudiando el líquido azul que se arremolinaba en el vaso—, pero ¿qué es?

Yo me eché a reír.

—Perfume —le aclaré—. De esos elegantes que usan las damas. Lo compré porque pensé que olía a Volcar cuando nieva.

Gwyn se roció un poco en la muñeca y olfateó.

—¿A esto huele la nieve? —preguntó, con los ojos tan redondos como su boca abierta.

Luego los cerró, y supe que estaba imaginándose aquella ciudad volcánica cubierta de nieve que le había descrito tantas veces antes.

—Debe ser precioso —dijo, oliéndose nuevamente la muñeca—. Algo tan encantador tiene que serlo.

—Sin duda puede serlo —coincidí, apoyando los codos en la arena—. Pero también puede ser despiadado cuando llega una tormenta. Incluso mortal.

—Más o menos como tú —bromeó Gwyn, y me roció con la botella.

Yo agité las manos frente a la cara y solté una carcajada. El aroma flotaba por toda la habitación, llenándonos las fosas nasales de nieve mientras enterrábamos los dedos de los pies en la arena.

Nos quedamos ahí tumbadas durante horas comiendo la cena que yo había robado de las cocinas. Gwyn me pidió que le contara más sobre Volcar, sobre su gran montaña nevada que podía estallar en una tormenta de carbón y ceniza. Le encantaba escuchar mis historias y yo nunca me cansaba de contárselas. No le importaban mis misiones ni las personas que cazaba. Solo preguntaba por las ciudades. Los árboles. La forma de hablar o de reír de la gente. Qué comían. Durante muchas noches en las que me sentía sola, con frío y miserable, pensaba en Gwyn y en lo asombrada que estaría de ver incluso las escenas más ordinarias. Me ayudaba a recordar que había quienes se las apañaban con mucho menos que yo. Personas que sufrirían si no regresaba con la misión cumplida.

—¿Cuánto tiempo crees que estarás fuera esta vez? —preguntó Gwyn, dejando caer una baya cubierta de chocolate en su boca.

Me encogí de hombros.

—No lo sé. Meses. Quizás más. —Incluso si viajaba a toda velocidad tardaría tres semanas en llegar a Aralinth.

—¿Crees que lo matarás? ¿A la Sombra? —Se lamió el chocolate de los labios.

—No tengo alternativa. —Descolgué los hombros, dejando escapar un suspiro.

—Qué lástima. Me gustaba saber que había alguien allá afuera actuando contra el rey —dijo, presionando los dedos de los pies contra el cristal frío.

—Gwyn, no puedes decir esas cosas —susurré con severidad. Cualquiera podría estar escuchándonos en la capital.

—Nunca le diría eso a nadie más que a ti —dijo en voz aún más baja—. ¿Puedes culparme, Keera, por desearle la muerte? —Tenía la boca firme en una línea recta.

Negué con la cabeza. La muerte del rey significaría su libertad. No podía resentir a Gwyn por desear algo así, a pesar de que fuera un sueño estúpido.

Debes tener cuidado.

Le agarré la mano. Ella me apretó la mía y recostó la cabeza en mi regazo. Le escondí un rizo rebelde detrás de la oreja y le acaricié el pelo. Cerró los ojos. Los círculos oscuros que tenía debajo eran casi imperceptibles ante la fresca luz de la luna. A los diecinueve años ya parecía mayor que yo: unas delgadas líneas le marcaban la frente como los callos de sus palmas. La sangre de Gwyn era ámbar, aunque en su mayoría era mortal. Era poco probable que viviera más tiempo que una mujer promedio y quizás incluso menos, dependiendo de qué tanto la siguiera atormentando el príncipe.

Sentí el cuerpo pesado y hueco al pensar en su corta vida de servidumbre. Yo llevaba con vida más de seis décadas. Había perdido a gente antes; había visto a mortales y mestizos más jóvenes que yo llegar a viejos mientras yo envejecía tan despacio que parecía que no lo hiciera en absoluto. Cada muerte me llegaba a lo más profundo del corazón, dejando una grieta brutal que nunca se cerraba. No hacía que fuera más fácil perder a alguien: solo hacía más difícil que me importaran los demás. Después de Gwyn, no estaba segura de que pudiera volver a preocuparme por alguien más. Si mi corazón no dejaba de latir por completo, quedaría inservible de ahí en adelante.

—Keera —dijo Gwyn, abriendo los ojos y perdiéndose en el romper de las olas. Dejé de acariciarle el cabello—. Tú también debes tener cuidado.

Tragué saliva.

—Lo tendré.

—Bien. —Me agarró la mano y la sostuvo contra su hombro, sonriendo—. No puedo permitir que te mueras antes de que me traigas un regalo de Aralinth.

CAPÍTULO 11

Estaba en la Orden. Podía oler la sal que se elevaba de las olas en ráfagas de niebla.

Estruendo. Silencio. Estruendo. Silencio. Estruendo.

Era la melodía que me había arrullado durante esas primeras décadas de mi vida. No importaba lo cansada o enojada que estuviera, las olas siempre conseguían hacerme dormir.

Pero ahora no dormía, sino que caminaba por el borde del acantilado. La Orden se elevaba ante mí, con su color blanco, brillante por los soles que se abatían sobre ella. Era un día caluroso de mediados de verano. Estaba quieta, refrescándome con el rocío del mar que me alcanzaba desde el borde del acantilado. Miré hacia abajo, allí donde las rocas dentadas cortaban el agua y el aire como flechas que atraviesan su objetivo.

Un paso en falso y caería hasta quedar ensartada en sus bordes puntiagudos o aplastada bajo el peso del mar.

Estruendo. Silencio. Estruendo. Silencio. Estruendo.

Era como el canto de una sirena que te atrae a las profundidades y te alienta a saltar.

—Keera, no puedes hacerlo —habló una voz detrás de mí.

Me di la vuelta. Ella estaba allí. Vestida como siempre: pantalón negro y camisa sin mangas del mismo color. El uniforme de una iniciada.

Nunca recibió su capucha.

—Las olas me están llamando —susurré—. Quiero saltar.

—No puedes, Keera —repitió ella.

—¿Por qué?

—Lo prometiste —dijo simplemente. Tenía el cabello rubio suelto y varios mechones le ondeaban sobre el rostro con el viento. Estaba tan guapa como siempre.

—Lo intenté —me excusé, ahogada, y caí de rodillas—. No tienes ni idea de cuántas veces lo intenté, pero no puedo hacerlo sola.

—Pero, Keera —musitó, dando un paso hacia mí. Me sostuvo la cabeza entre las manos, pero yo no podía sentirlas—, no tienes que estar sola.

Una lágrima le rodó por la mejilla. Me levanté y se la limpié con una suave caricia de mi pulgar.

—No estás aquí. —Las palabras resonaron contra el oscuro pozo en mi interior—. No tengo a nadie.

—Lo prometiste —dijo, dando un paso atrás—. Tienes más que tus fantasmas, Keera.

Pasó corriendo junto a mí antes de que me diera cuenta de lo que pretendía. Antes de que pudiera extender la mano y detenerla.

Solo pude observarla mientras corría hacia el borde del acantilado y saltaba en el aire con la certeza de que no había dónde aterrizar, nada que pudiera atraparla. Con la certeza de que no la alcanzaría a tiempo.

Extendí la mano de todos modos. El corazón se me separó del pecho cuando la vi caer hacia el abismo rocoso.

Grité su nombre.

Y luego me desperté.

Mi viaje por Elverath estuvo plagado de sueños. Había pasado mucho tiempo desde la última vez que había soñado. Después de todo, llevaba años quedándome dormida en un olvido de ebriedad que los mantenía a raya, pero ahora regresaban con una sed de venganza que me despertaba cada noche, destrozada y sudorosa.

El elixir que Hildegard me había dado estaba funcionando. La garganta me seguía ardiendo cada mañana y anhelaba el sabor del vino, pero con la *winvra* era manejable. El estómago, feliz de que algo más que alcohol me bajara por la garganta, ya no protestaba. Podía sentir cómo me regresaban las fuerzas a las extremidades. No me dolía el cuerpo por los días a caballo y los círculos oscuros que me habían enmarcado los ojos también se estaban desvaneciendo.

No me había dado cuenta de lo débil que me había vuelto. No era de extrañar que la Sombra me hubiera superado. Los pensamientos sobre él también me atormentaron durante mi travesía a caballo entre Silstra y Caerth. Todas las noches me acostaba junto a una hoguera, enclavada en la ladera de una colina, mirando al cielo. No me fijaba en las lunas ni en las estrellas. Todo lo que podía ver era a la Sombra, su cuerpo alto elevándose por encima de mí, sus labios en los míos.

Repetí esa escena en la cabeza una y otra vez, tratando de entender por qué no me había matado. Había estado muy cerca y, aun así, yo seguía con vida. El fantasma de sus labios me quemaba la piel en todos los lugares donde me había tocado, acechándome cada noche.

¿Por qué me había besado? No tenía sentido. Y la corriente que me inundó el cuerpo en el momento en que sus labios tocaron los míos… sabía que él también la había sentido. No importaba cuántas veces repitiera esa noche en la mente, solo me quedaba con más preguntas y ninguna respuesta.

Tal vez cuando consiguiera desenmascarar a la Sombra y separarle la cabeza del cuello obtendría al fin las respuestas que necesitaba.

Olí Caerth antes de llegar a ella. El olor a *winvra* y humo flotaba sobre la ladera de la colina, meciendo mi ropa. Los campos de trigo por los que había estado cabalgando durante días se habían transformado en abundantes huertos y granjas que se hacían más grandes y majestuosos con cada paso que daba hacia la pequeña ciudad.

Multitudes de campesinos se alineaban a las afueras de esta, desplomados sobre la tierra con cuencos dispuestos frente a sus cuerpos marchitos. La mayoría de ellos eran viejos, sus cuerpos destrozados por décadas de trabajo en el campo. A los más jóvenes les faltaban extremidades y los que podían caminar lo hacían con la ayuda de un bastón.

Arreé al caballo con las piernas para ponerlo al galope. No quería mirar a gente a la que no podía ayudar. La capa negra me ahogaba mientras cabalgaba hacia la ciudad y el broche de la espada plateada me dejaba su huella en el cuello. Una penumbra me estaba esperando en mi posada habitual. Tenía la capucha calada hacia adelante y dos largas espadas le flanqueaban las caderas. Los transeúntes que caminaban por la calle hacían lo posible para evitarla. Escudriñé el camino con la mirada, pero no vi a su compañera. Debía estar buscando suministros en una de las tiendas cercanas.

—Señora —dijo con una reverencia cuando me bajé del caballo.

—¿Algún mensaje? —pregunté, extendiendo la mano. Era la única razón por la que las penumbras me podían estar esperando.

Se sacó un sobre delgado de una bolsa.

—Enviaron el pájaro a Cereliath puesto que no hay penumbras aquí. Si no tiene nada que enviar con nosotras, volveremos a Cereliath de inmediato.

Rompí el sello de la carta y reconocí la delgada letra de Hildegard. En la parte inferior del pergamino había un sello de un arco. Leí la carta dos veces antes de responderle a la penumbra. La Sombra había atacado en Volcar. Había robado dos transportes de grano y prendido fuego a una granja llena de mestizos. El rey y el príncipe Damián permanecerían en Koratha hasta que la Sombra fuera vencida.

—¿Algún mestizo sobrevivió? —le pregunté a la penumbra.

Ella negó con la cabeza.

—Usaron un acelerador. La casa entera se convirtió en cenizas en una hora.

—¿Cuándo sucedió esto? —inquirí, arrugando la carta en las manos.

—La noche antes de que usted saliera de la capital. Debemos regresar a Cereliath e irnos con las penumbras apostadas allí de inmediato hacia Volcar —me informó en tanto su compañera aparecía a su lado. La recién llegada hizo una reverencia, pero permaneció en silencio.

—Muy bien —dije en voz baja—. Cuando lleguen a Cereliath, envíenle un pájaro a Hildegard y háganle saber que aún pienso viajar a las Tierras de Fae. Si no encuentro nada, tomaré el paso del sur y me reuniré con ustedes en Volcar.

Ambas asintieron y se fueron sin decir una palabra más.

Até el caballo a un poste, llevé mi equipaje dentro de la posada y le dejé unas monedas en el mostrador al posadero. Era un hombre de mediana edad, tan bajo que podía ver el lugar en que el pelo se le desvanecía en el cuero cabelludo.

—¿La misma habitación que la última vez? —graznó, mirando el broche de la espada de plata que llevaba en el cuello. Tragó con fuerza, retirando las monedas del escritorio.

Atravesé el pasillo y subí las escaleras, ignorando el aroma del vino fresco y la carne cocinada que se desprendía de las cocinas. Saqué el frasco y me puse una sola gota de líquido negro en la lengua antes de que la garganta me comenzara a arder. Tenía mejores cosas en las que pensar que el vino. Como en la Sombra y en a dónde habría llevado a esos mestizos en realidad.

No sabía mucho sobre él, pero sí lo suficiente como para estar segura de que no había asesinado a doce mestizos mientras dormían. Si no quedaba rastro de ellos, era porque ya no se encontraban allí.

No estaban muertos, sino libres.

Entonces, ¿para qué montar toda una escena? Esa era la verdadera pregunta. Pensé en lo que habían dicho las penumbras: iban a toda prisa hacia Volcar. Me pregunté a cuántas de ellas habría reasignado Hildegard para cubrir la ciudad occidental. Todo el peso de la Orden a la caza dc la Sombra.

Tiré la carta en la chimenea y la vi arder.

No encontrarían a la Sombra en Volcar. En todos los meses que había estado trabajando contra la Corona, nunca había dejado rastro. A veces pasaban días antes de que se descubrieran sus robos e, incluso entonces, lo único que lo ataba a ellos eran susurros de su nombre en callejones y tabernas cercanas. Jamás había ofrecido un espectáculo público. Ni una sola vez.

Esto no era una demostración de fuerza. Era una distracción.

La Sombra quería que miráramos hacia Volcar para poder causar estragos en otro lugar. Yo necesitaba descubrir cuál era ese lugar antes de que lanzara otro ataque contra el rey. Me agarré a la repisa de la chimenea y observé las llamas danzar entre los troncos.

Hasta ahora, la Sombra siempre había estado un paso por delante. Yo había seguido sus movimientos por todo el reino, recolectando información mucho después de que volviera a escabullirse en las sombras y esperando a que reapareciera para comenzar mi búsqueda de nuevo.

Sonreí ante las llamas. Eso pudo haber bastado durante las noches en que me ahogaba en vino, pero ahora tenía todo el tiempo del mundo para reflexionar sobre los planes de la Sombra. Por primera vez, sentía que *yo* estaba liderando el baile entre nosotros.

No sabía si la Sombra me estaría esperando en Aralinth, pero confiaba en que no me quería allí.

Una razón más para ir.

Solo había un paso por el norte hacia las Tierras de Fae y atravesaba las Montañas Ardientes, la cordillera que separaba ese territorio del resto del reino. Reabastecí mis provisiones en Caerth y, al amanecer, cabalgué hacia las estribaciones mientras las nubes blancas cubrían los picos y se mezclaban con la nieve que ya comenzaba a amontonarse entre las montañas más altas.

Por fortuna, el Camino del Sabio seguía los acantilados y evitaba cualquier elevación demasiado pronunciada como para impedir el paso de una carreta de provisiones. Incluso con el terreno llano, cru zar las montañas me llevó varios días. Los primeros tres fueron de cabalgatas sencillas. Los campos uniformes fuera de Caerth le dieron paso al espeso bosque que bordeaba la base de la cordillera, donde los árboles más altos eran un antiguo tipo de abedul. Sus blancos troncos únicamente crecían cerca de las Tierras de Fae y los campesinos de la región decían que sus raíces necesitaban magia para sobrevivir.

Desde lejos, el bosque parecía consumido por las llamas gracias a las hojas ardientes que revoloteaban al viento. Esta era la vista que le daba su nombre a las montañas; sin embargo, dentro del bosque, los árboles no parecían llamas. Por el contrario, las hojas redondeadas color carmesí me recordaban a la sangre. Unas venas rojas y oscuras bordeaban aquellas que caían sobre el sendero. A la luz del sol, algunas incluso parecían de color ámbar. Un escalofrío me recorrió la columna vertebral.

Supe que había llegado al punto medio de las montañas porque el bosque cambió. Los altos abedules seguían creciendo, pero sus troncos eran más grandes y más anchos que mi caballo. Y las ramas se entretejían en un dosel dorado en lugar de rojo. La maleza también había cambiado: entre los abedules brotaban plantas de todos los tamaños y colores. Unos árboles que solo existían en las Tierras de Fae se asomaban por entre los matorrales y algunos de sus troncos se entrelazaban en un abrazo eterno.

El bosque estaba lleno de magia. Había entrado oficialmente en las Tierras de Fae.

Tenía las espadas gemelas enfundadas en el costado del caballo en lugar de en la espalda. En cambio, llevaba encima mi arco y mi carcaj, lista para disparar cada vez que escuchaba un ruido. No me preocupaba encontrarme con algún fae tan lejos de Aralinth, pero había criaturas en este bosque que no existían en el reino. Seres mágicos que caminaban sin ser vistos entre el bosque y cuya piel cambiaba para coincidir con las frondas y los matorrales. Si había algo de verdad en las historias, algunos incluso podían cambiar de pieles por completo, convirtiéndose en ciervos o zorros, o atraer a un caballo brindándole una falsa sensación de seguridad solo para rasgarle el cuello tan pronto como caía la noche.

No pude dormir bien en el bosque. La piel se me crispaba con cada caricia de la brisa, pues sentía algo en el aire que apenas existía en el reino: magia. Era palpable. Podía sentir su sabor en los labios. Incluso el caballo se ponía inquieto por la noche. Las orejas se le movían de un lado a otro, escuchando lo que acechaba en la oscuridad.

Me quedaba despierta durante horas junto al fuego y las pesadillas ahuyentaban el poco sueño que lograba conciliar. Estaban empeorando. No sabía si era porque no había bebido en un mes o porque la magia me ponía nerviosa.

El libro que me había dado el príncipe Killian resultó ser una buena distracción. Aunque leía despacio el pergamino élfico, encontraba que su contenido era lo suficientemente interesante. Algunas de las historias las había escuchado antes: relatos élficos de las Guerras Sangrientas, la llegada del rey Aemon a Elverath y la destrucción que había causado a los elfos que vivían allí. Los ensayos carecían de los ministerios reales de la historia que había aprendido. Reconocí al rey que existía en esas páginas, un hombre violento y con hambre de poder. Era muy diferente a la versión que se contaba por todo el reino de un hombre que buscaba purificar las tierras de toda abominación, tanto de elfos como de mestizos.

¿Era eso lo que el príncipe quería que viera? ¿Que los fae —y los elfos que escondían— tenían buenas razones para actuar contra el rey? Nunca había dudado de su disgusto por la Corona. De hecho, lo compartía, pero ellos habían conseguido vivir sus vidas libres casi por completo de la influencia del rey. No estaban obligados a servir al trono, no tenían que trabajar en los campos para alimentar a los mortales y llenar sus arcas y tampoco tenían que cazar a los suyos para complacer a un conquistador.

No, esa era la realidad que les habían dejado a los mestizos. Por mucho que el rey abusara de nosotros, los fae permitían que sucediera. Habían tomado su fracción de las tierras que una vez gobernaron y nos habían dejado atrás. No sentía empatía por sus luchas contra la Corona. Desde mi punto de vista, ellos habían ganado.

Mi sexta noche en las montañas fue la más larga de todas. Solo una luna brillaba en el cielo, arrojando una tenue luz sobre los árboles que me engañaba los ojos. El viento susurraba a través de las hojas con tal fuerza que me hacía aferrar de repente mi daga con el sonido de cada rama que se partía. Quería un trago que me relajara los miedos y me acunara en un sopor profundo y sin sueños.

Lo quería, pero nada más. La garganta no me ardía con el anhelo de probar el vino y la frente no me había sudado en días. Ni siquiera pensar en el dulce aroma del vino fresco encendía el antojo. Solté el aire profundamente. Un pedazo de madera quemada se volvió naranja contra mi exhalación y rodó de vuelta hacia el fuego.

Tenía el frasco medio vacío de elixir de *winvra* en la mano. Agité el líquido dentro del cristal, iluminado por las llamas que bailaban junto a mí, y me di cuenta por lo que quedaba impregnado en las paredes del frasco de que no era negro, sino de un violeta profundo. Me lo volví a meter en el bolsillo sin tomar una gota. Era mejor guardarlo para cuando volvieran las ansias.

Di vueltas toda la noche y dormí muy poco. Horas antes del amanecer ensillé al caballo, pero no pareció importarle. Me di cuenta por la velocidad desigual de su marcha que quería salir del Bosque Ardiente tanto como yo. Horas más tarde, los soles se elevaban sobre la línea de los árboles y las montañas estaban ya tan lejos que podía ver la luz solar alzarse sobre el bosque y cubrir los picos detrás de mí. Con la luz de la mañana, parecía como si las montañas estuvieran bañadas en oro.

Pensé en el rey y supe que, si alguna vez veía algo así, creería que los picos se teñían de oro solo para él. No era de extrañar que los fae protegieran su tierra con tanto fervor. Su belleza no tenía comparación con todo el resto de Elverath.

Me di la vuelta y vi que el caballo se había escapado hacia una ladera. Anidada en un valle más abajo estaba Aralinth, con su palacio cubierto en oro en el centro de la ciudad. Se trataba de un abedul anciano, más grande que cualquiera que creciera en el bosque. El tronco era tan alto como el palacio del rey y sus ramas tocaban el cielo con unas hojas doradas.

Era un espectáculo que nadie en el reino había visto para luego regresar y contar historias de su grandeza.

Yo sería la primera.

CAPÍTULO 12

UNAS POCAS PERSONAS ME MIRARON cuando entré cabalgando a la ciudad. Había guardado la capa y el broche en mi equipaje y los había reemplazado por un simple atuendo de viaje.

La capa color carbón se arrastraba detrás del caballo mientras avanzaba. Las casas estaban construidas con piedra, algunas de ellas adosadas, otras lo suficientemente grandes como para albergar a muchas familias. Al igual que las ciudades construidas por los fae en el reino, Aralinth estaba diseñada en forma de círculo. Las vías rectas que conducían al palacio se cruzaban con callejones curvos.

Era fácil notarlo en las afueras con tan poca gente caminando por las calles. La mayoría de las casas estaban vacías, aún brillantes y blancas, con grandes sábanas que colgaban sobre los muebles. Algunas estaban completamente deshabitadas, como si nunca nadie hubiera vivido en ellas.

La ciudad era solo una fracción de lo que una vez fue. Deambulé en busca de una posada hasta que las casas se hicieron más pequeñas y la gente llenó las calles. Una cascada floral se derramaba desde los techos y sus vides se enredaban en grandes bucles que escalaban las paredes blancas y conectaban cada vivienda en un dosel de flores frescas.

Respiré profundo para captar el aroma. El aire se sentía más ligero en los pulmones y su sabor era mucho mejor que el de cualquier jardín del reino. Me encontré con una pequeña posada de cuya puerta colgaba una rosa color azul oscuro. El letrero estaba pintado igual que las flores que cubrían las calles, de cuyos pétalos brotaba el dulce aroma del rocío.

Rosas de rocío. Una flor que solo crecía dentro de las ciudades mágicas de los fae.

Até el caballo en la entrada y abrí la puerta. Los olores que llenaban la habitación me hicieron agua la boca. Especias exuberantes, sal y carne cocida. El estómago me gruñó con fuerza.

—Parece que alguien tiene hambre —habló una voz en élfico desde una habitación cercana. Me giré y me bajé la capucha.

Le asentí a la joven posadera que estaba de pie frente a mí. O al menos parecía joven. No tenía líneas alrededor de los ojos oscuros y su piel marrón se veía firme y radiante. Era una elfa. Tuve la sospecha de que ella no sería la única con la que me encontraría en las Tierras de Fae. Jamás me había creído el cuento de que el rey hubiera matado a todos los elfos, y setecientos años eran mucho tiempo. ¿Cuántos de ellos habrían sobrevivido y escondido a sus propias familias en las Tierras de Fae?

Tal vez la Sombra era uno de ellos.

—Acabamos de sacar un asado de ciervo del horno —dijo, frunciendo las cejas y estudiándome la cara—. ¿Quieres un poco?

—Sí, tengo mucha hambre —respondí en mal élfico. A decir verdad, mi élfico era impecable, pero necesitaba interpretar el papel de prófuga recién llegada.

Dejó de fruncir el ceño y abrió los ojos de par en par al captar mi acento. Me metí un mechón de pelo detrás de la oreja, asegurándome de que viera el contorno puntiagudo.

—Enseguida vuelvo —avisó, cambiando a la lengua del rey.

Me dejé caer en una de las sillas acolchadas. No había nadie sentado en el comedor, pero podía escuchar las risas que brotaban de las cocinas. Momentos después, regresó con un plato humeante de carne y verduras. Le di las gracias y me zambullí en la comida. Había pasado una semana desde que había cenado en Caerth y esa comida no había sido ni la mitad de sabrosa.

—¿Vino? —preguntó después de que dejara limpio el plato.

Tenía el cabello largo y oscuro atado en bucles por detrás de la cabeza. Se lo retiró del hombro al tiempo que sostenía una jarra de vino. Puse una mano sobre la copa y sacudí la cabeza negativamente, con la boca llena. Ella sonrió y regresó al mostrador.

Bebí un poco del agua que me había traído con la comida y observé a la gente que pasaba por la ventana. La mayoría eran elfos, lo cual estaba en contra del tratado, pero no era nada menos de lo que esperaba. Tampoco era menos de lo que esperaba el rey, a quien seguro que no le importaba cuántos elfos se escondían en las Tierras de Fae, mientras no fueran los suficientes como para representar una amenaza. Por lo que había visto de la ciudad hasta ahora, Aralinth apenas daba abasto para llenar su mercado, mucho menos formar un ejército.

La puerta se abrió de nuevo. Una figura alta atravesó el marco. No pude verle el rostro, pero noté unas orejas puntiagudas que sobresalían de la ondulada melena marrón, donde unas pequeñas trenzas intrincadas se entretejían como encajes. Intercambió algunas palabras rápidas con la elfa y dejó caer algo sobre la barra antes de salir por la puerta principal, sin volverse en ningún momento hacia mí.

La posadera miró el mostrador con los ojos muy abiertos. Tragué un sorbo de agua justo cuando su mirada se dirigió hacia mí. Puse la copa sobre la mesa; despacio, llevé la mano hacia la daga que guardaba junto a la cadera. Reconocí la mirada cautelosa en sus ojos y su andar nervioso al acercarse a la mesa.

Me habían descubierto.

—Esto es para ti —dijo.

La calidez de su voz había desaparecido por completo. Dejó caer la carta en mi plato y volvió a las cocinas. Le di la vuelta al grueso pergamino y estudié el sello de cera. Era un círculo violeta perfecto. En el medio había una impresión de una hoja de un abedul anciano forrada en oro.

Me tragué un suspiro antes de abrirlo. Solo había un lugar del que podría haber venido la carta.

Levanté el sello y saqué un grueso pedazo de papel del sobre. El pergamino era intrincado, detallado. Los remolinos de tinta formaban un único nombre en la parte superior de la página.

«Keera».

Mierda.

Los fae sabían que estaba aquí desde el momento en que había llegado a Aralinth. Tal vez incluso desde el momento en que había llegado a las Tierras de Fae. ¿Por qué no estaba rodeada de guardias listos para escoltarme al palacio? Había roto el tratado al entrar en sus tierras sin permiso y la protección del rey solo llegaba hasta cierto punto. Si querían matarme, nadie los detendría, nadie vendría a vengar mi muerte.

Examiné con los ojos el resto de la página, que me temblaba en las manos.

Era una invitación.

«Lord Feron la invita a cenar en Sil'abar».

Debía acudir al palacio al día siguiente vestida para un baile. Lord Feron había frustrado mi plan de permanecer oculta de un plumazo.

Ya no podía esconderme de los fae oscuros; en cambio, tendría que bailar con ellos.

Como mi llegada a Aralinth ya no era un secreto, no tenía sentido quedarme en la pequeña posada. De todos modos, la posadera no me lo hubiera permitido. No volvió a salir de la cocina para recoger su pago por la comida, así que lo dejé encima de la mesa.

Si los fae oscuros sabían que estaba en la ciudad, bien podía alquilar la habitación más lujosa disponible.

El lugar que elegí estaba escondido junto a un magnífico jardín en el centro de la ciudad. Me había conquistado por los balcones dorados con vista directa a Sil'abar, el palacio árbol. La posada tenía un nombre en élfico antiguo que no sabía leer y mucho menos pronunciar, pero, aun así, entré con paso tranquilo por la puerta principal y arrojé una pesada bolsa con oro sobre el mostrador.

El sirviente detrás de la barra se sobresaltó al ver la bolsa. Noté la curva roma de su oreja. Las costuras estaban llenas de baches y eran desiguales. Un torpe intento de limar sus orejas de mestizo. Así que los fae también escondían a mestizos en sus tierras.

Me quedé mirándole el cuerpo alto y el pelo rubio. Tenía la espalda recta y la piel del cuello y muñecas no estaba marcada. No tenía cicatrices de golpes o ataduras.

Alquilé la habitación del piso superior, cuyo amplio balcón se extendía por todo el frente del edificio. Si los fae querían observarme, yo también los observaría. Sobre la mesa de la sala de estar había un exuberante ramo de rosas de rocío. Tomé una de las flores e inhalé su aroma fresco mientras el mestizo dejaba mi equipaje en el dormitorio.

—¿Cuánto tiempo llevas en las Tierras de Fae? —le pregunté, haciendo girar la flor debajo de mi nariz.

Él se puso rígido. Pude escuchar cómo se le detenía la respiración.

—No voy a denunciarte —dije, oliendo su pánico—. No me importa. Solo quiero saber si viniste aquí por voluntad propia o si te obligaron a entrar en estas tierras. —Me metí la flor detrás de la oreja y me apoyé en la mesa.

Él sacudió la cabeza.

—¿Crees que lord Feron encadena a los mestizos como lo hace el rey?

Agarré el borde de la mesa y golpeteé la gruesa madera con los dedos.

—Por tu respuesta, deduzco que no lo hace.

—No —zanjó, caminando hacia la puerta. Pensé que no diría nada más, pero detuvo la mano sobre el pomo—. Lord Feron trata a todos los mestizos con respeto. Aquí no somos sirvientes.

—¿A todos los mestizos? —pregunté, levantando una ceja. ¿Cuántos se habían refugiado en las Tierras de Fae?

Él me lanzó una sonrisa torcida.

—Bienvenida a Aralinth —dijo, cerrando la gran puerta detrás de él.

Como había estructurado mi plan para permanecer fuera de la vista de los fae, no había traído nada lo suficientemente decente como para cenar con lord Feron, de modo que salí en busca de un sastre, recorriendo las calles con mi típico atuendo negro.

El principal distrito de comercio estaba al oeste del palacio, a pocas calles de mi posada. Las vías estaban llenas de gente, pero la multitud se dispersaba tan pronto como me veía pasar caminando entre las filas de tiendas. Todos se detenían para observar la capucha y la capa negras. Algunos señalaban el broche de plata y susurraban al oído a su vecino.

A pesar de la precaución, nadie me prohibió entrar a ningún establecimiento. Ojeé detenidamente una gran botica de cuyas ventanas colgaban hierbas y en donde preparaban elixires sobre el hogar. Le mostré a la dueña el contenido del frasco que Hildegard me había dado. Se sorprendió cuando le dejé el recipiente en la mano y lo sostuvo como si el más mínimo roce pudiera romperlo.

—Tengo uno o dos frascos —dijo en élfico—, pero te saldrá caro.

Moví mi bolsa hacia adelante, lista para pagar lo que hiciera falta. Salí de la tienda más ligera que cuando entré, pero con un segundo elixir de *winvra* bien guardado dentro del bolsillo.

Las tiendas me recordaron a Cereliath. Estaban conectadas en una fila tallada en una piedra gris gigante que bordeaba la calle. Su gemela, que albergaba otra fila de tiendas, estaba al otro lado. Asumí que los techos también estaban hechos de piedra, pero no podía saberlo con seguridad. El dosel de flores que colgaba sobre las calles continuaba dentro: largas enredaderas se retorcían a lo largo de las paredes y las flores brotaban dondequiera que la luz de los soles tocara la piedra.

Aralinth era conocida como la ciudad de las rosas. Su magia mantenía a la tierra en un estado de eterna primavera. Las flores habían tenido milenios para extenderse por toda la ciudad y los botones nunca se marchitaban.

La tercera tienda que visité fue por fin una sastrería. Analicé las preciosas túnicas de la vitrina. Unos vestidos de seda fina y ricos colores colgaban de maniquíes hechos de pétalos. Las faldas estaban hechas de largas capas de tela vaporosa que se convertían en patrones ajustados por todo el corpiño en forma de hojas u ondas. Las finas mangas caían en cascada desde los escotes de cuentas, tan largas que casi rozaban el suelo.

Me mordí el labio. Ninguno me ocultaría las cicatrices.

Era difícil vestir elegante siendo una asesina. No solo necesitaba ocultar los nombres que tenía escritos en la piel, sino que el vestido tenía que esconder al menos tres armas y aun así ser bonito. Ya era suficiente con que lord Feron me hubiera pillado desprevenida; no iba a presentarme mal vestida, además.

—¿Necesitas ayuda? —dijo una voz desde el otro lado de la tienda.

Me volví para encarar a la costurera que llevaba a un niño pequeño en la cadera. Tenía las orejas largas y puntiagudas, pero las de la niña eran ligeramente redondeadas. Una mestiza nacida y criada en las Tierras de Fae.

—¿Haces pedidos personalizados? —pregunté, cruzando la habitación en tres zancadas.

Ella entrecerró los ojos oscuros, tratando de vislumbrarme el rostro bajo la capucha.

—Sí —respondió despacio—. ¿Para cuándo lo necesitas?

—Para mañana —contesté.

Cogió la bolsa de oro que le lancé con un rápido movimiento del brazo y asintió.

CAPÍTULO 13

NO DEBERÍA HABERME SORPRENDIDO cuando un carruaje muy adornado, tirado por dos caballos negros y conducido por un cochero, apareció fuera de la posada para recogerme. Me fijé en sus largas orejas redondeadas y su pelo rojo. Él me dedicó una sonrisa forzada y abrió la puerta. Tras apenas una noche en Aralinth, me había quedado claro que allí vivían más mestizos que fae o elfos, muchos más de los que jamás me habría imaginado que se atrevieran a cruzar las montañas o que tuvieran siquiera la oportunidad de intentarlo.

Eso me hacía sentir incómoda.

Quería que tantos mestizos estuvieran a salvo del rey como fuera posible, así que, si habían encontrado refugio en las Tierras de Fae, no los expondría, incluso si eso iba en contra del tratado. Se me revolvió el estómago. La única razón por la que a los fae oscuros no les importaría que la Espada viera cuán flagrantemente rompían el tratado era porque no planeaban dejarme regresar.

Me tenían atrapada.

Entré en el carruaje y me dediqué a observar Aralinth pasar por la ventana. Aún me sorprendía su florido dosel, los árboles que crecían por toda la ciudad. Las flores parecían abrazar los edificios; las plantas crecían por las paredes y sobre los tejados, construyendo cascadas de enredaderas y ramas en flor.

Era como si la ciudad misma estuviera viva.

El palacio era igual de hermoso. *Sil'abar*, el Árbol Blanco. Así lo decía en la invitación. El corteza gruesa del tronco inmenso servía como muro. Las ramas se extendían por media ciudad. Unas hojas doradas tan grandes como casas revoloteaban en la copa. Era un abedul anciano, igual que los que crecían en las Montañas Ardientes. Su gemelo gigante.

El carruaje se detuvo al final del camino de piedra. El mestizo saltó y abrió la puerta sin mirarme. Me apeé, observando la entrada con asombro. Dos guardias estaban a cada lado, pero no había puertas que abrir. En cambio, la madera viva se separó, revelando una amplia grieta en la base del árbol. Los guardias no trataron de detenerme cuando avancé, aunque sus ojos me siguieron a cada paso.

No había ventanas en el palacio, pero unos cálidos orbes de luz me iluminaban el camino. Eran luces fae, bolas mágicas de luz solar que flotaban en el aire y arrojaban rayos contra las vetas de las paredes y el suelo. Extendí la mano para tocar una, pero se alejó flotando, como atrapada por la brisa. Las luces fae conducían al final del pasillo, donde se encontraban otros dos guardias que, esta vez, flanqueaban un par de grandes puertas talladas con tres hojas de abedul anciano que tenían sus tallos entrelazados.

Los guardias abrieron las puertas, empujando cada una hacia adelante con ambas manos. Una ráfaga de aire sopló contra mis faldas, cargada de un torbellino de voces provenientes de la habitación.

—Lord Feron la está esperando —me indicó uno de los guardias, apuntando con el brazo hacia la barandilla del rellano.

Asentí y enderecé la espalda. Saboreé una respiración profunda y no pude evitar preguntarme si sería la última. Tal vez, al bajar esos escalones, los guardias fae caerían sobre mí. Las dagas que me había enfundado en los muslos harían poco para detenerlos.

Si moría, al menos sería rápido.

Salí al rellano; las grandes puertas gimieron detrás de mí al cerrarse. Di un paso más y me detuve en la parte superior de una escalera. Todos en la habitación de abajo se volvieron al mismo tiempo. Me observaron mientras descendía. Apreté las manos en las muchas capas de tela vaporosa que formaban la falda. Cada una estaba teñida de un color diferente, en tonos azules, grises y violetas; sin embargo, al sobreponerse unas con otras, mi vestido parecía ser tan oscuro como la belladona. Las diminutas cuentas fae cosidas en cada capa brillaban como estrellas en el cielo nocturno.

La sastra había elaborado mi prenda tal como la había imaginado: las mangas largas acentuaban la longitud de mis brazos y el cuello alto se abría por la mitad del corsé en una delgada línea de piel que se arrastraba hasta el ombligo. No mostraba mucho, pero me acentuaba los contornos tonificados del estómago, que habían regresado después de semanas sin beber.

Mi parte favorita era el velo de corona, que se me curvaba alrededor de la frente en retorcidas enredaderas cubiertas de espinas de oro. Unas cintas de color negro caían en cascada de las espinas y me cubrían el cabello, que llevaba recogido en una larga trenza. Coloqué rosas de rocío que había recogido de un jardín cercano entre los mechones de pelo cubierto de seda, ocultando por completo mi color natural. Una gran franja de tinta negra me atravesaba la cara, cubriéndome las mejillas y las cejas.

Sería memorable, pero cualquier invitado tendría problemas para reconocerme cuando terminara la noche.

Di el último paso para alcanzar el suelo del salón de baile. Algunos todavía me observaban, pero muchos de los fae se habían alejado. Sus ojos violetas ya encontraban interés en otra parte. Estiré el cuello y analicé la habitación. No había ventanas por las que escapar, solo un conjunto de puertas que eran demasiado grandes como para huir de forma desapercibida. Tendría que irme de la misma manera en que había llegado, si es que lograba salir.

Un fae alto se me acercó. Estaba vestido con una túnica azul claro. La faja de seda atada a su cintura sostenía una funda plateada. Las luces fae brillaban contra su profunda piel como la luz de las lunas a través del cielo nocturno. Tenía un resplandor engañosamente juvenil. Su cabello, con largos bucles en la espalda, no tenía ni una sola cana. El rasgo más distintivo era el que marcaba a todos los fae oscuros, sus ojos violetas, que estaban sombreados por su propia máscara de tinta de un vibrante tono dorado, a diferencia de la mía, que era negra.

Me hizo un ligero gesto con la cabeza, el cual le devolví con una pequeña reverencia.

—Lord Feron, me imagino —dije con una discreta sonrisa.

Busqué por instinto una de mis armas, pero estaban cubiertas por capas de tul.

Él asintió con una amplia sonrisa.

—Me siento honrado de cenar con la Espada de Aemon. Bienvenida, Keera Kingsown.

—Yo también me siento honrada de estar aquí, lord Feron —respondí—, pero puede llamarme Keera. —Se me caerían los oídos si tenía que escuchar mi título al final de cada conversación. O ese maldito apellido.

—Solo si tú me llamas Feron —me tuteó, con una suave risa. Levanté las cejas sin poder evitarlo; no me imaginaba a los nobles de Elverath descartando tan fácilmente sus títulos—. ¿Quieres un poco de vino?

Señaló a un sirviente que llevaba una bandeja con finas copas de cristal.

Me quedé inmóvil. El rico aroma nos llegaba y me picaba la garganta.

—Tal vez con la cena —respondí.

—Muy bien. —Feron tomó una copa para él—. Entonces permíteme presentarte a nuestros invitados.

La siguiente hora se pasó en una nube de rostros, algunos de fae, otros de elfos y la mayoría de mestizos. Todos me sonreían forzadamente y preguntaban por el reino y el rey. Evadí la mayoría de las preguntas con facilidad, pues nadie parecía preocupado de verdad por lo que sucediera en Elverath. Era como si la gente al otro lado de las Montañas Ardientes ni siquiera existiera.

Tomé un sorbo del vaso de agua que Feron me trajo. Él interactuaba con todo el mundo con una amplia sonrisa y los brazos abiertos. Se tomaba su tiempo para serpentear de un grupo a otro conmigo del brazo. Preguntaba por las familias y los amigos de cada uno, como si los conociera, e incluso se refería a sus sirvientes por sus nombres.

Yo estaba de pie, sosteniendo el vaso frente a mis labios mientras lo estudiaba. No podía imaginarme al rey comportándose de una forma tan cálida en la corte. Traté de encontrar una grieta en su máscara, una ceja arqueada o un cuello tenso, pero no había nada. Feron estaba completamente a gusto.

A diferencia de mí.

—Estás más callada de lo que esperaba —me dijo cuando el último grupo de personas cruzó la habitación en busca de más vino.

—Nunca había estado en las Tierras de Fae... como bien sabes —añadí, levantando una ceja—. Me parece que es mejor observar.

Feron inclinó la cabeza hacia un lado y me sonrió.

—¿Y tus observaciones cumplen con tus expectativas?

Me puse nerviosa; no sabía cómo responder a su pregunta.

—Esperaba que me clavaras un cuchillo en la cabeza —le confesé.

Feron abrió los ojos de par en par. Un helado silencio se asentó entre nosotros y quedó colgando en el aire. Me mantuve erguida, negándome a parpadear. Hasta que el lord estalló en un ataque de risa.

—Puede que seamos viejos, Keera —dijo, aplaudiendo—, pero aún no hemos llegado al extremo de matar a quienes invitamos a cenar como forma de diversión. —Sonrió tanto que dos hoyuelos le aparecieron en cada mejilla.

Una ola de calor me inundó la piel. Sonreí. Esperaba que no pudiera notármelo en el rostro.

—Entonces, ¿la matanza vendrá después de la cena? —insistí, dejando el vaso de agua en una bandeja que pasaba.

Las risas de Feron se le detuvieron en la garganta y los labios carnosos se convirtieron en una línea recta.

—Si te hubiera querido muerta, Keera, jamás habrías puesto un pie en esta ciudad. —Un escalofrío me recorrió la columna vertebral en tanto sus ojos violetas me atravesaban—. No tengo planes de matarte. Ni esta noche, ni mañana. Espero lo mismo de ti —dijo, y desvió la mirada hacia mis faldas. Se me erizó la piel de los muslos, en donde tenía ocultos los cuchillos.

Tragué una espesa bocanada de aire.

—¿Rompes el tratado con tanta libertad y debo pensar que me permitirás irme? ¿Para decírselo al rey?

Me crucé de brazos con la esperanza de parecer más peligrosa de lo que me sentía.

—Si alguien ha roto el tratado, esa eres tú —replicó él, cruzando unos gruesos brazos para imitar mi postura.

Ignoré su punto.

—Se supone que los fae deben entregar a cualquier mestizo a la Corona —insistí de nuevo.

Feron arrugó los labios.

—¿Esperas que te mate porque has visto a mis ciudadanos?

—Los mestizos son propiedad del rey —dije sin pensarlo.

En el momento en que las palabras se me escaparon de los labios, los nombres que tenía grabados en la piel me quemaron por debajo del vestido.

Feron levantó la barbilla. Las cejas se le encontraron en medio de la amplia nariz.

—Entonces que el rey venga por ellos. —La alegre cadencia de su voz se había ido. Su tono era totalmente serio.

Parpadeé dos veces.

—¿Quieres que se lo diga al rey? —La sangre me abandonó el rostro.

Feron dejó que me lo pensara mientras le daba un sorbo a su vino.

—No —contestó—, pero no importa si lo haces. El rey no cruzará a las Tierras de Fae.

—El rey es un hombre orgulloso —afirmé antes de poder detenerme.

Feron sonrió con burla.

—Soy consciente del orgullo de Aemon, pero déjame preguntarte una cosa, Keera. ¿Alguna vez le ha preocupado al rey que los mestizos vengan a esconderse en las Tierras de Fae?

Sacudí la cabeza.

—No me sorprende. Estoy seguro de que es más de lo que el rey te ha hecho creer, pero lo cierto es que Aemon es plenamente consciente de que los mestizos viven libres en estas tierras, al igual que yo soy plenamente consciente de que no se tomará la molestia de reclamarlos mientras no exponga su secreto.

Se tomó el último trago de su bebida y dejó delicadamente la copa sobre una mesa que tenía al lado. La piedra preciosa verde que le abrazaba los dedos me reflejó las luces fae sobre el rostro.

—¿Por qué me dices esto? —pregunté, con la cabeza hecha un remolino de pensamientos. ¿Qué tramaba Feron?

Me ofreció el brazo. Lo tomé con cautela.

—No estoy tramando nada, Keera —dijo con una mirada de reojo mientras nos dirigíamos hacia las altas puertas al otro lado de la habitación—. Solo creo que es justo que sepas tanto como el hombre que dice ser tu dueño.

Sus palabras me sacudieron el cuerpo y me dejaron sintiéndome fría y vacía. No me gustaba la forma en que sus ojos violetas se arrastraron sobre mí. Era como si estuviera leyendo los pensamientos que se me agolpaban en la cabeza, como si estuviera usando su magia conmigo. El suelo giró bajo mis pies y me sentí desfallecer.

—¿Keera?

Al sentir la aceleración de los latidos de mi corazón, Feron me agarró del codo.

—¿Hay una habitación donde pueda refrescarme? —pregunté, sujetándome el estómago.

—Por supuesto.

Asintió y me acompañó hasta una pared que se asemejaba a los bordes acanalados de un árbol. No había una puerta ni ninguna abertura por la que entrar. Me volví hacia él justo cuando extendía el brazo y ubicaba la palma de la mano contra la veta.

Se me erizó la piel. Algo en el aire había cambiado. Un instante después, la pared se abrió revelando un pasillo oscuro al otro lado.

Feron extendió la mano y agarró una de las luces fae.

—Esto te llevará allí —dijo, y la sopló como una semilla de diente de león.

La luz flotó a través del agujero y se detuvo, como si esperara a que yo la siguiera. Atravesé la madera doblada y dejé que la luz me llevara a una habitación en el corazón del palacio árbol.

La luz fae me llevó a una gran habitación con retrete y baño. El agua caía en cascada por una pared, acumulándose en una ranura en el suelo antes de drenarse a través de una delgada línea en la madera. Los pétalos de las flores que se arremolinaban en el agua corriente casi parecían brillar a la luz del orbe. Ahora que estaba sola podía escuchar el zumbido bajo de las paredes. Era tan débil que a cualquier mortal le costaría oírlo, pero estaba allí, en cada rincón, como el constante latido de un corazón.

Sil'abar no era solo un palacio. Estaba vivo.

Mojé un paño en la cascada y me refresqué la piel a la altura del pecho. Había sido imprudente dejarme ganar por los nervios de esa forma frente a un enemigo, pero ¿podía llamar a Feron mi enemigo? No me había atacado, ni siquiera cuando supo que estaba en su ciudad. Tampoco había hecho llamar a sus guardias por los cuchillos que llevaba ocultos en el vestido.

Era el enemigo del rey, pero ¿lo hacía eso mi enemigo?

Volví al pasillo, siguiendo la suave luz fae. La falda se me quedó atrapada en una raíz doblada que sobresalía del suelo. Tiré de ella una vez, tropezándome hacia adelante tan pronto como la tela cedió. Reboté contra algo duro y me caí al suelo. La pesada falda hacía que fuera demasiado difícil mantener el equilibrio.

—Pensaba que la Espada del rey tendría mejores reflejos.

Una figura se elevaba frente a mí. Tres luces fae se le arremolinaban sobre la cabeza, llenando el pasillo con una cálida luz solar. Miré hacia arriba y me encontré con un par de ojos violetas oscuros que me observaban. Era alto, incluso para un fae, y el rostro le quedaba parcialmente oculto tras una sábana de cabello negro que le llegaba por debajo del pecho.

—Estaba distraída —repuse, demasiado tarde.

El fae no dijo nada, pero se cruzó de brazos. La tenue luz enfatizaba la calidez de su piel marrón dorada. Me incorporé y me alisé las faldas con las manos. Él no se movió, a pesar de que estaba tan cerca que podía oler las notas de madera de abedul y rocío que emanaban de su piel.

—¿Qué planeas espiar en un pasillo vacío? —preguntó, levantando una ceja. Hizo una mueca con los labios mientras se inclinaba para mirar detrás de mí.

—No estaba espiando —dije, cruzando los brazos también—. Lord Feron sabe dónde estoy. Dudo que haya algún lugar de la ciudad donde no pueda rastrearme.

Sus ojos volvieron rápido a mí.

—Cierto, pero dudo que te importe.

¿Quién era este imbécil?

Sacudí la cabeza e intenté rodearlo. Él mantuvo su posición por un momento, pero no vacilé. Solo lo miré fijamente, estudiando los ángulos pronunciados de su rostro, hasta que se apoyó contra la pared y me dejó pasar.

—Para que lo sepas —dijo a mi espalda—, no todos somos tan hospitalarios como Feron. No vuelvas a dejar que te pillen en lugares en los que no deberías estar.

CAPÍTULO

14

VOLVÍ AL SALÓN DE BAILE justo cuando se abrían las altas puertas y nos conducían hacia un comedor. Una larga mesa de madera dominaba el espacio. Sus patas brotaban del suelo como raíces y su superficie estaba decorada con docenas de ramos de rosas de rocío rodeados de pequeñas esferas de luz.

—Feron ha solicitado que te sientes con él —me informó una mestiza tan pronto como entré en el comedor.

La seguí hasta la cabecera de la mesa, donde había un asiento vacío a la izquierda del lord.

—Espero que no te importe cenar conmigo —dijo él.

Tiró de la silla hacia atrás con una mano e hizo un gesto para que me sentara.

—El honor es mío, señor —respondí con respeto.

Recorrí con la vista el largo de la mesa en busca del malhumorado fae con quien me había cruzado en el pasillo, pero no estaba entre los comensales. Desvié la mirada cuando una música celestial comenzó a sonar detrás de la silla de Feron. Un grupo de elfos y mestizos tocaban instrumentos que nunca había visto. Algunos rasgueaban cuerdas doradas que brillaban al tocarlas y otros soplaban pequeñas flautas que producían melodías angelicales. No podía despegar los ojos de aquello.

—¿Disfrutas de nuestra música, Keera? —me preguntó Feron tras probar un bocado de pescado a la parrilla.

—Es de una belleza que no se puede replicar —admití.

Miré al otro lado de la mesa y noté que la silla a la derecha del lord estaba vacía.

—¿Esperas a alguien más?

—Ah, Riven. Está atendiendo un asunto ahora mismo, pero se unirá al festín más adelante —me explicó.

Levantó su copa de vino y el resto de la mesa hizo lo mismo. Dirigí la mirada hacia mi copa y asumí que la vería rebosante de líquido rojo, pero en su lugar contenía agua.

Feron comenzó a hablar con un fae sentado más lejos y el resto de la cena transcurrió con poca contribución de mi parte. Era mejor así, pues podía escuchar las conversaciones: lo que la gente planeaba hacer para la temporada de cosecha o qué hijos habían comenzado a ser tutores o aprendices. Dudaba que alguien dijera algo importante conmigo en el salón, pero cada dato era vital cuando sabía tan poco de lo que sucedía en Aralinth.

Terminé el pescado y dejé el tenedor en el plato para que los sirvientes se lo llevaran. Sentí la mirada de Feron sobre mí. Me volví hacia él, sin parpadear, mientras me examinaba el rostro.

—Tienes unos ojos preciosos —comentó amablemente—. No había visto a nadie con ojos como los tuyos en mucho tiempo.

—Jamás he conocido a nadie con ojos como los míos —respondí con honestidad.

Fruncí el entrecejo al constatar la facilidad con la que se me escapaban las palabras.

—No esperaría nada distinto —señaló Feron.

Esperé a que diera más detalles, pero se giró hacia una pareja de mestizos al otro lado de la mesa. Para cuando volvió a dirigirse a mí, ya estábamos en el postre.

—Háblame de tus padres —me pidió—. ¿De dónde eran?

—No lo sé —respondí, bajando la cuchara—. Hasta donde recuerdo, no tengo padres. No tengo recuerdos de antes de que me llevaran a la Orden.

—¿Ninguno? —insistió Feron. Luego extendió la mano y me rozó los dedos. Lo sentí caliente contra mi piel.

Pensé en la cicatriz que tenía en la cadera. Ya estaba conmigo el día que me encontraron. Las líneas eran precisas y constantes, formando un símbolo que nadie en la Orden había visto nunca. Alguien me había hecho los cortes en la piel. Tal vez mis padres o quien me hubiera abandonado.

Una cálida sensación me subió por la columna vertebral. No entendí de dónde provenía el calor, pero el cuerpo se me relajó, la piel del cuello se me erizó y un sabor fuerte se me asentó en la lengua.

Magia. Feron estaba usando sus poderes en mí.

«Vete a la mierda», pensé. El lord no pareció reaccionar, pero la cálida sensación se desvaneció.

—Eres muy joven —dijo después de un minuto y juntó las cejas oscuras, escudriñándome el rostro.

—Gracias. —No estaba segura de qué más decir.

—¿Cuántos años tenías cuando te llevaron a la Orden?

Había una ligereza en su voz en la que no confiaba. Era demasiado dulce, demasiado ansiosa; sin embargo, me sentí obligada a responder.

—Dicen que tenía ocho años —Probé una cucharada del postre—, pero sin padres ni recuerdos, no sé si será cierto.

—Has sido Espada del rey durante bastante tiempo, más que cualquiera de las demás, y aun así sigues siendo joven. No debiste estar en la Orden durante mucho tiempo —comentó Feron en tanto sus dedos tamborileaban por el costado de la copa.

Pude sentir cómo la magia hacía efecto sobre mí de nuevo, pero no luché contra ella. No vi riesgo en responder estas preguntas. Preferí guardar mis fuerzas para proteger cualquier secreto que intentara sonsacarme.

—Entrené con la señora Carston primero y luego con la señora Hildegard. Pasé casi treinta años allí antes de que me llamaran para participar en las Pruebas —le expliqué, esperando calmarle la curiosidad con eso.

Feron se quedó en silencio durante un tiempo, estudiándome.

—No quedan elfos en Koratha, no desde hace doscientos años. Tu sangre élfica debe ser muy fuerte si has vivido sesenta y tantos giros.

Se fijó en la longitud de mis orejas por debajo del velo. Luché contra las ganas de cubrírmelas.

—Eso parece.

—¿Te encontraron cerca de las Montañas Ardientes? —preguntó.

Seguí su línea de pensamiento. Tal vez había sido engendrada por un elfo de las Tierras de Fae.

Sacudí la cabeza.

—Me encontraron en la Grieta de Calen. Dudo que un elfo hubiera viajado tan cerca de Desembarco del Mortal.

La ciudad oriental era el lugar en donde habían comenzado las Guerras Sangrientas. Su odio por los elfos era más antiguo que los decretos que prohibían del todo a su especie y había sido esa la razón por la que los elfos se habían ido desde un principio. Incluso hoy en día, muchos mestizos aparecían golpeados y apuñalados en las calles de Desembarco del Mortal y sus pueblos circundantes.

—¿En la Grieta? —repitió Feron, levantando las cejas.

Asentí.

—Dicen que me caí. Me encontraron en un saliente dentro de la Grieta, cerca de Wenden. No tenía ningún recuerdo de cómo había llegado a ese lugar.

Feron se llevó la copa a los labios, pero no bebió. En cambio, golpeó el costado del cáliz con un dedo, arremolinando el vino en su interior.

—Estuve allí el día en que se formó la Grieta —confesó con voz suave. Sus ojos, amplios y desenfocados, se posaron en la mesa.

—¿Viste a Calen crear la Grieta? —pregunté con asombro.

El abismo era más ancho que la ciudad capital de Elverath. Un corte irregular tan profundo que muchos creían que no tenía fondo, que era solo un túnel interminable de sombra.

—¿Crear la Grieta? —repitió Feron, volviendo su mirada hacia mí—. ¿Qué versión de la historia cuentan al otro lado de las montañas?

Me recosté en la silla. Nunca había considerado que la historia que había escuchado en el reino no fuera la verdadera.

—Cuentan que Calen era un poderoso fae de la luz —dije, tratando de recordar los detalles—. Que creó la Grieta después de que enterraran a su amor sin él. —Las iniciadas en la Orden contaban con mucho aprecio esta historia, incluso hasta altas horas de la noche.

Feron negó con la cabeza.

—Todo lo que has dicho está mal. —Soltó una risita. Se echó hacia atrás y bebió un rápido sorbo—. Calen era un elfo, no un fae.

Sacudí la cabeza.

—¿Cómo podría un elfo crear tal cosa? Los elfos no tienen magia.

Feron me sonrió con complicidad. El gesto me recorrió la piel con una cálida ráfaga. Otra muestra de su magia.

—Los elfos no tienen la capacidad de usar la magia, pero eso no significa que no la tengan.

Parpadeé.

—Dondequiera que mires hay magia: palpita en cada planta de esta ciudad y en cada criatura de las boscosas colinas. Está dentro de nosotros. —Bebió de su vino.

Seguía sin entender cómo un elfo podía conjurar tal hazaña.

—¿Calen maldijo la tierra?

—No. Las maldiciones son historias de los hombres que nos temen, Keera —dijo Feron, moviendo los ojos hacia mí—. No existen. Los juramentos de sangre, sin embargo, son una forma de magia muy poderosa.

Me quedé congelada. La cuchara quedó suspendida a medio camino de mi boca, a la espera de una explicación.

—La Grieta se abrió hace más de cinco milenios, en un momento en que mi gente luchaba contra criaturas tan aterradoras que no tienen un nombre en la lengua de Aemon. Enviamos un ejército para ponerle fin al horror. Yo era uno de los soldados, al igual que Calen y Laurdril. Ambos eran elfos, de solo unos pocos siglos de edad, atrapados en la agonía del amor juvenil.

Sonrió y probó su vino de nuevo.

—La noche antes del asalto, Calen calmó los nervios de Laurdril haciendo un juramento de sangre. Se pinchó el dedo y esparció la sangre a lo largo de la frente de su amante, prometiéndole que nunca dejaría que una criatura lo lastimara. Al día siguiente, las criaturas nos rodearon. Una niebla tóxica que nos enceguecía les brotaba de las fosas nasales. Luchamos contra ellas durante horas, Calen más que cualquier otro. Les desgarró la carne con su hacha hasta que no quedaron más que cuerpos oscuros y escamosos a su alrededor. En un momento de triunfo, dejó su hacha para abrazar a su amante. En ese mismo instante, una de las criaturas le atravesó con la cola la espalda a Laurdril, quien cayó al suelo. Calen cayó junto a él, abrazándolo en su último aliento. Yo vi cómo la magia trataba de reclamar a Calen por haber roto su juramento, pero él la combatió. Unas raíces se desprendieron del suelo y le envolvieron las piernas. Él las cortó con el hacha. Habría hecho cualquier cosa para estar al lado de su amante.

Me incliné hacia adelante mientras Feron miraba las vetas de la mesa.

—Al final, la magia sacudió el suelo con tanta violencia que se partió y tanto Calen como Laurdril cayeron en sus profundidades. Juntos incluso en la muerte.

Feron se terminó su vino. Me salvé de seguir escuchando la historia, pues las puertas de madera se abrieron con un fuerte chirrido. Toda la mesa se quedó sin aliento ante la transformación del salón de baile. Ya no había sillas ni mesas altas y en el centro de la sala se extendía una gran plataforma. Miles de luces fae llenaban la habitación, proyectando colores vibrantes por las paredes y el suelo. Feron se puso de pie y guio a los invitados hacia el salón de baile. Yo seguí a la multitud, procurando mantenerme al margen, y me aseguré un lugar junto a la pared.

Me fijé en un fae que estaba en la parte inferior de la escalera que yo había bajado al inicio de la velada. Era alto e iba vestido con una larga túnica negra, atada a la cintura con un cinturón de bronce. Llevaba una daga élfica. Era el mismo fae con el que me había topado antes. Sus ojos violetas se cruzaron con los míos mientras atravesaba la habitación.

Feron se materializó a mi lado.

—Keera, este es mi sobrino, Riventh Numenthira.

—Riven —dijo el fae con una mirada de soslayo hacia el lord.

—¿Sobrino? —pregunté. No sabía que Feron tuviera parientes vivos.

—En el sentido de que todos los fae estamos emparentados —dijo Riven con una reverencia.

Puse los ojos en blanco. Después de cómo se había comportado en el pasillo, sus cortesías me resultaban irrelevantes.

A Riven le palpitó la mandíbula.

—Es un placer conocer a la Espada —agregó, tomándome de la mano y dándome un delicado beso.

La aparté de inmediato. Me observaba con unos ojos tan negros como la belladona y pude verle los colmillos cuando dibujó con los labios una sonrisa apretada.

Riven se volvió hacia Feron.

—Necesito hablar contigo.

El lord estudió a su sobrino durante un momento. Asintió.

—Déjame encontrar a alguien que entretenga a Keera mientras hablamos —respondió, dándome una suave palmadita en el hombro.

Me estremecí.

—Eso no es necesario…

—¡Nikolai!

El anfitrión llamó la atención de alguien que estaba al otro lado de la habitación. Nikolai terminó su conversación con la guapa mestiza con la que charlaba y se acercó a donde estábamos.

—Feron.

Se inclinó con un dramático gesto de la mano. Llevaba una llamativa túnica color escarlata, sin ningún arma a la vista, que iba a juego con el intenso bronceado de su piel y los rizos apretados que se mezclaban con la sombra que le atravesaba las mejillas. No pude evitar notar el corte irregular de sus orejas cosidas. Era un mestizo.

Nikolai me regaló una sonrisa brillante y tan amplia que una arruga le apareció en la frente.

—¡Keera! ¡La invitada de honor! —exclamó con admiración, inclinándose para besarme el cuello a modo de saludo, como acostumbraban a hacerlo los nobles del reino.

Cuando se incorporó de nuevo, me guiñó un ojo. Su descaro era impactante, pero no pude evitar sonreír.

—No la asustes, Nikolai —intervino Feron—. Necesito que entretengas a Keera mientras Riven y yo hablamos en mis aposentos.

—¡Por supuesto! —dijo el mestizo, intercambiando una mirada con Riven—. No tienes que convencerme de que me haga amigo de una criatura tan maravillosa.

El lord le dirigió una pequeña sonrisa. Riven se cruzó de brazos. El sobrino no tenía el encanto de su tío.

Nikolai me tomó de las manos y extendió los brazos. Me examinó el cuerpo con la mirada, comenzando por el borde de la falda y subiendo poco a poco. Se detuvo sobre el corte profundo del corpiño antes de encontrarse con mis ojos.

—De verdad que eres impresionante —reiteró, acercándome a él—. He estado deseándote desde que te vi bajar esa escalera. Me encantan las entradas dramáticas.

Me quedé boquiabierta.

—Esa es una afirmación audaz para alguien que no lleva un arma —observé, solo medio en broma.

Nikolai se encogió de hombros y me sonrió diabólicamente.

—Tengo otras armas a mi disposición. Algunas me parecen mucho más efectivas.

Puse los ojos en blanco.

—Me imagino que sí.

—Puedo pensar en una en particular… —insistió, mirando hacia abajo.

Bufé y me moví para darle una palmada en el hombro, pero él me agarró la mano. Entonces, la música comenzó. Me envolvió su otro brazo alrededor de la cintura, arrastrándonos a un vals lento. No podría haberle salido mejor si lo hubiera planeado.

—¿Siempre eres así de exasperante? —pregunté.

Volvió a dibujar una amplia sonrisa.

—Creo que lo que quieres decir es encantador.

—No.

—Entonces, ¿solo es mi comportamiento naturalmente seductor? —rebatió con otra sonrisa.

—¿Todos los machos en las Tierras de Fae son así de directos? —inquirí antes de poder contenerme. Cerré los ojos y sentí calor en las mejillas.

Nikolai levantó una ceja.

—Si crees que me ofende que me llames macho, no es así.

—Pero en el reino…

Me apretó la mano.

—He pasado algún tiempo en el reino. —Dirigí la vista hacia sus orejas cortadas—. Sé cómo tratan a los de sangre élfica. Es despreciable, y no encontrarás a nadie en esta sala que no esté de acuerdo. —Me giró dos veces—. Pero jamás he entendido la rígida obsesión de los mortales con los sexos.

Incliné la cabeza.

—¿Por qué?

Movió los hombros mientras bailábamos y se inclinó más hacia mí.

—Aparte de que es una práctica inexacta, los elverin no nos vemos a nosotros mismos de esa manera. Para nosotros es más estúpido que grosero.

—¿Los elverin? —pregunté. Jamás había escuchado la palabra.

Nikolai sonrió, burlón.

—Elfos y fae. También mestizos. No trazamos líneas tan rígidas entre nosotros como lo hace el rey.

Abrí la boca para hacer otra pregunta, pero Nikolai me inclinó tanto que su cara quedó a la altura de mi pecho. Cuando me levantó de nuevo, deseé que se diera cuenta de cómo el enfado me ardía en los ojos.

Lo notó, pero solo sirvió para agrandarle la sonrisa.

—Espero que no estés planeando despedazarme, Keera —dijo, y me hizo girar una vez más antes de llevarnos de vuelta al baile. Otras parejas se deslizaban por la pista junto a nosotros entre giros y risas.

—Jamás traería un arma a cenar —contesté—. Lord Feron confiaba en que vendría desarmada y así lo hice. —Traté de imitar su compostura desenfadada, pero era difícil cuando Nikolai no paraba de darme vueltas.

—Mentirosa —me acusó, con una sonrisa engreída y burlona.

Yo levanté las cejas, desafiante.

El mestizo me acercó aún más a él. Tenía la barbilla justo contra mi oído cuando susurró:

—Apuesto mi caballo a que tienes al menos tres armas ocultas en tu vestido. No esperaría nada menos de la Espada del rey. —Luego miró hacia abajo—. Apuesto a que podrías ocultar un cofre entero lleno de artículos debajo de esa falda, aunque estoy seguro de que nada se compararía con tu…

Le apreté el hombro hasta que hizo una mueca.

—Yo en tu lugar no terminaría esa frase o llegarás a saber lo letal que puedo ser, Nikolai. —Ya no estaba bromeando.

—Me encanta la forma en que dices mi nombre. Cuánta malicia. Cuánta pasión. —Sonrió tanto que pude verle los colmillos—. Pero ambos sabemos que no me vas a matar.

—¿Por qué no? —pregunté, siguiéndole el juego, atenta a la tensión que se acumulaba entre nosotros.

—Porque ya tuviste una oportunidad y no la aprovechaste. —Había algo de complicidad en su sonrisa. Una invitación a que adivinara su significado.

Traté de imaginarme su rostro encapuchado, cubierto hasta la línea de la barbilla. Tenía la misma altura que la Sombra, pero Nikolai ansiaba ser visto. Le encantaba que los ojos de todos estuvieran puestos en nosotros mientras bailábamos por la habitación. ¿Podría alguien que ansiaba la atención del mundo ser realmente la amenaza encapuchada que había venido a matar?

—¿Qué estás tratando de decir? —insistí cuando la música se detuvo.

Nikolai hizo una reverencia tan exagerada como la que le había dado a Feron.

—Eres inteligente, Keera. Sé que lo adivinarás.

CAPÍTULO 15

—LO PROMETISTE.

Las palabras me recorrieron el cuerpo y me helaron los huesos. Me volví despacio, temerosa de lo que pudiera ver.

—Lo prometiste —repitió ella.

Estaba sentada en medio de la habitación en una silla de madera. En el hogar a su espalda no ardía ningún fuego; ninguna vela iluminaba la habitación.

Solo estábamos nosotras y la luz gris de las lunas que le atravesaba el hermoso rostro. La tenue cicatriz que se le extendía por el ojo y la mejilla se veía plateada, y se tensó cuando me miró con el ceño fruncido.

—Lo prometiste.

—¿Podrías dejar de decirlo? —grité, pasándome las manos por el pelo—. Sé que lo prometí. Y fracasé.

—El fracaso siempre precede al éxito —contestó, levantando las cejas con suavidad. Era lo que Hildegard siempre decía durante nuestros entrenamientos.

—A veces el fracaso precede a la muerte —espeté.

No podía mirarla. Me desgarraba el pecho hasta dejarme sin aliento. Cada latido del corazón me reverberaba contra las costillas con tanta violencia que pensé que con cualquiera se romperían, perforándome por completo.

Al menos, sería menos doloroso que esto.

—Entonces muere —susurró.

Mi mirada volvió a donde estaba sentada. Tenía el rostro tranquilo, pero la sangre ámbar le empapaba la túnica, derramándose por todo el frontal de su cuerpo. No intentaba detenerla con las manos. Miré con horror, incapaz de moverme, hasta que se le descolgó el cuello.

Unos ojos color miel me observaron fijamente.

—No dejes una corona que reclamar. —Sus últimas palabras se le escaparon del pecho antes de que se le enfriaran los ojos.

Se me incendiaron los pulmones cuando grité.

Y grité.

Y grité.

Estaba harta de soñar con ella. No eran sueños, sino pesadillas. Cada vez que cerraba los ojos, veía su rostro. Me llamaba una y otra vez hasta que me rendía y renunciaba a seguir intentando dormir. Dejé un charco de sudor en la cama y me vestí para tomar un poco de aire fresco. El primer sol apenas comenzaba a asomarse por la ladera y las hojas doradas de Sil'abar brillaban sobre la ciudad.

Observé las hojas revolotear en silencio muy por encima de mi cabeza. Las calles estaban vacías. Nadie se movía en las primeras horas después de una fiesta. Me senté en el banco de un jardín rodeada de exuberantes flores de todos los colores. Sus pétalos, cada uno decorado con rocío, apenas comenzaban a abrirse con el calor del sol.

No podía disfrutar de la belleza que me rodeaba. Solo podía escuchar las palabras que me resonaban en la cabeza.

«Lo prometiste».

Como si no llevara esa promesa rota conmigo a donde fuera. No tenía que plagarme los sueños y recordarme cómo había fallado. Cómo le había fallado a ella. Tracé con los dedos por encima de la manga el nombre que tenía en el antebrazo.

—¿Larga noche?

Levanté la vista y me encontré a una mestiza de pie frente a mí. Llevaba uno de esos vestidos vaporosos que había visto en la sastrería. La tinta dorada del rostro había comenzado a desvanecérsele.

—No podía dormir —le expliqué, acomodándome en el banco.

En mi prisa por tomar aire fresco, había dejado atrás la capa y la capucha. Me sentí expuesta ante esos ojos oscuros que me miraban el rostro.

—Espero que al menos te divirtieras —dijo.

Se sentó en el banco a mi lado y se acomodó los largos mechones negros detrás del cuello.

Sacudí la cabeza y me aparté.

—¿Encontraste lo que buscabas? —preguntó mientras cruzaba las piernas y disfrutaba de la luz del sol.

—¿Qué?

Me puse de pie y agarré la empuñadura de mi espada. Al menos había recordado salir armada. Fruncí el entrecejo. Era valiente de su parte acercarse si sabía que yo era la Espada.

Formó una sonrisa astuta con los labios.

—No hace falta que saques eso —dijo con un gesto perezoso de la mano. Luego cerró los ojos y se recostó de cara al sol—. Aralinth es una ciudad pequeña, no hay extraños aquí. Cualquiera puede ver que eres nueva. Además, eres una mestiza, lo que significa que cruzaste las montañas en busca de algo. La mayoría de nosotros vinimos como refugiados en busca de seguridad. Yo sé por qué lo digo.

Se descubrió el antebrazo antes cubierto por la manga. En la muñeca tenía quemada la imagen de una corona.

—Fuiste una cortesana real —afirmé.

Las cortesanas del rey eran mestizas obligadas a trabajar en las casas de placer. Técnicamente, esos lugares no respetaban los decretos, pero el rey obtenía beneficio de ellos y le proporcionaban más mestizos que poseer.

Solté la espada. Ella había visto más violencia que la mayoría y yo no pensaba añadirle más a su cuenta.

—¿Cómo escapaste?

Se bajó la manga.

—Me enviaron con un grupo a Cereliath para la Cosecha. El lord que me compró se quedó dormido antes de recibir sus... servicios. Cogí su dinero y su capa y salí por la puerta principal. —Se rio e hizo girar un mechón de pelo entre los dedos—. No creo que esperaran que ninguna de nosotras se fuera. Todos los años que pasé soñando con huir, planeando escapar... y, cuando finalmente sucedió, nadie se dio cuenta.

—¿Nunca enviaron a nadie a buscarte? —pregunté, sentándome de nuevo a su lado.

Me miró fijamente con sus ojos oscuros y relajó los hombros cuando se inclinó hacia mí.

—No creo que ni se fijaran. El príncipe estaba allí esa noche.

No necesitaba decir nada más. Arañé el borde del banco y las cicatrices de la espalda me comenzaron a picar. Los mestizos solían desaparecer cuando el príncipe Damien estaba cerca.

—¿No te quedaste en Cereliath? —pregunté en el momento en que las persianas de una tienda cercana se abrían.

Ella se encogió de hombros.

—No estoy hecha para trabajar en el campo, y con mi marca habría sido muy sencillo descubrirme.

Me miró durante un breve instante. El calor me inundó las mejillas. Había atrapado a muchos mestizos fugitivos en mis años como Espada. La mayoría nunca tuvo la oportunidad de volver a sus trabajos.

—Prefería morir antes que volver —continuó—, así que me gasté el dinero que recibí de ese lord en comprar un pasaje hacia Caerth. Luego guardé toda la comida que pude llevar y entré en las Tierras de Fae.

Se giró en el banco y su mirada pasó de Sil'abar al bosque dorado al otro lado. Estaba demasiado lejos para verlo, pero en algún lugar entre los árboles y las colinas se encontraba la entrada al Camino del Sabio.

—¿Llegaste a las Tierras de Fae a pie? ¿No te dio miedo?

El viaje me había llevado una semana a caballo. No podía imaginar cuánto tiempo le tomaría a un excursionista inexperto.

Ella soltó una carcajada que sonó como una campana por el jardín e hizo que un par de pájaros salieran volando hacia las ramas del Árbol Blanco.

—Nunca había estado tan asustada en mi vida. Estoy segura de que has escuchado las historias de lo que acecha en ese bosque. O en las Tierras de Fae, ya que estamos.

Las había escuchado, claro. Todos en Elverath sabían que no cruzabas hasta las Tierras de Fae con esperanzas de sobrevivir.

—Entonces, ¿por qué ir?

Muchos mestizos habían logrado esconderse con éxito en el reino. Sin contar su marca, ella podía pasar por mortal.

—Estaba desesperada —dijo con un suspiro pesado, y me miró con ojos vidriosos—. Si tenía que morir, quería que al menos fuera bajo mis términos. Por lo menos sería…

—Libre —terminé por ella.

Asintió. Un silencio consciente se instaló entre nosotras. Me recosté en el banco y admiré el dosel de flores que colgaba sobre nuestras cabezas: tonos de verde entremezclados con ráfagas color pastel, con el telón de fondo de las hojas doradas de Sil'abar. Podría vivir durante milenios y nunca cansarme de la vista. No era de extrañar que a los elfos y los fae les encantara este lugar.

Estudié a la mestiza, las largas líneas de sus brazos y los pronunciados ángulos de sus mejillas. Me di cuenta de que sabía que la observaba, pero no me detuvo; en cambio, sacó un melocotón de algún lugar debajo de las sedas de su falda y lo mordió.

Había poca diferencia entre las penumbras y las cortesanas. A cada una de nosotras nos elegían desde niñas y nos entrenaban para complacer al rey con nuestros cuerpos. El mío se había convertido en un arma que servía a la Corona con cada vida que tomaba, mientras que las cortesanas se forjaban como un tipo distinto de arma, sirviéndole al rey con cada patético noble que se veían obligadas a llevar a la cama.

No había oído jamás de ninguna penumbra o cortesana que hubiera escapado. O al menos de ninguna que hubiera vivido para contarlo.

—¿Alguna vez has pensado en volver? —Corté el silencio.

Ella le dio otro mordisco al melocotón y se limpió el jugo de los labios con el dorso de la mano.

—A veces —dijo, encogiéndose de hombros—. No en serio, pero si alguna vez volviera, yo… —Se interrumpió.

Me senté en el borde del banco. Cuando sus ojos volvieron a encontrarse con los míos, tenían una frialdad asesina.

—Mataría al rey —terminó en un susurro. Se inclinó hacia adelante y el cabello oscuro le cubrió el rostro—. ¿Nunca has pensado lo mismo?

«Lo prometiste».

—Sí —musité. La opresión que sentía en el pecho se esfumó tan pronto dije las palabras en voz alta—. Sí, lo he pensado.

Era la primera vez que le admitía eso a alguien. Esperaba sentir un pánico alimentado por la adrenalina o las náuseas conocidas que me invadían cada vez que dejaba que mis pensamientos encontraran las grietas de las defensas que llevaba décadas construyendo a mi alrededor. Tal vez se habían vuelto quebradizas sin el vino porque podía sentir las paredes agrietándose... y eso no me asustaba.

—No sé tu nombre. —Me di cuenta al salir de mi aturdimiento.

—Dynara —respondió ella, levantándose del banco. Era casi tan alta como yo.

Caminó en dirección a la posada, pero se dio la vuelta. La luz de los soles brillaba sobre la tinta dorada que aún le quedaba en las mejillas.

—Keera —me llamó, pasándose una mano por el pelo.

Levanté una ceja.

—¿Sabías quién era yo todo el tiempo?

Su sonrisa astuta regresó y asintió.

—Recuerdo lo solitario que puede ser... servir al rey, tratar de encontrar algo que importe antes de morir por él. —Crucé los brazos para protegerme de su mirada penetrante. Me sentía expuesta de nuevo—. Pero eso es lo que quiere —continuó—. Así es como funciona. Nos convence de que estamos solas cuando la verdad es que estamos rodeadas de personas que también intentan liberarse.

—¿Quieres ayudarme a matar al rey? —Bufé.

Ella no se rio. Los labios se le convirtieron en una línea recta y dio un paso hacia mí.

—Me temo que mis habilidades particulares no servirían tanto como las tuyas, pero hay personas que podrían querer ayudarte si estás dispuesta a buscar en lugares inesperados.

El estómago me dio un vuelco.

—Jamás podría pedirles a los mestizos que han escapado del rey que se alzaran en armas contra él. —No pensaba ser responsable de ninguna muerte más; no por una causa perdida.

Dynara se encogió de hombros.

—Tal vez esa decisión ya está tomada —dijo con frialdad—. Sé por quién has venido hasta aquí. No sé si ha sido por tu propia cuenta o por orden del rey, pero sí sé que lo has hecho por desesperación. ¿Por qué más harías un viaje que no esperas sobrevivir? Pero tal vez encuentres algo más que supervivencia aquí. Tal vez encuentres redención.

CAPÍTULO 16

LAS PALABRAS DE DYNARA me arañaban el interior del cráneo. ¿Había sido esta la razón de los sueños? Hacía ya muchos años que había renunciado a mi promesa de matar al rey para ponerle fin a su reinado y a la Corona por completo. Había silenciado la culpa con barricas de vino y dos décadas habían pasado en el olvido. Ahora no podía dejar de pensar en esa promesa, en intentarlo de nuevo.

Pero ¿y la Sombra? No lograba entender por qué Dynara pensaba que él me ayudaría. Había pasado casi un año entero persiguiendo pistas, tratando de arrancar esa capucha y matar a quien se escondiera bajo ella. ¿Por qué confiaría la Sombra en mí? ¿Cómo podía saber si quería matar al rey?

«Solo si dejas una corona que reclamar».

Esas habían sido sus palabras. No les puse mucha atención entonces, pero tenían sentido. No solo intentaba alimentar a la gente de Elverath, sino que trabajaba para derrocar al rey. Aunque no llegaría muy lejos robando carga y comida; necesitaba atacar al monarca donde le doliera.

En sus bolsillos.

Caminé de un lado a otro en mi habitación hasta que se formó una línea en la exuberante alfombra. Era ridículo. Proponerle una alianza a la persona que había venido hasta las Tierras de Fae a matar.

Gwyn se me pasó por la mente. Luego las iniciadas de la Orden y las caras borrosas de los hambrientos en Cereliath que el rey prácticamente había sentenciado a muerte. No sabía cuándo morirían en ese camino, pero su sangre anegaba las manos del monarca, tanto como las mías goteaban con la de los nombres que tenía tallados en la piel.

Matar a la Sombra solo les daba a los mestizos algo de tiempo antes de enfrentarse a la rabia del rey. Pasarían unos años, más magia se desvanecería y ya no estarían a salvo de su ira. ¿No les debía yo al menos tratar de acabar con ello de una vez por todas?

«Lo prometiste».

Tal vez su presencia en mis sueños no buscaba ser un tormento, sino un empujón. En ellos, se había hecho eco de las palabras de la Sombra: «solo si dejas una corona que reclamar». ¿Creía ella que una alianza funcionaría?

«Solo hay una forma de averiguarlo», pensé para mis adentros.

Necesitaba encontrar a la Sombra.

Empecé por Nikolai. No estaba convencida de que él fuera la Sombra, pero sus palabras de despedida seguían rondándome la cabeza. Me habían entrenado para recordar rostros con apenas una mirada y sabía que nunca había visto a Nikolai antes del baile de Feron; sin embargo, él había aludido a un encuentro que yo no recordaba.

A menos que nunca hubiera mostrado el rostro.

Era la mejor pista que tenía. La única.

Me tomé tres días para aprenderme su rutina. Nikolai se alojaba en un lujoso apartamento frente al palacio. Lo único que aprendí de él fue que no solo le encantaba coquetear, sino que también le encantaba el sexo. Cada noche llegaba un nuevo visitante a su puerta, a veces dos. Se pasaban la noche probando deliciosas recetas y degustando los mejores vinos. Fae, elfos y mestizos, en su mayoría hembras.

¿Cómo podía alguien con una lista tan larga de amantes mantener su identidad en secreto?

No tenía ningún plan, pero necesitaba hablar con Nikolai a solas, así que, a la cuarta noche, esperé a que llegara su pretendiente. Reconocí a la elfa de la cena de Feron. Su piel de un tono profundo brillaba bajo las lunas, acentuando las capas de tela azul claro que llevaba encima.

Me paré detrás del tronco de un gran árbol cerca de la entrada. Llevaba esperando escondida bajo las ramas desde que los guardias habían cambiado de turno. Estaban tan distraídos con la bonita elfa que no notaron que me escabullía por la puerta. Presioné la espalda contra la pared y esperé a que ella pasara.

Yo tenía en las manos una pequeña esfera hecha de vidrio soplado de la cual sobresalía una aguja afilada. Un pinchazo y se quedaría dormida varias horas. Ni siquiera se dio la vuelta cuando le puncé el cuello. Se desplomó hacia atrás sobre mí; le sostuve el cuerpo flácido con los brazos y la senté suavemente sobre un pequeño banco.

Subí las escaleras hasta el cuarto piso. Solo había una puerta en medio del pasillo, la cual estaba pintada de color oro, contrastando con las paredes de piedra blanca. Pensé en abrirla de una patada, pero no podía imaginarme a su pretendienta haciendo lo mismo.

Llamé a la puerta.

—Entra —dijo una voz desde el interior.

Estaba sentado al borde de una gran cama. Su ropa color belladona destacaba sobre la seda blanca de las sábanas. La capucha le cubría el rostro, pero sabía que estaba observando cada uno de mis movimientos. Cada paso. Cada respiración.

La Sombra.

—No está aquí. —Su voz era un oscuro chirrido que me enfriaba la sangre.

—¿Quién? —dije, tratando de disimular mi sorpresa.

Se puso de pie y una larga sombra se me proyectó sobre el rostro.

—No iba a dejar que mataras a Nikolai.

—¿Por qué asumes que venía aquí a matarlo? —pregunté, dando un paso atrás. Necesitaba espacio para orientarme. No esperaba que apareciera la Sombra, mucho menos armado—. Tal vez solo estaba celosa de todos sus bonitos amantes.

—Seguro que le encantaría escuchar eso —comentó la Sombra sin emoción. Sacó la larga espada de la funda que tenía detrás de la espalda—. ¿Qué hay de la elfa? ¿La mataste? —Levantó el acero hacia mí.

Desenfundé una espada larga y curva del cinturón.

—No —dije—. Está durmiendo.

La Sombra se abalanzó sobre mí, blandiendo su espada. Me moví hacia un lado y el acero se estrelló contra el suelo de piedra. Rodé sobre la parte trasera del sofá; él lanzó un tajo que rasgó la tela.

Yo blandí mi propia espada. Él saltó hacia atrás, estrellándose contra la cama.

Volví a asestar un golpe antes de que se estabilizara, pero bloqueó mi embestida.

Rodeó el sofá con la espada en alto mientras yo retrocedía. Hice una finta y le pateé la rodilla. Dio una voltereta sobre el sofá y aterrizó de pie.

La capa se me enganchó en la pata de la mesa. Tiré de ella para soltarla.

Me acerqué un paso más a la Sombra; de repente, me detuve. No necesitaba ni la capa ni la capucha. Ya me había visto el rostro.

Moví las manos hasta el cuello y las dejé caer al suelo.

—Estás mejor con capa —se burló.

—Estoy segura de que tú estás mejor sin cabeza —repliqué con malicia.

Él se rio, estirando el cuello y siguiendo mis movimientos.

—Si no eres Nikolai, ¿por qué te importa si lo mato? —pregunté.

—Es un amigo —respondió. La luz de las lunas que se filtraba por la ventana brillaba contra el negro entintado de su capa.

—No sabía que las sombras tuvieran amigos —dije, y me desplacé frente a la ventana.

Él saltó sobre el sofá.

—Más que las espadas.

La Sombra levantó su arma y esperó. Me incitaba a atacar de nuevo, pero yo todavía tenía más preguntas.

—Los amigos son debilidades que una Espada no puede permitirse.

Volví a golpear; bloqueó mi ataque con su espada. Me di la vuelta, lanzándole un tajo al torso. Él dio un paso atrás, evadiendo el golpe antes de asestar uno de los suyos.

Ataque. Finta. Ataque. Giro.

Nos asentamos en un ritmo constante. El choque de nuestros aceros marcaba el tempo mientras bailábamos el uno alrededor del otro. La Sombra se movía rápido, pero yo era más veloz. Con cada golpe lo empujaba hacia atrás más y más, hasta que sus talones golpearon la pared.

—No pareces estar esforzándote demasiado por matarme. —Su voz lúgubre sonó entre golpe y golpe.

Cambié de mano y le apunté una estocada al pecho. Él evadió el golpe completo, pero la punta de mi espada le rasgó la tela oscura de la túnica. El corte que le dejé en la manga me sacó una sonrisa.

—Eso es porque no quiero matarte —le confesé antes de agacharme y lanzarle una patada baja.

Él saltó, así que le estampé la empuñadura de mi espada contra la rodilla. La Sombra voló hacia adelante y cayó al suelo. Tan pronto se volvió hacia mí, saqué un pequeño cuchillo que llevaba oculto en la bota.

Me despegué del suelo con un salto y di un giro sobre su cabeza. Bajé el brazo lo suficiente como para engancharle la capucha y quitársela al aterrizar detrás de él, sosteniéndole una espada contra la garganta.

Unos ojos violetas oscuros me miraron. Eran unos remolinos de rabia, cubiertos por cejas negras, y un rostro angular.

Un rostro que conocía.

La Sombra era un fae oscuro.

La Sombra era Riven.

CAPÍTULO 17

—BUEN TRUCO —ESPETÓ.

Tenía la cabeza inclinada hacia arriba, apoyada contra mí. Yo sostenía el filo de la hoja contra su piel. Lo miré a los ojos. Unos ojos violetas.

—¿Los fae oscuros están intentando atacar a la Corona?

No pude disimular la conmoción en la voz. Sabía que había una conexión entre la Sombra y las Tierras de Fae, pero había asumido que solo un elfo o un mestizo habrían tenido la motivación suficiente como para atacar al rey. Los fae oscuros habían vivido bajo el mandato del rey Aemon durante siete siglos y jamás habían actuado en su contra. ¿Por qué esperar hasta que el destino de su raza estuviera decidido para rebelarse?

—No, no es así.

Riven tosió y se inclinó despacio hacia atrás. Le presioné la hoja contra la piel con más firmeza. No la suficiente como para cortarlo, pero sí como para que no se hiciera el valiente e intentara moverse.

Me burlé.

—¿Esperas que crea que eres solo tú? ¿Un renegado contra todo un reino? —Ya sabía que tenía cómplices, empezando por la otra figura encapuchada de Cereliath.

Riven apretó los dientes con tanta fuerza que pude oírlo. Sostuve la espada más firmemente aún.

—Si no me respondes, te mataré ahora mismo. —Era una amenaza vacía, pero él no lo sabía.

—No trabajo solo —cedió—, pero ninguno de mis cómplices son fae oscuros. No quieren romper los acuerdos con el rey.

Entrecerré los ojos.

—Entonces, ¿por qué tú sí?

—Porque no creo que mi deber sea solo para con los residentes del Faelinth. Mientras haya mestizos encadenados, lucharé contra la Corona. Los mataré a todos si es necesario. —Su voz era áspera y venenosa. Aflojé un poco la hoja.

Riven dejó caer la espada que tenía en la mano. La empuñadura reverberó contra el suelo.

—¿Por qué no limitarse a rescatar a los mestizos? —pregunté—. Muchos morirán si el rey va a la guerra.

—¿Quién crees que los ha ido trayendo a todos aquí? ¿O a los demás que están en el resto del Faelinth? He estado salvando familias, una por una, durante décadas. No es suficiente.

Tenía razón. Siempre había más bocas que alimentar, más personas que proteger, y estábamos contando solo a los mestizos cuya sangre mortal era lo suficientemente fuerte como para esconderse. Aquellos que eran fáciles de identificar se pasaban el resto de sus vidas al servicio de la Corona, entregando sus existencias al capricho del rey.

Al igual que las penumbras.

Que el Arsenal.

Que yo.

—No hay forma de que tengas un ejército lo suficientemente grande como para orquestar un asalto contra Elverath —susurré, inclinando la cabeza hacia él.

—Aún no. —Riven se atragantó contra el acero.

Apreté la espada y la incliné ligeramente, no para no cortarlo, sino para hacerle presión contra la tráquea.

—No estás en posición de ocultar nada —le recordé.

—No pienso revelarle mis secretos a la Espada del rey. Mi muerte no vale la pena —contestó.

—Qué dramático. —Puse los ojos en blanco—. Si me preguntas, solo tienes dos opciones: o te quedas callado y dejas que te mate, aunque así no habrá nadie que proteja a tu querido Nikolai ni a nadie más que descubra que te haya ayudado. —Sentí cómo se le tensaban los hombros. Había dado en el blanco—. O puedes contármelo todo y quizá te mate —terminé.

Riven se ahogó de incredulidad.

—¿Quizá?

—¿Dudas de mí? —dije, con un falso tono de preocupación. Disfrutaba jugando con él mientras estaba de rodillas y mi espada le rozaba la garganta. Casi compensaba sus malos modales en Sil'abar.

—Dudo que a la Espada del rey le sirva de algo mantenerme con vida. —Hizo una pausa—. Hasta donde entiendo, el rey puede matarte si regresas a Elverath sin mi cabeza.

—Es probable —admití.

—No pareces preocupada.

La voz de Riven era rasposa y oscura. Se estaba cansando de mis juegos.

Bien.

Me encogí de hombros.

—¿Planeas matar al rey?

Riven apretó la mandíbula y se aseguró de que lo notara. Me miró fijamente con sus obstinados ojos violetas.

—No estoy pidiendo detalles —dije—. Solo quiero saber si es ese el objetivo de todo esto, acabar con el rey.

No respondió. Le sostuve la mirada y sus respiraciones pesadas se mezclaron con los contundentes latidos de mi corazón. Había esperado esto más de lo que me permitiría admitir.

—No —respondió Riven al fin—. No solo vamos a acabar con el rey: vamos a acabar con la Corona.

Le solté el pelo y saqué la daga de la funda. Me coloqué frente a él, con la espada todavía presionándole la garganta, antes de apuntarle al pecho con la daga.

—Entonces, para responder a tu pregunta —dije despacio—, no me preocupa que el rey me mate.

Dejé caer la espada, haciéndola sonar contra el suelo. Luego tiré del brazo de Riven para ayudarle a ponerse de pie, aún amenazándole con la daga en el pecho.

—¿Por qué no? —preguntó, con la mirada fija en el acero rojo que le pinchaba la ropa de cuero.

—Porque te voy a ayudar a matarlo.

La respiración de Riven se detuvo. El pecho no se le elevó para encontrarse con el puntiagudo filo de la daga; los ojos parecieron oscurecérsele mientras miraba los míos. Una descarga eléctrica me hizo cosquillear la piel, dejándome en vilo. Sentí la necesidad de correr, gritar y pelear, todo a la vez. ¿Qué tipo de truco fae era esto que pasaba entre nosotros?

—Esta es una forma extraña de negociar una alianza. —Rompió su silencio con una mirada hacia la daga—. ¿Aliados o muerte?

—¿No es ese el comienzo de cualquier tregua? —contesté.

Resopló con la mandíbula abultada y me examinó.

—Si esta es tu forma de distraerme antes de matarme, es bastante novedosa.

—¿Preferirías que te besara? —dije, levantando una ceja—. ¿O ese truco solo es divertido cuando tú lo haces?

Riven dibujó una sonrisa burlona que le dejó expuestos los colmillos. Al parecer, no era momento para bromas.

—Quiero matar al rey —repetí.

Sacudió la cabeza.

—¿Por fin te aburriste de ser la Espada?

—He querido matar al rey desde hace… mucho tiempo —dije—. Probablemente más que tú.

—¿Por qué? —insistió él.

Como muestra de buena fe, bajé la daga y la guardé en su funda. Me encontré con su mirada y esperé a que lanzara un ataque. No lo hizo.

—Mis razones son mías, igual que las tuyas. Eso no cambia el hecho de que queremos lo mismo.

Me quedé esperando. O bien me atacaba y solo uno de nosotros salía con vida o no lo hacía y los dos salíamos de allí siendo cómplices.

—¿Por qué debería confiar en ti? —Se cruzó de brazos sin dejar de mirarme las manos.

—¿Dejando de lado el hecho de que no te maté cuando pude haberlo hecho?

Levanté una ceja y señalé la espada en el suelo. Riven solo apretó los dientes y esperó.

—No puedes confiar en mí —respondí con un suspiro—. No del todo. Y yo no puedo confiar en ti, pero puedo confiar en que hay más posibilidades de que tengamos éxito si trabajamos juntos que si estamos separados.

Recogí mi capa y mi capucha del suelo y me las volví a sujetar alrededor del cuello.

—¿Estás dispuesta a arriesgarlo todo? ¿Tu título e incluso tu vida por una alianza con los mismos fae que te has pasado meses cazando? —me preguntó mientras una gruesa línea se le marcaba entre las cejas.

—Perdí mi título y mi vida en el momento en que elegí no matarte. —Recogí la espada del suelo. Él enroscó los dedos alrededor de la daga que llevaba en el costado—. Volver al palacio sin tu cabeza es sentenciar mi vida, así que lo mejor que puedo hacer es arriesgarla por algo que valga la pena.

—¿Por qué ahora?

Riven se inclinó para recoger su propia espada. La sostuvo a su lado durante un buen rato antes de enfundársela detrás de la espalda.

—Traté de derrocarlo yo misma durante mis primeros años como Espada, pero fracasé… —Se me cerró la garganta—. No es algo que una persona pueda lograr sola; ya lo he intentado. —Podía saborear la amargura en la lengua.

Él me examinó y se frotó la nuca. Los pensamientos se le arremolinaban detrás de sus ojos violetas.

—Esta no es una decisión que pueda tomar por mi cuenta —dijo finalmente, con los puños apretados a los lados.

—Lo entiendo. —Asentí—. Tienes esta noche para discutirlo con quien sea que necesites hacerlo. Te esperaré en la posada cerca de…

—Sé dónde te alojas —me espetó.

—Entonces ya sabes dónde encontrarme.

CAPÍTULO 18

ME ESTABAN SIGUIENDO. Alguien me había seguido por el techo del apartamento y luego por entre las tiendas. Caminaba con pasos firmes sobre las enredaderas y la piedra. Había otra persona, un hombre con una capa de viajero azul, que caminaba frente a mí, usando los reflejos de los escaparates y un ocular de espejo para seguirme desde el frente.

No me importaba que me siguieran. Si Riven era fiel a su palabra, no me tocarían. Si no, los podía derrotar fácilmente.

No fui directo a la posada; en cambio, cené en una de las tabernas cerca del jardín del palacio. Estaba oscura, pero limpia, y olía a especias frescas y cerveza. Los propietarios eran mestizos que iban de comensal en comensal para preguntarles sobre su día y su comida. Después de un rato, la esposa llegó hasta mí.

—¿Qué tal el asado, querida? —preguntó, rellenándome el vaso de agua.

—Delicioso —respondí.

Se llevó el plato vacío.

—¿Algún postre, señorita?

—Sí, pero ¿podría llevármelo a mi habitación al otro lado de la calle? —Señalé la posada.

Ella asintió.

—Excelente —dije—. ¿Cree que podría seguir estas instrucciones?

Dejé la nota que había garabateado sobre la mesa, junto con una generosa cantidad de monedas de oro. Aralinth era una pequeña ciudad con habitantes que llevaban siglos con vida. Estaba dispuesta a apostar mi cartera a que ella conocía a todos los residentes lo suficientemente bien como para saber exactamente a quién le pertenecía el nombre escrito en esa nota.

Recogió el oro y el papel y lo leyó dos veces antes de asentir.

—¿A qué hora necesitará la llamada? —Apretó los labios.

—Dentro de una hora.

Los espías me siguieron de vuelta a la posada. Cuando llegué a mi habitación, abrí las grandes cortinas a lo largo de las anchas ventanas, de modo que cualquiera que estuviera en los tejados frente a la posada tendría una línea de visión directa de mi habitación. Primera lección de espionaje: era más fácil controlar la narrativa si dejaba que el observador creyera que tenía toda la información.

Me preparé un baño en medio de una gran habitación que se encontraba separada del resto del espacio por una pared de vidrio marino. Las luces fae irradiaban tonos azules brillantes por el suelo de baldosas blancas. Quienquiera que Riven hubiera enviado a vigilarme sería capaz de ver a través del cristal apenas lo suficiente como para saber que alguien estaba dentro, pero no mucho más. Me desnudé con la certeza de que el espía de la azotea solo podía verme el contorno borroso del cuerpo.

Treinta minutos después, escuché el sonido de un golpe contra la puerta y sonreí debajo del agua.

—Entra —dije en voz alta.

Escuché la puerta abrirse y hacer clic al cerrarse.

Dynara estaba bajo el dintel, vestida de camarera, y cargaba una pila de toallas.

Levantó una ceja al verme en la bañera. Incluso bajo el agua jabonosa, sabía que podía ver todo lo que yo intentaba ocultar. Su sonrisa vaciló al notarme las cicatrices en los brazos y desvió la mirada a mis hombros antes de darse la vuelta. Me puse de pie y busqué una toalla para protegerla de las horribles heridas que tenía en la espalda.

Los ojos de Dynara se encontraron con los míos. Apretó los labios, pero no dijo nada, solo asintió rígidamente con la cabeza. Ella tenía sus propias cicatrices, así que no me juzgaría por las que me había hecho a mí misma.

Me pasó otra toalla para el pelo, yo la tiré al suelo y ambas nos agachamos debajo del lavamanos. Se quitó las horquillas del pelo y una cascada de ondas morenas le cayó sobre los hombros. Desde lejos se parecía bastante a mí.

Dynara se envolvió una toalla alrededor del cuerpo y tiró de su túnica hacia abajo lo suficiente como para que los hombros le quedaran desnudos. Yo me sequé rápidamente y me puse un conjunto igual al de ella, el cual había robado de camino a la habitación. Cuando nos pusimos de pie, era como si nos hubiéramos cambiado el lugar. Ahora yo era la criada y ella la asesina.

—Gracias —susurré, todavía un poco sorprendida de que hubiera venido con solo una nota para convencerla.

—Haz que el rey desee la muerte antes de dársela —dijo en voz baja, cepillándose el pelo con los dedos.

Me fui cargando las toallas usadas para esconder mi bolsa.

Cuando llegué al pasillo exterior, me escabullí dentro de un armario vacío y me cambié. Saqué las armas de la bolsa y me las enfundé por el cuerpo. Lo último que me puse fueron la capa y la capucha. Subí por una escalera en la esquina más alejada del edificio y entré en un callejón oscuro.

No fue difícil identificar a mis dos vigilantes. Uno estaba en el techo frente a la posada y el otro, vestido de azul, se encontraba sentado junto a la taberna. Si Riven quería que sus centinelas me vigilaran toda la noche, tendrían que trabajar por turnos. Cuando se intercambiaran, los seguiría y vería si me llevaban de vuelta a la Sombra.

CAPÍTULO 19

TRES HORAS MÁS TARDE VI cómo otro de los centinelas de Riven relevaba al mestizo que vigilaba desde encima de la botica mientras yo permanecía oculta en el callejón. La capa se me difuminaba en medio de una noche sin luna. Había aprendido a desaparecer en la oscuridad desde mucho antes de que Riven le diera vida a la Sombra.

El mestizo al que seguí era joven. No podía verle el rostro en la oscuridad, pero deambulaba por la ciudad con una confianza que solo trae la juventud. Trazó una ruta directa bajo el dosel de flores cerradas y luego por un callejón, sin vigilar que nadie estuviera delante o detrás de él. Se había confiado demasiado en ese techo y estaba convencido de que su objetivo dormía en la cama.

Se trataba de un error que, en mi experiencia, la mayoría solo cometía una vez, si es que en un principio no les costaba la vida.

Necesitaríamos que los centinelas de Riven fueran más disciplinados si queríamos tener alguna posibilidad de llegar al rey sin ser vistos.

Hablaría con él sobre conseguir mejores guardias. Este no tenía ni idea de que lo estaba siguiendo desde el momento en que había dejado su puesto.

Nos dirigimos a las afueras de Aralinth, donde los edificios comenzaban a encogerse y oscurecerse. Eran viviendas que habían quedado en desuso a medida que la población de la ciudad disminuía. No era un lugar en el que esperaría encontrarme a un fae, pero sí era el lugar perfecto si dicho fae buscaba mantener ciertos planes lejos de la atenta mirada de cierto tío. Tal vez Riven había dicho la verdad y el resto de los fae no formaban parte de sus estratagemas.

Al final, el centinela entró en una taberna decrépita. De la piedra de cada ventana colgaban unas cortinas oscuras. La más cercana a nosotros tenía una esquina suelta que flotaba suavemente con la brisa. Ninguna luz brillaba a través de la brecha y, desde la calle, la taberna parecía completamente vacía.

Sin embargo, mis oídos podían detectar el murmullo de una conversación en medio de la lluvia que comenzaba a caer con intensidad. Las gotas cubrían el camino de tierra a los establos, dejando hendiduras en el suelo. Era el sonido perfecto para escuchar cualquier plan que Riven estuviera ideando sin que se diera cuenta.

Necesitaba saber si planeaba unirse a mí o matarme.

Seguí al mestizo con zancadas sigilosas hasta los establos, asegurándome de que no me viera la capa. En lugar de cruzar por las casetas, salté hasta el portón abierto y me subí al techo.

La piedra estaba resbaladiza por la lluvia, pero era lo suficientemente sólida como para soportar mi peso. Crucé despacio hasta la parte trasera del edificio, tanteando cada paso para asegurarme de que el mestizo no escuchara un crujido inexplicable proveniente de arriba. Me posé sobre una ventana con la cabeza inclinada sobre el borde del techo.

Podía escuchar los latidos de al menos tres personas dentro. Tal vez cuatro.

—¿Ha salido de la posada? —preguntó alguien. La voz sonaba femenina.

—No. Se bañó y se fue a la cama. Airrin y Hax la están vigilando ahora.

Quien hablaba era seguramente el mestizo al que había seguido. No dijo nada más. Escuché una puerta abrirse y cerrarse antes de que alguien más volviera a hablar.

—¿Confías en que su oferta sea legítima? —Reconocí la voz de Nikolai.

Alguien gruñó a modo de respuesta. Puse los ojos en blanco, pues sabía que el gruñido era de Riven.

—¿Y si no lo es? —preguntó la voz femenina.

—Entonces probablemente estemos muertos —replicó Nikolai. Sonaba aburrido—. Podría estar pidiendo refuerzos ahora mismo. Vio tu cara. Conoce tu nombre. Tiene todo el poder ahora, Riv.

—No necesito que me lo recuerdes —respondió él. Incluso desde el techo, supe que hablaba con los dientes apretados.

—Puede que no. —Era la voz femenina de nuevo—. Si aún no ha enviado un mensaje, podría no ser demasiado tarde. Los centinelas dijeron que solo se detuvo a comer antes de acostarse. Todavía podríamos…

—¿Invitarla a tomar el té? —la reprendió Riven con pesimismo.

—Iba a decir que todavía tenemos tiempo para matarla —murmuró la hembra.

Apreté los dientes mientras alcanzaba la daga. Me gustaría verlos intentándolo.

—Tétrico —dijo Nikolai en tono burlón. Estaba de acuerdo con él—. Entonces, ¿tendré que ser yo quien la apuñale mientras duerma? —añadió. Tal vez no estaba de acuerdo después de todo.

—Claro, Nik. —La voz femenina estaba llena de sarcasmo—. Justo a ti te vamos a enviar para asesinar a la Espada del rey.

—No sería la primera vez que me acusan de asesinar a alguien en la cama —respondió Nikolai. Podía escuchar la sonrisa de suficiencia en su tono.

—¿No crees que es hora de dejar de ser tan infantil? —preguntó la voz femenina.

—Obviamente era una broma, aunque hubo un momento, allá en Myrelinth, cuando casi... —Nikolai perdió el hilo—. Además, no podemos matarla. Pensaba que necesitabas más información para tu teoría.

—La teoría de Feron —intervino Riven para poner fin a la riña.

«¿Qué teoría?», pensé antes de que Riven continuara.

—Y eso fue antes de que apareciera en el Faelinth y descubriera quién era yo. Debemos tomar una decisión, y preferiría que fuera unánime.

—¿Podemos comer primero? —preguntó Nikolai—. Me muero de hambre.

Riven gruñó y Nikolai se rio entre dientes, sin prestarle ninguna atención.

Me incliné y capté el reflejo de Nikolai en el cristal de la ventana abierta. Estaba recostado en equilibrio sobre la silla, descansaba un pie sobre una rodilla y tenía ambas manos entrelazadas detrás de la cabeza.

—Déjame ver si entiendo —dijo—. Si rechazamos la alianza, nos mata. Si aceptamos la alianza, ¿puede que nos mate?

—Sí —respondió Riven sin rodeos.

—Parece que ya tenemos una respuesta. —Nikolai dejó caer las patas delanteras de la silla de nuevo al suelo.

—¿Por qué son esas las únicas dos opciones posibles? —intervino la voz femenina—. Todavía creo que podríamos matarla.

—No podemos matarla —dijo Riven.

—¿Por qué no? —preguntó la voz femenina.

Me aferré con fuerza contra el techo. Quienquiera que fuera, estaba poniendo a prueba mi paciencia.

—En primer lugar —contestó él—, ya haya estado en contacto con las penumbras o no, deben saber que está aquí. Si desaparece, le daremos al rey una razón para enviar a sus ejércitos a las Tierras de Fae.

—No queremos eso —añadió Nikolai. Sonaba como si tuviera la boca llena de comida.

—En segundo lugar —continuó Riven—, mataría a Nikolai en cuestión de segundos.

El reflejo de Nikolai se encogió de hombros.

—Cierto.

—Y dudo que yo tenga la suerte de evadirla por tercera vez. Logré mantenerla a raya en Cereliath, pero ella es más hábil.

«Por supuesto que sí», pensé.

—A mí no me superaría —se jactó la voz femenina. Escuché el estruendo del acero mientras desenvainaba un arma.

—Syrra. —La voz de Riven era más suave que antes—. Puede que tú estés dispuesta a jugar con tu vida, pero yo no.

—Entonces estamos en un callejón sin salida, amigo mío —respondió ella—. No confío en alguien que se ha pasado la vida matando mestizos para deleitar a su rey.

Me mordí el labio para no maldecir. Tal vez deberían enviar a esta tal Syrra por mí. Me atraía la idea de enseñarle lo encantadora que podía llegar a ser.

—A mí tampoco me agrada —dijo Riven—, pero si su oferta es genuina, existen más posibilidades de tener éxito con la Espada que sin ella.

—¿Cómo podemos confiar en ella? —insistió Syrra.

—No podemos. —Fue Nikolai quien respondió. Al parecer, había terminado de comer—. Podemos darle vueltas al asunto toda la noche, pero la verdad es que nos tiene acorralados. No hemos sido más que peones en su juego. No tiene sentido negarlo ahora...

—Es exactamente por eso que no podemos... —comenzó Syrra, pero Nikolai la interrumpió.

—Es exactamente por eso que la necesitamos. Ella tiene acceso directo al rey y a las penumbras. Es la cabeza de todo el Arsenal. Está claro que tiene talento para la estrategia, y el rey no sabe que su lealtad ha cambiado.

—Si es que ha cambiado de bando —murmuró Syrra.

Me mordí el interior de la mejilla.

—El hecho de que seamos aliados no significa que tengamos que contarle todo —dijo Nikolai, con una voz tan débil que casi no pude escucharlo.

Me quedé quieta. Bajé la cabeza para oír mejor y la lluvia me golpeó el cuello.

—¿Qué sugieres, Nik? —preguntó Riven.

Dio un paso adelante y pude vislumbrar el perfil de su imponente figura en el cristal.

—¿Crees que acaso ella te lo ha contado todo? —preguntó él—. ¿O que planea hacerlo?

«Por supuesto que no». Riven sería tonto si pensara lo contrario.

—Lo dudo —contestó.

Bien. Odiaba trabajar con idiotas.

—Exacto. —Nikolai asintió—. Acepta la alianza, pero solo si ella acepta que mantengamos cierto nivel de autonomía.

La fría lluvia me hizo estremecer. Tenía la capa empapada; su peso me tiraba de los hombros.

—¿Y si nos traiciona? —preguntó Riven, y su reflejo se acercó a la chimenea. Envidiaba el calor seco que le brillaba contra las piernas.

—Entonces tú y Syrra tendrán su oportunidad de asesinarla, después de todo —respondió Nikolai casualmente, como si estuviera hablando de lo que planeaban preparar para la cena.

Tomé eso como una señal. No quería darles más tiempo para que reconsideraran su plan y decidieran intentar matarme.

Me agarré al borde del techo y di una voltereta invertida para entrar por la ventana abierta. El cristal se estrelló contra la pared. Yo aterricé suavemente en medio del salón, agazapada y con una sonrisa.

—Ay, Nikolai —dije mientras me levantaba, blandiendo la espada. Le guiñé un ojo con complicidad—. Y yo que pensaba que íbamos a ser amigos.

CAPÍTULO 20

Nikolai se levantó tan rápido que su silla se cayó. La persona junto a él tenía la piel morena oscura y el pelo negro le caía por la espalda, atado con intrincadas trenzas. Se agachó, desenvainando dos cuchillos circulares, uno en cada mano. Miré las armas y sentí la curiosidad revoloteándome en el estómago.

Riven se apoyó contra la repisa de la chimenea y cerró los ojos hasta formar con ellos unas finas rendijas. Ni siquiera desenvainó la espada que llevaba en la espalda.

—Relájense —les ordenó a los otros dos—. Si nos quisiera muertos, ya lo estaríamos.

Levanté una ceja a modo de respuesta.

—¿Una mestiza contra nosotros tres? —Nikolai desenvainó un pequeño cuchillo de su cinturón. Era patético. Incluso si lograba apuñalarme con él, su puntería tendría que ser precisa para que el corte fuera letal—. No lo creo. —Agitó su diminuta arma.

Corté el aire con la espada y la hice girar sobre mi muñeca.

—No sabían que estaba aquí hasta que entré por esa ventana. Podría haberlos matado incluso antes de que hubieran tenido la oportunidad de gritar.

Nikolai bajó el brazo. Dirigió la mirada hacia Riven, quien asintió.

—Si no nos quieres muertos, ¿por qué no entrar por la puerta? —preguntó Syrra, negándose a bajar los cuchillos.

La observé con cautela. Nunca había entrenado con esas armas, pero sabía que solo las manejaban los guerreros élficos más hábiles. Las cicatrices que le recorrían los brazos eran prueba de ello: unas intrincadas ramas que se le extendían por las extremidades, cubiertas de hojas que no reconocí. Los guerreros élficos solo recibían una marca así como reconocimiento por una gran hazaña. Syrra tenía varias.

—¿Quieres que te diga la verdad? —pregunté, tocando la punta de la espada con el dedo. Le sonreí mientras una pequeña gota de sangre me goteaba por la piel.

Los ojos negros de Syrra no se despegaron de los míos, pero sus anchos hombros se tensaron.

—No me interesan las mentiras.

—Cuando me subí al techo, aún no lo había decidido —dije—. Si iba a entrar, quiero decir. Entonces escuché su fascinante conversación. Han tomado una decisión, así que no había razón para posponer las presentaciones. Lo de romper la ventana fue para Nikolai.

Fingí un golpe en su dirección y él dio un paso atrás, sosteniendo su cuchillo patéticamente frente a él.

—¿Para mí? —Casi se atragantó.

Me encogí de hombros.

—Pensé que sabrías apreciar una entrada dramática —dije, haciéndome eco de sus palabras durante la cena de Feron.

La habitación se quedó en silencio; me observaron hasta que Nikolai estalló en un ataque de risa. Syrra le lanzó una mirada y Riven sacudió la cabeza.

—Sabía que me caías bien —admitió Nikolai entre respiraciones entrecortadas.

Su miedo de antes se desvaneció al darme una palmadita en el hombro. La piel se me estremeció ante el tacto, pero él no se dio cuenta.

—No me conoces —dije. Sabía que no podía sentir las cicatrices por el grosor de mi capa, pero odiaba notar la pesadez de su palma.

Nikolai me quitó la mano de encima para ajustarse el puño de la camisa. Algo me dijo que era más por estilo que por comodidad.

—Estuviste encantadora en la cena, Keera. ¿Me estás diciendo que no fue nada más que una actuación?

Le lancé una mirada de soslayo.

—Actué tanto como tú.

—Yo no estaba actuando —respondió, y la sonrisa diabólica le regresó al rostro—. Todo lo que dije esa noche lo dije en serio. Te veías absolutamente deliciosa. —Me examinó la ropa empapada—. Si superas esta repentina necesidad de atacarme con tus armas, con mucho gusto te mostraré lo honesto que puedo ser.

—Suficiente.

Riven levantó la mano.

—¿Qué pasa, Riv? —canturreó Nikolai—. Solo estoy conociendo a nuestra invitada.

—Ni ella ni yo queremos escuchar una palabra más.

El tono de Riven era severo, al igual que sus ojos, que no habían dejado de vigilarme desde que había entrado.

Nikolai le lanzó a Syrra una mirada de súplica, pero ella simplemente se encogió de hombros, negándose también a apartar su mirada de mí.

—Ya te cogerán cariño —me murmuró Nikolai, colocándose a mi lado.

No me importaba. No necesitábamos caernos bien para matar al rey.

—¿Cuánto has oído? —preguntó Riven con la mandíbula tensa mientras se apoyaba de nuevo contra la repisa de la chimenea.

Me senté en una silla vacía junto a la mesa de madera, levanté una pierna sobre la rodilla y puse las manos detrás de la cabeza. Otro gesto para Nikolai que sabía que irritaría a Riven. Lo necesitaba nervioso. Las personas revelaban más cuando se sentían incómodas.

—Llegué en algún punto entre ella —Señalé a Syrra con la barbilla— queriendo matarme y tú diciéndoles que no eras lo suficientemente fuerte como para hacerlo. —No pude contener la sonrisa burlona.

Riven flexionó los brazos cruzados.

—Nunca dije eso.

Ladeé la cabeza y crucé los brazos para imitar su postura.

—Eso fue más o menos lo que dijiste —intervino Nikolai, inclinando la cabeza.

La mirada de Riven al fin se apartó de mí y se posó fijamente en él. Nikolai se encogió de hombros y se aguantó una sonrisa. Estaba empezando a agradarme.

—¿Oíste todo? —preguntó Syrra, bajando las armas, aunque todavía sin enfundarlas.

—Sí. —Asentí.

Syrra movió los hombros hacia atrás. Los músculos del cuello se le contrajeron.

—¿Por qué estás aquí? —estalló Riven, empuñando las manos.

—Estoy aquí para escuchar tu plan para acabar con la Corona —le respondí—. Supongo que tienes uno, ¿no?

Riven bufó.

—¿Necesitas escucharlo ahora mismo?

—Sí, por eso seguí a tu centinela hasta aquí —contesté—. Por cierto, necesitas entrenarlos mejor. Hasta un aprendiz habría podido rastrearlo.

Syrra apretó los puños. Me dio la sensación de que ella les había mencionado algo parecido antes.

—Así que cuéntame el plan —continué— y te diré cómo arreglarlo.

Riven apretó la mandíbula, pero asintió.

—¿Y si no necesita enmiendas? —Syrra pronunciaba cada sílaba despacio, como si contuviera su ira en una estrecha jaula. Tenía los carnosos labios apretados en una línea recta y le apareció un pequeño hoyuelo junto a la boca.

—Si confiaran en sus planes, Riven nunca habría considerado la alianza en primer lugar, así que o les falta mano de obra o les faltan ideas. Probablemente las dos cosas. —Syrra puso los ojos en blanco—. De cualquier manera, me necesitan.

Miré fijamente a Riven. Esta era la verdadera decisión. Una vez que me contara sus planes, no podrían dar marcha atrás. O Syrra tendría que arriesgarse a matarme. No me moví. Esta era mi única oportunidad.

Riven se sentó frente a mí y encorvó el cuerpo sobre la mesa. Señaló los dos lugares vacíos y miró a sus camaradas. Nikolai levantó la silla que todavía estaba en el suelo. Syrra no se movió; se negaba a apartar su mirada de mí. Unas pequeñas arrugas le aparecieron sobre el delgado puente de su larga nariz.

—Syrra —murmuró Riven—. Siéntate.

Me sostuvo la mirada un momento más antes de sentarse, asegurándose de que le viera la mano apoyada en el mango de su espada.

—Como te conté —dijo Riven, poniendo el puño sobre la mesa—, no creemos que matar al rey sea suficiente. Queremos acabar con toda la institución, asegurarnos de que no haya forma de que nadie más tome el poder y esclavice a los mestizos de nuevo.

Su mirada se encontró con la mía. Todo lo que pude hacer fue asentir. Tenía el estómago tan revuelto que no podía hablar.

—Nik. —Riven inclinó la cabeza hacia él—. Tú eres el cerebro de la operación. Explícasela.

Nikolai respiró hondo y se alisó la parte delantera de la camisa. Noté la funda de la daga élfica que llevaba en el cinturón. Había visto el mango de madera trenzado antes, en Cereliath. Él había sido la figura encapuchada que intercambiaba secretos con el asistente de Curringham. Cuando sus ojos se encontraron con los míos, todo el coqueteo había desaparecido; estaban atentos y su mirada era calculadora.

—Queremos desestabilizar el comercio hacia la capital —comenzó—. Principalmente de comida. Así avivaremos las llamas de la ira que ya existen contra el rey. Les demostraremos, especialmente a los mestizos, que Aemon es despiadado e inútil. Ayudaremos a las personas. Las alimentaremos. Si suficientes de ellas sienten que hay esperanza, se unirán a nosotros.

Asentí y Nikolai comenzó a desarrollar los detalles de su plan.

Yo escuché sin interrumpir. Habían sido responsables de más problemas para la Corona de los que creía. Habían trabajado durante dos años antes de que Riven hubiera tenido que asumir una identidad falsa para que tuvieran a alguien a quien culpar. Nikolai no entró en detalles sobre sus contactos o cuán extendidas estaban sus redes, pero estaba claro que se habían infiltrado en la mayoría de las ciudades de Elverath.

Habían estado transportando suministros y mestizos a través de Silstra y Cereliath, a veces incluso desde Desembarco del Mortal. Ya sabía lo de los suministros, pues la barcaza en Cereliath estaba abastecida con comida, pero me sorprendió escuchar que transportaban a tantos mestizos.

Estaban más preparados de lo que pensaba. Su plan era ridículo, pero era una oportunidad.

Mejor que cualquiera que hubiera tenido yo nunca.

—¿Qué opinas? —preguntó Riven con la voz áspera.

Se mordió el labio mientras yo ponía en orden mis pensamientos. Debía ser cuidadosa con ellos. Ser amable.

No era exactamente mi fuerte.

—Creo que es un plan —dije tan diplomáticamente como pude.

—¿Un plan? —gruñó Syrra—. ¿Eso es todo lo que tienes que decir? —Tal vez había sido demasiado amable.

—¿Con cuántas personas cuentan? —pregunté. Necesitaría algunos detalles para ayudarlos a elaborar una estrategia.

—Contándonos a nosotros, treinta —respondió Riven tímidamente.

La mayoría de sus contactos tenían que estar sobornados: contrabandistas y mortales corruptos dispuestos a hacer la vista gorda. Había suficientes por ahí. La mayor parte de mi vida me la había pasado cazando a ese tipo de personas.

—Eso no es suficiente —dije, mordiéndome el interior de la mejilla—. ¿A cuántas personas podrías reunir? ¿Aquí y en el reino?

—¿Si tuviéramos un mes? —preguntó Riven, haciendo una pausa para pensar—. Unas doscientas, pero eso significaría que tendríamos que dejar de rescatar mestizos, pues sin ellas no podríamos traer de contrabando a ningún refugiado a Aralinth.

—¿Liberar a los mestizos no es el objetivo? —insistí. Esta no sería la única vez que tuviéramos que sopesar el costo de otras vidas.

—¿Crees que necesitamos reenfocar nuestras prioridades? —interrumpió Nikolai, pasando un brazo alrededor del respaldo de la silla de Syrra. Ella no se movió para rechazarlo, pero capté una mirada entre ellos.

«Inesperado», pensé. Nikolai no parecía ser su tipo, si es que ella alguna vez dejaba de pensar en derramar sangre el tiempo suficiente como para tener un tipo.

—Necesitamos pensar más en grande —afirmé. Las cejas oscuras de Riven se le acercaron a la línea del cabello—. Incluso si no asesinaran ni capturaran a nadie, lo cual es poco probable, atacar transportes comerciales no es lo suficientemente contundente. ¿Treinta soldados? Tendríamos suerte si detuviéramos a quince vehículos con eso.

—Hasta el momento ha funcionado —dijo Syrra.

—Eso era cuando intentaban debilitar a la Corona. —Me incliné hacia adelante—. Eran pequeñas acciones a lo largo del tiempo para proteger su anonimato. Si queremos poner a la Corona de rodillas, tenemos que estar dispuestos a mostrar nuestra mano.

—¿Crees que atacar el comercio no es el paso correcto? —preguntó Nikolai.

Negué con la cabeza.

—No podemos simplemente atacarlo; necesitamos detenerlo.

—¿Qué estás sugiriendo? —intervino Riven y, por primera vez, pareció que relajaba la mandíbula. Se apoyó en la mesa hasta que la madera crujió bajo su peso.

—¿Por qué atacar las naves cuando puedes atacar la presa? —respondí con una pequeña sonrisa burlona.

Tres pares de ojos muy abiertos me miraron desde el otro lado de la mesa. Nikolai silbó.

—¿Quieres volar Silstra? —susurró Riven.

Syrra se frotó la frente.

—Eso inundaría por completo cada uno de los canales. Probablemente destruiría todos los puertos entre Koratha y Volcar. —Dirigió su mirada hacia mí—. Morirá gente.

Me encogí de hombros.

—Es probable.

Riven golpeó la mesa con el puño.

—No lo permitiré.

Suspiré.

—Entonces estamos condenados al fracaso antes de empezar.

Hacerle daño al pueblo del rey no sería suficiente. A Aemon no le importaban los campesinos; le importaban sus bolsillos.

Riven se recostó en la silla, atravesándome con sus ojos violetas.

—Encontraremos otra manera.

Me levanté y apoyé las manos contra la mesa.

—Dijiste que quieres matar al rey, acabar con la Corona... ¿Realmente crees que puedes hacerlo sin derramar una gota de sangre?

Riven se cruzó de brazos. La cálida luz de la chimenea me dejaba ver el pulsar de su mandíbula.

—Al rey no le importarán las vidas que se perderán si esto se convierte en una guerra —insistí—. No le importará mitigar el derramamiento de sangre: solo le importará acabar pronto con nosotros. Necesitamos atacarlo con tanta contundencia que no le quede otra opción que preocuparse. Volar la presa logrará precisamente eso.

Hice una pausa. Riven sacudió la cabeza.

—Atacaríamos por la noche —continué—. Así, los puertos y campos estarán vacíos. Esta es la mejor manera de lastimar a la Corona y arriesgar el menor número de vidas posible. Necesitas hacer las paces con eso. Rápido.

Crucé los brazos y examiné con la mirada cada uno de sus rostros. El corazón me latía contra las costillas, pero tenía razón. Durante décadas había sopesado la balanza de la vida y la muerte.

—Atacaremos por la noche —acordó Riven después de un largo silencio. Incluso Syrra asintió. Se me relajaron los hombros y el corazón se me ralentizó.

Syrra frunció el entrecejo.

—¿Cómo lograr una explosión que sea lo suficientemente grande como para...?

—Puedo hacerlo —intervino Nikolai, asintiendo con decisión. Lo miré con las cejas levantadas—. Soy más que una cara bonita, cariño —añadió, dejando salir una sonrisa astuta.

—Esto solo traerá caos —dijo Riven, reconsiderando la decisión—. Solo desconectaríamos las ciudades más pequeñas, haciéndolas más vulnerables, pero la capital estaría a salvo. El rey tiene suficientes provisiones como para alimentar a su pueblo durante un año.

Me pasé la lengua por los colmillos. Riven parecía saber bastante sobre Koratha para alguien que vivía al otro lado del continente. Incliné la cabeza, preguntándome quiénes eran sus contactos.

Él me lanzó una mirada.

—La gente de la capital será la última en pasar hambre.

—Tal vez no —musité, tratando de recordar los informes del Arsenal sobre los suministros. Ya iba por mi segunda botella de vino cuando los había leído—. Cuando la *winvra* comenzó a escasear, el rey empezó a comerciar más alimentos con los reinos mortales. Vendió la cosecha buena y ha estado alimentando a la capital con las reservas. Lo último que supe es que tres de los graneros se habían visto comprometidos.

El silencio cayó sobre la habitación.

—¿Y los demás? —preguntó Nikolai—. ¿Cómo comerán si causamos una sequía en las tierras de cosecha?

—Las ciudades deberían tener suficientes raciones como para pasar el invierno —dije—, pero tenemos que comenzar a enviar alimentos al sur de inmediato. Luego debemos conseguir tantos como se pueda para Silstra. Cuando explote la presa, habrá caos, algo que podemos usar en nuestro beneficio. Vestiremos los transportes de caballos con los colores reales y tomaremos la comida directamente de la fuente sin que lo noten.

—¿Las penumbras no se darán cuenta? —inquirió Nikolai.

—Lo harán —admití—, pero nos habremos ido antes de que lleguen.

—No hay garantía de que la gente se una a nuestra causa —advirtió Syrra después de un largo silencio.

—No, no la hay. —Estaba de acuerdo con ella—. Pero concentrémonos en volar la presa. Será una tarea grande, quizás demasiado. No estoy convencida de que Nikolai pueda hacerlo.

Él me dedicó una mueca tensa.

—Si lo que quieres es volar la mitad de Silstra, en tu lugar sería más amable conmigo, Keera.

—Eso no suena nada convincente —respondí sin ninguna inflexión.

Riven resopló, sacudiendo la cabeza.

—Nik lo conseguirá —dijo—. Es uno de los mejores mecánicos del Faelinth. Además, tiene que hacerlo o estaremos muertos.

—Gracias por el apoyo —murmuró Nikolai, cruzando las piernas.

Me puse de pie y me golpeé los muslos con las manos. Tenía demasiada energía corriendo por el cuerpo, hasta el punto de que me temblaban las piernas. Necesitaba moverme, hacer algo para canalizar la energía y recuperar la concentración.

—Si queremos volar la presa, necesitaremos explosivos —reflexioné, caminando hacia la chimenea. El fuego me calentó las piernas mientras de mi capa caían gotas al suelo.

Nikolai inclinó la cabeza.

—Cereliath usó explosivos para construir sus canales de riego. Lo que les quede debería ser más que suficiente.

—Estoy de acuerdo —dije, moviendo los dedos frente a las llamas—, pero necesitaremos la llave para obtenerlos.

—¿Y dónde vamos a encontrarla? —preguntó Syrra, cruzando los brazos.

—Colgada del cuello de lord Curringham —respondí.

CAPÍTULO 21

SYRRA Y NIKOLAI SE RETIRARON para prepararse para el viaje a Cereliath. La puerta se cerró detrás de ellos. Entonces, pude sentir la fría mirada de Riven en la espalda.

Se desplazó por la habitación y se detuvo detrás de mí sin que sus pasos hicieran ruido. Podía sentir el calor de su pecho a través de la capa. Me quedé callada. Él dio un paso más hacia mí; su aliento contra el cuello me puso la piel de gallina. No habíamos estado tan cerca desde aquel beso en Cereliath. Me froté los labios con los dedos. Estaban calientes e hinchados como la noche en que me dejó en ese templo.

—¿Por qué me besaste? —Las palabras se me escaparon de la boca en un susurro—. He repasado esa noche en la cabeza una y otra vez, pero no tiene sentido. Podrías haberme aniquilado ahí mismo.

Me di la vuelta y lo miré a los ojos. Sin la capucha, podía verle los hoyuelos pronunciados de las mejillas y la fuerza de la mandíbula.

El cabello le cubría el pecho como listones de seda tan negra como un cuervo; llevaba la parte superior recogida en una pequeña trenza. Incluso sin la capa y la capucha, sus rasgos seguían estando hechos de sombras. Nunca había visto a nadie como él.

Riven no apartó la mirada. Sus ojos se convirtieron en llamaradas violetas con el reflejo del fuego.

—Fue un error —contestó—. Nunca debió haber sucedido. —Flexionó la mandíbula y no dijo nada más.

—¿No lo hiciste para distraerme? —insistí, empinándome sobre los dedos de los pies—. ¿Pensabas acaso seducirme para acercarte al rey?

Riven negó con la cabeza.

—No tuvo nada que ver con eso.

—Pero ¿qué…?

Él me interrumpió.

—Estás haciendo que me arrepienta de no haberte matado.

Frunció el ceño y yo me fijé en la empuñadura de la espada que se le asomaba por detrás del hombro. Si esto era una prueba para ver quién cedía primero, no iba a perder.

Riven se mordió el interior de la mejilla.

—No vamos a hablar de esto —zanjó, y se dirigió hacia la ventana que había roto.

—¿Por qué no? —pregunté, cruzando los brazos.

—No confío en ti —dijo simplemente, y se agachó para recoger un gran trozo de vidrio roto.

Di un paso atrás, hacia la chimenea.

—Ya somos dos —murmuré, desatándome la capa y colgándola en un gancho sobre el fuego. El agua se esparció por el suelo de piedra.

—¿Por qué dudarías tú de mí? —preguntó, arrojando el vidrio a un cubo de basura. Tenía la mano libre cerrada en un puño—. Yo no soy el que andaba por ahí matando mestizos. Mi lealtad no debería estar en duda.

Levanté una ceja. Estaba entablando una alianza con el fae más santurrón de todo el reino.

—¿Por qué ahora? —pregunté. Mis palabras estaban llenas de hielo.

Riven se quedó helado. Me miró con el ceño fruncido; las llamas violetas volvieron a bailar en sus ojos.

—¿Qué quieres decir? —preguntó despacio, como si fuera una amenaza.

—¿Por qué ahora? —repetí . Eres un fae, así que debes ser mayor que yo. ¿Cuentas tus años en siglos o ya pasaste a los milenios?

Riven no dijo nada, solo se apoyó contra la pared con los brazos cruzados.

—¿Cuántas vidas te ha llevado decidir ayudar a los mestizos? Mi gente se ha visto obligada a servir al rey durante *setecientos* años mientras los fae no hacían nada. Aún hoy siguen sin hacer nada, aparte de ti. —Las palabras me salieron entre respiraciones irregulares. Apreté las manos para que no me temblaran—. Tu trabajo hasta ahora ha sido admirable, no lo niego. Le agradezco a cualquiera que dedique su tiempo a poner a los mestizos a salvo, especialmente después de ver las vidas que tienen aquí, pero no tienes derecho a juzgarme por los sesenta años que tardé en desafiar al rey, no cuando tú has tenido vidas enteras para tomar la misma decisión.

Me volví hacia las llamas; estaba tan enfadada que ni siquiera podía mirarlo. Lo escuché dar un paso hacia mí y luego detenerse. Un espeso silencio se asentó entre nosotros. Solo el parpadeo del fuego llenaba el aire. Hasta la lluvia había cesado.

—Tienes razón —concedió—. Pero dices que ya habías intentado matar al rey antes. Seguramente has tenido más de una oportunidad. ¿Por qué Aemon sigue con vida?

Se paró junto a la chimenea, frente a mí, y se apoyó en la repisa. La única calidez de sus ojos provenía del fuego. Su mirada me atravesó, provocándome un escalofrío por toda la piel.

—«Solo si dejas una corona que reclamar» —susurré. Riven se quedó sin aliento; reaccionó cruzando de nuevo los brazos—. Tú mismo lo dijiste en Cereliath. Sabes que matar al rey no es suficiente.

—Tal vez no, pero podrías...

Levanté la mano. Le rocé la muñeca con los dedos; sentí una corriente eléctrica por todo el brazo. Me aparté y me quedé mirándome las yemas de los dedos. Riven movió los hombros y me trajo de vuelta a mi idea.

—Matar al rey, pero dejar la Corona, sería peor que dejar que Aemon viva su reinado.

Riven levantó una de sus gruesas cejas. Tenía los labios en línea recta, pero no hablaba.

—¿Qué sabes sobre el príncipe heredero? —le pregunté.

Él entrecerró los ojos y se encogió de hombros.

—Que es un hombre vanidoso y que está más interesado en el poder que en las complejidades de gobernar un reino.

—Eso es verdad —dije, y asentí—, pero también es imprudente y cruel. Al rey Aemon no le importan las muertes de mestizos o campesinos, pero siempre tiene una razón para matarlos. El príncipe los mata por deporte. Es imposible saber qué haría si alguna vez reclamara el trono.

Riven tragó saliva y se le tensó el cuello.

—Seguro que lo estás exagerando.

Estampé una mano contra la repisa de la chimenea.

—Mantiene a los mestizos encerrados en sus aposentos, los tortura y los hace sentir inútiles. A veces los corta. A veces les deja marcas en la piel que tardan semanas en sanar. A veces no los toca en absoluto, pero los deja atados a una pared durante días. —Se me entrecortaban las palabras. Estaba hablando de las tendencias de Damien, pero en la mente a la única que veía era a Gwyn.

Riven dejó caer las manos a los costados. El hoyuelo de la mejilla se le ensanchó mientras se la mordía por dentro.

—No tenía ni idea de que fuera tan grave —dijo, con los ojos fijos la chimenea.

Las cicatrices de la espalda me picaban contra la túnica. Sabía que en realidad podía mostrarle fácilmente lo cruel que era el príncipe, pues eran lo bastante horribles como para convencer a alguien de mi desprecio por el rey y su hijo. Pero era incapaz de ello. Las había llevado ocultas demasiado tiempo y exponerlas al mundo me parecía un error. No lo haría, ni siquiera para ganarme la confianza de Riven.

Tendría que lograrlo de otra manera.

Él me miró durante lo que pareció una eternidad. Me examinó las líneas del rostro, tan despacio que apenas vi cómo movía los ojos. Sacudí los pies. Me sentía incómoda bajo su intensa mirada, pero no fui capaz de alejarme.

—También mataremos al príncipe —dijo Riven con un rígido asentimiento—. A ambos, si es necesario. —No dudé de la seriedad en sus ojos.

La puerta se abrió. Dejé de mirar a Riven.

—¿Qué pasa, Collin? —dijo él por encima del hombro.

El mestizo que había seguido hasta aquí estaba en la puerta. Tenía los rizos rubios aún húmedos por la lluvia y los llevaba adheridos a las pecas que le surcaban las mejillas. Riven tensó los hombros y caminó por la habitación. Collin le susurró algo al oído, tan rápido que no pude entender su élfico. Riven inclinó la cabeza hacia atrás.

—¿Dónde está? —exigió, y su voz oscura llenó la habitación.

—En el lado este de la ciudad —respondió Collin—, buscándola a ella. —Me miró.

Esa no era una buena señal.

—¿Quién? —pregunté, alcanzando la capa.

—La Daga —espetó Riven—. Está aquí.

No. No era una buena señal en absoluto.

A pesar del calor en la espalda, un escalofrío helado me recorrió la columna vertebral.

—¿Por qué está aquí? —le pregunté a Collin.

Retiré la capa del gancho y me envolví la pesada tela negra alrededor del cuello. Me apretaba contra la garganta, pero no me importó. Si Gerarda estaba aquí, eso solo podía significar malas noticias.

—Esperaba que tú lo supieras mejor que nosotros —respondió el mestizo con frialdad. Levantó una ceja y miró a Riven.

—No sé por qué está aquí —dije, con las mejillas sonrojadas—. Estaba asignada en Koratha cuando me fui.

—Si esto es un truco… —comenzó Collin.

—No lo es. —Me acomodé la tela húmeda alrededor de los hombros—. No tengo ni idea de por qué la Daga está aquí. Déjame ir a buscarla y enviarla de regreso al reino antes de que descubra más de la cuenta.

—No.

No era una afirmación, era una orden. Me volví hacia Riven, lista para atacar.

—¿No? —repetí.

—No hablarás con ella —continuó él, acercándose desafiante hacia mí—. Ni siquiera la verás. Puedo creer que tienes tus razones para querer derrocar al rey, pero no te daré la oportunidad de exponernos o llevarnos a una trampa.

—No se irá hasta que me encuentre o tenga pruebas de que me he ido. —Conocía a Gerarda y sabía que no abandonaría su misión hasta que supiera que su objetivo había huido. Necesitaba hablar con ella—. Te prometo que no quieres a la Daga merodeando en tu ciudad por mucho tiempo; no será tan amable como yo.

Doce horas. Ese era el tiempo que teníamos antes de que Gerarda comenzara a mostrarle a Aralinth cómo se había ganado su título. Tal vez menos si alguien le daba una razón para atacar.

—No la verás, no en nuestra ciudad —repitió Riven.

Apreté los dientes.

—Entonces tenemos que llevarla lejos.

—¿A dónde? —Collin bufó.

—De vuelta y a través de las montañas —dije, agitando el brazo en dirección al reino—. Supongo que no quieres que amplíe su búsqueda al resto de las Tierras de Fae.

Riven negó con la cabeza. Las mejillas de Collin se sonrojaron por las palabras que no era capaz de decir en mi presencia.

—Entonces Caerth es la única opción. —Apoyé las manos en el cinturón—. Tendremos que darle una razón para volver a través del paso. Debemos hacer que parezca que he regresado a la capital.

—¿Y si te alcanza? —preguntó Collin. Los ojos color miel se le convirtieron en finas rendijas.

Me encogí de hombros.

—Lo manejaremos por el camino. Lo importante es tener la ventaja.

Miré a Riven. Collin no confiaba en mí, pero seguiría las órdenes de Riven.

—Entonces nos vamos esta noche —decidió este—. Cabalgaremos con Syrra y Nik a través del paso y así alejaremos a la Daga de la ciudad. El resto de los elverin se quedará aquí y esperará nuestra señal de que es seguro cruzar.

Le echó un vistazo a Collin, quien asintió y salió de la habitación.

—Necesito mis cuchillos —dije, señalando la puerta exterior.

Riven agarró su propia capa de un gancho en la pared y se la abrochó en el cuello despacio, con un nudo apretado de cuerda élfica.

—Voy contigo.

CAPÍTULO 22

Atravesamos la ciudad en silencio. Riven se desplazaba entre las sombras con la misma facilidad que yo, rastreando las calles en busca de alguna señal de la Daga. Lo seguí con la mirada fija en los techos. Nos deslizamos hasta la parte trasera de la posada y le pasé sigilosamente la llave que tenía en el bolsillo.

—Espérame en mi habitación —le susurré—. Sé que sabes cuál es.

Riven resopló.

—Necesito que el personal sepa que regreso a Caerth —dije, cruzando los brazos—. Tenemos que dejar un rastro para que Gerarda lo encuentre… si es que queremos que lo siga.

Pude escuchar el rechinar de sus dientes mientras se acercaba, imponente, hacia mí. Asintió.

—Si no estás arriba en un minuto, iré a buscarte.

Estuve de acuerdo. Lo vi cruzar el callejón como si fuera una niebla oscura. Lo seguí y di la vuelta para entrar por las puertas principales en lugar de por la trasera. El mismo mestizo que me había registrado en mi primer día estaba de pie detrás del mostrador.

—Buenas noches —me saludó con un asentimiento cortés.

—Muy buenas —respondí y deslicé una bolsa de monedas de oro hacia él—. Debo partir hacia la capital de inmediato y quería asegurarme de pagar todos mis gastos. Me iré esta noche.

Agarró la bolsa y abrió los ojos de par en par al sentir su peso.

—Por supuesto —dijo, sin aliento—. En un momento le traigo su cambio.

—No es necesario —respondí con un par de palmaditas sobre el escritorio—. Lo que sobre es para usted.

Había visto al mestizo llegar de los barcs todas las mañanas, así que esperaba que fuera generoso en sus explicaciones sobre de dónde había sacado todo ese oro para las bebidas.

Le lancé una sonrisa forzada antes de subir corriendo las escaleras.

Cuando entré, Riven estaba de pie junto al armario. Dos orbes fae dorados eran las únicas fuentes de luz en la habitación. Le iluminaban un lado del rostro, de modo que el otro quedaba oculto en la sombra. Hice una pausa y me di cuenta de que lo entendía menos desde que le había quitado la capucha. Conocía a la Sombra, pero ese alto y taciturno fae en mi habitación era un extraño.

Dirigí la vista hacia las sábanas arrugadas de la cama. Dynara, mi doble, se había ido.

—Olvidé decirte que estaba aquí —dije, sin quitar la mirada de la cama—. ¿La has asustado?

—No. En realidad, todo lo contrario. ¿Ella vino de…? —Riven se interrumpió; era demasiado reservado como para terminar la idea.

—¿De un burdel? —pregunté, cruzando los brazos. No sabía lo que Dynara le había dicho, pero le había incomodado.

Tosió.

—Aquí no los llamamos así.

—En otra vida, sí, vino de uno —dije, y me apresuré a ir hacia la gran mesa donde estaban mis cuchillos adicionales—. Necesitaba a alguien que pudiera mantener distraídos a tus centinelas. Encontrar a una doble era una solución sencilla.

—¿Contrataste a una cortesana? —susurró Riven. Los ojos violetas se le abrieron de par en par y se desenfocaron al notar la cama deshecha.

—Soy la Espada del rey —afirmé con sarcasmo, abriendo una de las alforjas—. Mato gente. Mucha gente. ¿Y te sorprende que me relacione con cortesanas?

—Me sorprende que te relaciones con cualquier persona —dijo sin rodeos.

Podía sentir el peso de su mirada en la espalda. La piel se me estremeció al notar la facilidad con que desgarraba mis palabras y cuán precisas eran sus observaciones sobre mí, incluso con sus comentarios fugaces. No estaba acostumbrada a que me evaluaran, especialmente si lo hacía un objetivo.

Pero Riven ya no era un objetivo, ¿o sí?

Dudaba de que nuestra alianza fuera suficiente para forjar una amistad entre nosotros y tampoco era que quisiera algo así, pero ¿dónde nos dejaba eso, entonces? No creía que fuera posible que los rivales se convirtieran realmente en aliados.

¿Cómplices, quizás?

—¿Tienes una pluma de mago? —preguntó Riven con el cuchillo de oro entre los dedos, distrayéndome de mis pensamientos.

Parecía mucho más pequeño en su mano que en la mía. Me ajusté aún más la capa alrededor del cuerpo e hice un esfuerzo por no mirar la pluma.

—Sí —dije, arrojando ropa sin cuidado en una de mis alforjas.

—¿Cómo? —Su voz era suave por el asombro—. Es muy raro encontrarlas, incluso para los fae.

—La robé —dije, encogiéndome de hombros. No tenía tiempo de fabricar una mentira creativa.

Abrió los ojos con curiosidad cuando se dio cuenta de que era la verdad.

—¿A quién?

Giró la pluma entre los dedos y estudió su pequeña y afilada punta. Una punta que nunca perdería su filo sin importar cuánto envejeciera o qué cortara.

—¿Acaso importa? —le devolví la pregunta. Pensar en esa noche era algo que trataba de evitar, especialmente sin un trago fuerte a mano.

—¿Qué pasa?

El tono curioso de su voz había desaparecido y todo lo que quedaba era la máscara analítica que había usado desde que le había quitado la capucha. ¿Cuántas caras tenía Riven?

Dejé de hacer el equipaje. Me estabilicé con una respiración profunda, ignorando el ardor que sentía en la garganta.

—Hay cosas que haces como penumbra —dije—, y aún más como Espada, que te desgarran y te rompen en pedazos hasta que ya no te reconoces. No me gusta hablar de eso, así que no me vuelvas a preguntar por esa pluma.

Riven volvió a dejarla sobre la mesa.

—Pero ¿qué...?

Suspiré, tirando lo que quedaba de ropa en la alforja.

—Si no cambiamos de tema, te apuñalaré.

Le lancé una alforja y Riven la atrapó a la velocidad del rayo.

Abrió la boca para hablar de nuevo, pero ninguna palabra le salió de los labios; en cambio, se cargó la alforja al hombro y alcanzó la segunda. Empaqué el resto y lo cubrí todo con mi capa.

—Tenemos que irnos —susurré, y apagué las luces fae con el agua del lavabo.

Riven abrió la puerta y la mantuvo abierta para mí con un brazo largo. Atravesamos la posada sin ser vistos y él me siguió hasta perdernos en la noche.

Ninguno de los dos habló cuando entramos en el estrecho callejón. Me deslicé sigilosamente por el camino y Riven me siguió tan de cerca que podía sentir el ritmo de su respiración. El callejón atravesaba una de las calles principales, bien iluminada por las luces fae que se cernían bajo el dosel florecido. Me agaché y miré hacia afuera para ver si el camino estaba despejado. Riven dio un paso al frente, pero lo detuve. Sentí lo duro que tenía el pecho a través de la camisa. Se tensó bajo la palma de mi mano; yo la dejé caer. Sus ojos violetas se encontraron con los míos y señalé los tejados.

Si Gerarda estuviera vigilando la ciudad, optaría por el terreno elevado.

Riven levantó la vista, examinó los techos y asintió. Se empinó por encima de mi cabeza y su pecho me quedó a solo unos centímetros de la cara. Apoyé la mano contra él para evitar que me tocara. No retrocedió ni habló mientras yo inclinaba la cabeza hacia su rostro. Su mandíbula fuerte y sus pómulos afilados eran como hojas plateadas a la luz de las lunas. Su aroma flotaba a mi alrededor, cálido y terroso, con un toque de algo familiar que no podía identificar.

Tenía los ojos cerrados y la mano envuelta en una maraña de enredaderas que colgaban del dosel verde. Allí donde la planta le tocaba la piel, podía ver un muy sutil destello de luz pulsar a través de la vid, como si sus zarcillos tomaran la luz de los soles a pesar del manto de oscuridad que cubría el cielo.

Magia.

Riven estaba usando magia. Aparte de los intentos de Feron de apaciguarme para que admitiera la verdad, nunca antes había visto a un fae usar su poder. En comparación con las historias de los cambiaformas o los lanzadores de rayos, esto era leve, pero me sorprendió de todos modos. ¿Qué estaba haciendo Riven con esa planta? ¿Qué otros poderes tenía?

Abrió los ojos despacio y sus iris adquirieron un brillo vibrante antes de recuperar su habitual violeta oscuro. Dejó de respirar un segundo cuando se dio cuenta de lo próximos que estaban nuestros rostros. Expulsé de la mente los pensamientos sobre la última vez que habíamos estado así de cerca. La boca le tembló ligeramente y por un momento me pregunté si ese beso en Cereliath había sido más que un error.

—Te está esperando en uno de los bares —susurró con voz ronca, cortando la tensión que se había asentado entre nosotros.

—¿Te lo han dicho las enredaderas? —dije, medio en broma.

—Por decirlo de alguna manera.

Riven salió del callejón y desapareció entre las sombras. Puse los ojos en blanco y lo seguí. Cuando llegamos a las afueras occidentales de la ciudad, por fin redujo el ritmo lo suficiente como para que yo pudiera caminar a su lado.

—¿No me vas a explicar lo de las enredaderas? —le pedí, levantando una ceja.

Riven miró por encima del hombro, escudriñando los tejados, antes de volverse hacia mí. Señaló una pequeña grieta entre dos viviendas abandonadas y me empujó contra la pared.

Me tomó de la muñeca; su agarre era firme, pero gentil. Luego cogió con suavidad una enredadera del dosel que había sobre nuestras cabezas y me la trenzó en los dedos antes de entrelazar los suyos en los míos.

—Todos los seres vivos pueden hablar entre sí —susurró, llamando a su magia—. Así como los elfos hablan con los fae o como los animales se comunican entre ellos.

Dejé escapar un suspiro de incredulidad.

—Las plantas son las mejores comunicadoras —dijo, ignorándome por completo—. Dependen de ello. Hablar entre ellas es parte de su supervivencia.

Al sacudir la vid, unas gotas de lluvia suspendidas se precipitaron de los pétalos de arriba y le golpearon la capa.

—¿Estás diciendo que puedes hablar con las plantas? —pregunté con asombro.

Riven asintió. Las enredaderas que teníamos envueltas en las manos comenzaron a brillar. Podía sentir calor en los lugares donde la planta me tocaba la piel, pero también algo más. Algo así como…

—¿Tristeza? —pensé en voz alta.

Los ojos de Riven se abrieron de inmediato y el resplandor se detuvo.

—¿Sentiste eso? —preguntó, soltándome la mano mientras la vid se balanceaba por la pared.

—¿No debería? —Parpadeé. ¿Para qué me había tomado entonces de la mano?

—Algo del calor de la magia, sí —dijo—, pero leer la planta es algo que solo los expertos deberían poder hacer.

Apretó la mandíbula y juntó las cejas. Aquella se estaba convirtiendo en la expresión que solía dedicarme con más frecuencia.

—No leí a la planta, no me dijo nada.

—No te hablan, en realidad —aclaró, tenso y cortante—. No con palabras. Es más como un sentimiento. Con la práctica, un fae puede aprender a discernir una planta de otra. Eventualmente podemos usarlas para sentir a otros que estén cerca.

—¿Las plantas pueden sentir a Gerarda?

Se me descolgó la quijada. Así era como Feron había sabido que estaba en Aralinth. Me preguntaba hasta qué punto podrían ponerse a prueba estos poderes.

—No exactamente; más bien su esencia, que es nueva —me explicó, agitando la mano suelta en el aire—. Feron se asegura de que yo pueda sentir a todos los residentes de Aralinth, por lo que los recién llegados son fáciles de identificar.

Apoyé la cabeza contra la pared.

—¿Así que Gerarda está sentada junto a una planta?

Los ojos de Riven bajaron por la calle y volvieron a los tejados. Estábamos dedicándoles demasiado tiempo a mis preguntas, pero no podía encontrar la voluntad de moverme sin obtener respuestas.

—Todo el mundo está junto a una planta en Aralinth —dijo.

Miré hacia el dosel de enredaderas y flores cerradas sobre nuestras cabezas, pero Riven miró hacia abajo.

Abrí los ojos de par en par.

—¿El suelo?

Riven asintió despacio.

—Su red subterránea es mucho más amplia. La mayoría de los edificios se formaron con sistemas de túneles para que las plantas crecieran por dentro de las paredes.

Por eso Feron no había enviado espías para vigilar cada uno de mis movimientos; podía rastrearme desde la comodidad de su palacio.

Los fae eran más poderosos de lo que había pensado.

—El rey cree que la magia fae se ha desvanecido por completo —susurré.

La boca de Riven era una línea recta.

—El rey tiene casi toda la razón. Muchos de nuestros poderes se han desvanecido y a los que todavía tenemos acceso suelen estar... restringidos, de alguna manera. Especialmente los míos.

Incliné la cabeza.

—¿Qué tipo de...?

—Necesito asegurarme de que ella todavía esté allí. Llevamos quietos demasiado tiempo —dijo Riven, cortando mi pregunta.

Volvió a envolverse la muñeca en la vid. Una parte de mí quería extender la mano y sentir el efecto de la magia una vez más, pero no lo hice.

—¿Qué expectativas tienes sobre esto?

La voz ronca de Riven atravesó la lluvia que había comenzado de nuevo y que nos ayudaría en nuestra carrera para llegar antes que Gerarda hasta el paso de montaña. Me pregunté si era otro producto de la magia fae. ¿Tenía Riven la capacidad de llamar a la lluvia? ¿Acaso tenían algo de verdad las historias que se contaban en todo el reino?

—¿Expectativas?

Le lancé una mirada de soslayo. Habíamos dejado atrás la última de las viviendas habitadas y solo las casas de piedra vacías se alineaban en nuestro camino. El fuerte viento hacía golpetear las persianas apostadas en las ventanas, por lo que teníamos que hablar más fuerte.

—Con respecto a esta alianza —aclaró.

Estábamos de pie bajo los establos del bar. Se apoyó en el poste al que yo me había subido antes; la cabeza casi le rozaba con la viga mientras me miraba. Quería una respuesta.

Dejé caer mis alforjas al suelo, me froté el hombro y una punzante oleada de sangre regresó allí donde la correa había cortado la circulación.

—Dependen de las tuyas —respondí cuando miré hacia atrás. Era la verdad; estaba arriesgando tanto como él.

Pude ver cómo sopesaba nuestras opciones en la mente. Tenía los ojos violetas clavados en mi piel, pero desenfocados, como si no me estuviera viendo en absoluto.

—¿Estás dispuesta a poner todas tus cartas sobre la mesa? —preguntó, y su atención volvió a mí—. ¿A responder todo lo que te pregunte?

—Por supuesto que no.

Tenía demasiados secretos, la mayoría de los cuales costarían vidas si Riven me traicionaba. El resto eran secretos que nunca había dicho en voz alta. Si ese era el costo de la alianza, no era uno que estuviera dispuesta a pagar.

—¿Tú aceptarías algo así? —pregunté, colgando la capa de la puerta de la caseta para que se secara.

—No —dijo, y negó con la cabeza—, pero una alianza entre dos partes que no confían la una en la otra está condenada al fracaso.

Alisé las arrugas de la tela negra de la capa y unas gruesas gotas de agua me cayeron sobre las botas embarradas. Tenía razón.

—Entonces, ¿qué propones? —pregunté, mirándolo de frente.

Quería que esta alianza funcionara, necesitaba que funcionara, pero nuestras posibilidades de derrotar al rey eran pocas. No arriesgaría la vida de las personas a las que había pasado décadas protegiendo solo por una esperanza.

—Nos decimos solo lo que necesitemos saber —propuso Riven, enfatizando su punto con un movimiento de su fuerte barbilla—. Nada más, pero nada menos.

Se cruzó de brazos y se alejó del poste. Su cuerpo grande me proyectó una sombra sobre el rostro cuando dio un paso hacia mí, pero yo me mantuve inmóvil.

—No hago promesas —dije, mirándolo fijamente—. Si acepto tus términos, tenemos un acuerdo. Cumpliré mi parte, pero no hago juramentos ni promesas.

Riven arqueó las cejas y me observó con los ojos entrecerrados. Pensé que protestaría, pero solo se encogió de hombros.

—¿Cómo sabremos si el otro está siendo deshonesto? —pregunté.

Se encogió de hombros de nuevo.

—Solo tendremos que...

—¿Confiar el uno en el otro? —lo interrumpí. No logré ocultar el sarcasmo en la voz.

Riven soltó un fuerte suspiro.

—Esperar que nuestro disgusto compartido por el rey sea suficiente para que seamos honestos.

—¿Y si no es así? —pregunté, pateando el suelo para quitarme el barro de las botas.

—Entonces uno de nosotros es un traidor. Para los mestizos y para sí mismo.

Era más que una declaración: era un desafío. Riven quería que le diera la razón, que le demostrara que no era más que una mestiza que había ido en contra de su propia raza.

Según su criterio, yo no era solo poco confiable.

Era irredimible.

Me pasé la lengua por los dientes. Riven podía tener la opinión que quisiera sobre mí mientras me ayudara a volar esa presa. Lo único que me importaba era liberar a los mestizos, así que, si aceptar decirle lo mínimo despejaba el camino a Silstra, estaba dispuesta a hacerlo. La opinión de Riven era su problema.

Extendí el brazo.

—Saber solo lo necesario —dije, y le estreché su mano grande justo cuando Nikolai y Syrra aparecieron con las armas y el equipaje listos.

Si se avecinaba una revolución, comenzaba ahora.

CAPÍTULO 23

RIVEN DEJÓ AL RESTO DE SUS ELVERIN con Collin. Traté de escuchar su conversación, pero Syrra me llevó afuera para preparar los caballos, así que no pude oír más que una riña amortiguada por el ruido de los caballos y la lluvia. Cuando Riven salió por la puerta, tenía el ceño fruncido y juré que las sombras se arremolinaban a su alrededor. Olí la rabia que se le desprendía de la piel al tiempo que el corazón se le aceleraba.

Era evidente que a Collin no le gustaba la alianza. Ni yo.

Riven se montó en su caballo sin decir una palabra. Yo me ubiqué detrás de Nikolai y Syrra se ubicó en la retaguardia. Nos dirigimos hacia el suroeste, dejando Aralinth atrás. Las esferas de luz fae suspendidas en las ramas gigantes de Sil'abar se atenuaron hasta que no fueron más que estrellas en el cielo nocturno.

Nadie habló hasta que llegamos a una arboleda. Las lunas colgaban del cielo e iluminaban nuestro camino, que terminaba en el borde del bosque. Los árboles altos con hojas negras estaban rodeados por matorrales gruesos y unas vides pesadas se envolvían en las ramas como serpientes, tan anchas que una espada tendría problemas para cortarlas.

Cualquier camino que hubiera existido aquí estaba cubierto de maleza. Tiré de las riendas para que la yegua marrón que me habían dado frenara.

—No hay necesidad de detenerse —me indicó Syrra detrás de mí—. Debemos darnos prisa.

Volteé la cabeza hacia atrás para señalar el camino bloqueado. ¿Cómo era que no lo veía? Su vista élfica debería ser tan buena como la mía.

—Observa —dijo y señaló con la cabeza a Riven.

Me moví hacia atrás en la silla de montar. Ni él ni Nikolai se habían detenido. Vi cómo el caballo del primero se acercaba a las zarzas. Eran demasiado espesas: el animal se haría daño en la maleza... Pero eso no sucedió.

Tan pronto como la pezuña tocó la exuberante vegetación, esta desapareció. Como si fuera un retablo de cristal, se rompió para revelar un camino muy transitado a través del bosque. La naturaleza retrocedió y los árboles altos y las enredaderas gruesas se despejaron lo suficiente como para que dos carretas viajaran una al lado de la otra. Las ramas y las enredaderas se trenzaron a través de las copas de los árboles, tejiendo un dosel tan grueso que no se filtraba la luz de las lunas.

Syrra tiró de su caballo para ubicarlo junto al mío.

—Se llama *encantamiento.*

—Magia —susurré—. ¿Es cosa de Riven?

Vi su capa desaparecer en la oscuridad. Nikolai lo siguió sin mirar atrás.

—No, este encantamiento está ligado a la tierra. Utiliza la magia del suelo —respondió ella, estudiándome con sus ojos negros—. Una vez que conoces la verdad que esconde, el encantamiento pierde su efecto en ti. Ahora tienes un secreto del Faelinth. Espero que seas digna de esa confianza. —Me lanzó una última mirada evaluadora antes de chasquear la lengua y alcanzar a los demás.

Me detuve, sintiendo el peso de sus palabras en la espalda. Era otro secreto que tenía que cargar y que respetaría, pues no tenía ninguna razón para traicionar a los fae; sin embargo, no podía evitar preguntarme cuántos secretos más guardaría antes de que terminara mi labor. Me temblaron los dedos bajo la fría lluvia mientras el familiar ardor se me arrastraba por la garganta. Quería ahogarme en vino hasta olvidar por completo los secretos, hasta liberarme de su peso para siempre.

En cambio, me saqué el frasco del bolsillo y dejé que dos gotas de *winvra* me bañaran la lengua. El jugo dulce y ácido me calentó la piel y adormeció el dolor de la garganta. Mis ansias se apaciguaron hasta volverse un leve dolor en el estómago y troté hacia la oscuridad.

La noche siguiente hice la primera guardia. Habíamos viajado durante la noche y todo el día sin descanso desde que salimos de Aralinth. Dimos una vuelta a través del bosque hacia el sur de la ciudad y retrocedimos hacia el paso. Estábamos demasiado cansados como para hablar, así que cabalgamos en silencio hasta que nos dolió la espalda y no nos detuvimos hasta que se nos entumeció el cuerpo.

Queríamos poner la mayor distancia posible entre nosotros y Gerarda. Podría estar regresando ya a Elverath, solo unas horas detrás de nosotros. Sabía que cabalgaría sin descanso una vez que abandonara Aralinth, de modo que cada minuto que no estuviéramos descansando necesitábamos pasarlo en el camino.

Dejé que los demás calentaran sus catres junto al fuego y me senté contra el tronco de un árbol. Las hojas se veían rosadas a la luz de la hoguera y las enredaderas de color amarillo encendido parecían brillar. No cargaban ningún fruto que pudiera ver, pero olía a flores de todos modos. Distraje mi agotamiento afilando palos con un cuchillo. De paso, podía convertirlos en pinchos o trampas útiles, pero sobre todo me distraían del peso que me presionaba los párpados.

El bosque estaba más tranquilo que cuando lo había cruzado la primera vez. El viento silbaba una débil canción a través de las hojas que debía haber dormido a las criaturas. Incluso con mi audición más aguda, no sentí que nada estuviera acechando cerca de nuestro campamento. Me acurruqué más pegada al árbol e incliné la cabeza hacia atrás mientras cortaba una rama delgada.

Algo se movió. Levanté la cabeza, siguiendo el ruido, y aferré mi espada, pero la molestia no había sido necesaria. Solo era Riven, que se levantaba de su catre. Lo vi estirarse, con los brazos abiertos y moviendo el cuello hacia un lado. Se giró bruscamente, como si sintiera que lo observaba.

Empecé a tallar la ramita de nuevo, ignorándolo, y él se alejó del campamento hasta que sus pisadas fueron tan débiles que no pude oírlas. Cuando regresó, me tendió una bota de agua que acababa de rellenar y se sentó a mi lado.

—¿La envenenaste? —pregunté.

Riven resopló. La agarró de nuevo y le dio un largo trago.

—No me des ideas —dijo con malicia, y me la tendió una vez más.

Tomé un pequeño sorbo. Sentí el agua dulce y fresca en la lengua. Tomé otro. Los ojos de Riven se posaron en mis labios cuando le devolví la bota. Me los sequé con el dorso de la mano. Entonces su mirada se dirigió al fuego. A través de las llamas se podían vislumbrar los contornos débiles de dos cuerpos. Syrra dormía muy quieta y con la mano apoyada en la hoja circular a su lado, lista para atacar. Nikolai tiritaba, roncaba suavemente y tenía la mitad del cuerpo salido de la tela que lo cubría.

—¿Qué estás haciendo? —preguntó Riven. Tomó otro trago de agua—. Se supone que debes estar de guardia.

Le lancé una mirada dura antes de tallar otra delgada rama de madera.

—Estoy haciendo pinchos para cazar y cocinar. Y como mi audición es tan buena como la tuya, debes saber que nada nos va a atacar mientras yo esté despierta.

Pensé que rechazaría lo que había dicho o que lanzaría un comentario burlón; en cambio, tomó uno de los palos. Le pasé un cuchillo de la bolsa que tenía al lado, nos sentamos en silencio y entramos en un ritmo constante de cortar la madera con nuestras hojas. Terminamos los pinchos al mismo tiempo.

—No puedes saberlo —dijo Riven después de un largo silencio. Yo fruncí el ceño—. Que tu audición es tan buena como la mía. Yo soy fae. Tú eres mestiza.

—¿Y? —Tiré el pincho terminado a la pila y cogí otro palo.

Riven se apoyó en la base del árbol y cerró los ojos con lentitud.

—Los fae son más fuertes que los mestizos. Más rápidos. Nuestra audición también es mejor.

Quería bufar e ignorarlo, pero no lo hice. Los últimos dos días habían estado llenos de silencios incómodos y conversaciones en voz baja entre él y los demás. Yo no era solo una persona extraña, sino la que tenía más que probar. Me picaba la piel debajo de la túnica. Ya que me negaba a revelar mis cicatrices como prueba de mi compromiso con la misión, entonces tal vez podría ganarme su confianza con una dosis de verdad.

—Me hicieron una prueba en la Orden cuando me encontraron —dije, sin saber si le interesaría. Riven no me interrumpió, así que continué—. No tenía ni idea de quién era yo. No tenía ni idea de qué era. No tenía padres ni tampoco recuerdos, pero sí el rostro y las orejas de un elfo. Casi me matan allí mismo, pero luego alguien me hirió el brazo con un cuchillo y la sangre brotó de color ámbar.

Miré al fuego hasta que la mancha anaranjada se desvaneció en el recuerdo de ese día. La guardia del rey me había mantenido encadenada hasta que el Arsenal vino a evaluarme.

—Sangre de mestiza —murmuró Riven, sacándome de la ensoñación.

Asentí, dejando caer el palo en mi regazo.

—Pero eso no fue suficiente para ellos —susurré—. Me probaron contra otros niños mestizos cuyo linaje podían rastrear. Tanto machos como hembras. Después, incluso contra mestizos adultos. Siempre fui más fuerte, más rápida. Aprobé cada prueba que me hicieron.

Se me hinchó la garganta y se me sofocó la voz. Esas fueron solo las primeras de tantas pruebas que pasaría; las demás serían pruebas manchadas de sangre.

Riven apoyó los brazos en las rodillas mientras tallaba el último palo.

—¿Pensaron que habías nacido elfa? —adivinó.

Asentí.

—Eso pensaba la mayoría. Algunos incluso pensaron que era fae, a pesar de mi sangre, pero mis orejas son más largas que las tuyas, ¿no? Más como las de los elfos del bosque del este, según me dijeron. Esa es la conclusión a la que llegaron al final, que nací de un elfo y un mestizo. —Metí el cuchillo de nuevo en el rollo de armas que tenía al lado.

—¿Y tú? —preguntó Riven, volviendo la cabeza hacia mí—. ¿Tú qué crees?

Respiré profundamente. Sin nada para distraer los dedos, el agotamiento me abrumaba.

—No creo que importe —dije, encogiéndome de hombros—. La sangre de mestizo es innegable. No soy diferente a cualquier otro, no según el decreto.

—Estás aquí —dijo él, arrojando el cuchillo sobre el rollo. Extendió el brazo frente a mi pecho y desprendió su olor a rocío y madera de abedul en el aire—. Eres más libre que cualquier mestizo que haya conocido. —No trató de ocultar el veneno en sus palabras.

Yo resoplé. Los nombres que llevaba grabados en la piel me ardían, rogando que los revelara. Me froté el brazo a través de la túnica y suspiré. Solo aquellos que nunca habían pasado por la Orden pensarían que una penumbra era libre.

—No soy tan libre como crees —contesté. Estaba demasiado cansada como para añadirle yo también veneno a mis palabras—. Y las libertades que he tenido han sido a un costo que la mayoría nunca paga.

Pude sentir la mirada de Riven en el rostro, examinándome mientras inclinaba la cabeza hacia atrás y trataba de no quedarse dormido.

—Basta de hablar de mí —dije con un bostezo—. ¿Me vas a contar algo sobre ti?

Él se quedó quieto; su mirada se movía entre el palo que giraba en la mano y yo.

—¿Qué quieres saber?

—¿Cuántos años tienes?

Le llevaba dando vueltas a la pregunta desde que alcanzamos nuestro acuerdo en Aralinth. Nunca había oído hablar de Riven. Sus historias no se contaban en el reino, así que era demasiado joven o demasiado intrascendente como para tener leyendas propias. Me había pasado mucho tiempo preguntándome cuál de las dos opciones era la correcta.

—Más viejo que un mortal. —Levanté una ceja sin abrir los ojos—. Más viejo que tú —agregó.

—Nací después de que muriera la última hembra fae —dije, y giré la cabeza contra la corteza áspera para mirarlo—. Eso ya lo sabía.

Solo dos fae podían engendrar otro fae. Los hijos de los fae y elfos siempre eran elfos; no tenían magia. Si alguna vez nacía algún niño de la unión de un fae y un mortal, su nombre se perdía en la historia. Excepto el de Killian. Pero si se creía la palabra del rey, él había sido bendecido con la vida eterna por acabar con los elfos. Aun así, cientos de elfos todavía vivían en las Tierras de Fae, por lo que tal vez el rey no era tan humano como afirmaba.

—¿Eres tan viejo como tu tío? —pregunté.

A pesar de que los fae no envejecían, ya sabía que Feron era mayor. Sus emociones tenían una calma de la que carecían las de Riven. Me recordaba a la naturaleza desenfadada de los viejos mortales, que no se irritan con tanta facilidad como los jóvenes.

—No —contestó Riven—. Feron es uno de los más antiguos de nuestra especie ahora. —Cada palabra le salía de la boca en sílabas pesadas, como si no pudiera decidir si responder a mi pregunta.

—Al menos dime si eres mayor que Nikolai —le pedí. Estaba claro después de solo dos días que Riven y Nikolai eran cercanos. La forma en que cambiaban entre la risa fácil y los comentarios sarcásticos me recordaba a una dinámica de hermanos.

Riven sopesó su respuesta antes de ponerse de pie y volverse hacia mí.

—Nik es mayor —dijo. Se cruzó de brazos y se alejó un paso.

—¿Cómo de mayor? —insistí. Nikolai podía fácilmente tener dieciocho años o mil ochocientos.

Riven clavó los ojos en los míos antes de sonreír.

—Saber solo lo necesario —dijo, recordándome nuestro trato. Esa era toda la información que iba a obtener de él esta noche—. No puedo dormir —añadió—. Me encargo del resto de tu guardia.

Se alejó. Yo me quedé debajo del árbol. Conocía a Riven desde hacía días, contando cada hora, pero todavía no sabía nada de él. Debajo de la capucha de la Sombra había un fae con una máscara que parecía reacio a quitarse.

El viaje a través del Camino del Sabio fue tedioso. El sinuoso paso se curvaba alrededor de las montañas y una brisa fría caía de sus picos. Los dedos se me entumecían contra las riendas a medida que el bosque desaparecía con cada metro que avanzábamos. Cabalgamos hasta que nuestras monturas se negaron a dar un paso más. Ayudé a montar el campamento mientras Syrra y Nikolai le daban un elixir a los caballos para ayudarlos a sanar y a recuperar fuerzas para el día siguiente. Se susurraban en élfico, tan rápido que no podía entenderlos. Riven no dijo ni una palabra. Si a los demás les molestaba, no lo demostraban.

Tardamos tres días en llegar al lado este de la cordillera. El ligero descenso por el estrecho camino ralentizaba a nuestros caballos y nos vimos obligados a avanzar en una sola fila entre las rocas que se habían deslizado por las montañas. Riven detuvo a su caballo junto a un montón de piedras grandes. Lo dirigió hacia ellas y desaparecieron.

Parpadeé. En un momento había un montón de rocas y, al siguiente, aparecía un delgado sendero fuera del paso principal que conducía a una grieta en la superficie de la pared. Era una caverna bajo el encantamiento de los fae. Nadie la encontraría a menos que supiera que la cueva estaba escondida detrás de las rocas.

Gerarda tampoco.

Nos instalamos en la pequeña cueva para pasar la noche. Riven llevó a los caballos a lo más profundo de la montaña, donde un pequeño manantial se asentaba a lo largo de la pared rocosa. Podían descansar allí mientras esperábamos a que Gerarda nos alcanzara por el camino. Ubiqué mi catre junto a una pequeña grieta de la pared de la cueva y me dejé arrastrar por el sueño tan pronto como apoyé la cabeza contra el delgado saco de dormir.

Me desperté horas más tarde con los tres discutiendo alrededor de una pequeña hoguera. Me quedé quieta, escuchando, pero sin girarme hacia ellos.

—Tres de nosotros es más que suficiente. —La voz susurrada de Syrra sonaba molesta.

—Tal vez, pero sigue siendo un riesgo —dijo Riven. Me di cuenta, por la impaciencia en ambas voces, de que llevaban un buen tiempo con aquella conversación.

—Vale la pena si eso significa que no nos atraparán desprevenidos en Caerth o Cereliath —respondió Syrra.

—Entiendo eso —le espetó Riven.

—He oído que es diminuta. Dudo que los tres seamos necesarios —intervino Nikolai, más fuerte que los demás.

Hablaban de Gerarda.

Me senté y le lancé a Riven, que descansaba contra la pared de la caverna, una mirada severa. Syrra se sentó a su lado, observándome fijamente.

—No van a matar a la Daga —dije sin rodeos.

Me froté la cara y el pelo con las manos. Pensé que nuestra última conversación había resuelto el problema.

—¿Y por qué no? —preguntó Riven con sarcasmo.

—Porque incluso si consiguieran matarla —expliqué, cruzando los brazos—, hay al menos seis penumbras esperándola en Caerth. No será fácil aplacarlas si su señora no regresa. Y si nos vemos obligados a matarlas también, el Arsenal sabrá que algo está pasando incluso antes de que lleguemos a Silstra. El objetivo de todo esto es evitar las sospechas del rey tanto como sea posible.

—¿Y si la Daga encuentra la cueva? —preguntó Syrra, arrojando una piedra al fuego.

—No lo hará —respondí y estiré los brazos detrás de la cabeza—. Me dijiste que fue el mismo Feron quien le puso un encantamiento a esta cueva. No nos fallará. Y si lo hace, si descubre nuestra alianza, yo misma la acabaré.

No dejé de mirar a Syrra mientras decía estas palabras. Quería que ella supiera que lo decía en serio. No quería matar a Gerarda, pero lo haría.

—Tiene razón —dijo Riven después de un momento—. No podemos darnos el lujo de llamar la atención. —Se acostó en su catre para dormir y se negó a mirarnos.

Pero yo no había terminado. Podía odiarme todo lo que quisiera, pero tenía que sofocar cualquier amago de desprecio que sintiera por las penumbras antes de que llegáramos al reino.

—Bien —añadí, arrojando una piedra a la pared por encima de la cabeza de Riven—. No me gustaría que fueras un hipócrita.

—No soy un hipócrita —espetó, mordiendo el anzuelo.

Se sentó y sus ojos oscuros me devoraron como un lobo a su presa, pero yo también podía ser un depredador.

—¿De verdad? —Apreté los labios—. ¿No me dijiste que querías salvar a los mestizos? ¿Que los veías como tus parientes?

Riven asintió. El ceño fruncido hizo que las pronunciadas mejillas se le destacaran aún más. Los ojos violetas reflejaron su rabia y la respiración se le volvió pesada.

—Las penumbras también son mestizas —sentencié, poniéndome de pie. El calor me enrojeció la piel y se me revolvió el estómago al ver la cara de disgusto de Riven—. No puedes juzgarlas por ser los monstruos en los que el rey las ha convertido. Las penumbras no nacieron como armas, no nacieron como asesinas; nacieron como niñas. Niñas que fueron robadas, separadas de sus padres y llevadas a esa isla abandonada. —Empuñé las manos a los costados y se me quebró la voz al hablar, pero me negué a desviar la mirada de Riven—. Eran niñas que se enfrentaron a una simple decisión: sobrevivir o morir. No tienes derecho a juzgarlas por cómo sobrevivieron. Si quieres liberar a los mestizos, tienes que liberarlos a todos.

Riven frunció el ceño. No miró a Nikolai y Syrra, que estaban sentados inmóviles en sus catres. Simplemente se dio la vuelta y se fue a dormir.

CAPÍTULO

24

Cuando me desperté, vi a Syrra limpiando uno de sus cuchillos y a los demás haciendo el equipaje. Me levanté de un salto del catre. Gerarda debía haber pasado mientras yo dormía. Quise agarrar la daga que llevaba en la cadera, pero la funda yacía en el suelo junto a mí, donde la había dejado la noche anterior.

Syrra seguía limpiando su cuchillo y balbuceó algo para sí misma antes de dirigirse a mí.

—Cálmate, niña —dijo en voz baja—. No atacamos a la Daga.

Entrecerré los ojos ante el arma en su regazo.

—¿No?

—Es una buena práctica preparar un arma antes de comenzar un viaje. Eso es todo lo que estoy haciendo. —Syrra arrastraba cada palabra con movimientos a lo largo del acero—. La Daga pasó apenas una hora después de que comenzara mi guardia. La rastreé por el camino.

Acampó durante unas horas y luego continuó. Ahora estamos medio día de viaje detrás de ella.

—Llegará a Caerth por la mañana —interrumpió Riven, abrochando una alforja.

—¿No sería mejor esperar otro día? Solo para asegurarnos de no alcanzarla —preguntó Nikolai. Le tembló una de las piernas cuando ató una alforja a su caballo—. Todo esto habrá sido en vano si nos encontramos en Caerth.

Sacudí la cabeza.

—No necesitamos viajar con la misma prisa que antes, pero tenemos que movernos. La Cosecha se acerca cada día más y no podemos darnos el lujo de perder tiempo.

Las hojas del bosque ya habían comenzado a cambiar, aunque los colores eran diferentes aquí. Las hojas negras se volvían grises y el carmesí ardiente de los abedules ancianos se convertía en ámbar oscuro.

—¿Estás segura de que no se entretendrá en Caerth? —preguntó Syrra por tercera vez.

—No. Cree que estoy de vuelta en el reino. Sea lo que sea que vino a decirme, puede hacerlo utilizando nuestras redes. Ella piensa que me dirijo a Koratha, así que solo pasará la noche. Conociéndola, se quedará el tiempo suficiente como para escuchar un informe de las penumbras y dormir un poco. Se irá con ellas a primera hora.

Gerarda se enorgullecía de su velocidad al viajar y, a menudo, obligaba a sus penumbras a montar dieciocho horas al día durante una misión.

—¿No dejará a las penumbras en Caerth? ¿Para que vigilen si alguien la siguió fuera del Faelinth? —preguntó Riven, que surgió del fondo de la caverna con el último caballo.

—Gerarda viaja con tres pares de penumbras. No había ninguna asignada en Caerth cuando pasé, así que sospecho que dejará a un par para vigilar la ciudad. No serán una amenaza para nosotros.

Riven se quedó congelado; las riendas se le cayeron de la mano.

—¿Quieres matarlas? —preguntó. Los ojos se le convirtieron en rendijas al mirarme.

Sacudí la cabeza, tratando de ocultar el disgusto de mi voz.

—No, el punto es justamente no alertar a nadie sobre dónde estamos o hacia dónde nos dirigimos. Cuando lleguemos a Caerth, buscaré a las penumbras. Puedo averiguar por qué Gerarda estaba en las Tierras de Fae y despacharlas con un mensaje mío.

—¿Quieres reunirte con las penumbras en Caerth? —repitió Riven. Dejó caer una silla de montar sobre su caballo y la abrochó con un fuerte tirón.

—Sí —dije, preparándome para una pelea—. Hablar con ellas es más inteligente que huir de ellas.

—De ninguna manera —negó, cortando el aire con un manotazo. El corcel negro que tenía al lado apartó la cabeza de su mano.

—Pensé que esto era una alianza —respondí. La sangre me hervía a fuego lento debajo de la piel—. Hasta ahora me has llevado la contraria a cada oportunidad que has tenido.

—¡Y seguiré haciéndolo mientras sigas intentando que nos maten! —bramó Riven. Su ira rebotó contra las paredes de la cueva.

—¡Hemos estado atrapados en esta cueva abandonada durante tres malditos días! —grité de vuelta, gesticulando con los brazos—. Si quisiera matarte, ¿por qué me sometería a algo así?

—Incluso yo quería matarte después del segundo día —murmuró Nikolai en voz baja.

Riven le mostró los colmillos.

—Ya basta —interrumpió Syrra, enfundando sus cuchillos. Aproveché el momento para atarme mi propia daga a la cadera. La próxima vez que Riven decidiera pelear conmigo, se encontraría con mi acero—. Nos aliamos con Keera justamente porque ella es la Espada. Evitar que use tal influencia solo perjudica nuestra misión.

—Así que está decidido —dije, deslizando las espadas gemelas en la funda que llevaba detrás de la espalda—. Dos de tres es mejor que nada. Riven, te superan en votos.

—Espera. —Syrra levantó la mano hacia mí.

Podía ver el lugar de la mano en el que le comenzaban las cicatrices, hojas marrones que se desvanecían en las líneas de color arena de la palma. Syrra podía ser la única guerrera élfica que quedara con vida. El deseo de remangarme y revelar las mías hacía que me picara la piel. Vería sus orgullosas cicatrices junto a lo que fueran las mías. Me bajé la manga hasta la muñeca. Syrra no entendería por qué me había tallado los nombres ni cómo había intentado reclamar algo que nunca había conocido. Resoplaría por cómo me burlaba de su orden, de la santidad de su habilidad.

Podía ser mejor que un mortal ante sus ojos, pero nunca sería una elfa.

—Estoy de acuerdo con que enviar a las penumbras lejos es mejor que disfrazarnos —dijo con tono pausado—, pero eso no significa que confíe en ti, niña. —Se cruzó de brazos y me miró de frente. La habitual línea recta se le formó en los labios.

Me encogí de hombros. Yo tampoco confiaba en ellos. La única muestra de buena fe que habían demostrado hasta ahora había sido no matar a alguien.

—Nikolai puede venir conmigo —ofrecí— para asegurarse de que yo no haga nada que no deba hacer.

Le lancé dardos con la mirada a Riven mientras él ensillaba el último caballo. Tenía los omoplatos tensos. No le gustó la sugerencia, pero no la rechazó.

—¿Yo? —dijo Nikolai, poniéndose las manos en el pecho—. ¿Qué se supone que tengo que hacer?

—Nada —contesté, y mi atención se volvió hacia él—. Quedarte callado. Ni siquiera respires si no es necesario.

Nikolai resopló.

—Lo digo en serio, Nikolai —insistí, organizando el resto de mis cuchillos en el cinturón—. La única razón por la que vienes es porque Riven cree que necesito supervisión. Eres el único que puede pasar por mortal.

—¿Me van a dar un arma? —preguntó, frunciendo el ceño.

Levanté una ceja como respuesta.

—¿Sabes cómo usar una?

—En realidad, no —dijo, encogiéndose de hombros—, pero no quiero que tus amigas lo sepan.

—Las penumbras no son mis amigas —respondí automáticamente—. Las penumbras no tienen amigos.

—¿Y eso por qué? —preguntó Nikolai. Aunque se examinaba las uñas, pude ver que su indiferencia era teatral, posiblemente en beneficio de Riven.

—Porque las amistades hacen que te maten.

Los soles se pusieron cuando llegamos a las afueras de Caerth. Pasamos por apenas unas pocas viviendas de madera antes de que Syrra girara su caballo hacia el refugio ubicado en el extremo sur de la ciudad. Nikolai y yo seguiríamos de camino al mercado en busca de las penumbras, con los rostros cubiertos con las capuchas para ocultarlos de cualquier ciudadano curioso.

Los demás llevaban capas de viaje de diferentes tonos, pero yo usaba mi capa negra y mi broche de plata. Los sentía más apretados alrededor del cuello ahora que estábamos en el reino. Tosí y me separé el broche de la espada plateada de la garganta. Riven tenía la espalda recta sobre su silla de montar y los nudillos entumecidos de sujetar las riendas con tanta fuerza. Asintió con la cabeza hacia Nikolai antes de derrumbarme con una mirada asesina.

—Si haces algo que resulte en su muerte, te perseguiré hasta los confines del reino.

Los ojos de Riven eran tormentas peligrosas que se agitaban mientras contenía su ira. Pude ver la preocupación en esas nubes violetas; le preocupaba que esa pudiera ser la última vez que viera a su amigo.

Me volví hacia Nikolai, esperando encontrarme una sonrisa malhumorada, pero en su lugar me encontré con Gwyn y la preocupación que sentía cada vez que la dejaba sola en palacio en las garras del príncipe. Parpadeé y Gwyn se fue; en cambio, Nikolai se había transformado en ella. Fue solo un instante. Luego se esfumó de nuevo a mis sueños, a donde pertenecía.

Giré la cabeza hacia Riven, deseando que los recuerdos permanecieran encerrados dentro de la bóveda que guardaba en los confines más oscuros de mi mente. Había pasado mucho tiempo desde que me había permitido pensar en su rostro, sentir el ardor de su ausencia.

Tragué saliva y me estremecí cuando el dolor me alcanzó los ojos. No supe si fue la necesidad de una distracción o la preocupación en la cara de Riven, pero algo me llamó a sacarme la daga roja como la sangre del muslo.

Sin pensarlo, me pasé la hoja por la punta del cuarto dedo, lo suficientemente profundo como para que la sangre ámbar comenzara a brotar. Alcancé a Nikolai, que estaba montado en su caballo a mi lado, y le pasé la sangre por la frente.

—Si él muere por mi mano, entonces yo también moriré.

Feron no había mencionado una frase o juramento específico cuando contó la historia de Calen y su amante, solo que la magia de una promesa se llevaba en la sangre misma.

—¿Puede hacer eso? —preguntó Riven, volviéndose hacia Syrra. Me miró el rostro con los ojos muy abiertos y luego se enfocó en el corte que me había hecho en la mano.

—Tiene sangre élfica —murmuró, inclinando la cabeza—. Los mestizos no perfeccionan su magia porque la práctica se les oculta, pero ellos también tienen magia en las venas. —Syrra observó a Riven, luego cruzó los brazos y su mirada volvió hacia mí—. El juramento de sangre es válido —razonó con un rígido asentimiento.

Levanté una ceja en dirección a Riven, que se negó a decir nada más y comenzó a caminar por la calle hacia el refugio. Syrra lo siguió, pero no dejó de observarme la mano hasta que su caballo bajó por el camino.

Me volví hacia Nikolai, que se estaba frotando la frente con un pañuelo de seda que llevaba guardado en el bolsillo.

—Esto no es muy higiénico —murmuró.

—Diría que lo siento —susurré, acercándome más a su caballo—, pero es probable que tenga que usar ese truco de nuevo antes de que termine el mes.

Nikolai echó la cabeza hacia atrás con una carcajada y la capucha se le cayó hasta los hombros. Me guiñó el ojo antes de volver a acomodársela y ocultar su rostro en la sombra.

Le devolví la sonrisa, esperando que mi sangre fuera la única que se derramara en Caerth.

Los ojos me ardían cuando nos acercamos al pequeño mostrador de madera de la taberna. Las paredes estaban pulidas, pero aun así el hedor de tabaco picado se aferraba a la madera. Podía sentir el aroma rancio impregnándoseme en la ropa al tiempo que Nikolai tosía detrás de mí.

La Taberna del Deshollinador era un nombre más que apropiado. Jamás me quedaba en la posada mientras viajaba por Caerth, pues su reputación de bar mal abastecido era suficiente para mantenerme alejada, pero también era conocida por ser barata. Y ahí donde la mayoría veía una posada para estafadores, Gerarda veía la forma más responsable de gastar los fondos de la Corona.

Sabía que este era el único lugar donde permitiría que las penumbras se quedaran.

—No necesito verles las caras, pero si insisten en mantener las capuchas puestas, entonces necesito un pago por adelantado —dijo una voz áspera desde el otro lado del mostrador.

Miré por encima del borde y vi un par de ojos marrones que me observaban. La espalda de la mujer se había encorvado con la edad y las piernas le temblaron con violencia cuando se subió a un taburete para asomar la cabeza desde detrás del mostrador.

Nikolai comenzó a reírse, pero le pisé el pie con el talón.

—Estoy buscando a las penumbras que se han estado quedando aquí —le dije a la anciana.

Ella abrió los ojos de par en par, pero luego posó la vista en el broche de la espada plateada que llevaba atado al cuello. Entre las nubes de humo, era la superficie más brillante de la habitación.

—Todavía no han regresado, señora. —Las palabras le salieron desbordadas y la voz dura se le desvaneció hasta convertirse en un suave chirrido.

—¿Dijeron cuándo volverían?

La mujer negó con la cabeza.

Volví a mirar a Nikolai, que se encogió de hombros. Tendríamos que esperar. Riven lo odiaría, pero las penumbras me conocían lo suficientemente bien como para saber que no las perseguiría, especialmente no después de un viaje de una semana a través de la montaña. No podía arriesgarme a alertarlas de que algo había cambiado.

Tendríamos que reencontrarnos con Riven por la mañana.

—En ese caso, necesitaré dos habitaciones. —Deslicé una pequeña bolsa de monedas por el mostrador, que la mujer tomó con una rapidez insospechada para su edad—. Cuando lleguen las penumbras, diles que me esperen aquí abajo al amanecer.

La mujer asintió y me pasó una llave a mí y otra a Nikolai.

—¿Quiere que le envíe una jarra de vino? —Los ojos de la mujer no se encontraron con los míos, sino que se quedaron fijos en el broche de la espada plateada que me sujetaba la capa.

El calor de la garganta se me reavivó; cerré la mano en un puño alrededor de la llave de hierro. Habían pasado días desde la última vez que había tomado mi elixir y el corazón me palpitaba con tanta fuerza contra el pecho que podía escucharse. No había nada que quisiera más que un poco de vino, pero sabía que, después de semanas de abstinencia, la sed no se calmaría con una sola jarra.

Nikolai me puso una mano suave en el hombro y mi atención volvió a la mujer y su pregunta.

—Eso no será necesario —dijo Nikolai desde debajo de la capucha.

Todavía me ardía la garganta, pero sus palabras me liberaron la tensión de la espalda. Antes de que pudiera cambiar de idea, corrí por las escaleras y entré en mi habitación. Me apoyé en la puerta y tiré del broche que llevaba en el cuello. Saqué el frasco de líquido negro y dejé caer una gruesa gota en mi lengua.

Escuché a Nikolai caminar por el pasillo y hacer una pausa. Cerré los ojos, esperando que llamara a la puerta, pero no lo hizo. Después de un rato lo escuché abrir la puerta del otro lado del pasillo y cerrarla detrás de él. Me desplomé en el suelo. Había dejado que Nikolai notara mi debilidad. Era demasiado observador como para no adivinarla y, seguramente, compartiría su suposición con Riven.

Tal vez estaba redactando un mensaje para él en ese mismo momento: «No hagas nada estúpido, pero... vamos a pasar la noche aquí y, al parecer, la Espada tiene una fijación por la botella». Incluso podía imaginarme su caligrafía excesivamente adornada mientras elaboraba su broma, la cual a Riven no le parecería graciosa en absoluto.

Me arrastré hasta la cama y me desplomé en ella. No tenía ropa para cambiarme, pero no me importaba. Lo único que veía cuando miraba hacia el techo inclinado era el ceño fruncido de Riven, el mismo que tendría cuando se diera cuenta de que se había asociado no solo con una asesina, sino con una borracha. Ese pensamiento hizo que me ardiera con fuerza el pecho.

Mi mente ya no anhelaba la bebida, pero el cuerpo sí. Había pasado mucho tiempo desde que se había desvanecido en ese oscuro olvido; un lugar tan oscuro que no me dejaba ver los fantasmas de los que había matado y tan frío que no podía sentir el dolor de esa verdad.

Pero eso era lo único que había hecho. Con cada botella que tomaba, creaba momentos de ingravidez en los que podía respirar un poco más libremente. Perseguí esos momentos durante décadas, intenté olvidar las órdenes, los asesinatos... y mi promesa de acabar con el rey.

Esta alianza era lo más cerca quc había estado de lograrlo. No valía la pena arriesgar la oportunidad, por pequeña que fuera, de ponerle fin a su reinado. O teníamos éxito y liberábamos a los mestizos o moríamos.

Podía aceptar cualquiera de los dos resultados.

CAPÍTULO 25

NIKOLAI HABLABA MIENTRAS DORMÍA. Afortunadamente para Riven, no reveló nada interesante; solo murmuró unas pocas palabras en élfico cada par de respiraciones, aunque, a juzgar por lo que capté, parecía estar pasando un buen rato. Pateé la cama y sonreí cuando se sobresaltó, sosteniéndose la sábana sobre el pecho desnudo.

Era realmente fácil de matar. Incluso la penumbra más novata podría hacerlo.

—Los soles están a punto de salir —dije en élfico y me apoyé contra el borde de su cama.

—¿Cómo entraste aquí? —me preguntó, quitándose el turbante de la cabeza.

—Soy la Espada del rey. ¿Crees que no puedo abrir una cerradura? —volví a responder en élfico.

Para ser honestos, había entrado por la ventana. El sueño me había abandonado mucho antes del amanecer, así que decidí ver cómo las estrellas se desvanecían desde el tejado y vigilar por si aparecían las penumbras.

La modestia somnolienta de Nikolai se desvaneció con un solo bostezo. Estiró los brazos por encima de la cabeza para que la sábana se le cayera hasta las caderas. Me miró con un solo ojo y sonrió antes de ponerse de pie, completamente desnudo.

Puse los ojos en blanco. Nikolai se rio entre dientes y alcanzó sus pantalones, los cuales había dejado sobre una silla.

—No es nada que no haya visto antes. —Probé a darles un tono aburrido a mis palabras, pues sabía que eso le molestaría.

Él sacó la cabeza por el cuello de la camisa con los ojos muy abiertos.

—Tu élfico es muy bueno —dijo, cambiando a la lengua del rey.

—¿Por qué no habría de serlo?

Agarré las botas de Nikolai y se las lancé. Él ladeó la cabeza con curiosidad.

—Fuiste criada en la Orden. No sabía que había oportunidades de aprender élfico allí.

—Para mí, sí. —Pensé en decirle exactamente cómo lo había aprendido, pero sabía que la verdad solo lo molestaría; además, era muy temprano en el día para esa conversación—. No necesitan hablar en la lengua del rey por mí —añadí en tanto Nikolai se ataba las botas.

—No es por ti —dijo él. Incluso de cara al suelo, pude ver cómo se le juntaban las cejas antes de volver a atarse los cordones—. Es por decisión de Riven. Él piensa que levantamos menos sospechas si hablamos en lengua mortal. Se ha convertido en un hábito.

Asentí, y los labios de Nikolai formaron una línea delgada. Había algo más detrás de esa decisión que no me iba a contar. Dejé ir mi curiosidad; no teníamos tiempo para eso de todos modos.

—Vamos. —Abrí la puerta y esperé a que me alcanzara—. Capucha —le recordé antes de que saliera de la habitación. Yo ya tenía puesta la mía sobre el rostro y los extremos de mi capa rozaban las puntas de cada escalón mientras descendíamos la escalera.

La dueña de la posada estaba allí, esperándonos. Unos círculos oscuros le habían aparecido bajo los ojos arrugados. Todavía no se había ido a acostar.

—Nunca llegaron —dije. No era una pregunta, pero la anciana asintió de todos modos—. ¿Vaciaron sus habitaciones? —pregunté.

—No, señora. —Se le quebró la voz—. Sus ropas de repuesto todavía están colgadas en los cuartos.

Se me tensaron los hombros. Le eché un vistazo rápido a Nikolai, pero él ya estaba saliendo por la puerta.

—Si regresan, diles que no tienen permitido abandonar esta taberna hasta que hable con ellas —grité hacia atrás, siguiendo a Nikolai hasta los establos.

Ensillamos los caballos sin decir una palabra y rechazamos la ayuda del mozo de cuadra, que había estado durmiendo en uno de los corrales vacíos. Salté sobre la yegua marrón y galopé por la calle detrás de Nikolai. Dejé que mi caballo nos guiara por la ciudad, observando los tejados en busca de una señal de las penumbras.

Nada.

Tenía el estómago revuelto. Solo había dos razones por las que no volverían a su puesto: estaban muertas o alguien más lo estaba.

Nikolai nos llevó a una pequeña casa en el lado sur de la ciudad, con un techo descolorido y una ventana frontal agrietada, igual que muchas de las otras viviendas a su alrededor. Syrra apareció afuera tan pronto como nos acercamos.

—¿Qué ha sucedido? —La voz me sonó dura, pero no me importó.

—Un centinela en medio de la noche —dijo, con los brazos entrelazados detrás de la espalda. Le echó un vistazo a Nikolai, quien sacudió la cabeza con exasperación—. Parece que el resto de nuestro grupo ha tenido algunos problemas por el camino.

—¿Las penumbras? —pregunté, agarrando las riendas con tanta fuerza que me dolieron los nudillos.

Syrra asintió.

—¿Dónde está Riven? —exigí.

—Regresó con el centinela. Yo debía esperarlos aquí.

Los ojos de Syrra se dirigieron a Nikolai de nuevo. No necesitaba haber vivido siglos para entender la mirada que compartieron.

—Quieres decir que te ordenó que me mantuvieras distraída. —Apreté los dientes con furia. El corazón se me aceleró dentro del pecho y se me nubló la visión.

Syrra no se molestó en protestar: ambas sabíamos que era la verdad.

—¿Dónde está Riven ahora? —exigí de nuevo.

—A una hora de viaje hacia las montañas.

Señaló a su caballo, que ya estaba ensillado. Sabía que no me detendría una vez que descubriera dónde estaban las penumbras.

—No a mi ritmo. —Arreé a mi montura para que saliera a toda velocidad y volé hacia los árboles rojos como llamaradas de las Montañas Ardientes.

Los elverin que habíamos dejado en Aralinth estaban acampando junto a un pequeño arroyo a pocos pasos del camino principal. Dos mestizos saltaron delante de mí cuando me acerqué. Tiré con fuerza de las riendas, pero mi caballo se levantó y le dio una patada en el pecho a uno de ellos.

—Te lo mereces —escupí, saltando del caballo y pasándole las riendas a la otra mestiza. Tenía los ojos entrecerrados y llenos de ira, pero las cogió sin quejarse.

El resto de ellos había formado un muro entre quienquiera que estuviera al otro lado y yo.

—¡Riven! —rugí, sacándome las espadas gemelas de la espalda—. Si todavía estás vivo, tienes tres segundos para calmar a tus sabuesos antes de que acabe con ellos.

Hice girar una espada sobre la cabeza y me agaché. Un segundo más y comenzaría con el mestizo que tenía a la derecha.

—Déjenla pasar —ordenó Riven. Reconocería ese frío desdén en cualquier lugar.

El grupo retrocedió. Riven estaba de pie junto a una pequeña hoguera con una de las penumbras atada y amordazada a su lado. Ya tenía el ojo morado y una gruesa línea de sangre le marcaba la boca. Su trenza rubia estaba manchada de ámbar.

—Bajad las armas —exigió. Su voz era helada y gruesa, pero solo consiguió encenderme un fuego furioso dentro del pecho.

—¿Qué significa esto? —Levanté las espadas frente a mí y doblé las piernas. El más mínimo movimiento y atacaría.

—Hubo un ataque…

—¿Dónde está su compañera?

No veía a la segunda penumbra. Si se había escapado, nuestro plan estaba condenado.

—Muerta. —Una voz alegre atravesó la multitud. Escudriñé con la mirada al grupo hasta que mis ojos aterrizaron en la sonrisa petulante de un mestizo de pelo arenoso. Collin.

Nikolai y Syrra nos alcanzaron al fin. Syrra se lanzó del caballo antes de que se detuviera, sacó los cuchillos circulares y se ubicó entre Riven y yo.

—¿Qué está pasando? —El tono de Nikolai al bajarse del caballo fue demasiado informal.

—Riven estaba a punto de decirme por qué sus centinelas han matado a una penumbra —dije, apretando los dientes.

Nikolai tragó saliva y dirigió la mirada hacia Riven.

—Como ya te he dicho —Riven movió los ojos oscuros hacia

Nikolai—, hubo un ataque. Anoche las penumbras emboscaron la caravana.

La penumbra atada junto al fuego comenzó a sacudirse contra sus ataduras. El grueso trapo que tenía metido en la boca hacía que sus palabras rabiosas fueran ininteligibles.

—Solo había dos de ellas —grité, señalando al pequeño bulto que tenía enfrente—. Si las penumbras los atacaron, entonces fue porque hicieron algo para provocarlas.

Riven volvió la vista hacia Collin, que estaba mirando al suelo.

Apunté con mi espada al joven mestizo.

—Habla —le ordené.

Collin miró a Riven, quien asintió. Me acerqué un paso más, de modo que la punta del acero le quedó a solo unos centímetros del pecho.

—Estábamos acampando en el bosque. Estaba de guardia con Tarvelle. —Collin apuntó con la barbilla a un elfo alto con piel marrón profunda y ojos verdes—. Estábamos llenando garrafas en el arroyo cuando las penumbras nos atacaron.

Sacudí la cabeza e incliné la espada hacia el corazón de Collin. Escuché que comenzaba a acelerársele y a bombearle contra el pecho en ritmos rápidos e irregulares.

—¿Por qué te atacaron?

Collin se encogió de hombros.

—¿Porque éramos presa fácil? No pretendo saber por qué los asesinos matan. —La mueca de desdén que me dirigió no me pasó desapercibida.

Le pinché la garganta. Él dio un paso atrás y una pequeña gota de sangre ámbar le brotó de la piel cuando cayó el suelo. Retiré la espada y me enfundé ambas detrás de la cabeza. Collin miró primero a Riven y luego a mí. Cuando Riven no se movió para defenderlo, se volvió hacia la multitud y se escabulló gateando hacia un lugar seguro.

Si Collin no iba a responder a mis preguntas, conocía a alguien que lo haría. Me acerqué a la penumbra, que me perseguía con la mirada, y me arrodillé frente a ella para que nuestros ojos estuvieran al mismo nivel.

—¿Sabes quién soy? —pregunté con amabilidad.

Ella asintió. Tenía las pupilas tan dilatadas que sus ojos parecían negros, aunque delineados de rojo por los golpes que había recibido. Me di cuenta por los moretones profundos que los golpes habían ocurrido después de que la hubieran amarrado. Las penumbras se protegían las cabezas a toda costa; eran nuestra mejor arma.

Le lancé una mirada a Riven, lista para soltarle todas las maldiciones que conocía, pero sus ojos brillaban de culpabilidad.

—Los detuve en cuanto llegué. —Tenía la voz tan dura como sus puños apretados. Sabía que él no permitiría que volviera a suceder lo mismo.

Me volví hacia la joven penumbra y tiré suavemente del lugar donde su trenza estaba atrapada en un trozo de cuerda.

—Voy a quitarte la mordaza —susurré—. Necesito que no grites.

Ella asintió de nuevo.

Saqué un trapo y luego otro más. Era una completa exageración por parte de su captor, aunque suponía que ese era el punto. Collin había querido castigarla antes de matarla.

—¿Cómo te llamas? —pregunté.

La penumbra movió la mandíbula hacia arriba y hacia abajo con rigidez antes de responder.

—Alys. —La palabra brotó cruda y con esfuerzo.

—¿Y el de tu compañera? —pregunté tan suavemente como pude.

—Elinar.

—¿Por qué Elinar y tú atacaron a los mestizos? —Me volví a fijar en Collin, cuyos brazos cruzados sobre el pecho subían y bajaban con cada respiración pesada.

—Estaba hablando mal de ti —respondió Alys.

Abrí los ojos de par en par.

—¿De mí?

Ella asintió.

—Dijo que era estúpido creer cualquier cosa que dijera la Espada…, que no deberían confiar en alguien que se había pasado la vida matando a su propia gente. —Sus ojos cayeron al suelo.

Le puse un dedo suave debajo de la barbilla e hice que me mirara.

—¿Qué más dijo?

—Que los estabas llevando a todos a la muerte y que, si eran inteligentes, debían matarte mientras dormías.

Cortó a Collin con la mirada y escupió en su dirección. Tuve la tentación de sonreír ante su astucia, pero una ola de temor se me incrustó en el pecho con tanta fuerza que cada respiración me dejaba los pulmones en carne viva.

—¿Así que atacaste porque él iba a matarme?

El mismo ojo que me temblaba era el que ella tenía magullado. La habían herido por su devoción hacia mí y yo ni siquiera conocía su nombre. Mis manos eran puños de hierro, apretados con tanta fuerza que la piel de la palma se me abrió. No me importaba; no era nada comparado con las heridas de Alys o el destino de Elinar.

—Asumimos que debías estar en medio de algún plan para sacar a la Sombra de su escondite. Él estaba poniendo en peligro ese plan. Elinar…

Alys se interrumpió. Las lágrimas le cayeron por el rostro. Me acerqué a Nikolai porque sabía que tendría un pañuelo y él me pasó un pequeño cuadrado de seda sin decir una palabra.

Después de un momento, Alys retomó su historia.

—Elinar y yo estábamos en el bosque para bañarnos y recoger algunas hojas ardientes para un ungüento curativo. El grupo apareció en el sendero. Nos escondimos para vigilarlos, pero solo habíamos traído, entre ambas, dos armas. No era suficiente para desarmarlos.

Cerré los ojos, tratando de mantener el rostro neutral. Iba en contra del protocolo que las penumbras viajaran a cualquier lugar con tan poco para protegerlas, pero Alys era joven. No me sorprendería si se hubiera graduado con el último grupo de iniciadas. Con solo dos años de experiencia, no había visto lo suficiente del mundo como para desconfiar a cada paso.

Y ahora nunca tendría la oportunidad.

Me saqué una pequeña funda del bolsillo interior de la túnica. Dentro había siete dardos de vidrio llenos de un líquido rojo llameante. Uno de los compartimentos estaba vacío; correspondía a la poción de sueño que había usado en Aralinth. Saqué uno y apreté el pequeño frasco entre los dedos.

—Ahora estás a salvo —murmuré, apoyando el dardo contra el brazo de Alys, pero sin pincharla. Ella frunció el ceño. Abrió los ojos aún más y movió la vista de un lado a otro, entre mi mano y mi rostro. Le rocé la mejilla con el pulgar—. Shhh. Esto te ayudará a dormir. No te haré daño, no sentirás más dolor.

Era todo lo que podía ofrecerle.

Cuando se le calmó la respiración, volví a levantar la mano hacia su brazo.

—Está bien —susurró.

Le presioné el dardo contra la manga de la túnica hasta que le punzó la piel. En cuestión de segundos, su cuerpo se desplomó contra mi hombro. El dardo la mantendría inconsciente la mayor parte del día.

Pero no viviría tanto.

Bajé el cuerpo inconsciente de Alys al suelo, asegurándome de que nada le presionara demasiado las mejillas hinchadas o las costillas ensangrentadas. Le coloqué un mechón de pelo suelto que le cubría el rostro detrás de la oreja. A pesar de los moretones, parecía tranquila y aún más joven cuando dormía. Unas largas pestañas le enmarcaban los ojos tersos y le hacían cosquillas en las delicadas pecas de la nariz.

Todavía tenía apretado entre los dedos el pañuelo que había usado para secarse las lágrimas. Lo liberé y lo arrojé al fuego. Alguien detrás de mí jadeó, pero no tenía la paciencia necesaria para discutir con Nikolai por unas sedas finas. Había asuntos que tratar.

—¿Dónde está el cuerpo de Elinar? —le pregunté a Riven, poniéndome de pie, mientras él estudiaba con unos ojos oscuros a la penumbra inconsciente que yacía a mis pies. Pude ver los pensamientos que se arremolinaban detrás del ceño fruncido.

—La dejaron en el arroyo —contestó con un tono áspero en la voz. Tenía la mirada fija en el rostro de Alys.

—Envía a dos de tus mejores soldados para traerla. Si la tocan con algo que no sean las más suaves de las manos, les cortaré la garganta.

Me dirigió una mirada violeta por un breve instante antes de asentir con la cabeza en dirección a dos mestizos vestidos con capas verdes.

—Hagan lo que dice —instruyó.

Se movieron al instante, abriéndose paso entre la multitud hacia el arroyo que teníamos detrás.

—Yo de ti enviaría a los demás lejos —dije, con más calma de la que sentía.

—No voy a pelear contigo. —Riven tensó los hombros, pero desvió la mano hacia la espada.

—No quiero pelear, pero lo que tengo que decir no es algo que quieras que el grupo entero escuche.

Crucé los brazos. Si insistía en tener esta discusión frente a todos, entonces la tendríamos, pero prefería que personas como Collin nos dejaran en paz.

Los dos que Riven había enviado a buscar el cuerpo de Elinar regresaron y la pusieron junto al fuego, al lado de Alys. El rostro no tenía marcas, pero la túnica estaba empapada en sangre ámbar. La empuñadura de una pequeña hoja élfica le sobresalía del pecho. Al menos su muerte había sido rápida.

Algo en ella hizo que Riven empezara a actuar.

—Collin, tú y tu unidad continuarán hacia Cereliath. No se detengan en Caerth. Viajen ligero y rápido. Sabes dónde esperarnos. —El tono de voz era inflexible.

Collin abrió la boca para responder, pero la cerró tras un solo vistazo a los brazos cruzados y la mirada desafiante de Riven. Asintió y se marchó hacia las carretas.

—Tarvelle —llamó Riven al elfo alto que había apuñalado a Elinar—, tú llevarás al resto a Caerth. Espera dos días y comienza a enviar equipos a las rutas comerciales que atacaremos. Syrra puede informarte del plan mientras preparas los caballos.

Tarvelle aceptó sus órdenes con una ligera reverencia. Syrra ya lo estaba esperando junto a un grupo de yeguas, susurrando las ubicaciones en élfico.

Esperé en silencio a que los grupos se dispersaran. La lengua me ardía como las llamas que tenía al lado, esperando una oportunidad para desatarse. Finalmente, las únicas personas que quedaron fueron Riven, Syrra y Nikolai.

Saqué un pequeño cuchillo que mantenía enfundado en el cinturón de la cadera. Era más corto que la mayoría de mis armas, pero era una de las más afiladas. Sería una muerte indolora. Lo suficientemente rápida como para que la víctima no despertara de su sueño en tanto el acero le perforaba la carne.

Le entregué el cuchillo a Riven.

—¿Qué es esto? —preguntó, sosteniendo la hoja en la palma de su mano.

—Ella no puede seguir viva: sabe demasiado. La persona responsable de eso debería ser la que acabe con su vida.

Tenía la voz ronca. La llamarada de rabia me ardía a fuego lento en el estómago, dejándome solo humo en los pulmones. Me dolía la garganta y me picaban los ojos con cada palabra. Alys estaba muerta desde el momento en que Collin había abierto la boca.

—Mis elverin no atacaron a las penumbras. No asumiré la responsabilidad por el acto de defensa propia de Collin sin importar cuán desafortunadas sean las circunstancias. —Riven arrugó la nariz hasta su punta aguileña y formó una línea delgada con los labios.

—A Collin nunca lo habrían atacado si no se hubiera sentido con derecho a ignorar abiertamente tu mandato —repliqué—. Se suponía que los elverin debían esperar instrucciones en Aralinth, y se fueron, desafiando tus órdenes.

Riven envolvió los dedos alrededor de la pequeña empuñadura con tanta fuerza que pude ver las venas pulsándole en la mano. Miró a Nikolai y a Syrra, pero ninguno de los dos abrió la boca.

—Hablaré con él cuando lleguemos a Cereliath —ofreció Riven en voz baja.

—Collin es un idiota, pero esto no ha sido su culpa —dije. Él abrió la boca para protestar, pero lo corté—. Dejaste claro tu desdén por mí y por esta alianza ante todos los que te siguen. Y luego te fuiste de Aralinth sin darles ninguna seguridad de que pensabas que este plan funcionaría, sin ninguna pista de por qué aceptaste esta alianza en primer lugar. Tu única preocupación fue asegurarte de que yo y todos los demás supiéramos cuánto la despreciabas. Mensaje recibido.

Me volví hacia las llamas, esperando que el calor me reavivara algo de la rabia, pero no sucedió. Tenía la garganta seca y me dolía el pecho por intentar ignorar a las dos jóvenes penumbras que yacían a mis pies. Una muerta, la otra a punto de morir.

Todas las emociones me abandonaron. No era más que una cáscara vacía.

—Es de esperar que tengas dudas sobre mí —dije en voz baja—, sobre nuestro plan. Sé que ninguno de ustedes confía en mí, pero no tendremos éxito si cada centinela, cada mestizo altanero, siente que puede cuestionar tus órdenes. Sé inseguro en privado, no me importa, pero frente a ellos —Apunté hacia el camino por donde había desaparecido la caravana— tienes que ser firme. Inquebrantable. Tienes que liderarlos, Riven, o será el fin de mucho más que estas dos vidas.

—¿Esperas que la apuñale mientras duerme? —Riven se ahogó.

Me volví hacia él. La mano con la que sostenía el cuchillo le temblaba.

—¿Despertarla para que muera con miedo te traería consuelo? —No había malicia en mi voz. Sabía que nunca había consuelo en quitarle la vida a un inocente. Era hora de que Riven aprendiera lo mismo.

Syrra se acercó al fuego y desenvainó una de sus dagas.

—Yo puedo hacerlo. —Torció los labios en busca de la aprobación de Riven.

—No. —Levanté una mano frente a ella—. Pasarle la espada a otra persona no aliviará el dolor, solo lo incrementará —dije, cerrando la distancia entre nosotras. Le puse una mano en el hombro a Riven—. Llevarás su muerte en tu conciencia hasta tu último aliento sin importar qué pase. Lo mínimo que puedes hacer es asegurarte de que nadie más que tú lleve esa carga. Dale el honor de acechar solo a un alma y no a dos.

Riven se apoyó en mi mano y sus ojos violetas oscuros perforaron los míos. Las lágrimas se le acumularon en la comisura de uno de ellos, pero no se derramaron; en cambio, respiró hondo y parpadeó. Cuando abrió los ojos, estaban enfocados y resueltos.

—Avísame cuando esté hecho —le dije, dejándolo solo para que la matara.

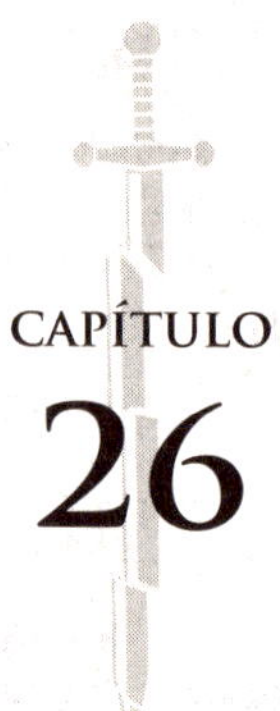

CAPÍTULO 26

RIVEN SALIÓ DEL BOSQUE veinte minutos después. La brisa le hizo ondear el largo cabello contra el rostro, pero no levantó una mano para apartarlo. Montó el caballo con los ojos desenfocados, la espalda tiesa y las extremidades rígidas.

Nikolai y Syrra, también en sus monturas, lo siguieron. Los ojos de Nikolai bajaron por la espalda de Riven y su sonrisa habitual desapareció mientras se mordía el labio inferior con preocupación. No dije nada cuando pasó a mi lado.

—Los veré en el refugio —le dije a Syrra, quien detuvo su caballo.

Me examinó con unos ojos oscuros durante un instante eterno.

—Solo alguien que ha llevado esa carga muchas veces reconocería que era una lección que necesitaba aprender. —Apenas movió los labios al hablar y apartó los ojos de mi rostro para enfocarse en Riven y Nikolai, que se habían convertido en hormigas al alejarse por el sendero—. Te esperaremos en el refugio. No tardes demasiado.

Chasqueó la lengua una vez y se alejó con su caballo, dejándome a solas con las penumbras.

Cada paso de regreso a la hoguera fue una lucha. Mis botas parecían hechas de hierro, casi demasiado pesadas para caminar. Cuando llegué hasta ellas, tenía la respiración entrecortada. La hoja que le había dado a Riven le sobresalía del pecho a Alys y coincidía con el cuchillo que había acabado con la vida de su compañera. El rostro de Elinar estaba intacto, como si ella también hubiera estado durmiendo. Tenía el cabello negro recogido detrás de las puntas afiladas de las orejas y le caía en una espiral suelta a su lado. Donde terminaba su pelo, comenzaba la trenza rubia de Alys, que ascendía hasta su rostro suave.

Estaban unidas en la muerte, como lo habían estado en vida.

¿Habían sido amigas a pesar de todo lo que predicaba la Orden? Los sollozos de Alys por su compañera me resonaron en los oídos y la garganta se me secó como si yo también hubiera llorado. Los recuerdos que había pasado tanto tiempo tratando de olvidar me arañaron el pecho hasta que me picaron los ojos. Mi cuerpo era un caparazón en el que solo había pérdida. Era todo lo que conocía, todo lo que causaba.

Tal vez había sido un acto piadoso terminar con la vida de Alys en lugar de obligarla a vivir en el mundo sin Elinar a su lado. Amigas o no, solo se tenían la una a la otra. Eran todo lo que conocían. La vida después de una pérdida como esa no le habría parecido una vida en absoluto.

Construí una sola pira lo suficientemente grande como para acostar a las chicas una al lado de la otra. Recogí a Elinar primero, sintiendo el peso de su cuerpo ligero y débil en las manos. No me había dado cuenta de lo baja que era hasta entonces, de lo frágil que era. Alys fue la siguiente.

Les arreglé las trenzas de nuevo en el remolino entrelazado y les junté las manos. Tenían los cuchillos aún enterrados en los pechos, pero no los quité. Si había alguna posibilidad de venganza después de la muerte, quería que estuvieran armadas. Las penumbras sabían que sus vidas terminarían de forma violenta, así que era un honor saber que la muerte había venido tras un golpe contundente en lugar de la suma de mil rasguños.

Tarareé una melodía triste cuya letra no me sabía. Era de tonos bajos y suaves como el murmullo de la lluvia nocturna. Me detuve a la mitad, sin saber cómo terminaba la canción, y encendí un trozo de madera en lugar de una antorcha. Prendí la pira en cinco lugares, tal como había visto a Hildegard hacer por las penumbras caídas cuyos cuerpos regresaban a la Orden. Luego me puse de pie, mirando las llamas, y no me moví hasta que sus cuerpos se convirtieron en cenizas.

Cualquier fuerza que hubiera tenido se despedazó cuando vi a esas chicas arder. Había dejado Koratha en busca de la Sombra para salvar a las iniciadas de una muerte anticipada y me había aliado con Riven para salvar a todos los mestizos, pero ni siquiera había pasado un día completo en el reino y ya habían muerto dos penumbras. ¿Cuántos mestizos más morirían antes de que matáramos al rey? ¿De cuánta más sangre me empaparía las manos?

En el humo de la pira vi los rostros ensombrecidos de todas las vidas que había tomado. La mayoría eran mestizos inocentes que gritaban sus nombres, los cuales llevaba grabados en la piel. Las cientos de muertes que se repetían en mi cabeza me quemaron la carne.

Las súplicas de misericordia me resonaron en el cráneo: los lamentos de los padres al saber que sus hijos habían sido raptados o, peor aún, que también habían terminado encontrándose con mi espada. Todas las muertes que el rey había ordenado, todas las vidas que me habían obligado a tomar en su nombre.

Caí de rodillas. La ceniza tibia me cubrió los pantalones mientras gritaba. Quería jurarle al bosque, a cualquier criatura que se escondiera entre los árboles, que nunca volvería a matar. Pero no pude. Eso era todo lo que me habían entrenado para hacer. Mis días de quitar vidas en nombre del rey habían terminado. Pero mis días de matar no.

Los hombros se me descolgaron bajo el peso de esa verdad y pateé la tierra con mis botas al tiempo que caminaba hacia el caballo y me desplomaba sobre la silla de montar. Solo pude dar un golpe suave con el estribo, pero la yegua arrancó al trote de regreso a Caerth sin necesidad de riendas.

Llegué a las afueras de la ciudad justo cuando los soles comenzaban a ponerse. No giré por la estrecha calle que conducía al refugio donde Riven y los demás me estaban esperando, sino que me mantuve en la vía principal en busca de una taberna.

Entré tambaleándome al primer edificio que me olió a cerveza barata y vino derramado. Cuando me acerqué a una mesa y esperé a que la camarera viniera a buscarme, sentí el suelo pegajoso. Una joven de cabello negro rizado y mejillas sonrosadas se materializó a mi lado. La falda me rozó la pierna y le dejé en el delantal una marca de ceniza. Seguramente había tenido manchas peores sobre la ropa.

—Dame tu bebida más fuerte. —Dejé caer una pequeña bolsa de monedas de plata sobre la mesa—. Y no dejes de servírmela.

Ella se quedó mirando las monedas por un momento antes de llevárselas. Luego reapareció con una cerveza tan oscura que parecía que la noche se había convertido en bebida. Sostuve el frasco de *winvra* en la mano e imaginé que probaba el dulce líquido y que salía por la puerta, pero mis piernas ya no podían soportar el peso del dolor. Necesitaban descansar. Necesitaban el olvido.

Agarré el vaso y lo vacié de un trago.

Me desperté en una cama. Una dura, pero mejor que el suelo pegajoso de la taberna en el que recordaba haberme desplomado. La habitación era oscura y pequeña. Sentí el peso de las mantas y el tirón conocido de la túnica sobre las cicatrices. No tenía puestas las botas, pero los calcetines largos todavía me cubrían los pies.

Levanté la cabeza. El cráneo se me partió de dolor. Alguien encendió una lámpara de aceite al otro lado de la habitación. Bloqueé la luz con la mano y al entrecerrar los ojos vi la silueta de una persona. Quería preguntar quién estaba allí, pero un fuerte eructo bramó desde mi estómago.

—Hay un balde a tu lado.

Syrra.

Arrastré el cuerpo sobre el borde de la cama y vomité en el balde, que ya estaba parcialmente lleno.

—¿Qué sucedió? —Tenía tantas náuseas que no me importaba no poder recordar.

—Te bebiste la mitad de la cerveza de Caerth. —Syrra cruzó las piernas.

Me sentía como si me hubiera bebido la mitad de la cerveza de Elverath. Me limpié la boca.

—¿Estamos en el refugio?

Las cortinas estaban corridas y no percibí la luz de los soles detrás de ellas. Podríamos estar en cualquier parte de la ciudad.

—No —respondió Syrra.

Me froté las sienes.

—¿Por qué no?

—Pensé que no querrías que Riven te viera en este estado. O Nikolai.

Abrí la boca para responder, pero no salió ni una palabra. ¿Qué razones tenía Syrra para ser amable conmigo? Yo, sin duda, había hecho poco por ganarme su favor.

Vomité de nuevo. Syrra me pasó una toalla húmeda.

—¿Por qué? —Solo tenía fuerzas para oraciones cortas.

Ella se levantó de la silla y miró la pequeña llama de la lámpara de aceite. Estuve a punto de vomitar de nuevo antes de que hablara.

—Conozco el dolor que sientes —dijo, sin dejar de mirar la luz.

Me pasé el paño por los labios una vez más.

—No lo conoces.

—¿No? —se burló—. He vivido durante milenios, *ikwenira*. Desde mucho antes de que tu rey llegara a estas costas, antes de que la magia comenzara a desvanecerse del suelo, cuando mi pueblo era libre y estaba en paz. La gente se pasaba los días entrenando, riendo y amándose bajo los soles. —A Syrra se le cortó un poco la voz y tosió—. Vi cómo todo se desvanecía. Vi morir a mi gente. Vi a mi familia morir luchando contra el rey al que sirves, sabiendo que yo era demasiado débil como para detenerlo. Cargué esa culpa conmigo durante mucho tiempo y también la ahogué con más que bebida. Con cualquier cosa que me librara de ese dolor y me salvara de los recuerdos, de las decisiones que tomé y que no pude enmendar. —Syrra me sirvió un vaso de agua de la cómoda y lo empujó hacia mí—. No pretendo conocer los detalles de tu dolor, pero conozco su peso. No te juzgaré por cómo aligeras la carga.

Sus ojos oscuros me observaron fijamente. No había amabilidad en ellos, nada del calor que los iluminaba cuando miraba a Riven o Nikolai, pero tampoco me estaba condenando.

Relajé la tensión de los hombros y me apoyé en la cabecera.

—¿Qué pasa si el dolor es demasiado? ¿Qué pasa si me aplasta? —susurré. Eran preguntas que solo me había hecho a mí misma.

—No lo hará —dijo simplemente.

Levanté una ceja ante la certeza en su tono.

—Si el dolor hubiera sido insoportable, ya le habrías puesto fin.

Sus ojos me atravesaron y me pregunté si había vislumbrado lo que llevaba debajo de la ropa. Me subí el cobertor hasta más arriba del pecho.

Sus palabras hicieron que me picaran los ojos. Le devolví la verdad con un parpadeo.

—No me merezco ese tipo de alivio.

—El peso que llevas no es tu castigo, Keera. Es tu corazón. Un día dejará de sangrar —afirmó, y se agarró la camisa sobre el pecho con un puño, justo encima de su propio corazón remendado.

—Ya no tengo corazón —contesté en voz baja—. Se convirtió en piedra el día que pasé mis Pruebas.

—Lo que he visto hoy —dijo Syrra— fue a una persona que se preocupa, que se preocupa mucho. Puede que sientas dolor, pero todavía tienes un propósito.

Hice una mueca.

—¿Ser la Espada?

—Ser lo que sea que necesites ser para cumplir la misión. —Ella lo hacía sonar muy simple.

Apoyé la cabeza contra la pared y miré las vigas oscuras hasta que las vetas comenzaron a arremolinarse.

—Estoy demasiado rota como para cumplir la misión.

La cabeza me colgaba de los hombros. Cerré los ojos muy fuerte. Sentía las cicatrices afiladas, no como el cuchillo que las había tallado, sino como los bordes dentados de unos vidrios rotos. Estaba hecha de pedazos, de bordes afilados que me desgarraban con cada movimiento que hacía. Con cada respiración.

—Una espada rota puede volver a forjarse. —La voz de Syrra era contundente y por primera vez pude escuchar todos los años que había vivido detrás de sus palabras.

—¿Cómo? —pregunté. La voz se me quebró de nuevo, ansiosa por una respuesta.

A Syrra le temblaron los labios. Me ofreció una mano para ayudarme a salir de la cama.

—Convertirte en la asesina del rey es un buen punto de partida.

CAPÍTULO

27

EL AIRE DE LA MAÑANA ERA FRESCO y se impregnaba del aroma de la tierra húmeda cuando las primeras hojas caídas comenzaban a descomponerse. Incluso en su punto más alto, los soles ya no me calentaban la espalda hasta el punto de abrasarme. La mayor parte del día mantenía la capa bien envuelta alrededor del cuello para obstaculizar la fría brisa que se había convertido en una compañera constante por el camino.

El otoño se acercaba con rapidez. Faltaban poco más de dos semanas para el equinoccio, cuando comenzarían las celebraciones de la Cosecha. Silstra marcaría el día enviando barcazas llenas de granos y verduras —el sustento de Elverath para el invierno— por las Tres Hermanas, de modo que tendríamos que volar la presa para entonces si queríamos que nuestro plan tuviera éxito. Ese era un hecho que el grupo no ignoraba. Pasábamos la mayoría de los días avanzando a un ritmo constante por el camino. La conversación era escasa y siempre entre ellos tres.

Nikolai disfrutaba de mi compañía, aunque solo fuera porque yo era alguien distinto a las dos personas con las que parecía haber pasado toda su vida. El equivalente a vidas enteras, según lo que sabía.

Al quinto día llegamos a una villa tan pequeña que no tenía nombre. No había mucho allí además de una vasta granja donde trabajaban la mayoría de los hombres y mestizos del pueblo. Las casas dispersas estaban desgastadas: faltaban tejas en los techos y las ventanas eran poco más que paneles de vidrio agrietados, cosa que poco importaba, pues estaban cubiertas de un polvo tan denso que habían dejado de servir para observar al exterior hacía mucho tiempo.

Riven y yo dejamos a los demás para que montaran el campamento mientras reabastecíamos los sacos con suficiente comida para el resto de nuestro viaje a Cereliath. Insistí en acercarnos al pueblecito porque quería visitar un pequeño refugio que Victoria había montado allí unos años antes. Riven insistió en venir a vigilarme.

Caminamos en silencio desde el pequeño bosque de árboles donde Syrra y Nikolai prepararían el campamento. Era una larga caminata hasta la villa, pero los caballos necesitaban descansar más que nosotros. Riven me acechaba, siguiendo mi ritmo lento e intencional. Podía sentir como se molestaba más con cada paso que daba. Sonreí. Si él tenía la intención de hacer que mi viaje fuera insoportable, ambos podíamos jugar ese juego.

No tardamos mucho en encontrar el mercado, una colección de carretas de comerciantes que bordeaban la única calle. Compré verduras que ya estaban blandas y Riven regateó con un carnicero por falta de mercancía. Fingí distraerme con una carreta de joyería mientras discutían.

Otra de los comerciantes le dijo a Riven que en la taberna había carnes curadas y que estarían dispuestos a venderlas por el precio justo. Él le dio a la mujer de mediana edad un escueto asentimiento desde debajo de la capucha y se marchó hacia la puerta de la taberna.

Aproveché la oportunidad y hui hacia donde Victoria me había dicho que estaba el refugio.

No era gran cosa. De hecho, si no hubiera sabido que estaba allí, podría haberlo ignorado por completo. La cabaña se apoyaba contra la construcción de al lado; un montón de desechos de madera y sábanas manchadas formaban el techo. Durante los meses de verano había sido suficiente para proteger a los visitantes de los soles, pero no bastaría para mantener el calor en invierno.

La rosa grabada en el camino de piedra estaba gastada y tan deteriorada que nadie externo a nuestro servicio clandestino la reconocería como un refugio. Probablemente era mejor así. Entré a través de un hueco en la pared, que supuse que alguna vez tuvo una puerta. No había piso, solo tierra apelmazada y una pequeña estufa en la esquina, rodeada por cuatro sillas.

No había camas. No había alimentos.

Alguien estaba sentado en una de las sillas con los dedos de los pies apuntando hacia la llama del horno. Las orejas largas y curvas le sobresalían del cabello blanco, tan fino que podía verle la carne rosada del cuero cabelludo. Estiró el cuello cuando atravesé la puerta. Tenía los ojos cansados, enmarcados por arrugas tan profundas que parecían cicatrices. Quizá lo eran.

—Hola —dije con cautela, sin saber si podía oírme—. Estoy buscando al encargado de esta casa.

La mestiza no dijo nada. Asintió despacio sin levantar la cabeza y alcanzó el bastón que estaba apoyado junto a la silla. Por un momento pensé que trataría de ponerse de pie y que las piernas se le doblarían bajo el peso, pero todo lo que hizo fue sacudirlo.

Una campana atada a la parte inferior del palo sonó suave, pero clara, entre el polvo y el vacío de la villa.

Alguien salió de detrás de la cabaña, con el pelo rojo recogido detrás de la cabeza. Era más joven, posiblemente incluso mortal, y tenía la piel pálida enrojecida a lo largo del puente de la nariz, como la de los mortales blancos que se quemaban después de pasar demasiado tiempo bajo los soles.

—¿Wrae? ¿Qué es…? —Se detuvo al verme en la habitación—. ¿Puedo ayudarte? —preguntó, erguida. Dirigió la mirada a la puerta detrás de mí.

—Estoy buscando al encargado de esta casa —repetí.

—La has encontrado —respondió ella despacio, levantando más la canasta de sábanas limpias contra la cadera.

Sonreí y le mostré el colgante de rosa que guardaba escondido debajo de la túnica. Se relajó al instante.

—Ah, bien —susurró, aliviada—. Por un minuto pensé que eras una de esas penumbras.

—¿Han estado aquí? —pregunté.

—Sí —dijo—, aunque solo de paso. No creo que estuvieran buscando mestizos.

Gerarda habría tomado este camino de regreso a la capital.

Traté de mantener un tono desenfadado.

—¿Hace cuánto tiempo fue eso?

—Seis días, creo. —Ubicó la cesta sobre la silla y comenzó a doblar las telas—. No hicieron mucho. Pasaron una noche en la posada y comieron algo antes de regresar a la ciudad.

—¿Cereliath?

—Sí —respondió ella.

—¿Cuántas? —pregunté, aunque ya sabía la respuesta.

—Cuatro.

Asentí. Gerarda debía haber estado en la posada esperando a que las penumbras reabastecieran sus provisiones.

Volví a mirar a la mestiza, Wrae. Estaba dormida en la silla y la cabeza se le balanceaba contra el pecho mientras resollaba.

—¿Tienes a otros que cuidar? —pregunté.

—Por el momento, no —me dijo—. Por lo general, invierto los fondos en llevarlos a un lugar más grande, a Cereliath o incluso a Silstra. Es más fácil esconderse entre las multitudes.

—¿Y qué hay de ella? —pregunté, señalando con la cabeza hacia donde dormía Wrae.

La mujer sonrió.

—Ella le pertenece por contrato al agricultor que está por el camino, pero es demasiado vieja como para serle útil. A él no le importa que esté aquí. Se quita la responsabilidad de encima y yo puedo asegurarme de que a nadie se le ocurra alguna… idea sobre qué hacer con ella —añadió con pesimismo.

A muchos mestizos los eliminaban cuando sus dueños decidían que costaban más de lo que valían. A algunos los exiliaban de sus casas y a otros los encontraban con un cuchillo clavado en el costado.

Me ofreció la mano como saludo.

—Me llamo Emeline, por cierto.

Le estreché la mano, pero no le ofrecí mi nombre.

—No recibo muchas visitas —dijo, y volvió a ponerse a doblar ropa—, aunque tampoco tengo a muchos que necesiten mi ayuda, así que eso es de esperar.

Saqué una pequeña bolsa de oro, que era todo lo que me quedaba y menos de lo que solía dar. Necesitaba reabastecer mis arcas cuando llegáramos a Cereliath.

—Puede que vayas a recibir más —le dije y le arrojé la bolsa en la cesta de ropa. Ella la escondió entre las capas de sábanas dobladas—. Estamos tratando de trasladar a tantos mestizos como podamos al oeste, así que, si llegan más, trata de llevarlos a Caerth.

—¿Caerth? —susurró—. No es mucho más grande que esto. Serán difíciles de ocultar.

—No se quedarán.

Emeline abrió sus ojos azules de par en par cuando se dio cuenta de lo que quería decir. La mayoría de los mortales nunca había viajado fuera de su ciudad de nacimiento, y mucho menos a las tierras de los fae oscuros.

—¿Estarán a salvo? —preguntó en un susurro de miedo.

—Más seguros de lo que están a cargo del rey.

Wrae se despertó con un sobresalto. El bastón se desplomó con el movimiento de la silla y cayó al suelo con un fuerte sonido de la campana.

—Con esto me despido —le dije—. Prepárate.

Salí de la pequeña cabaña y volví a la calle. No había caminado ni dos pasos cuando Riven apareció por un callejón y me agarró del brazo.

—¿Qué estás haciendo? —me susurró con tanta severidad en el oído que pude sentir el calor de su voz en lugar de solo escucharla.

—Tratando de recordar por qué aún no te he apuñalado —respondí.

Me enroscó firmemente los dedos alrededor del brazo, con tanta fuerza que los sentí hasta en el hueso. Le gruñí; él dio un paso atrás, sorprendido, y dejó caer la mano. Rara vez mostraba los colmillos. Aquellas en la Orden que los teníamos habíamos sido entrenadas para mantenerlos ocultos, pues eran un signo de impureza.

—No voy a permitir que te escabullas para hablar con extraños sin darme ninguna explicación —me espetó, mostrando sus propios caninos puntiagudos. Por fortuna, estábamos fuera de la vista de cualquiera de los aldeanos.

Me burlé.

—¿Qué ha pasado con eso de «saber solo lo necesario»?

—Necesito saber que no nos acabas de traicionar. —Su voz era un gruñido bajo.

Sacudí la cabeza y lo empujé para quitármelo de enfrente. Sabía que no montaría una escena en medio de la villa, así que esta conversación podía esperar hasta que estuviéramos de vuelta en el camino. Sentí que sus ojos me taladraban la parte posterior del cráneo mientras caminábamos a paso firme por el pueblo sin decir una palabra más.

Tan pronto como estuvimos fuera de la vista de las casuchas, saltó frente a mí y me bloqueó el camino.

—¿Quién era esa mujer? —preguntó con la voz llena de veneno.

Levanté una ceja.

—¿La viste?

—Sí. —Sus ojos violetas me trazaron el rostro. Estaba tan cerca que podía sentir la suave ráfaga de aire cada vez que exhalaba—. También vi que le diste algo. ¿Un mensaje para el rey?

—¿Qué tengo que hacer para que me creas? —resoplé, tirándome del pelo con las manos—. Quiero al rey muerto. Incluso más que ustedes.

¿Cómo podía dudar de eso ahora? ¿Después de lo que había sucedido en Caerth? Esas penumbras habían muerto por nada. La culpa me pinchaba como espinas, provocándome rasguños que se infectaban y rezumaban cada vez que ahogaba la sensación. Ya no podía más. Había dejado que demasiadas esquirlas me desgarraran la piel. No soportaba más el peso; necesitaba cuidarme las heridas para que mi cuerpo dejara de pudrirse de adentro hacia afuera.

Riven se dio la vuelta, listo para huir ahora que la tensión entre nosotros era demasiado intensa. Se trataba de un truco que había usado muchas veces como la Sombra, pero yo ya le había quitado esa capucha. Sus días de huir de mí habían terminado. Le agarré el brazo.

—No —dije, tirándolo de la muñeca hacia el suelo—. No seguiré corriendo en círculos, aguantando tus burlas y comentarios sarcásticos. Estamos solos. No está Nikolai aquí para calmarte ni Syrra para interceder por ti. ¿Qué te molesta más? ¿Que te haya ganado o que me necesitas?

Le brillaron los ojos violetas al dar un paso hacia mí.

—No me importa que me hayas vencido —dijo, sombrío y lento, como si me estuviera atrayendo a una trampa—. Lo que no me gusta es que, después de años de servirle al rey, años de cumplir sus órdenes sin remordimientos y sin culpa por las personas a las que heriste, simplemente hayas decidido que tuviste suficiente, que te quites esa capa oscura tuya y cambies de bando. ¿Se supone que eso debe impresionarme? ¿Se supone que debo agradecerte tu ayuda? ¿Qué va a pasar cuando todo esto termine? ¿Responderás por tus crímenes?

Sentía su aliento caliente en la mejilla y el latido rápido de su corazón en el pecho, contra el mío.

—¿Es eso lo que piensas? —estallé, negándome a dar un paso atrás—. ¿Que he sido feliz sirviendo al rey todo este tiempo? ¿Crees que disfruto de mi vida, sabiendo que se paga con sangre? ¡Con sangre de mestizos! Sangre de mi gente.

Riven se mordió el labio inferior; las puntas de sus colmillos amenazaron con sacarle sangre. Tenía las mejillas afiladas tan cerca de mí que pensé que podrían cortarme, pero no retrocedí ante el odio en sus ojos.

—¿Quieres saber quién es esa mujer? —le pregunté con demasiada ira como para esperar una respuesta—. Dirige un refugio aquí, ayudando a ocultar a los mestizos del rey y de las penumbras. Vine a verla porque financio su trabajo.

Riven me recorrió el rostro con la mirada, como si tratara de leer la verdad en mis palabras.

—¿Conoces el Camino de la Rosa? —susurró, incrédulo.

¿Entonces sabía de los refugios? No pude evitar la sonrisa engreída que me tiraba de las comisuras de los labios.

—¿Que si lo conozco? —Sacudí la cabeza, sin romper el contacto visual mientras me sacaba el colgante de bronce que me colgaba del cuello—. Yo lo fundé.

Riven me estudió el rostro, enfocándose unos segundos de más en mi labio inferior. Por un momento, recordé nuestro segundo duelo. Tenía el cuerpo clavado a la pared contra el suyo, clavado a la certeza de estar a instantes de la muerte, pero al final sentí el roce de sus labios sobre los míos. La respiración se me detuvo por la anticipación. ¿Lo haría de nuevo? ¿Se lo permitiría?

Después de un largo momento, dio un paso atrás con la mirada en el suelo.

—No lo sabía —dijo en voz baja.

—No preguntaste. —Escondí de nuevo el colgante dentro de la camisa.

Me miró con los labios fruncidos.

—Tienes razón.

Se dio la vuelta y comenzó a caminar de nuevo por el camino.

—Y para que conste... —dije, sin saber por qué sentía la necesidad de justificarme aún más, por qué me importaba tanto su opinión sobre mí. Riven no se dio la vuelta, pero se detuvo, esperando a que yo hablara—. Nunca he tomado una vida que no tuviera que tomar. Si la Corona cae y quieres llevarme a juicio por las vidas que sí he quitado, no te detendré. A cada persona a la que no pude salvar la llevo conmigo. No necesitas decirme que tendré que responder por ellas algún día. Eso ya lo sé.

Le adelanté con brusquedad, sin ganas de hablar más sobre el odio que me tenía. El que yo sentía hacia mí misma era suficiente para los dos.

CAPÍTULO 28

Riven siguió detrás de mí el resto del camino. No reduje mi ritmo ni me di la vuelta para ver qué tan atrás iba con su capa. El sendero desgastado desde la villa comenzó a desviarse hacia el Camino del Rey que conducía a Cereliath. Me salí de él y pisé la suave hierba del claro. Un delicado viento me atravesó el cabello, arremolinándose a lo largo de los bordes de la capa. Inhalé los tenues aromas a *winvra* y trigo que llevaba consigo.

Los soles habían pasado el punto medio del cielo y el atardecer pronto estaría sobre nosotros. El estómago me gruñó con fuerza. Entré en la pequeña arboleda donde Nikolai y Syrra nos estaban esperando. El bosque era verde, hermoso, pero me parecía insuficiente después de mi tiempo en las Tierras de Fae. Extrañé las hojas metálicas y las combinaciones inusuales de colores entre los matorrales.

Me topé con el campamento a medio hacer. Una pila de madera yacía en medio de un pequeño claro y nuestro equipaje estaba desperdigado en su círculo habitual alrededor de la hoguera, pero Nikolai y Syrra no estaban por ninguna parte.

Fue cuando me incliné ante mi bolsa en busca de algo para comer cuando lo noté. Tres de nuestros caballos estaban atados a los árboles, pero las riendas del cuarto colgaban sueltas. Uno de los cuchillos circulares de Syrra yacía al lado de su casco.

Ella jamás dejaría un arma de forma tan descuidada.

Se los habían llevado.

Me puse la capa sobre los hombros y me agaché hasta el suelo. Cerré los ojos, escuchando tan atentamente como pude. Oí el ritmo constante de los latidos del corazón de Riven, que aún cruzaba el claro. Hacia el oeste, escuché agua corriente. Un manantial, a juzgar por el aroma frío y fresco en el aire. Hacia el este, un leve murmullo.

Abrí los ojos y me dirigí hacia allí, deteniéndome a cada pocos pasos para identificar voces y latidos. Los sonidos se hicieron más fuertes mientras avanzaba en zigzag a través de los troncos de los árboles, como un gato salvaje acechando a su presa. Noté huellas en un charco de tierra húmeda. Estaban frescas y resbaladizas, pero las habían repasado una y otra vez. Eran al menos diez captores.

Me arrastré por la base de una pequeña cresta. Había una gran piedra entre los árboles, escondida detrás de un espeso arbusto. Apoyé la espalda contra la roca y escuché.

—¡Un mestizo... y una elfa! —gritó una voz ronca—. Nadie en la capital lo creerá. Imaginaos las cenas que podremos comprar con esa criatura.

Varias voces estallaron en un coro de risas. Probé la fuerza de una raíz que envolvía la piedra y no se rompió, así que, con un solo movimiento, me levanté sobre la roca para mirar por encima del borde hacia la escena que se desarrollaba abajo. Había más de una docena de hombres —algunos fornidos y altos, otros bajos y delgados— de pie alrededor de una hoguera. En el extremo de su campamento había un carruaje marrón. La muralla exterior de Koratha estaba pintada en las puertas, con seis cuerpos en miniatura colgando de la piedra.

Eran traficantes.

Nikolai y Syrra estaban atados con cuerdas cerca del carruaje. Él retorcía el cuerpo, luchando contra las sogas que le mantenían las manos atadas a la espalda. Syrra también estaba atada, pero su cuerpo yacía desplomado junto a él. El temor me recorrió como una espada. La observé para ver si se movía, pero estaba perfectamente quieta.

Me moví por instinto, sacándome las espadas gemelas de detrás de la espalda. Salté de la roca y derribé al primer hombre antes de que pudiera mirar hacia arriba.

Me quedé de pie sobre sus hombros mientras sangraba. Conté catorce más.

Pisé el suelo cuando el cuerpo se desplomó. Un segundo hombre se dio la vuelta, recibiendo mi espada con la garganta.

Que sean trece.

Riven apareció a mi lado y atacó a un hombre grande que se encontraba de pie junto al fuego. Gruñó al correr, revelando nuestra posición, pero no importaba: yo ya había matado a un tercero. Si eran traficantes, no eran muy buenos. La mayoría ni siquiera estaban debidamente armados.

¿Cómo habían capturado a Syrra? A Nikolai era entendible, pero la guerrera élfica debía estar incapacitada o algo peor. Miré hacia donde ambos estaban atados. Él se encontraba consciente, y trataba de gritar a través de la mordaza, pero el cuerpo inerte de Syrra estaba desplomado contra él. Vi un dardo rojo que le sobresalía del cuello y el alivio me inundó el cuerpo.

Una poción de sueño.

Estos traficantes estaban mejor equipados de lo que parecían.

—Ya era hora —grité cuando el hombre corpulento cayó con un agujero en el vientre. Él y Riven habían intercambiado varios golpes antes de que mi aliado lograra un corte.

—No querría eclipsarte —replicó. Estaba rodeando a dos hombres que blandían unas hachas dobles contra su espada.

Sonreí, enfundándome las espadas en la espalda. Un hombre bajito de piel desgastada me atacó. Me impulsé y di un salto mortal sobre su cabeza.

Arrojé dos cuchillos a las gargantas de un par de jinetes aún montados en sus corceles. Cayeron antes de que yo aterrizara en el suelo.

Le lancé una patada al hombre que se me había abalanzado. Él tropezó, yo agarré mi daga y se la hundí en el corazón antes de que golpeara la tierra. La sangre le brotó de la garganta mientras exhalaba una última tos.

Quedaban nueve.

Corrí hacia los cuatro hombres que estaban junto a Nikolai y Syrra. Se quedaron de pie, sosteniendo espadas oxidadas y esperando que yo hiciera un movimiento. Uno temblaba tanto que parecía que su hoja estaba hecha de lino en lugar de acero.

—¿Asustado? —me burlé, enfundando una daga y sacando una espada. La hoja brilló a la luz de los soles.

Los cuatro hombres corrieron hacia mí a la vez. Esquivé al primero, agarrándole la capucha de la capa, y lo golpeé contra el hombre que lo seguía. Cayeron uno encima del otro y los atravesé con la espada de un solo golpe.

Nikolai yacía allí, amordazado e inmóvil. Se fijó en algo que estaba detrás de mí.

Sonreí mientras giraba la espada y se la enterraba en el pecho al hombre a mis espaldas. Ni siquiera me di la vuelta. Un pequeño recordatorio para Nikolai de lo que realmente podía hacer. Sus ojos abiertos de par en par se encontraron con los míos. Le dediqué un guiño rápido.

El cuarto hombre se había detenido, sosteniendo la espada detrás de la cabeza. Me la lanzó; el arma dio vueltas en el aire.

Si Syrra y Nikolai no hubieran estado atados detrás de mí, simplemente la habría esquivado, pero necesitaba asegurarme de que aterrizara lejos de ellos.

Dejé caer mi arma y salté. Me elevé sobre el camino de la hoja, siguiéndola desde arriba y agarrando la empuñadura cuando se elevó para encontrarse con mi mano. Con un agarre a dos manos, aterricé en cuclillas y se la lancé de vuelta. Le golpeó el pecho con tal fuerza que quedó atrapado contra el carruaje, a unos dos metros de donde estaba antes.

Capté un destello de movimiento a la izquierda. Riven había eliminado a sus dos oponentes. Solo quedaba un hombre en pie. Sostenía una hoja en la mano, pero la tenía a un costado. Levantó la otra mano hacia Riven en son de paz.

Nikolai gruñó a través de la mordaza, moviendo las piernas hacia adelante y hacia atrás sobre la tierra. Riven corrió hacia él y le sacó la mordaza de la boca.

Alcancé mi daga mientras observaba al último hombre, asegurándome de que no se moviera. Él dejó caer la espada.

Levantó los brazos por encima de la cabeza.

—No quiero matar a nadie.

—Es verdad, Keera —dijo Nikolai al tiempo que Riven le desataba las manos y piernas—. Discutió con el alto de allí. —Hizo un gesto hacia el hombre corpulento que Riven había derribado—. Solo quería nuestro dinero. Se enfrentó a los demás cuando nos atacaron.

—No les deseo ningún daño —agregó el hombre—. Solo tengo hambre.

Los ojos azules reflejaban súplica, pero luego cayeron en mi cuello. En el broche de la espada de plata que me identificaba. El rostro del hombre se tiñó de comprensión. Bajó un poco los brazos.

Miré a Nikolai y Syrra. Los rostros de ambos habían sido descubiertos al ser atados. Me volví hacia Riven, que había perdido la capucha durante la pelea. El hombre nos había visto a todos.

La sangre se me enfrió y el cuerpo se me puso rígido. Respiré hondo y traté de concentrarme en la misión, en las vidas que salvaríamos.

No cambiaba el hecho de que su vida era otra vida que tendría que tomar.

—¿Cuál es tu nombre? —le pregunté al hombre, caminando hacia él.

El alivio le inundó el rostro y bajó los brazos. Me tendió una mano para que se la estrechara.

—Gareth —respondió.

Le di la mano, fijándome una última vez en su aspecto. Tenía ojos azules y una cicatriz dentada en la mejilla. Le pasé la daga por la garganta.

—Tenemos que irnos. Ahora —les ordené a los tres que estaban detrás de mí.

Me negué a darme la vuelta para ver su horror; simplemente caminé de vuelta hacia nuestro campamento a medias. Nikolai subió a Syrra en la silla de montar con él mientras Riven dirigía el corcel de ella. No me di la vuelta hasta que nos detuvimos para acampar, mucho después de que las lunas se elevaran sobre nuestras cabezas. La sangre de Gareth que teñía mis dedos brillaba bajo su luz.

CAPÍTULO 29

DEJÉ QUE LOS DEMÁS MONTARAN el campamento mientras yo buscaba un arroyo para lavarme la sangre de las manos. Me tallé el nombre de Gareth en la piel de las costillas. Su vida completaba la cresta de una de las olas que me enmarcaban el pecho. Encontré un trozo de lino en mi alforja para vendarme el corte, a pesar de que ya había dejado de sangrar.

Me quedé un rato en el borde del arroyo, escuchando cómo el agua se llevaba la sangre río abajo. No tenía prisa por regresar al campamento. Habían visto la verdadera naturaleza de la Espada, mi verdadera naturaleza, así que sabía que cualquier progreso que hubiera logrado con Riven se había desvanecido como la vida de Gareth. Solo esperaba que, si me veían como un monstruo, al menos pensaran que era uno necesario.

Regresé y me encontré a Syrra y a Nikolai discutiendo sobre qué conejo debían asar primero.

Nadie dijo nada cuando me senté sobre mi saco de dormir. Con alivio, me acomodé en el delgado colchón. No quería tener que defender mi decisión de asesinar a ese hombre, así que me limité a sentarme y a observar cómo el humo desaparecía en las ramas que teníamos encima. Las hojas ya habían empezado a caer, dejando al descubierto el mar de estrellas que inundaba el cielo.

—Keera se merece el primer corte —dijo Nikolai una vez que se cocinaron los conejos y estuvo listo el té.

—No hace falta —respondí. No tenía paciencia para su encanto.

—Es un agradecimiento, Keera —insistió él en voz baja, apuntándome con un pincho—, así que más te vale venir a por él antes de que te lo arroje.

Levantó el conejo que Syrra estaba cortando y fingió lanzarlo. Yo me reí, pero ella le dedicó una mirada asesina. Ya había aprendido a no interponerme entre esa elfa y su comida.

—Gracias —dije, acercándome.

—Gracias a ti por salvarnos hoy —intervino ella, con una mirada libre de todo sarcasmo. Llevaba en el cuello una pasta que la ayudaba a drenar el resto del elixir, aunque estaría atontada durante días.

Me encogí de hombros.

—Tú habrías hecho lo mismo.

—Me avergüenza decir que habría dudado —admitió. Sus ojos oscuros se encontraron con los míos; no había rastro de humor en ellos—. Dejarte morir me habría parecido una solución en el momento. Por lo que me han dicho Riven y Nikolai, tú ni siquiera sopesaste tus opciones. No olvidaré eso ni la deuda de vida que te debo.

Me entregó una tajada del conejo que venía con un gran trozo de pata. Solo eso era suficiente para saber que hablaba en serio.

Algo había cambiado.

—Creo que yo habría ayudado —dijo Nikolai, sonriéndole con picardía a Syrra—, pero, incluso si lo hubiera hecho, ni de broma hubiera podido enfrentarme a quince hombres. Y sin duda no de forma tan espectacular como tú. —Me guiñó un ojo.

—Riven ayudó —les recordé, dándole un bocado al conejo.

Lo que fuera que Syrra le hubiera agregado había hecho que la carne tuviera un sabor más dulce. Le di otro mordisco y el estómago me retumbó de satisfacción.

—No mucho, por lo que he oído —agregó Syrra entre mordiscos a su conejo.

—Maté a tres —exclamó Riven. Pensé que estaba ofendido, pero le dedicó a Syrra una sonrisa poco común que me atravesó el pecho con su calidez. Riven era guapo cuando no estaba melancólico—. Y no he escuchado que me hayan agradecido por salvarles la vida —agregó, arrojando otro tronco al fuego.

—Mataste a tres en el tiempo que a ella le costó acabar con... ¿diez? —Nikolai me lanzó una mirada.

—Once. —No escondí mi sonrisa.

Nikolai soltó una carcajada.

—Solo estabas allí para dar apoyo moral, Riv.

Riven se cruzó de brazos, tratando de ocultar su risa.

—Prefiero pensar en él como un aprendiz —bromeé.

Los ojos violetas de Riven, llenos de una rabia oculta, se abalanzaron hacia mí. Quería asesinarme, pero me negué a mirar hacia otro lado. Lo que le dije volviendo de la villa era en serio. Ya no toleraría que me juzgara más.

Después de un momento, me dirigió una leve sonrisa y asintió.

—No eres tan mala como pensaba —admitió Nikolai entre risas—. Ahora sé que realmente podrías habernos matado el día en que irrumpiste por la ventana.

—Sin problemas —dije, de acuerdo con él, dejando limpia la pata del conejo.

—¿Todas las penumbras luchan como tú? —preguntó Syrra, quien me estudiaba con sus ojos oscuros como si tratara de descubrir dónde escondía mis trucos. Como toda una guerrera. En eso, ella y yo éramos iguales.

—Todas recibimos el mismo entrenamiento —respondí diplomáticamente, arrojando el hueso de la pata al fuego.

—Eso es un no, entonces —dijo Nikolai con una sonrisa burlona.

—Cualquier penumbra podría matar a Nik, si eso es lo que estás preguntando —añadí con una sonrisa petulante.

Nikolai se llevó una mano a la frente y el ego magullado lo hizo desplomarse hacia atrás. Abrió discretamente un ojo para asegurarse de que yo estuviera sonriendo. Le lancé un pedazo de conejo.

—No desperdicien comida —nos riñó Syrra. Su tono era ligero, pero su mirada era seria. Nikolai ahogó una risotada.

—¿Y qué hay de mí? —preguntó Riven— ¿Una penumbra podría vencerme?

Estaba de pie contra uno de los árboles. Su expresión era juguetona, pero tenía la mandíbula tensa. A la luz del fuego, sus ojos eran pozos de llama de morera que observaban cada uno de mis movimientos. La piel siempre se me erizaba bajo su mirada. Estaba empezando a disfrutar de la sensación.

—Superarías a una penumbra, tal vez incluso a dos —respondí con honestidad—, pero si alguna vez se te acercan tres o más, te recomiendo que corras. Rápido.

Riven soltó una pequeña risa antes de coger su comida. Jamás se servía antes de que los demás lo hubieran hecho, yo incluida.

—¿A cuántas penumbras te podrías enfrentar tú? —inquirió Syrra, agarrando otro trozo de conejo.

—A tantas como fuera necesario —contesté.

Dos penumbras ya habían perdido la vida debido a nuestra alianza y no podía ignorar el hecho de que muchas más serían asesinadas antes de que llegáramos al rey. Mi único objetivo era mantener ese total lo más bajo posible.

Syrra asintió con comprensión. No miré a Riven, pero pude sentir que me examinaba desde donde estaba.

—Esta conversación ha tomado un rumbo sombrío —observó Nikolai. Luego se estiró a un costado de la hoguera y se quitó las botas—. Cuéntanos, Keera, ¿cuál ha sido el asesinato más impresionante que has cometido?

Bufé.

—¿Así es como piensas aligerar el ambiente?

Nikolai se encogió de hombros perezosamente.

—Es tan buen momento como cualquier otro. Todos queremos saberlo.

Me reí, pero cuando levanté la vista, tres pares de ojos me miraban, atentos y expectantes.

—Una vez maté a un oso brumal —ofrecí—. Solo con una flecha rota.

—Estás mintiendo —respondió Nikolai y arrojó un hueso de conejo al fuego, que silbó y se quebró en las llamas.

—Justo en el ojo.

Me desabroché la funda del muslo y se la lancé. Nikolai jadeó cuando desenvainó la daga.

—¿Acero de sangre? —preguntó con asombro, rozando la hoja roja oscura de arriba abajo con los dedos.

Asentí.

—El maldito oso rompió la empuñadura original, así que la reemplacé con su hueso.

Nikolai trazó el contorno del mango blanco y se detuvo en el lugar de la base donde el herrero había tallado una huella de pata. Le pasó la hoja a Syrra, que la examinó con delicada apreciación.

—Dejando los osos de lado —dijo Nikolai, con los ojos aún fijos en la hoja de acero—, ¿cuál ha sido el asesinato que más te ha enorgullecido?

Yo me quedé helada. No estaba orgullosa de ninguno. Matar era algo que tenía que hacer, algo para lo que era muy buena, pero nunca había sido algo de lo que me enorgulleciera. El rostro de Gareth apareció en mi mente. No había querido matarlo y me arrepentía de haber tenido que hacerlo; no había orgullo en ello, ninguna sensación de logro o satisfacción. En todo caso, cada uno de mis asesinatos me había socavado el orgullo hasta dejarme sin nada, hasta hacerme sentir menos una persona y más una asesina. Pero ni siquiera eso me había hecho sentir orgullosa.

—Yo sé cuál —susurró Riven, sacándome de mis pensamientos. Se había apostado junto a un árbol, apoyado en el grueso tronco.

Lo miré, confundida.

—El año pasado en Silstra —comenzó, acercándose al fuego y a mí.

Se sentó junto a mi saco de dormir y avivó el fuego con un palo.

—Una banda de traficantes estaba acorralando a los mestizos —continuó—, sacándolos de los barrios bajos y los burdeles. Eran tantos que nadie los detenía. Nadie quería arriesgar su vida por unos pocos mestizos.

«Dieciocho mestizos», pensé.

—¿Los hombres de Keetes? —intervino Syrra con los ojos muy abiertos por la incredulidad—. Esa noche encontraron a sesenta y cuatro hombres colgados de las presas. ¿Estás diciendo que fue obra de una sola persona?

Miró a Riven. Él asintió.

—¿Tú? —continuó ella, con los ojos fijos en mí—. ¿Cómo lo hiciste? ¿Cómo encontraste y moviste a tantos hombres en una sola noche?

No respondí. Había sido una noche larga y, a decir verdad, no recordaba la mayor parte. Me la había pasado corriendo, envuelta en la oscuridad, cargando con los hombres uno por uno hasta que todos quedaron colgando de los muros del canal. Arrojé al último de ellos por el borde justo cuando salía el primer sol.

No tenía ni idea de cómo Riven lo había descubierto. Busqué respuestas en su rostro, pero él simplemente se encogió de hombros.

—La persona responsable tenía que ser alguien dedicada a ayudar a los mestizos y a quien no le importara el riesgo —dijo sin mirarme—. Cuando me enseñaste ese colgante en la villa, supe que habías sido tú. ¿Quién más podría haberlo hecho? ¿Quién más lo habría hecho?

Me clavó los ojos. Toda la ira que solía dirigirme había desaparecido; su tono violeta era suave, incluso acogedor. Arrugó la frente mientras me detallaba las líneas del rostro, como si me estuviera viendo por primera vez.

—Debería haberme dado cuenta antes de que habías sido tú. Dejé que mis propias conjeturas me nublaran el juicio —concluyó. Era lo más cercano a una disculpa que iba a recibir.

Extendió la mano y me dio unas palmaditas en la rodilla. Sentí la misma corriente que se encendía entre nosotros cada vez que nos tocábamos. Me recorría la piel y la sangre. Riven apartó la mano con rapidez y le dio la vuelta para estudiarse los dedos. Fuera lo que fuera que seguía sucediendo entre nosotros, él tampoco lo entendía.

La escena era como la del ataque de la tarde. El carruaje. Dos caballos junto al lugar en el que los jinetes habían caído al suelo con mis cuchillos en la garganta. Una de las botas todavía colgaba de un estribo. Los cuerpos de aquellos a quienes Riven y yo habíamos matado aún yacían donde habían caído, pero él no estaba por ninguna parte. Ni Syrra, ni Nikolai.

Simplemente se habían ido.

Gareth estaba de pie frente a mí, con las manos en alto. Sentí que mi mano se movía hacia la daga, preparándose para matar. Tendría que hacerlo de nuevo. Siempre tenía que hacerlo de nuevo. La matanza no tenía fin.

Pero entonces no era Gareth el que estaba allí de pie.

Era ella.

El cabello rubio envuelto en suaves olas le revoloteaba por una brisa que no podía sentir. Los soles irradiaban de ella, brillantes como la sonrisa que me ofrecía. Cálida y ancha, enmarcada por labios rosados del mismo color que las mejillas que se le sonrojaban cuando la miraba.

Le devolví una sonrisa y extendí la mano para tocarla. Solo una vez. Solo una vez más.

Entonces ella dejó de sonreír. Ahora había lágrimas corriéndole por las mejillas; los soles estaban cubiertos por espesas nubes grises. Los ojos color miel le nadaban en un charco de lágrimas que resbalaban por el rostro.

—Lo prometiste —susurró, acercándose a mí.

Lo prometiste.

Lo prometiste.

Lo prometiste.

No. No volvería a pasar por esto. ¿Por qué seguía viniendo por mí? ¿Por qué seguía haciéndome revivirlo una y otra vez?

—No me obligues a hacerlo —le supliqué.

—Lo prometiste —sollozó y cayó de rodillas.

—Nunca prometí esto —le dije, como había hecho tantas veces antes.

Me acerqué a ella sin querer hacerlo. Mi cuerpo no era mío, sino que lo impulsaba la voluntad del sueño, de mi recuerdo.

Ella me miró. Desgarradora y hermosa.

—Lo prometiste, Keera —susurró.

Le clavé la daga en el corazón. Era lo único que podía hacer para silenciarla.

Me desperté sobre la tierra. El fuego moribundo me proyectaba una tenue luz sobre el rostro. Los brazos de alguien me envolvían. Me estaban susurrando algo al oído.

—Está bien. Estás bien.

Era Riven. Su voz era más suave de lo que nunca la había escuchado y me acariciaba el pelo con la mano mientras susurraba más palabras tranquilizadoras.

Me relajé junto a él. Estaba tan agotada por el sueño que no me preocupé por lo que pensara o lo cerca que tenía las manos de las cicatrices de mi espalda. La adrenalina me recorría de arriba abajo, entrecortándome la respiración en tanto trataba de recordarme que nada de aquello era real. No era real.

Riven alejó la cabeza para mirarme. Me sostuvo la mejilla en la palma de su mano.

—Estabas asustando a los caballos —murmuró.

—No fue mi intención —respondí torpemente—. Por lo general, no son tan malos. Los sueños.

Se le tensaron los dedos sobre mi mejilla. Esperaba ver ira en sus ojos, pero su mirada era suave. Hizo una mueca con los labios cuando apretó la mandíbula. Preocupación. Se me cortó la respiración. Había pasado mucho tiempo desde la última vez que alguien se había preocupado por mí lo suficiente como para que le importaran mis pesadillas.

—Está bien —susurró Riven con los labios rozándome la oreja.

Me acarició la mejilla con el pulgar, pero, de repente, se detuvo, como si se hubiera dado cuenta de que lo había hecho. Dejó caer la mano. Todavía podía sentir su calor junto a mí.

—¿Las tienes a menudo? —preguntó con suavidad y sus ojos se encontraron con los míos.

Me encogí de hombros contra el duro suelo.

—Saber solo lo necesario —murmuré.

Riven se mordió el labio para contener una réplica. Asintió y no volvió a hacer la pregunta. Respiré hondo, hasta que la opresión que sentía en el pecho comenzó a aflojarse. Cuando inspiré de nuevo, solo pude oler a Riven.

—Pensé que no hacías promesas —comentó después de que mi respiración hubiera vuelto a su ritmo regular.

Me quedé helada. ¿Qué había dicho mientras dormía?

—No las hago —susurré después de varias respiraciones—. Ya no.

—¿Por las pesadillas? —Con el ceño fruncido, me limpió la humedad de la mejilla. Había estado llorando.

Negué con la cabeza.

—Porque tengo suficiente con una promesa rota que me persigue —respondí, negándome a mirarlo. Me acomodé en la suavidad de mi saco de dormir.

Él no hizo más preguntas, simplemente se acostó a mi lado hasta que me volví a quedar dormida. Justo antes de que ese conocido manto de olvido se deslizara sobre mí, sentí el roce de algo cálido contra la mano. Nos quedamos uno al lado del otro así, apenas tocándonos, hasta por la mañana.

CAPÍTULO 30

Me desperté con el olor a leña quemada y carne asada. Syrra estaba arrodillada junto al fuego y le daba vueltas a un conejo recién cazado en un espetón que había elaborado con ramas caídas. Movía las manos con habilidad: al tiempo que hacía girar la carne, avivaba el fuego y terminaba de preparar el té. Riven y Nikolai no estaban por ninguna parte, pero me dio la impresión de que ella los había despachado.

—Puedes despertarme —le dije, guardando los sacos de dormir—. No me importa hacer mi parte.

—Cuando sienta que no estás haciendo lo que te corresponde, te lo haré saber.

Sonrió y le noté una ligereza en los ojos que no había estado allí antes. Al menos no cuando me miraba a mí.

—¿Hace cuánto tiempo que conoces a Riven? —inquirí. Me lo había estado preguntando desde que salimos de Aralinth, pero nunca creí que fuera a responderme. Incluso ahora me preocupaba que me arrojara un palo ardiendo.

—Mucho tiempo —respondió, dándole la vuelta al conejo para que las llamas tocaran el vientre cortado—. Entrenamos juntos en Myrelinth. Pasamos muchos días atacándonos con cuchillos y golpeándonos hasta volvernos papilla. —Dibujó una amplia sonrisa y los ojos le brillaron mientras se deleitaba con algún recuerdo lejano.

—¿Entonces tienen la misma edad? —pregunté, frunciendo el ceño.

Sabía que Syrra y Riven podían tener la misma edad, pues los elfos y los fae vivían miles de años antes de morir, pero ella siempre me había parecido mayor de alguna manera, más como Feron. Jamás tenía prisa ni se agitaba.

Me estudió durante un largo rato antes de responder a la pregunta.

—Soy mayor —dijo simplemente.

—¿Cómo de mayor? —pregunté.

De repente, Syrra se distrajo por el fuego y agarró el atizador para calmarlo. Seguí observándola.

—Soy lo suficientemente mayor como para que los años pasen como días —respondió sin más detalle.

Me incliné hacia atrás, sin poder comprender la cantidad de tiempo que había vivido. Mis días como Espada habían sido largos; cada minuto que servía el rey me oprimía y alargaba las horas. Si los días de Syrra eran algo así, rezaba por tener suficiente sangre mortal en mí para no estar maldita con la inmortalidad.

—¿Siempre quisiste ser una guerrera? —pregunté, cambiando de tema.

Arrastré la mirada a lo largo del remolino de cicatrices que tenía talladas en el brazo. Cada rama y hoja marcaba el dominio de una habilidad o una gran hazaña.

Syrra se tocó las de la muñeca y sonrió ante las líneas curvas de las ramas.

—Nací siendo una luchadora. Tan pronto como tuve la edad suficiente para sostener una daga, mis padres no pudieron evitar que practicara desde el amanecer hasta el anochecer. Me aceptaron como aprendiza antes que a la mayoría.

Nunca había tenido tantas ganas de luchar con alguien. Podría pasarme días enteros con Syrra, aprendiendo de ella todo lo posible.

—¿Y Riven? —pregunté.

—Él se desarrolló tarde —dijo con una sonrisa irónica.

—¿Quién? —gritó Nikolai desde el otro lado del campo. Riven estaba a su lado; ambos traían conejos.

—No es asunto tuyo —respondió Syrra y le lanzó un carbón ardiendo que él cogió con la mano sin dejar de mirarla.

Pude escuchar el chisporroteo contra la piel cuando lo aplastó, pero al abrir la mano apenas le quedaban marcas. Incliné la cabeza. Su linaje élfico debía ser fuerte para que la piel no se le quemara.

—Traemos comida, Syr. —Nikolai agitó con la mano la cuerda de la que colgaban dos conejos—. Lo justo es que nos lo cuentes. Es sobre Riven, ¿no? Pensé que habíamos acordado que no nos burlaríamos de él por no haber besado a alguien hasta los veinte años.

Riven intentó golpearle la parte posterior de la cabeza, pero él se agachó. Syrra solo negó.

—Lo siento, Riv —bromeó Nikolai—, pero es obvio que no podían estar hablando de mí.

Nos guiñó un ojo. Syrra puso los ojos en blanco y avivó las llamas y yo tosí para ocultar la risa.

—¿Veinte? —repetí, lanzándole a Riven una mirada de soslayo.

Era guapo; me costaba creer que los elverin de Aralinth lo hubieran dejado pasar tanto tiempo sin su compañía.

—Tenía diecinueve años —corrigió.

—Por dos horas —le murmuró Syrra a la tetera.

—Está bien —admitió Riven—. Nunca fui tan osado con las *ikweniras* como Nikolai. Además, Syrra tenía la costumbre de robarme a aquellas con las que lograba interactuar. —La miró de reojo.

—Eras terrible hablando con mujeres —se defendió Syrra con una mirada engreída—. Aún lo eres.

Nikolai se sentó a su lado y le pasó un brazo por el hombro mientras le entregaba otro conejo.

—¿Y ustedes dos nunca…? —pregunté, señalando a Nikolai y Syrra. Eran muy cercanos, y siempre susurraban cosas en élfico o se sentaban juntos alrededor del fuego.

—De ninguna manera —contestó ella, y retorció los labios como si hubiera probado algo amargo.

Nikolai dejó caer los conejos y se echó a reír.

—¿Qué te ha dado esa impresión? —preguntó entre resoplidos.

—Parecen muy cercanos… Pensé que había algo entre ustedes —respondí, encogiéndome de hombros.

—Nikolai es mi sobrino —respondió Syrra. Pensé que iba a vomitar en el té.

Até el último de los sacos de dormir y los apilé. Cuando Nikolai dejó de reírse, le lancé una mirada de confusión.

—¿Tu padre era un mortal? —pregunté.

—No. —Nikolai juntó las cejas—. Era fae.

Parpadeé, confundida.

—¿Entonces tu hermana era una mestiza? —le pregunté a Syrra.

—No, era una elfa —respondió ella, extendiendo la mano para tocarme la frente con el dorso y curvando los labios hacia abajo.

Riven fue el primero en darse cuenta de la fuente de mi confusión.

—Nikolai es un elfo —explicó—, no un mestizo.

Syrra y Nikolai arquearon las cejas al mismo tiempo. Ahora que sabía de la conexión familiar, podía verla en la forma de sus ojos y pómulos.

—Pero tu nombre es un nombre mortal —pensé en voz alta—.

Y tienes las orejas cortadas. —Me crucé de brazos al darme cuenta de que solo había asumido que era un mestizo por las cicatrices en sus orejas.

La sonrisa de Nikolai se desvaneció.

—Mis padres fueron capturados durante la última de las Purgas de Sangre. No recibieron el mensaje de que debían dirigirse al Faelinth. Mi padre murió protegiendo a nuestro clan; mi madre escapó conmigo. Yo solo era un bebé, pero a ella la atraparon fuera de Volcar. Uno de los soldados del rey se apiadó de mí y me dejó en un orfanato de la ciudad. Me cortaron las orejas y me dieron un nuevo nombre para que pasara como mortal. Tenía cuatro años cuando Syrra me encontró y me llevó a casa.

No respondí. Las Purgas de Sangre habían sido la forma en que el rey Aemon se había hecho con el trono. Fueron ataques bien organizados contra elfos desprevenidos, así que, para cuando los fae intervinieron, ya habían asesinado a la mayoría de los clanes y Aemon había reclamado la corona.

—¿Nunca has usado tu nombre élfico? —pregunté, extendiéndole una mano a Nikolai.

—No lo recuerdo —dijo él, apretándomela—, pero, incluso si lo hiciera, no me lo cambiaría. Es un recordatorio de lo que le sucedió a nuestra gente, de lo que todavía le está sucediendo.

Dirigió los ojos hacia el este. Los elfos veían a los mestizos como su gente, como parientes cuyo regreso esperaban algún día, pero yo no sabía si estaba de acuerdo. Los mestizos eran un pueblo perdido, sin una cultura propia. Incluso si los liberábamos, sabía que algunos se negarían a pensar en los elfos como sus parientes.

—Vamos, Keera —me llamó Nikolai después de comer en silencio. Me ofreció la mano al ponerse de pie, pero yo la ignoré y me levanté por mi cuenta—. Cuanto más pronto nos vayamos, más pronto podré pasar la noche enamorándome de las doncellas de Cereliath.

—¿No te interesan los hombres de Cereliath? —bromeé. Sin duda le habían interesado en Aralinth.

Nikolai puso los ojos en blanco.

—Los mortales son tan rígidos en la forma en que ven el mundo que no tengo tiempo para la vergüenza de sus hombres. Al menos las doncellas son divertidas.

—Te pasarás la noche aterrorizándolas —me burlé con una sonrisa—. Es tu dinero el que las atraerá, no tus declaraciones de amor. Y si te acuestas con una mujer, me aseguraré de que al llegar a ti no sea una doncella.

Syrra soltó una risa. Cuando me monté al caballo, vi que Riven esgrimía una sonrisa curiosa.

—Lo cierto es, querida Keera —dijo Nikolai, soltando una risita contra la melena de su corcel—, que el día en que me enamore seré un hombre nuevo.

—Si es que te enamoras —le respondí, tentada a sacar la lengua.

—Ahí está ese lado cínico que llevamos extranando toda la mañana.

Nikolai se rio, y galopó en su caballo para adelantar al grupo.

De alguna manera, el día pasó más rápido que los anteriores.

Llegamos a Cereliath con solo un día de sobra. Miré hacia la hermosa mansión de arenisca, que a la luz de los soles adquiría un tono rojizo. Mañana estaría llena de nobles y sus invitados para celebrar el inicio de la cosecha. Lord Curringham sería el anfitrión y llevaría la llave de los almacenes colgada del cuello, como de costumbre.

Riven y yo dejamos a Syrra y a Nikolai en las afueras de la ciudad para contactar al equipo de Collin e intentar encontrar habitaciones para nosotros. Incluso los lugares más lóbregos se llenaban cuando la Casa de la Cosecha organizaba un baile.

Yo tenía que encontrar un sastre para que me confeccionara un vestido. Apenas faltaba un día para el evento, así que sabía que todas las costureras y sastrerías estarían reservadas. Necesitaría una fortuna para que el mío adelantara a todos los demás pedidos.

—Antes tengo que parar en la casa de comercio —le comenté a Riven mientras le pasábamos nuestros caballos a uno de los mozos de cuadra. Le lancé al chico una moneda de plata por su servicio—. Te veré en el pasillo de los vendedores en una hora.

Luché contra el impulso de poner los ojos en blanco ante su fría mirada. No necesitaba irritar a Riven justo cuando comenzaba a dejarme en paz. Él asintió antes de alejarse por el callejón y desaparecer entre la multitud.

Crucé el círculo y volví a ponerme el broche de la Espada en la capa. Había una fila de mortales fuera de la casa de comercio probando suerte para obtener un préstamo con el que comprar las raciones de una semana. Los hambrientos que estaban demasiado enfermos para permitirse uno se alineaban a las afueras de la ciudad.

Atravesé la gran puerta con paso firme. No necesitaba mostrar mi insignia. Un joven comerciante me recibió en la entrada.

—¿En qué puedo servirle? —preguntó rápidamente.

—Necesito oro —dije, y le pasé un pequeño pedazo de pergamino con la suma.

—Es más de lo que normalmente retiro sin confirmar las cuentas en Silstra —me explicó el comerciante en un susurro silencioso. No me miró al hablar.

—El rey no puede esperar a Silstra —dije, y moví hacia atrás la capa para revelarle la colección de cuchillos que ocultaba—. Estoy segura de que hay alguien aquí que puede certificar que mi cuenta se encuentra en buen estado. —La cuenta estaba llena; incluso la gran suma que pensaba retirar la vaciaría muy poco.

—Muy bien. Estoy seguro de que puedo hacer una excepción.

Corrió por el pasillo de mármol sin decir una palabra más. Unos minutos más tarde, reapareció con un pequeño cofre de madera.

—En la bolsa está bien.

Abrí una gran bolsa de cuero que se cerraba con un cordón. El comerciante deslizó varias bolsas más pequeñas dentro, cada una llena de oro. Me ajusté la bolsa alrededor de los hombros antes de volver a cubrirla con la capa.

Mi siguiente parada era una sastrería. El letrero que colgaba sobre la puerta estaba hecho de bronce: un carrete de hilo y una aguja cortada en el metal. Dentro del local había vestidos de todas las telas imaginables, con tonos vibrantes y encajes intrincados que llegaban por barco desde todos los reinos. Ninguno de los diseños tenía una etiqueta con el precio.

Entré en la tienda. Tres mujeres admiraban uno de los vestidos exhibidos en la vitrina. Me observaron, perdieron el color del rostro de inmediato y se dieron la vuelta en silencio. Me mantuve con la capucha puesta. Prefería que las mujeres no me vieran la cara, en especial si iban a asistir a la celebración en la que planeábamos colarnos.

Pasar desapercibida era más importante que nunca.

Deambulé por la tienda. Wilden me había hecho un gesto con la cabeza cuando entré, pero estaba ocupado haciendo ajustes para una clienta. Era una mujer mortal de mediana edad y vestimenta elegante. El traje que llevaba estaba atado con tanta fuerza que hacía que apenas pudiera respirar y que la voz le saliera débil y aireada.

La esposa de un noble, sin duda. Eran las únicas mujeres que, aún después de sus años mozos, seguían queriendo llevar la última moda.

Un vestido en la parte trasera me llamó la atención. Estaba confeccionado en finas sedas de diferentes tonalidades: rojos intensos, naranjas brillantes y negros como la noche. Se superponían unas encima de las otras, formando un corpiño ajustado y de manga larga. La falda no era abombada como en otros trajes típicos de la aristocracia, sino que seguía las líneas curvas de un cuerpo femenino. El único indicio de piel provenía de un corte alto a lo largo de una pierna, el cual terminaba en la cadera.

El resultado era una llamarada viva.

Quería usarlo, pero cuando di la vuelta para ver el otro lado, el estómago se me retorció. El cuello alto no continuaba por la parte posterior del vestido; en cambio, se abría por completo para revelar una espalda descubierta que solo se cerraba de nuevo justo por encima del coxis.

Las cicatrices me picaron a través de la túnica. No había forma de que pudiera usar ese vestido sin exponerlas. Sin exponerme.

—¿Keera?

Wilden me llamó por mi nombre, sacándome de mis pensamientos. De inmediato busqué con la mirada a las otras mujeres, pero se habían ido. Toda la tienda estaba vacía, excepto por nosotros. Alguien le había dado la vuelta al letrero de la puerta.

—Wilden. —Asentí, quitándome la capucha. Aparte del que había usado en Aralinth, Wilden había confeccionado todos los vestidos que había necesitado para una misión—. Necesito un vestido.

—Me lo imaginé —dijo. Los rizos marrones se le arremolinaron sobre el rostro. Se los echó hacia atrás.

—Me gusta este —señalé el vestido de tormenta de fuego—, pero… —me interrumpí. Wilden sabía que me gustaba mantener la espalda y los brazos cubiertos. Nunca le había permitido ver las cicatrices y él era lo suficientemente astuto como para no preguntar.

Pasó un dedo por el corpiño.

—¿Es para la Cosecha?

—Sí, así que necesito algo rápido —dije con una punzada de culpa.

—Siempre necesitas algo rápido —bromeó, a pesar de que era cierto—. Puedo arreglarte este. ¿Necesitas una máscara también? —El baile de la Cosecha siempre solía ser una mascarada.

—Sí. Algo que de verdad me oculte el rostro. —Algunas mujeres solo usaban finas tiras de tela transparente, pero yo tendría que intentar ocultarme tanto como fuera posible.

—¿Las orejas también? —preguntó Wilden, sin un atisbo de juicio. No le importaba quién llevaba sus vestidos, solo la belleza del atuendo final.

Asentí.

—Tendré que comenzar de inmediato. Quítate la capa. Necesito nuevas medidas —dijo, sacando una cinta métrica.

—¿Por qué? —pregunté. No me había tomado las medidas la última vez.

—Porque estás mejor que la última vez que te vi.

Me escudriñó el cuerpo y el corte alto de los pómulos con la mirada. Yo misma había notado pequeños cambios en mi aspecto desde que había dejado Aralinth, pero no me había dado cuenta de que eran perceptibles para los demás. El cuerpo se me había fortalecido desde que había dejado de beber y los músculos que habían desaparecido ahora se tensaban por debajo de la ropa. La hinchazón de la mandíbula y el vientre habían desaparecido e incluso el brillo de mi cabello había regresado.

Wilden desplegó la cinta métrica y se puso a trabajar.

Caminé por la calle, esquivando a mendigos que dormían en el suelo. Me bajé la capucha hasta más abajo de la cara. Me sentía mal por pasar frente a los hambrientos con una bolsa llena de oro, pero todavía llevaba la capa negra y el broche de plata. Necesitaba mantener mi reputación el mayor tiempo posible.

Me metí en uno de los callejones para esquivar a la multitud. Caminaba a paso firme por el estrecho pasillo cuando la silueta de dos figuras me llamó la atención. Me volví y vi a Riven hablando con alguien en una rama del callejón.

Ambos rostros estaban cubiertos en sombras, pero habría podido reconocer la contextura melancólica de Riven incluso en medio de la noche. El callejón no conducía a ninguna parte. A pocos metros detrás de ellos estaba la parte trasera alta de un edificio de ladrillo. La única razón para encontrarse con alguien allí era para evitar ser visto o escuchado.

Mi instinto me pidió ocultarme entre las sombras y escalar la pared hasta el techo del edificio cercano. Me puse rápidamente a buscar con los ojos una posición elevada. Pero Riven no era un objetivo. Sabía que nunca seríamos amigos, pero algo me retorcía el estómago ante la idea de espiar a un aliado.

Él no confiaba del todo en mí, pero me había ganado algo de su aprecio desde que salimos de las Tierras de Fae. Si me atrapaba espiándolo, todo eso se perdería. Vi a Riven entregarle un paquete al hombre antes de darme la vuelta y alejarme.

El hombre era joven, vestía una túnica color borgoña y pantalones bien entallados. Era el uniforme de los asistentes de la Casa de la Cosecha. ¿Qué necesitaba entrar Riven que no pudiéramos llevar nosotros mismos?

Me sacudí la pregunta de la mente. Yo tampoco confiaba en Riven del todo, pero eso no era en lo que consistía esta alianza. «Saber solo lo necesario». Las palabras me resonaron en la mente. Riven había respetado eso, en su mayor parte, así que yo haría lo mismo. Lo único que necesitaba era que me ayudara a acabar con el rey.

Para eso, confiaba en él por completo.

Me detuve junto a un puesto de venta de jabones. Unas botellas de vidrio altas se apilaban a lo largo del borde del carro. Cada uno de los tapones era de un color pastel diferente, brillantes bajo la luz del sol. Cogí una botella que olía a abedul e inhalé su frescura. Nunca había tenido un hogar, pero algo en el aroma me trajo más consuelo que cualquier otra cosa.

—¿Encontraste algo adecuado? —me preguntó Riven, materializándose detrás de mí.

Asentí mientras inspiraba el aroma de la botella y los ojos se me cerraban para saborearlo. Le ofrecí una pequeña sonrisa al comerciante como pago por no comprarle nada.

—Nik nos ha conseguido habitaciones en el lado este de la ciudad.

—¿En El Maizal? —adiviné. Era un lugar pequeño pero limpio.

Riven asintió y caminamos en silencio para recoger a nuestros caballos. Los soles proyectaban rayas color lavanda a través del cielo. Para cuando llegáramos a la posada, ya habría anochecido.

Seguí al caballo de Riven. Los días de viaje empezaban a pasarme factura. Me dolía el cuerpo donde se encontraba con el sillín y anhelaba una noche de descanso sobre un colchón suave en lugar de un delgado saco de dormir en el suelo.

Riven fue a buscar las llaves y yo me encargué de los caballos. Regresó sosteniendo una sola llave negra y una nota arrugada en la mano.

—Nik y Syrra ya se han ido a la cama. Dice que solo había dos habitaciones, así que nos dejaron la llave de una.

Arrugó el pergamino en el puño. Al parecer, no me había ganado tanto aprecio como pensaba.

No podía soportar compartir una habitación conmigo.

Me quedé congelada, con una silla de montar en las manos. Me había emocionado mucho ante la idea de dormir en una habitación, en una cama, y pasar una noche sin preocuparme por encuentros inesperados con penumbras o traficantes, pero, sobre todo, dormir sin preocuparme de que la ropa se me moviera y revelara mis cicatrices.

Riven apenas había dejado de mirarme como si fuera un monstruo. Exponer la interminable lista de nombres que tenía tallada en la piel solo le daría la razón.

Entramos en una habitación en el segundo piso y entonces me di cuenta de por qué Riven estaba tan molesto. La habitación era pequeña, apenas lo suficientemente ancha como para un pequeño baño y una cama.

Una cama.

Era lo suficientemente grande para los dos, pero por poco. Estaríamos demasiado cerca como para ignorar el cuerpo del otro. Hubiera preferido dormir en uno de los sacos de dormir, pero no estaban en la habitación y, de todos modos, no había espacio para uno.

Mi bolsa ya estaba en el tocador. Me acerqué y desabroché la parte superior. Las únicas prendas que había dentro eran mudas de ropa y mi camisón de dormir.

El cuerpo se me convirtió en hielo. No había compartido una habitación con nadie desde mis Pruebas. Si bien compartir una cama no era lo ideal, eso no era lo que me cortaba la respiración. No estábamos acampados fuera, bajo la luz fresca de las lunas, usando capas de ropa debajo de las mantas para mantenernos calientes. Estábamos en una posada cálida.

No tenía nada para dormir que me ocultara las cicatrices.

Riven se dio la vuelta y notó mi postura rígida.

—Puedo dormir en el suelo —dijo, cruzando los brazos. Su gruñido grave era menos áspero de lo habitual, pero aún delataba su molestia.

—No —respondí, demasiado rápido—, no pasa nada. —No había forma de que pudiera acomodar su enorme cuerpo en el suelo.

Me mantuve ocupada deshaciendo el equipaje sobre el tocador. El camisón era de un naranja suave, brillante y delicado al tacto. Era perfecto para dormir, pero me dejaba la mayor parte del cuerpo expuesto. Lo dejé a un lado, sin preocuparme por volver a doblarlo.

El resto de la ropa eran capas de ropa de día. Me decidí por una túnica de lino que era lo suficientemente gruesa como para ocultar las cicatrices. Riven tendría preguntas si veía que me esforzaba por mantener algo oculto. Tenía demasiadas historias inscritas a lo largo de la piel, historias que me había esforzado demasiado por olvidar. No era lo suficientemente fuerte como para ver la repulsión en su rostro cuando se diera cuenta de en qué tipo de criatura me había convertido el rey. Ese era mi secreto, uno que él no necesitaba saber.

Desaparecí en el cuarto de baño y usé el pequeño recipiente de agua caliente para limpiarme la suciedad de la piel. Apenas podía llamarse un baño, pero no me importaba. Si olía a estiércol de caballo y a sudor, tal vez Riven me daría más espacio en la cama.

Volví al cuarto con otra ropa, aunque seguía siendo una túnica y un pantalón. Riven miró el camisón arrugado en el banco, pero no dijo una palabra. Me dejó en el dormitorio mientras se lavaba.

Me metí en la cama y me acomodé en el lado junto a la pared. El colchón estaba suave y me aliviaba el dolor de las extremidades. Cerré los ojos, dispuesta a quedarme dormida antes de que Riven regresara. Conté respiraciones lentas, pero los sueños no llegaron. Me reacomodé mirando a la pared para volver a intentarlo. No funcionó. Me quedé allí, escuchando los murmullos de Riven salpicando agua de la palangana.

Lo oí bajar la luz de la lámpara junto a la puerta y acomodarse en el otro lado del colchón, que se hundió bajo su peso. Tomó un solo trago del odre de agua y se metió debajo de la manta que teníamos que compartir.

Me rozó la espalda brevemente con el codo. Solté un quejido. Me di la vuelta y presioné la espalda contra la pared para que no pudiera tocármela de nuevo. Mi pecho empezó a subir y bajar con respiraciones superficiales. Aún podía sentir la presión de su piel en la columna vertebral, caliente y palpitante como una quemadura.

—No quise asustarte —dijo en voz baja. Gracias a mis sentidos agudos pude ver que tenía el ceño fruncido mientras me estudiaba el rostro. Se mordió el interior de la mejilla y me miró con los ojos muy abiertos—. ¿Te encuentras bien? —susurró, acercando su rostro al mío.

—No me gusta que me toquen la espalda —dije, poniéndome una mano en el pecho. Podía sentir el corazón martilleándome dentro. Palpitaba tan fuerte que pensé que sacudiría la cama.

Respiré hondo y me recosté con más fuerza contra la pared. Incluso con los ojos cerrados, podía sentir el peso de la mirada de Riven abalanzándose sobre mí, hundiéndome en el colchón, anclándome a su lado. La piel se me estremeció con esa chispa familiar, una corriente eléctrica que me bajaba por la columna, instándome a acercarme a él. Abrí los ojos y lo miré.

¿Él también la sentía?

Las primeras veces pensé que había sido algún truco suyo, algún poder que los fae oscuros tenían para influenciar a los que los rodeaban. Pero los poderes fae se agotaban, necesitaban tiempo para recuperarse. Esta sensación entre nosotros siempre estaba ahí.

«¿No puedes sentirlo?». Eso era lo que había dicho hacía ya varios meses, justo antes de besarme.

No lo había notado entonces, pero la misma sensación me había inundado el cuerpo en el momento en que Riven me arrinconó contra el pilar.

Le miré los labios, recordando cómo mi cuerpo había respondido a su tacto. Lo había descartado, pensando que era una estratagema, una distracción, pero a Riven le había enfurecido. Había querido fingir que nunca había sucedido.

Pensé que era por mi título, por lo que había hecho. Tal vez resentía lo que había sucedido entre nosotros esa noche. Cuanto más tiempo pasaba con Riven, más me daba cuenta de que detrás de su melancólica máscara había un fae al que apenas podía comprender. Primero se había escondido en las sombras y ahora se escondía en sus secretos. Tal vez solo quería que pensara que resentía ese beso.

Cualquier pensamiento que estuviera teniendo quedaba oculto en la tormenta que se le había desatado detrás de los ojos. Me estaba mirando, pero podía ver que su mente se encontraba en otra parte.

—¿En qué estás pensando? —susurré. Las palabras se me escaparon de la boca sin permiso. Me preparé para su gruñido.

Riven respondió de inmediato con una voz que era como un susurro de terciopelo atravesando la oscuridad.

—Estoy pensando en que, después de mañana, no hay vuelta atrás. Una vez que robemos la llave, solo será cuestión de tiempo antes de que descubran que falta.

—¿Tienes dudas? —pregunté, conteniendo la respiración.

Riven negó con la cabeza.

—Me siento aliviado de estar haciendo algo. Siento que todo lo que hago es planear y nunca...

—Nunca logras lo suficiente —terminé por él. Conocía bien la sensación. Sin importar a cuántos mestizos salvara, a cuántas personas ayudara, siempre quedaban miles más a los que no podía alcanzar.

Él asintió, mordiéndose el labio.

Me di cuenta de que le estaba mirando la boca cuando me devolvió la pregunta.

—¿En qué estás pensando tú?

—Me preguntaba por qué me besaste —respondí con sinceridad. No tenía energía para mentir.

Riven flexionó el hombro tanto que el colchón protestó. Se le oscurecieron los ojos. Abrió la boca para hablar, pero volvió a cerrarla. Podía distinguir la hendidura de los colmillos a lo largo de su labio.

—No esperaba sentir... —Se quedó callado—. Jamás debí haber hecho eso —afirmó después de un silencio tenso—. No volverá a suceder.

—¿Por qué no? —Bostecé. Estaba tan cansada que no tenía fuerzas para apaciguar mi curiosidad.

—¿Quieres que vuelva a suceder? —preguntó Riven, moviendo la barbilla hacia mí. Su voz no tenía su sarcasmo habitual y su mirada se movía entre mis ojos y mi boca.

—¿Por qué crees que no deberías haberlo hecho? —dije, evadiendo su pregunta. Me ardían las mejillas—. Estoy de acuerdo contigo, pero me interesan tus razones.

Me miró de repente fijamente con sus ojos violetas. No estaban enfadados, sino firmes.

—Te sorprendí —dijo—. Y me dejaste claro en Aralinth que no te había gustado. —Se despejó el pelo de la cara y se frotó el cuello. Podía oler el rocío y la madera de abedul en su piel—. Nunca he tocado a nadie que no quisiera que la tocara así. Me arrepiento de haberte puesto en esa posición, incluso aunque estuvieras intentando matarme.

Los párpados dejaron de pesarme ante su confesión. Nunca había sido tan honesto conmigo antes.

—Fue algo poco convencional —dije, encogiéndome de hombros—, pero todo vale en una pelea, Riven. Una pelea que yo pedí, si mal no recuerdas. —Se le crispó la boca en una pequeña sonrisa—. Y no diría que no me gustó —agregué con un bostezo, acomodando la cabeza en la suavidad de la almohada.

Esperaba que Riven gruñera o respondiera algo petulante, pero no lo hizo. Abrió los ojos de par en par ante mis palabras antes de volverse de espaldas. Observé el ascenso y la caída de la manta sobre su pecho durante lo que parecieron siglos. Con el ritmo constante, se me relajó el cuerpo sobre el colchón. Justo cuando cerré los ojos y por fin sentí que el sueño me envolvía, lo escuché susurrar una última cosa:

—Buenas noches, Keera.

Era la primera vez que usaba mi nombre. Me quedé dormida con una sonrisa suave en el rostro. Tal vez estaba ganando más terreno con Riven de lo que pensaba.

CAPÍTULO 31

A LA TARDE SIGUIENTE DEJÉ A RIVEN con su gente. Les dije que necesitaba más tiempo para prepararme para el baile, lo cual era casi del todo cierto. Quería tiempo a solas.

Existía la posibilidad de que nos descubrieran aquella noche. Yo había cruzado la línea muchas veces antes, usando mi posición para canalizar la ayuda hacia los mestizos, pero nada tan atrevido como esto. Una vez que tuviéramos la llave de lord Curringham, solo sería cuestión de tiempo hasta que se descubriera el robo, pues el noble buscaría en sus almacenes de inmediato y los encontraría vacíos. Tomar la llave era la primera parte del plan, pero nos obligaría a avanzar a contrarreloj. Y si no conseguíamos abrir un agujero en Silstra antes de lo planeado, moriríamos. O peor.

No dejaría que eso sucediera. Lo lograríamos. Me aseguraría de ello. Lord Curringham era un holgazán y robarle un colgante no sería nada frente a todo lo que había hecho como Espada. Sin errores, sin cambios en el plan, y nos iríamos de Cereliath con las cabezas sobre los hombros.

Mi vestido me estaba esperando cuando regresé a la posada. La entrometida esposa del posadero parecía demasiado interesada en saber por qué había llegado un paquete del Atelier de Wilden. No le di la cortesía de ofrecerle una explicación y me puse la capucha gris sobre la cara. Las irregularidades eran detalles fáciles de recordar: serían lo primero que buscarían las penumbras si no pasábamos la noche desapercibidos.

Pedí agua caliente para mi habitación y dejé a la mujer en el mostrador con la boca abierta. No estaba lista para abrir el paquete de Wilden, así que lo tiré sobre la cama y comencé a redactar una carta para Victoria.

Me llevó más tiempo de lo habitual, ya que tenía que escribir en código, pero quería asegurarme de que tuviera acceso a fondos para los refugios de mestizos incluso si nuestro plan fallaba. Le dejé la ubicación de tres escondites donde había enterrado reservas de contingencia: cofres de oro y joyas que pagarían por la seguridad de cientos de mestizos. Sabía que Victoria tenía las conexiones para buscarlos y la red para asegurarse de que las otras casas de refugio permanecieran abiertas, al menos hasta que se acabara el dinero.

Si fallaba, no quedaría nadie para financiarlos.

La tinta oscura me manchó los dedos allí donde había presionado demasiado fuerte contra la pluma. No me di cuenta hasta que me miré la túnica y vi que la manga estaba llena de tinta. Había estado repasándome las cicatrices del antebrazo de nuevo. Una y otra vez, como si las estuviera recién tallando.

No podía dejar de pensar en ella.

No había vuelto a soñar con ella; no desde esa noche en que Riven me despertó.

Pero los pensamientos sobre ella me llenaban la cabeza durante cada momento de vigilia. Veía su rostro en los extraños con los que nos cruzábamos. Alguien riéndose en la distancia sonaba como ella. Veía un atisbo de cabello rubio y no podía evitar darme la vuelta, esperando que de alguna manera estuviera allí.

Tal vez lo estaba.

Por fin estaba haciendo lo que le había prometido: acabar con el rey y su reino, tal como habíamos jurado hacer juntas. Solo que ahora lo haría yo por ella. Cumpliría el juramento que me había pasado tanto tiempo esquivando, tanto tiempo tratando de olvidar.

Y si no lo conseguía, me encontraría con ella.

Estos eran los pensamientos que me llenaban la mente mientras me bañaba para limpiarme la suciedad del pelo y el cuerpo, así como la tinta de las manos. Cuando terminé, me cepillé el cabello y dejé que el aire me lo secara en suaves ondas detrás de los hombros. Tomé prestado un poco del aceite capilar de Nikolai, que olía a un jardín fae. Reconocí un toque de rosa de rocío, pero también una miríada de tonos florales, de los que flotaban por todo Aralinth. Algo en mí anhelaba regresar a aquella mágica ciudad.

Nikolai llegó en el carruaje poco antes de la séptima hora. Estaba vestido con el sencillo atuendo de un cochero, un disfraz con el que podía acercarse lo suficiente a la Casa de la Cosecha para vigilar y ser nuestro plan de escape si las cosas salían mal. Debajo de su uniforme vi la cadena del colgante con el encantamiento que evitaría que los mortales lo notaran si todo salía según lo planeado.

Nikolai saltó del sillín del carruaje y me recorrió el cuerpo con una mirada confundida.

—Por favor, dime que ese no es tu vestido —exclamó, levantando ligeramente el labio.

Wilden me había dado una capa exterior para proteger el vestido durante el trayecto a la mansión. Era negra, más fina que mi capa habitual, y se extendía desde el cuello hasta el suelo. Llevaba la máscara en la mano, pues no había necesidad de ponérmela hasta que saliéramos del carruaje.

—Yo ofrecí ser la conductora y que fueras tú quien distrajera al señor —le recordé. Vestirse como un juguete para los hombres ricos de Elverath era la parte menos atractiva del plan.

—Sí, pero algo me dice que a ti te encontrarían más atractiva incluso si mi atuendo hubiera sido superior. —Abrió la puerta del carruaje con una venia exagerada.

Miré dentro de la cabina vacía.

—¿Dónde está Riven? —pregunté.

Se suponía que debíamos llegar juntos a la fiesta. Él era el emisario de los fae oscuros, capaz de aprovechar su rango con los señores. Sin él o una invitación, me interrogarían nada más atravesar las puertas.

—Un pequeño cambio de planes —murmuró Nikolai. Sonaba molesto.

—¿Cómo de pequeño? —inquirí entre dientes.

—Nada complicado —respondió, levantando las manos—. Simplemente se fue a la mansión temprano para investigar algunas cosas. Te estará esperando en la puerta.

Quise protestar, pero no había nada que hacer. Riven ya estaba allí y había cambiado los planes sin avisarme. Si sobrevivíamos a la noche, le regalaría una muestra de mi ira.

Me subí al carruaje sin decir una palabra y cerré la puerta.

—Esto será divertido. —Escuché a Nikolai murmurar desde afuera.

Miré por la ventana cuando subíamos por el camino de piedra arenisca. La mansión se veía diferente desde el suelo. Me había acostumbrado tanto a recorrer sus tejados y paredes que había olvidado lo bonita que era. Al igual que el resto de la ciudad, había sido construida en círculos. El camino atravesaba el foso circular que rodeaba la gran casa, flanqueado por muros de piedra a ambos lados.

Unas pequeñas islas circulares cubiertas de árboles que florecían de color rojo y naranja estaban esparcidas por el agua. La mansión en sí misma había sido erigida en piedra arenisca. El segundo piso estaba rodeado por una terraza al aire libre que, gracias a su posición en la colina más alta de Cereliath, tenía las vistas más hermosas de toda la ciudad. Unos majestuosos pilares de roca amarilla sostenían el techo y la torre de piedra solar sobre él.

Nikolai dirigió los caballos hacia la pequeña fila de carruajes que se había formado en la entrada principal de la mansión. Permanecí sentada pacientemente mientras avanzábamos con lentitud, buscando a Riven a través de la ventana del carruaje. No lo vi.

No era una buena señal de cómo iría el resto de la noche.

Después de varios minutos, Nikolai saltó y me abrió la puerta, ofreciéndome el brazo para que yo lo tomara. Por un brevísimo instante, dudé. Los sirvientes no le ofrecían ayuda a la Espada del rey.

Pero esta noche yo no era la Espada del rey. Llevaba semanas sin serlo, a decir verdad.

Todo lo que verían sería a otra mujer mortal con un vestido espectacular.

Eso si tenían la oportunidad de verlo. Riven era nuestro único billete de entrada. Era más seguro que exponerme como la Espada. No muchos cuestionarían a un emisario de los fae oscuros en la cara; estarían tan atemorizados que no protestarían, incluso si quisieran. Contábamos con eso.

Justo como yo contaba con que Riven se presentaría para recogerme.

Nikolai cerró la puerta detrás de mí e hizo una reverencia cortés. Pude verlo contener una venia demasiado exagerada, pues sería un gesto bastante extravagante para un humilde cochero. El objetivo era pasar desapercibido, una tarea difícil para Nikolai en cualquier circunstancia.

Me bajé la capucha sobre el rostro y jugué con el brazalete dorado que llevaba en la muñeca. Syrra lo había hecho a mano y Riven había infundido el metal con un encantamiento que evitaría que la gente me viera por completo. Incluso si la máscara fallaba, mis orejas le parecerían mortales a cualquiera que estuviera dentro. El color plateado de mis ojos sería de un tono marrón normal para cualquiera que no supiera quién estaba detrás de la máscara. Funcionaba igual que el encantamiento que habíamos atravesado en Aralinth.

Me di cuenta de que, sin Riven, estaba atrayendo demasiada atención ahí parada, en medio de la entrada, sin una invitación o una cita. A las mujeres no se las invitaba a la Casa de la Cosecha, sino que acompañaban a los nobles que trabajaban allí.

Pero, de repente, Riven apareció por el sendero del jardín con paso enérgico. Suspiré; mi ira se convirtió en alivio. Estaba envuelto en ropas negras. Llevaba unas botas largas hasta la rodilla que terminaban en unos pantalones hechos a medida en el mismo tono belladona. Su chaqueta era larga, con varios botones que la cerraban a lo largo del pecho. Una cadena dorada conectaba el botón superior a un escudo de armas dorado de tres hojas de abedul anciano.

El blasón de los fae.

Y por si su atuendo y su musculatura imponente no fueran lo suficientemente notables, llevaba también una máscara de color verde azulado oscuro que no hacía nada por ocultarle las orejas de fae, mientras que sí le enfatizaba el color de los ojos y los ángulos agudos del rostro. Llevaba el pelo negro trenzado a ambos lados de la cabeza y la parte superior recogida hacia atrás con un broche dorado antes de caerle en cascada por la espalda.

Era más que guapo: era deslumbrante. Incluso yo no pude evitar sentirme atraída por él. No había ningún hombre mortal aquí que pudiera compararse con Riven. Ese era el punto. Nuestra presencia buscaba ser una distracción tan obvia que nadie se diera cuenta cuando retiráramos la llave del cuello de lord Curringham.

Riven bajó la cabeza y me ofreció un brazo.

—Cambiaste el plan. —Solté las palabras a través de una sonrisa rígida.

—Todo seguirá igual de ahora en adelante. —Su aliento me calentó el cuello.

Tomé el brazo de Riven y enfoqué la mirada en el puente afilado de su nariz. Él se dio la vuelta, evitando mirarme. Sentí mi estómago caer hasta el suelo de baldosas blancas.

No me importaba que Riven guardara secretos. Solo esperaba que no nos mataran.

El salón estaba lleno de gente. Algunos eran invitados; otros, sirvientes mestizos de la casa. Todos se quedaron mirándonos mientras pasábamos, pero no a mí, sino a Riven.

Habían pasado décadas desde la última vez que cualquier casa importante en Elverath hubiera acogido a uno de los fae oscuros. Los ojos de todos se desorbitaron cuando se dieron cuenta de quién era Riven, de qué era. Una de las esposas de los nobles se desmayó cuando pasó frente a ella.

No había marcha atrás. Las noticias de la presencia de Riven les llegarían a las penumbras en un día, horas incluso, si alguien escribía a Silstra. Por fortuna, todas habían sido convocadas en Volcar.

Al final del pasillo estaba el guardarropa. Dos sirvientes mestizos que estaban fuera de la pequeña habitación saludaban a los invitados y recogían sus ropas de abrigo.

—Necesito dejar mi capa —avisé a Riven, señalando la habitación.

Él asintió, examinando con la mirada el rostro de cada invitado enmascarado.

—Te veré en el balcón —dijo antes de continuar por el pasillo. Vi cómo movía la cabeza de un lado a otro en busca de nuestro objetivo.

Pasé junto a los sirvientes y les dije que me gustaría colgar la capa yo misma. Quería algo de privacidad para ajustarme la máscara. Pasé por las filas de perchas y abrigos hasta que encontré un gran espejo. Acerqué uno de los percheros y me escondí detrás. No quería que los sirvientes me vieran las orejas, con o sin encantamiento.

Me puse la máscara sobre el rostro. La mayor parte de la frente me quedaba cubierta con unos cordones dorados que se abrían hacia afuera como alas al vuelo, avivando el humo y las llamas de mi vestido. Una gruesa cinta de color carmesí me la fijaba alrededor de la cabeza. Me subí el pelo mientras la ataba, ajustando la cinta sobre cada oreja. Dejé caer el cabello y me alivió ver que las orejas quedaban completamente ocultas debajo de la cinta y del pelo.

Con el encantamiento disfrazándome los ojos, podría ser cualquiera.

Mortal. Mestiza. Tal vez incluso una elfa.

Los invitados murmurarían durante toda la noche, preguntándose quién iba del brazo del fae. No me importaba lo que dijeran siempre y cuando Curringham se uniera a la conversación.

Al salir, me quité la capa y se la entregué a uno de los sirvientes. Abrió los ojos de par en par, fijándose en cada detalle del vestido. Wilden se había superado a sí mismo.

Caminé por el pasillo hasta el gran salón de baile y entré por las amplias puertas que daban al balcón. Riven estaba de pie en medio del lugar, observando por encima del borde a la multitud de abajo. Podía escuchar las conversaciones silenciosas de los invitados que ya se reunían en la pista de baile: damas que susurraban detrás de sus abanicos de seda y nobles chismorreando entre tragos de vino.

Respiré hondo y me dirigí hacia Riven. Un grupo de damas me miraron boquiabiertas al pasar; se les congelaron los brazos en el aire, aún sosteniendo sus abanicos. Un sirviente dejó caer una bandeja, pero nadie la escuchó. Todos los rostros que llenaban el pasillo se habían vuelto hacia mí. Me miraban con los ojos muy abiertos y sin pestañear mientras caminaba hacia el balcón.

Con cada paso que daba, la tela del vestido se movía y el carmesí se convertía en caléndula antes de revelar las capas interiores de carbón y humo. Estaba vestida de fuego vivo. Me sentía incómoda bajo sus miradas. Había pasado mucho tiempo acechando en las sombras, evitando la atención a toda costa, temiendo las miradas que la gente me dirigía cuando reconocían mi capa negra o el broche de la espada que llevaba al cuello. Pero estas miradas eran diferentes.

No había miedo ni rechazo en sus rostros, solo asombro. Levanté levemente la barbilla. No era un monstruo esta noche: era un premio.

Los susurros de los invitados llamaron la atención de Riven, que se dio la vuelta para mirar qué pasaba. Sentí cómo se le escapaba el aire de los pulmones cuando sus ojos aterrizaron en mí. Dejó la mirada fija en las arremolinadas capas de fuego y en la piel de mi pantorrilla desnuda, desde donde fue subiéndola despacio. La respiración se me entrecortó cuando llegó a la abertura que revelaba el más mínimo indicio de mi cadera. Los ojos le brillaron como una tormenta violeta al contemplar el corte apretado del corpiño.

El familiar parpadeo de corriente eléctrica me recorrió la piel. Sus ojos se dirigieron a los míos. No había odio allí, sino algo más, casi salvaje. Les eché un rápido vistazo a sus colmillos antes de cogerlo de la mano y acercarlo a mi costado.

—No te quedes mirando —susurré.

Riven parpadeó y se aclaró la garganta.

—Lo siento —dijo, y nos guio por la escalera izquierda. Me deslizó la mano por la espalda y me la dejó en la cintura, encendiéndome un fuego en la piel que me pareció mucho más real que la ilusión de mi vestido.

Lord Curringham estaba de pie al final de las escaleras. El colgante dorado que lucía sobre la chaqueta negra se le movía por el pecho con cada respiración.

Lady Darolyn estaba detrás de él, con la boca en línea recta, mirándome. Había notado el hambre en la mirada de Curringham.

La mano de Riven me apretó la cintura.

El noble le hizo la más mínima reverencia, ignorándome por completo, aunque estaba a su lado.

—Me disculpo por no saludarle en la puerta. No sabía que lord Feron pensaba enviar a un delegado a nuestras festividades —dijo en tono diplomático. Tenía las mejillas enrojecidas y un brillo húmedo en la frente.

Sonreí. Ojalá pensara que Riven se convertiría en un lobo gigante que se lo comería entero. Era mucho más divertido ver a Curringham de frente que desde su techo.

—Gracias, lord Curringham, por su cálida bienvenida —respondió Riven con una pequeña reverencia—. Mi tío envía sus saludos y espera que la cosecha de este año sea aún más abundante que la anterior.

—Espero que usted y su... señora... —Curringham me miró, tratando de discernir qué tipo de criatura era en realidad. Tuve la tentación de mostrarle los colmillos por puro rencor—. Espero que nos honren participando en el primer baile.

Riven abrió la boca para negarse, pero yo quería sorprender un poco más al lord.

—Será un placer —intervine, deleitándome por lo sorprendido que reaccionó al ver que una mujer se dirigía a él. O una hembra. Sabía que le molestaba no poder averiguarlo.

Agarré el brazo de Riven con más fuerza y lo conduje a través de la habitación.

—Necesitamos crear una oportunidad para robar el colgante —susurró con dureza.

—No ganamos nada negándonos a bailar —respondí sin apenas mover los labios.

Riven me miró, poco convencido. Los hombros se le encorvaron. Examinó la pista de baile, llena de parejas.

—Sabes bailar, ¿verdad? —pregunté.

El estómago se me apretó. Habíamos planeado durante semanas asistir a un baile y nunca había pensado en preguntarle a Riven si sabía bailar. Me había limitado a asumir que había aprendido por ser un inmortal.

—Por supuesto que sé bailar —me espetó, y se detuvo en medio de la pista de baile.

Yo sonreí.

—Bien, porque no puedo guiarte como de costumbre.

La banda de cuerdas comenzó a tocar y todas las parejas se prepararon para el baile. El ritmo lento de la música flotaba por la habitación. Riven tomó una de mis manos y me puso la otra en la cintura. Se me encendía la piel en los lugares en que me tocaba.

Me acercó a él. Cuando empezó el vals, nuestros cuerpos se rozaban con cada respiración. Incliné la cabeza hacia atrás mientras girábamos por la habitación. Los ojos de Riven se fijaron en mi cuello expuesto. El estómago me dio un vuelco al pensar en lo calientes que sentiría sus labios si me los presionara contra el pulso acelerado. Los dedos de Riven me asieron con más fuerza la piel en tanto dábamos vueltas con las otras parejas.

El violonchelista aumentó el ritmo; nuestros pasos se aceleraron para igualarlo. Las otras parejas de bailarines revoloteaban por la sala, contentas de girar como una sola ola sincronizada. Riven sonrió y me agarró la cintura con ambas manos. Abrí los ojos cuando me levantó del suelo como si nada y giró conmigo por encima de su cabeza al tiempo que yo intentaba recuperar el aliento. Los rostros a nuestro alrededor se volvieron borrosos, pero sus ojos violetas me estabilizaban en medio de las vueltas.

Las capas de mis faldas se arremolinaron en el aire, amenazando con incendiar la habitación. Riven me bajó despacio, deslizando mi cuerpo contra el suyo hasta que los pies me quedaron flotando justo por encima del suelo. Entonces se reincorporó al baile, dando vueltas conmigo, sin un milímetro que nos separara y con mis pies apenas rozando el suelo de piedra. Eché la cabeza hacia atrás y me reí cuando giramos más rápido. Estábamos bailando, pero, con Riven abrazándome, me sentía volar.

La música se ralentizó. Riven dejó que mis pies tocaran el suelo. Extendió el brazo y giré sobre el suelo una vez más, envuelta en llamas. Tiró de mi mano y me acercó hacia su pecho. Las otras parejas hicieron una reverencia cuando el crescendo final resonó en el salón de baile, aplaudiéndole a la banda, pero Riven me sostuvo con firmeza.

Levanté la vista para encontrarme con su mirada clavada en mí. Su rostro tenía la misma admiración que los invitados en el pasillo, pero el suyo era más dulce. No estaba observando el rostro de una mujer misteriosa, sino mis ojos plateados, consciente de que era yo quien estaba detrás de la máscara.

Levantó la mano y me acarició suavemente el pómulo.

—Siempre eres hermosa —susurró—, pero eres *exquisita* cuando te ríes.

Me besó la mano y me olvidé de respirar: solo parpadeaba. Todas las palabras habían abandonado mi cuerpo. La corriente eléctrica me fluía a través de las extremidades, dejándome cada centímetro de piel expuesta y en carne viva.

Alguien gruñó detrás de mí. El momento se rompió. Apreté la mandíbula y me di la vuelta para encontrarme con Curringham ahí parado.

Me extendió una mano frente a la cara, pero mirando a Riven.

—¿Me permite este baile? —preguntó.

Las manos de Riven se convirtieron en puños. Los ojos violetas le brillaron y pude saborear algo ácido en el aire.

—Tiene que preguntárselo a ella —dijo con los dientes apretados.

Curringham palideció al notar el cambio en sus ojos violetas. Yo tomé su Curringham y forcé una sonrisa.

—Por supuesto, mi señor —acepté con una reverencia—. Será un placer.

Curringham ubicó una mano en la parte baja de mi espalda. Yo se la subí, asegurándome de pellizcarle la piel al hacerlo.

—Veo que a los fae les gustan las mujeres salvajes, ¿no es así? —me susurró al oído. No podía verme el ceño fruncido sobre su hombro.

Riven estaba de pie detrás de un grupo de nobles, envuelto en la sombra del balcón. Observaba cómo Curringham me paseaba por la habitación como si fuera su premio. Me entraron ganas de vomitar, pero aún no habíamos conseguido el colgante.

Riven y yo habíamos pensado en distraer al lord con bebidas, pero esto funcionaba igual de bien. No me atreví a mirar hacia abajo mientras bailábamos, pero moví lentamente los dedos a lo largo de su hombro, esperando la ocasión de agarrar la cadena. Curringham se tropezó con otra pareja y perdí la oportunidad. Los miró como si fuera su culpa; yo luché contra la necesidad de poner los ojos en blanco. Ni empeñando toda su fortuna aprendería Curringham a bailar. Se movía dando pisotones torpes sin ningún respeto por la pista de baile ni por mis faldas.

La canción terminó y me alejé de él con una venia exagerada.

—Gracias, mi señor —dije y me fui a buscar un vaso de agua.

Lady Darolyn se abalanzó sobre su lord y lo ancló a la pista de baile.

Me tomé el líquido de un solo golpe para aplacar la rabia. Curringham dejó a lady Darolyn en medio de la pista de baile y se unió a un grupo de cuatro nobles que se reían a carcajadas, salpicando el suelo de vino.

Di un paso hacia ellos, pero otro caballero se materializó a mi lado. Su rostro me resultaba vagamente familiar por las semanas en que vigilé la mansión, pero no recordaba su nombre.

—¿Bailamos? —preguntó, extendiendo el brazo.

Sin querer, había caído en otro baile mientras vigilaba a Curringham desde el lado opuesto de la habitación. Aquel noble tenía el ceño fruncido y el brazo extendido en el aire, a la espera de que yo lo tomara. De mala gana, dejé que me arrastrara a la pista.

Mantuve los ojos en los nobles con cada giro que daba por el salón. Riven estaba de pie detrás de ellos, esperando su oportunidad. Seguí dando vueltas con el señor sin nombre por la pista de baile al ritmo del vals. Amplié los pasos para redirigirnos hacia el grupo de caballeros.

Estábamos a solo unos pasos de Curringham y podía sentir sus ojos sedientos de mí. Giré fuera del alcance de mi compañero, aunque sosteniéndole la mano para que pareciera que él lo había iniciado. Si Curringham y sus nobles no pensaban moverse, me estrellaría contra ellos.

Mi estrategia funcionó.

Los caballeros retrocedieron con un grito de sorpresa. Curringham ni siquiera se dio cuenta de que Riven le deslizó un colgante falso alrededor del cuello. Todo lo que tenía que hacer era cortar la cadena que sostenía el verdadero y lo habríamos conseguido.

Contuve la respiración cuando lo vi acercarse con un cuchillo que solo yo podía ver. Agarró la cadena dorada y pasó la hoja por debajo para hacer el corte, pero Curringham se tambaleó hacia adelante para alcanzar una flauta de champán que llevaba un sirviente que pasaba por allí. La hoja de Riven falló y la cadena se soltó de sus manos de un tirón.

El sirviente no se dio cuenta; siguió caminando por la habitación. Curringham dejó a los nobles donde estaban y se marchó tras él.

Riven se quedó de pie con un cuchillo y sin llave.

¿Cuánto tiempo teníamos hasta que Curringham se diera cuenta de que llevaba puestos dos colgantes de uno que se suponía que era único?

Necesitaba hacer algo. Rápido.

—Me estoy mareando —le dije al noble en medio del vals. Bajó la mano y me preguntó si podía ayudarme a encontrar un asiento, pero me negué.

Escudriñé la habitación en busca de Riven, que estaba acechando a Curringham por las paredes curvas del salón de baile. Llamé su atención y asentí una vez. Me lanzó el cuchillo cuando pasé a su lado. Yo agarré el mango en el aire y me acomodé la hoja contra la muñeca.

Curringham estaba de pie junto al sirviente, cerca de la escalera. Sus aullidos sobre el mal servicio reverberaban desde los escalones de mármol. Me deslicé el cuchillo por la manga izquierda e hice como si tomara una copa de la bandeja del criado. Luego fingí tropezarme con mis faldas. Caí contra Curringham, poniéndole las manos en el pecho como apoyo.

—Mis disculpas, señor —dije en una voz tan sensual como pude.

Tenía la mano izquierda apoyada sobre su hombro; moví los dedos hasta que toqué la primera cadena. No tenía forma de distinguir el colgante falso del verdadero.

—No se preocupe —dijo Curringham con un tono hambriento que me desagradó. Me envolvió la cintura con la mano y me apretó la cadera—. Nunca dejaría que una criatura tan bonita cayera de rodillas sin importar cuán hermoso fuera el espectáculo. —Lo odié aún más.

Entrelacé los dedos en una de las cadenas de oro, pero todavía no estaba segura de si era el colgante real o el falso. Probé con el otro. La sensación fue diferente. Casi más pesado, como si estuviera recubierto de algo que no tenía la otra cadena.

Magia.

¿Cómo podía sentirla? No tuve tiempo de analizarlo. Corté el metal con el pequeño cuchillo y logré soltarla, pero se enganchó a la otra cadena.

Curringham se puso rígido bajo mi tacto y empezó a bajar la mirada hacia su pecho.

—Ahí estás —dijo una voz oscura desde algún lugar detrás de nosotros.

Los ojos de Curringham siguieron a Riven, que se acercaba desafiante por la pista. Me atrajo hacia él, cubriéndome la mano y el colgante con la suya. Colocó nuestras manos entrelazadas entre nuestros torsos y se inclinó para besarme.

La electricidad acumulada entre nosotros explotó. Algo me atravesó el pecho y el aire escapó de mis pulmones. Riven retrocedió por un momento, con los ojos muy abiertos, y supe que había sentido la misma explosión desatarse desde el centro de su cuerpo. No me giré cuando Curringham se alejó.

Solo veía a Riven. Sus ojos violetas penetraron los míos y me calentaron tanto la piel que me pregunté si mi vestido estaba realmente hecho de llamas. Se lamió con un movimiento rápido el labio inferior, como si degustara el rastro que el mío había dejado atrás.

Quería más. Quería probarlo de nuevo, sentir esa corriente que se disparaba entre nosotros.

Lo acerqué a mí, empinándome sobre los dedos de los pies para alcanzarlo, pero no hizo falta, pues su cuerpo se amoldó al mío. Me rodeó con los brazos y me acercó a él con tanta fuerza que no quedó aire entre nosotros.

Cuando finalmente me besó, no fue suave, sino hambriento. Él también anhelaba sentir esa onda de corriente que nos recorría. Conseguí llevar la mano libre hasta su pelo y tiré suavemente de él. Riven gimió en mi boca, mordiéndome el labio inferior para que pudiera sentir el filo de sus colmillos.

Sabía como a una mañana de primavera, fresco y silvestre. Me relajé en él, en su calidez. Me rozó el brazo con una mano; luego me acunó la mejilla con ella. Acabó con el beso, con los ojos rebosantes de hambre, y me dio uno muy suave en la frente.

—Le llevaré la llave a Nik —me susurró al oído.

Asentí, sin poder responder nada, y lo observé subir las escaleras. La visión se me nubló cuando desapareció por el pasillo.

Necesitaba sentarme.

Tomé uno de los asientos pequeños que se solían reservar para los mortales mayores. «¿Qué ha sido eso?», me pregunté, llevándome la mano a los labios. Todavía podía sentir el fantasma del tacto de Riven como una quemadura en la piel. Sabía que me había besado para distraer a Curringham, pero no tenía que haberme besado *así*.

Miré hacia las escaleras. Mi piel anhelaba su tacto, lo ansiaba ahora que no podía verlo. Tomé un trago de un vaso de agua y no pude dejar de mirar el balcón.

—¿Dónde está George? —les preguntó un hombre alto a dos de sus compañeros, reunidos en una mesa contra la pared.

—No estoy seguro —respondió un señor bajo y regordete—. No lo he visto desde que hablamos con el príncipe.

¿El príncipe?

El cuerpo se me convirtió en hielo. Agrieté el vaso de agua con la mano.

Damien. Nunca se perdía una fiesta, incluso cuando su padre le ordenaba que se quedara en la capital. El estómago se me revolvió con violencia mientras escudriñaba el salón en busca de su figura. Las cicatrices de la espalda me ardieron.

Teníamos que irnos. Damien era orgulloso, demasiado orgulloso. No se iría sin tratar de coquetear con la pareja de un fae oscuro. Una mirada a mi vestido, un comentario sobre mí que saliera de los labios de algún noble que no le agradara, y me convertiría en su próximo desafío.

No podía dejar que eso sucediera. Confiaba en que el encantamiento me mantendría oculta de los nobles y las personas que no conocían mi rostro ni mi nombre, pero Damien era diferente. Me acorralaría e intentaría conocer mis secretos para seducirme. Pero ¿y si me reconocía? ¿Y si reconocía mi voz? Solo bastaría un momento de interrogatorio, un pensamiento fugaz, y el encantamiento se haría añicos.

Me vería.

Un destello de ojos plateados y Damien sabría que era yo. Que yo era la cita del fae oscuro. Que viajaba con una banda de delincuentes. Que la Espada del rey había traicionado a su rey. Todo lo que habíamos hecho se desmoronaría por culpa de Damien y su estúpido orgullo.

Respiré profundo. Necesitaba encontrar a Riven ahora.

Me puse de pie tan rápido que la silla se cayó, rebotó contra el suelo y se astilló en el espaldar. No me importó. Subí corriendo las escaleras. Riven no estaba en el balcón, así que corrí por el pasillo, vigilando a la multitud escasa. No estaba allí.

Me asomé al guardarropa.

Tampoco estaba ahí.

—¿Keera? —habló una voz detrás de mí. Sentí que el cuerpo se me relajaba con alivio. Riven era el único aquí que me conocía por ese nombre.

—Riv… —dije, dándome la vuelta para mirarlo.

Pero el fae que se encontraba detrás de mí no tenía ojos violetas ni cabello oscuro que le caía por la espalda. No era un fae en absoluto.

Era un hombre.

Un príncipe.

Solo que no el que me esperaba.

CAPÍTULO 32

TARDÉ UN INSTANTE MÁS DE LO PRUDENTE en hacer una reverencia.

—Su Alteza —dije, mirando al suelo.

—Pensé que eras tú —susurró Killian, dando un paso hacia mí. Inspeccionó el pasillo con sus ojos verdes para asegurarse de que nadie estuviera escuchando—. Te vi bailando hace un rato con un fae, pero tus ojos…

No completó la frase. Sentí cómo me examinaba el cuerpo. No con la desfachatez de Curringham ni con la crueldad con la que me habría observado su hermano, sino como si estuviera tratando de armar un rompecabezas.

Sabía demasiado. Me había descubierto. Me cubrí la muñeca con una mano para ocultar de su vista el brazalete con el encantamiento.

—Es absurdo —continuó Killian con una leve sonrisa—. Tus ojos son los mismos de siempre.

—¿Cómo me ha reconocido? —pregunté, señalando la máscara y el vestido. Sin mencionar el encantamiento que se suponía que me haría irreconocible.

Killian hizo una pausa y dio otro paso hacia mí. Un rizo suelto le cayó sobre el rostro y le rozó los pómulos pronunciados. Se pasó una mano por el pelo para apartar los bucles rubios hacia atrás. Estaba tan cerca que podía sentir el olor a pergamino en su piel.

—Ojos plateados —respondió Killian. Luego se inclinó y sentí su respiración en la mejilla—. Tu belleza no tiene igual, Keera —me susurró al oído—. En especial con ese vestido.

Se inclinó hacia atrás y me regaló la misma sonrisa traviesa que había tenido en Koratha, con una de las comisuras tan elevada hacia la mejilla que un hoyuelo le apareció junto a la boca.

¿El príncipe Killian me había reconocido solo con verme? Dejé escapar un suspiro y forcé una sonrisa rígida. No se había dado cuenta de que en ese instante había destrozado el encantamiento. Aún no tenía ni idea de que mi rostro permanecía oculto para todos los demás.

¿Cómo era posible? Solo lo había visto unas pocas veces en el palacio. ¿Cómo había podido verme tan fácilmente a través del encantamiento si no nos conocíamos? ¿Si él no sabía que yo estaba aquí?

—¿Su Alteza? —Un noble asomó la cabeza por las grandes puertas de la biblioteca.

—En un momento estaré contigo, Duke —dijo Killian con una sonrisa. Me ofreció el brazo—. Voy a dar un paseo por la pista de baile.

Se me tensaron los hombros. No podía rechazarlo: él era el príncipe. Escudriñé el pasillo en busca de cualquier señal de Riven, pero no lo vi por ninguna parte.

—¿Bailamos? —me ofreció, con la mirada fija en el brazo que aún seguía suspendido en el aire.

Sonreí y asentí. Si Killian no sabía que tenía el encantamiento, entonces tal vez no sabía que había llegado con un fae. Podría usar el baile a mi favor para establecer la narrativa de la noche y así poder controlar la versión que le contara al rey.

Respiré hondo y lo tomé del brazo. Sentí su calor suave bajándome por la mano. Por su linaje, creía que Killian sería diferente a otros hombres, más fuerte y robusto, como un mestizo, pero no. Killian era completamente como un mortal. La piel pálida se le tiñó del mismo color que su sangre: roja.

—Quiero saber qué está pasando —me susurró al oído cuando descendíamos las escaleras. Apenas movió los labios para mantener la sonrisa discreta que dirigía a nobles e invitados. Supuse que esa era la primera máscara que un miembro de la realeza aprendía a usar.

—¿Disculpe, Su Alteza? —pregunté con timidez. Quería más información antes de responder a cualquiera de sus preguntas.

—Sé que bailaste con un fae oscuro —murmuró, atrayéndome contra su pecho mientras comenzábamos a bailar—. ¿Asumo que tiene algo que ver con la Sombra?

Deslicé los pies por el suelo, siguiendo sus experimentados pasos. Killian aún pensaba que estaba trabajando en mi misión. Pensaba usarlo a mi favor.

Asentí despacio y me tomé el tiempo para elaborar una respuesta. No podía mentir por completo, pero demasiada verdad y Killian sabría lo suficiente como para exponerme.

—Viajé a Aralinth, según lo planeado —dije. Él me alejó de su torso en un giro y mis faldas chisporrotearon como llamas a mi alrededor hasta que me acerqué de nuevo a él. Su olor era terroso y mortal. Podía escucharle los latidos del corazón cuando lo miraba. Se aceleraron cuando le puse una mano en el pecho—. Pasé dos semanas en Aralinth, pero no encontré pistas —continué. Killian me hizo girar de nuevo al ritmo del baile. Ambos llevábamos sonrisas falsas y yo le susurraba—. Me enteré de que un emisario fae venía a Cereliath y pensé que la Sombra se reuniría con él aquí.

—¿Entonces no crees que este fae sea la Sombra? —preguntó con el cuerpo tenso, considerando las opciones.

—Si lo es, no he visto ninguna evidencia de ello —mentí sin esfuerzo.

Nada cambió en la cara de Killian ante mis palabras y el pulso no le tembló. Simplemente asintió. Un rizo se le descolgó de detrás de la oreja, pero no me soltó para acomodárselo.

—¿Crees que los fae oscuros están preparando un ataque contra mi padre? —preguntó, y por unos segundos su sonrisa apretada se convirtió en una mueca.

Fingí analizar su pregunta antes de responder.

—No. Lord Feron no parece tener ningún interés en Elverath. —Eso, al menos, era cierto—. El fae que seguí aquí es su pariente. No creo que haya visto mucho del reino, si es que lo ha visto. Incluso lord Feron se molestó por su partida. —Una ligera exageración, pero esperaba que ayudara.

—¿Crees que es un viaje de rebelión contra su señor? —El príncipe tenía una mirada severa mientras consideraba contra quién más podrían rebelarse los fae.

—Una rebelión del todo inofensiva —afirmé, redirigiendo los pensamientos de Killian—. No he escuchado mucho sobre este fae, ni por mis contactos ni por las penumbras. Creo que es joven, tal vez incluso el más joven de ellos. No he visto nada que indique que esto sea más que una especie de vacaciones. Además, los fae y su gente no anhelan el reino. Estoy empezando a dudar de que ellos y la Sombra estén conectados de alguna manera. —Giré una vez más, sin dejar de mirarlo. Necesitaba que confiara en mis mentiras.

Killian se mordió el labio.

—¿Entonces no crees que la Sombra esté aquí?

Fingí un suspiro para que pareciera que había estado lidiando con las mismas preguntas.

—La Sombra es inteligente. No creo que fuera una coincidencia que creyera que estaba conectado con los fae. Me parece que alentó el rumor e incluso que lo creó.

El rostro de Killian reveló lo que acababa de comprender. Elevó las cejas hasta que le quedaron ocultas bajo el corte del pelo.

—Una artimaña.

Asentí.

—Exacto —dije, fingiendo un tono derrotado—. Y no estoy segura de que los fae sean conscientes de ella.

—Las penumbras no han hecho más que toparse con callejones sin salida —dijo Killian. Luego se mordió el interior de la mejilla y soltó una risa burlona.

Era mi oportunidad. Ahora que me había visto, había mucho más en juego, y no podía confiar en que mi anonimato me ayudara a sobrevivir a la rabia del rey. Necesitaba que se diera cuenta de que yo era valiosa, demasiado valiosa como para matarme. Para lograrlo, comenzaría con brindarle parte de la verdad al príncipe.

A Riven no le iba a gustar el juego que estaba a punto de iniciar, pero Riven no estaba aquí.

—Creo que la Sombra se ha estado escondiendo a plena vista —dije mientras girábamos por la pista de baile. Le lancé una mirada amenazante a la habitación, una de la que Nikolai se habría sentido orgulloso.

Los ojos de Killian también escanearon el salón antes de volver a mí.

—¿Crees que está aquí?

Había llegado el momento. Necesitaba ofrecerle suficiente verdad como para asentar la mentira que diría en la capital.

—Sin tener pistas contundentes —comencé, encogiéndome de hombros—, pensé que la Casa de la Cosecha sería un buen lugar para continuar mi búsqueda. La Sombra la ha atacado antes y estando tan cerca la Cosecha... —me interrumpí. El estómago me dio un vuelco tan violento que perdí el aliento. ¿Había dicho demasiado?

Era una apuesta, una que podía hacer que Killian llegara a confiar en mí por completo o condenarme del todo.

El príncipe relajó el ceño fruncido.

—¿Crees que atacará las rutas comerciales? —preguntó con la boca ligeramente abierta.

Asentí una vez, manteniendo el rostro neutral.

—Creo que sería la forma más eficiente de lanzar un ataque contra el rey —le confesé.

Esperaba haberle dado una dosis suficiente de verdad como para que se diera cuenta de que, mientras el resto de las penumbras tenían los ojos puestos en Volcar, yo había estado más cerca de atrapar a la Sombra. Cuando volara la presa, el rey y su hijo no tendrían más remedio que mantenerme como Espada, pues yo habría sido la única capaz de develar los movimientos de la Sombra.

Parecería que seguía siendo la espía que me habían obligado a ser en lugar de la traidora en la que me había convertido.

Mientras dábamos nuestros últimos pasos, Killian miró por encima de mi hombro con ojos desenfocados y pensativos. La música cayó en un suave *decrescendo* y el baile llegó a su fin.

—Mi padre debe saber esto —me anunció Killian con un rígido movimiento de la cabeza. Tenía la boca en una línea recta—. Necesito enviar un mensaje a Koratha de inmediato.

Asentí, pero el estómago me dio un vuelco. Un pájaro llegaría a la capital en tres días. Dos, si el príncipe enviaba un halcón. Al instante enviarían a cualquier penumbra que estuviera en la capital hacia las rutas comerciales, lo cual nos forzaría a llegar a Silstra más rápido que las noticias.

Sería ajustado, pero aún factible.

Hice una reverencia.

—Como mejor le parezca, Su Alteza.

Killian me agarró la muñeca.

—Ambos debemos viajar a la capital. Tan pronto como mi padre escuche las noticias, querrá a sus hijos y a su Espada cerca. —Noté un leve indicio de exasperación en el tono del príncipe, pero desapareció en un instante—. Te veré pronto —dijo con la voz súbitamente ronca.

Incliné la cabeza de nuevo, esperando que esa fuera toda la despedida, pero Killian no me soltó la mano. Con un rápido tirón me acercó a él, apenas un paso, y se inclinó hacia mí.

Me quedé sin aliento al ver su rostro acercarse al mío. Cerré los ojos, incapaz de alejarme del príncipe, y esperé el roce de labios que sabía que se avecinaba.

Pero sus labios no se encontraron con los míos. En cambio, presionaron la delgada piel de mi cuello. El pulso se me aceleró con aquel toque. Se estaba despidiendo de mí como si fuera una dama de la corte.

Estaba estrictamente prohibido despedirse así de una mestiza. Nadie en la habitación sabía que yo lo era, claro, pero él sin duda sí. Y lo había hecho de todos modos.

Killian no dijo nada más. Se apartó de mi cuello y se fijó en las líneas de mi máscara antes de mirarme fijamente. Tenía la piel sonrojada y, aunque el pelo se le había desbordado por encima de los ojos, no lo apartó. Simplemente se me quedó mirando, deleitado ante la longitud de mi vestido y el color plata que reflejaban mis iris. Luego se dio la vuelta y desapareció entre la multitud.

CAPÍTULO 33

Esperé cinco minutos antes de subir rápido por las escaleras. Necesitaba encontrar a Riven.

El príncipe y yo habíamos bailado una canción y hablado un poco. Riven había dicho que solo le iba a entregar la llave a Nikolai. ¿Le habría pasado algo? ¿Les habría pasado algo a los dos?

No fui a por la capa, sino que salí directamente para buscar el carruaje negro que Nikolai había contratado. Lo encontré descansando, medio dormido, en el sillín delantero. Riven no estaba por ninguna parte.

—¿Dónde está? —pregunté, y empujé a Nikolai con tanta fuerza que tuvo que sujetarse del carruaje para evitar caer al suelo.

—¿Quién? —preguntó, recogiendo el sombrero.

—¿Quién crees, Nik? —espeté, agitando un brazo en el aire.

Él se frotó los ojos y abrió la boca de par en par al ver mi vestido.

—Estás llena de sorpresas —dijo con una sonrisa.

—No es el momento —comenté entre dientes—. ¿Dónde está Riven?

Nikolai escudriñó el patio.

—¿Qué sucedió? ¿Conseguiste la llave? ¿Curringham te ha visto? ¿Estás herida? —Nik lanzó un torbellino de preguntas con una voz más aguda de lo normal. Me recorrió el rostro con los ojos, abiertos y preocupados.

—¿No lo has visto? —pregunté mientras me desplazaba hacia el otro lado del carruaje.

Miré por encima del hombro para asegurarme de que nadie nos estuviera observando y examiné con detenimiento el techo y todos los puntos elevados que conocía tan bien. No había señales de ninguna penumbra ni rastro de nadie.

Me escondí a la sombra del carruaje con la espalda contra la puerta. Nikolai fue lo suficientemente inteligente como para quedarse en su asiento, fingir que miraba hacia adelante y bajar el tono.

—No —contestó él—. No desde que te fuiste.

El estómago me dio un vuelco y entrelacé los dedos con fuerza. No era típico de Riven desaparecer.

—Él tiene la llave. Dijo que te la iba a traer, pero nunca regresó.

—¿Hace cuánto? —preguntó Nikolai.

—Quince minutos.

—Tal vez vio algo que despertó su interés —sugirió, apoyando la espalda en el carruaje—. Puede que solo esté por ahí, espiando.

Este no era un momento para conjeturas. ¿Por qué desaparecería Riven minutos después de robar el colgante? ¿Qué podría ser más urgente que asegurar la llave?

—Eso no es todo —susurré, moviendo apenas los labios.

La pierna me temblaba, golpeteando contra la puerta del carruaje. No estaba acostumbrada a trabajar con nadie; siempre me limitaba a pensar en cuidarme a mí misma, en preocuparme por mí. Sentí una opresión en el pecho y me dediqué a tironearme del pelo.

Nikolai volvió la cabeza.

—¿Qué más?

Cerré los ojos y deseé que todo lo que había sucedido desde ese beso hubiera sido un sueño.

—El príncipe está aquí —anuncié con la respiración pesada.

Nikolai soltó un insulto y tiró tan fuerte de las riendas que los caballos se sacudieron. Las bajó de nuevo sobre la lanza antes de volver a hablar.

—¿Cuál? Pensé que habías dicho que ambos príncipes estarían ausentes.

Miró hacia el sendero como si el príncipe pudiera aparecer de la nada. Sus palabras me encendieron las mejillas. *Yo* les había asegurado que los príncipes no serían un problema. Damien tenía la orden de permanecer en la capital y Killian debía regresar a Volcar. Tendría que descubrir por qué había cambiado de opinión después de que sobreviviéramos a la noche. *Si es que* sobrevivíamos.

—Killian, gracias a los dioses —respondí.

Los hombros de Nikolai se relajaron. Incliné la cabeza y comencé a preguntarme si sabía de la naturaleza cruel de Damien cuando una figura se movió detrás de mí.

Deslicé la mano entre las piernas para sacar la daga que me había enfundado contra el muslo. Estaba a punto de clavársela en el pecho al extraño cuando capté ese olor familiar a madera de abedul y rocío.

—Tranquila —ronroneó Riven.

—¿Dónde demonios te habías metido? —exigí, con la hoja contra su garganta. Podía ver el vaho que su aliento dejaba a lo largo del delgado acero. No me importaba. Quería respuestas.

—Tuve un contratiempo —dijo, apoyándose contra la puerta del carruaje, un poco más lejos de mi daga.

—¿Un contratiempo? —espeté.

La rabia me hirvió la sangre tanto que la visión se me volvió borrosa. Tal vez debería cortarlo, solo un poco.

—Te lo contaré en el carruaje, pero tenemos que irnos. —Riven se atragantó contra el acero—. Ahora.

—¿Qué está pasando? —Se me suavizó la voz al captar la preocupación en su tono. ¿Qué había pasado desde que me había dejado sola?

—Hemos despertado demasiada atención esta noche —dijo mientras yo bajaba la daga—. Tenemos que irnos ya. Reza para que algún noble desate un escándalo de borrachos y se hayan olvidado de nosotros para cuando amanezca. —Abrió la puerta del carruaje e hizo un gesto para que entrara.

Yo me eché a reír. Me reí de verdad. Ni siquiera me importó lo fuerte que sonó mi risa. Riven se estaba engañando a sí mismo si pensaba que se olvidarían de nuestra presencia. Le estaban escribiendo un mensaje al rey en este mismo instante.

—Es demasiado tarde para eso.

Bufé al tiempo que Riven me miraba fijamente con las cejas arqueadas. Le echó un vistazo a Nikolai, que tenía un brazo colgado sobre el sillín del conductor.

—El príncipe está aquí —intervino con tono serio.

Él y Riven intercambiaron una mirada que no pude comprender.

—¿Crees que te vio? —preguntó Riven, levantando la mano hacia mi pulsera para sentir si el encantamiento seguía intacto. Sabía que lo estaba.

—Hizo mucho más que verme —dije, apretando los labios. Todo había salido mal.

—¿Te reconoció? —preguntó Nikolai.

—Bailamos —aclaré, levantándole una ceja—. Tuve que decirle que estaba aquí de incógnito, en busca de la Sombra. —Observé a Riven, pero él no se encontró con mi mirada.

—¿Supo que eras tú? —Nikolai parpadeó—. ¿Incluso con el encantamiento? —Le echó un segundo vistazo a Riven y pude descifrar la preocupación en esa mirada.

Tiré de las cintas de mi máscara y me la quité.

—Sí —respondí, dejando caer los hombros—, pero no creo que se diera cuenta de que llevaba el encantamiento. Supo quién era yo antes de darme la vuelta.

El estómago me revoloteó ante el recuerdo de sus ojos sobre mí. Me llevé una mano al cuello. Riven, a mi lado, hizo un gesto burlón.

—Ah, ¿sí? —dijo Nikolai con tono sarcástico mientras volvía a mirar a su amigo.

—¿Me estoy perdiendo algo? —exigí.

—No —contestó Riven, y Nikolai negó con la cabeza.

—No, por supuesto que no —añadió Nikolai con sarcasmo—. Es solo que un miembro de la casa real que se suponía que debía estar en Volcar se encontraba aquí sin que lo supiéramos y, de alguna manera, pudo identificar a Keera con solo verla.

Nunca había visto a Nikolai mirar a Riven con más que una leve molestia, pero ahora tenía las fosas nasales muy abiertas y la frente arrugada sobre los ojos. Se le proyectaban sombras oscuras en las mejillas. Su rostro suave y amistoso se había transformado en amenazador.

—Seguramente recibimos información errónea —dijo Riven con una voz tan dura y cortante como el acero más afilado.

—¿Estás diciendo que esto es mi culpa? —ladró Nikolai, levantando las manos. Uno de los caballos se movió; él agarró las riendas para estabilizarlo.

—No tenemos tiempo para decidir de quién es la culpa —intervine, interponiéndome entre ellos. Lo que tuviera a Nikolai tan enfadado tendría que esperar—. El príncipe está enviándole una carta a su padre en este mismo momento. Tenemos que buscar a los demás e irnos de inmediato. Tendremos suerte si llegamos a Silstra antes de que las penumbras empiecen a patrullar las rutas comerciales.

—No podemos apresurar algo como esto —dijo Nikolai, sacudiendo la cabeza—. Cometeremos un error. Atraparán a alguien. En el peor de los casos, todos terminaremos ahorcados.

Su tono de voz era frío. Tenía razón, apresurarnos nos llevaría a cometer errores, pero ya no podíamos evitarlo.

—No tenemos otra opción —contesté.

—No estoy de acuerdo… —empezó Nikolai.

—No. No tenemos otra opción —sentenció Riven con un tono dominante—. Estoy de acuerdo con Keera. Tenemos que irnos ya.

Nikolai abrió la boca para protestar, pero Riven lo miró fijamente con esos penetrantes ojos violetas. Pude ver el poder que se agitaba detrás de ellos: era una advertencia y un recordatorio de quién tenía el rango más alto.

Después de un momento, Nikolai cedió. Se volvió hacia los caballos. Yo me subí al carruaje y Riven me siguió. Me negué a mirarlo. La ira me sacudía los huesos.

—Lamento haberte dejado sola —musitó después de varios minutos eternos. Tenía los ojos fijos en el suelo.

—Eso se queda corto.

Crucé los brazos sobre el pecho. Todavía apretaba la daga con el puño. No tendría ningún problema en clavársela si seguía haciéndome enojar.

—Sé que puedes defenderte sola, Keera —dijo Riven—. Has sido la Espada durante treinta años. Estoy seguro de que esta no es la primera vez que has tenido que hacer uso de tu encanto con uno de los hijos del rey.

Ni siquiera trató de endulzar sus palabras, pues el veneno habitual que cargaba en ellas había regresado.

—¿Qué quieres decir con eso? —inquirí, haciendo girar la daga sobre la muñeca para distraerme del golpe que sus palabras me habían asestado contra el pecho.

—Nada, aparte de que estoy seguro de que te las arreglaste bien. —La mandíbula de Riven palpitó.

—¿Te preocupa lo que dije cuando estaba con el príncipe? —Sacudí la cabeza y agarré el mango de la hoja aún más fuerte. ¿Cuántas veces más cuestionaría mi compromiso con nuestro plan?

Riven tuvo la deferencia de parecer culpable.

—No fui yo quien cambió de planes y desapareció, Riven —dije, clavando la daga en la madera de la pared del carruaje—, pero si insistes en cambiar las reglas, entonces deberías saber que no le dije nada sobre ti, ni sobre Nik, ni sobre ninguno de los demás. Más bien lo contrario. Puse en riesgo mi vida. Si el príncipe tiene alguna duda o necesita encontrar culpables una vez que explote la presa, el peso no caerá sobre ti. Yo seré quien responda ante la Corona, será a *mí* a quien le corten la cabeza.

Miré por la ventana hacia los elegantes setos de la mansión que daban paso a la piedra mientras dejábamos atrás los terrenos.

—¿Cómo puedo creerte? —susurró.

—Eres un imbécil, ¿lo sabías? —ladré, sacando la daga de la pared—. No sé cuántas veces más puedo repetirte lo mismo, Riven. ¿Por qué implicaría a más personas de las necesarias? Mi vida no vale más que la tuya o la de cualquiera de tus elverin. —El corpiño apretado me hacía jadear y me envolvía en un fuego que me encendía la rabia.

Él relajó la frente y sopesó lo que había dicho. Me enderecé contra el respaldo. Estaba cansada de cargar con mi parte de la misión y con las dudas que Riven tenía sobre mí. Lancé la hoja sobre el banco capitoné y crucé los brazos. Era hora de que tomara una decisión.

—Estoy harta de esto —dije, controlando la ira en mi voz—. Tienes que decidir ahora mismo si confías en mí. No vamos a vivir lo suficiente para llevar a cabo el plan si no lo haces. Pensé que después de Caerth te habrías dado cuenta de eso, pero no. Te paseas por la Casa de la Cosecha sin decirme a dónde vas o por qué y esperas que limpie tu desorden. Y luego tienes el descaro de decir que yo soy una mentirosa.

Me salía aire caliente de la nariz. No sabía qué me enfadaba más, si las acusaciones de Riven o mi decepción por no haber congeniado con él tanto como pensaba. El recuerdo de sus labios en los míos se repitió en mi mente. ¿Me había imaginado su expresión mientras me miraba, mientras me observaba, en esa pista de baile? ¿Cómo podía ser tan tierno un momento y pensar tan mal de mí al siguiente?

—Tienes razón —resolvió Riven, sacándome de mis pensamientos.

Abrí los ojos de par en par, sorprendida.

—No debería haberme ido sin decirte lo que estaba haciendo —continuó, apartándose un mechón de pelo de la cara—. Es la razón por la que Nik también está enfadado conmigo. Sé que te has dado cuenta.

Asentí, pero no quise interrumpirlo, no cuando al fin conseguía algunas respuestas.

—Nik se enteró de que Curringham ha estado interesado en invertir en una ruta comercial alternativa —me explicó, apoyando la cabeza contra la pared—. Quiere construir una carretera de Cereliath a Volcar. Decidí que era una oportunidad demasiado buena como para desperdiciarla, así que me aseguré de que su asistente supiera que yo estaba interesado.

—¿Nik no estuvo de acuerdo? —pregunté, arqueando las cejas. Le compraría una bebida a ese elfo cuando llegáramos a Silstra.

—Así es. —Riven asintió—. Pensaba que era demasiado peligroso agregarle algo más al plan. En especial no le gustó me haya ido sin decírtelo. —Dos bebidas. Es más, le compraría una taberna entera.

—¿Por qué no me lo explicó cuando me recogió? —pregunté, mordiéndome el labio. Si Riven le había ordenado que no dijera nada, la daga que tenía al lado se volvería una tentación demasiado grande.

—Deberías preguntárselo —dijo él, sin embargo, encogiéndose de hombros—, pero, conociendo a Nik, supongo que no quería molestarte sin necesidad. Se suponía que debía haber terminado con la inversión comercial para cuando llegaras, pero su asistente me retuvo al salir. Quería tener otra conversación en la oficina de Curringham. Ahí es donde estaba.

—¿Eso es todo? —pregunté.

Riven asintió.

—¿De verdad? —insistí—. No estoy de humor para «saber solo lo necesario».

—Todo lo que te he dicho es verdad —respondió Riven, con voz más suave—. Nunca te he mentido, Keera.

Sus ojos violetas me atravesaron hasta que me olvidé de respirar. El aire crepitaba con esa misma electricidad que se me esparcía por la piel cuando nos tocábamos.

Me recosté contra el asiento. Estaba demasiado enfadada como para tocarlo, a pesar de que quería hacerlo.

—¿Confías en mí? —pregunté, cogiendo de nuevo la daga. Necesitaba sostener algo o me acercaría a Riven.

Él se mordió el labio. Apreté la empuñadura con los dedos. Estaba harta de sus pruebas.

—Confío en que quieres acabar con el rey y en que sacrificarás lo que sea necesario para lograrlo —dijo, y tamborileó con los dedos sobre su rodilla—. Y te prometo que no haré ningún cambio en el futuro sin discutirlo contigo antes. Eso es lo mejor que puedo ofrecerte.

Suspiré. La adrenalina en la sangre se me estaba desvaneciendo. Estaba agotada de pelear y lo único que quería era partir hacia Silstra.

—Al menos ya no me odias —murmuré, apoyando la cabeza contra la pared del carruaje.

—Yo no diría eso —respondió Riven con una sonrisa. Sus ojos violetas destelleaban de atrevimiento, pero yo estaba demasiado cansada como para picar el anzuelo.

—Me gustaría recordarte que estoy sosteniendo una daga y que no descarto cortarte —lo amenacé, sin estar del todo segura de si estaba bromeando.

—Keera —dijo, mirando primero la daga que tenía entre las manos y luego hacia la ventana—, tú podrías herirme más que cualquier espada.

No dijimos nada más. Nuestro plan seguía intacto, pero solo apenas; sin embargo, de alguna manera, sentí que habíamos ganado, o que al menos yo lo había hecho. Había prometido mantenerme informada a partir de ahora. Era un paso pequeño, pero significativo para mí. Riven era aún más reservado con su confianza que yo, así que sabía el peso que tenía una promesa como esa.

CAPÍTULO 34

Syrra y Collin nos estaban esperando fuera del almacén abandonado. Ella tenía los brazos cruzados y las cicatrices le brillaban bajo la cálida luz del último sol poniente. Llevaba unas hombreras de cuero sobre los hombros anchos, que se elevaban por encima del delgado cuerpo de Collin. Estaba lista para la siguiente parte de nuestra misión.

Syrra sacudió la cabeza cuando Nikolai entró con el carruaje a través de las amplias puertas del edificio. El olor a grano rancio y moho invadió el carruaje tan pronto como abrí la puerta para saltar, antes de que nos detuviéramos por completo.

Sus ojos se posaron sobre mi vestido. La espalda se me puso rígida. Levantó una ceja y asintió con aprobación.

—Llegan tarde —dijo, a modo de saludo.

—Culpa de Riven —contesté, sin ocultar la molestia.

Él se bajó después de mí y le arrojó el colgante a Syrra, quien lo agarró con una mano.

—Misión cumplida, entonces. ¿No hubo sorpresas? —preguntó.

Acto seguido, retorció el centro del colgante, que se quebró como un huevo. Dentro había una llave dorada, no como las de hierro forjado que se utilizaban en tabernas o bares, sino una pieza circular de oro. Una llave élfica.

Syrra le arrojó la carcasa inútil a Nikolai. Le rebotó entre una mano y la otra hasta que al fin la atrapó en el pliegue del codo. Ella no pudo evitar sonreír.

—Solo hubo sorpresas, la verdad —dije, sin dejar de mirar la llave redonda—, pero tendremos que contártelo por el camino. —Le lancé una mirada a Syrra, pues necesitaba que entendiera la urgencia—. Tenemos que irnos esta noche. Ahora mismo.

Syrra observó el horizonte: el último sol casi se había puesto, unas franjas color violeta oscuro pintaban el cielo y las estrellas comenzaban a parpadear en el oeste.

—Mi equipo ya está listo para robar los explosivos, tan pronto como les dé la llave. Volveremos aquí en menos de una hora —anunció, y se metió la llave dorada en un bolsillo oculto de las ropas de cuero—. Haré que alguien prepare los caballos. Collin, carga las alforjas...

—No creo que tengamos tiempo para ir a caballo —dije—. Avanzaremos más rápido en carruaje.

Les eché un vistazo a Nikolai y a Riven, que hablaban en voz baja en la parte delantera del transporte. Nikolai puso los ojos en blanco ante algo que dijo su amigo. Pensé que no me habían escuchado, pero luego Nikolai dio un paso hacia nosotros.

—Un carruaje no puede moverse tan rápido como nosotros a caballo —respondió, alejándose de Riven.

—No —dije, mirándolos alternativamente—, pero tampoco podemos cabalgar toda la noche. Quiero llegar a Silstra lo antes posible, sin paradas diferentes a las necesarias para cambiar a los caballos.

Riven se movió a mi lado. Podía sentir el calor que emanaba de su cuerpo; luché contra la necesidad de apoyarme en él. Fuera lo que fuera, lo que había sucedido entre nosotros en la Cosecha había sido un error, una distracción. No podíamos permitirnos más distracciones ahora.

—Es más probable que las penumbras nos detengan si vamos en carruaje. Tendríamos que viajar por el Camino del Rey. No habrá forma de esconderse —dijo Riven, cruzando los brazos. Sentí el peso de sus ojos violetas sobre mí, pero no lo miré.

—Por suerte, estás viajando con la Espada del rey —respondí—. Si nos detienen, puedo aprovecharme de mi rango. Nadie requisará el carruaje si revelo quién soy.

Nikolai negó con la cabeza.

—No hay razón para correr un riesgo así. Es mejor no apresurarse y permanecer escondidos. —Se quitó el sombrero del conductor y los rizos negros se le derramaron sobre la frente.

—Esa dejó de ser una opción en el instante en que me vi obligada a bailar con el príncipe —espeté—. No tenemos tiempo. Ya me han visto, nada menos que con un fae oscuro, así que cualquier riesgo que corra no tendrá sentido si no llegamos a Silstra a tiempo.

Nikolai le lanzó a Riven una mirada suplicante.

—No necesitamos apresurarnos, Riv —insistió, arrojando el sombrero al suelo.

Riven no habló. Sus ojos pasaron de los de Nikolai a los míos. Yo me mantuve firme con los brazos cruzados y él tensó la mandíbula. El largo cabello se le movió con la brisa que soplaba desde la gran puerta, pero no rompió su mirada. Nikolai era su amigo, su mejor amigo, pero yo tenía razón. Sin importar lo que fuéramos —aliados, cómplices o rivales—, necesitaba que se pusiera de mi lado, que estuviera de acuerdo conmigo frente a todos los demás. Esa era la única forma en que aceptarían cambiar de plan.

—Keera tiene razón —dijo Riven, asintiendo—. Nos vamos esta noche.

Suspiré con alivio antes de comenzar a dar órdenes.

—Nikolai, ¿puedes meter los explosivos en el bastidor? ¿Hay suficiente espacio? —pregunté. Él asintió—. Muy bien. Tú y Collin pueden trabajar en eso mientras Syrra roba el material. —Ella salió del almacén y desapareció en la noche—. Todo lo demás está ya guardado —continué—. Riven y yo trazaremos la ruta y planearemos los turnos. Creo que podemos ser cinco. ¿Quién quieres que sea el quinto? —Miré a Riven.

—Collin —respondió—. Él sabe de explosivos casi tanto como Nik.

—¿Y mi opinión no cuenta? —intervino Collin.

Todos en la habitación se quedaron congelados y sus ojos se posaron en el mestizo. Nadie cuestionaba las órdenes de Riven.

—¿Tienes algún problema con el plan? —le preguntó este.

Vi el cambio en sus ojos, la oscuridad que se arremolinaba tras ellos. Los músculos de la espalda se le tensaron, preparándose para una pelea.

—De hecho, sí.

Collin se mantuvo erguido, con los brazos clavados contra los costados, como un recluta del Ejército del rey. El pulso de la garganta se le aceleró, pero no se alejó de Riven.

Riven dio un paso adelante y su gran cuerpo se elevó sobre el de Collin. El pelo largo dejaba rizos de sombra por donde caminaba. No estaba segura de si su poder emergía de él en una muestra de dominio o de falta de control. De cualquier manera, Collin no iba a durar mucho.

—Habla, entonces —dijo Riven. Enunció cada sílaba para que él tuviera una vista completa de sus colmillos. No era una orden: era un desafío.

Collin dejó al fin de observarlo para mirarme a mí. Me examinó el rostro con la nariz y el ceño arrugados.

—¿Estás seguro de que podemos confiar en ella? —preguntó en tono cortante—. ¿Y si este es su plan? Obligarnos a subirnos a un carruaje, sin poder escapar, solo para entregarnos a las penumbras o tal vez incluso al mismo rey. ¿Nos ayuda a conseguir un collar y de repente cambiamos todo el plan solo porque ella lo dice? Se ha pasado toda la vida matando a gente como yo. Es la asesina del rey, su puta.

La ira me atravesó como un destello de fuego. Apreté la daga hasta que me hormiguearon los dedos. La insolencia de Collin ya había frustrado nuestros planes una vez y eso les había costado la vida a dos penumbras. Levanté el arma, lista para decirle exactamente lo que pensaba a Collin de su confiabilidad, cuando Riven gruñó tan fuerte que las paredes temblaron.

Los mestizos de la parte trasera de la habitación dejaron lo que estaban haciendo y se nos quedaron mirando. Riven se elevó sobre Collin con los dientes afilados a solo unos centímetros de su rostro. El aire crepitó; probé ese sabor conocido en los labios. Las sombras a su alrededor parecían doblarse y arrastrarse por el suelo hacia las temblorosas piernas de Collin. Riven había dicho que sus poderes eran extremadamente limitados, pero parecía estar usando todos lo que poseía en ese momento. Tenía los ojos violetas fijos en Collin y unos anillos plateados le brillaban alrededor de las pupilas.

Era aterrador y hermoso.

Pensé que atacaría a Collin, pero Nikolai lo agarró del brazo. Riven se volvió hacia él con el labio apretado contra los dientes. Levantó un brazo por encima de su cabeza, preparándose para arremeter contra él. Nikolai no vaciló: siguió mirándolo fijamente. Di un paso hacia ellos, lista para empujar a Nik fuera del camino, pero algo en la rabia de Riven se disipó. Se le suavizaron los ojos, las sombras retrocedieron hacia la pared. Parpadeó una vez y supe que esta vez veía a Nikolai como un amigo y no como una amenaza.

Riven respiró hondo varias veces, con los hombros curvados hacia el suelo. Cuando levantó la vista, tenía la boca en una línea recta. Pude ver el pulsar de su mandíbula y un punto rojo en el labio, donde sus propios colmillos lo habían perforado.

Toda la tensión que burbujeaba entre nosotros estalló dentro de mí. Tenía miedo de tocar mi propia piel por el calor que me atravesaba. Moví las piernas y me di cuenta de que el único tacto que quería era el suyo. Él me miró con las fosas nasales muy abiertas, como si pudiera olerme el deseo en la piel. Entrelacé los dedos detrás de la espalda. No sabía lo que era ese sentimiento o lo que significaba, pero sí que ambos teníamos que mantener la concentración en el tema que nos atañía.

Riven asintió, como si me leyera los pensamientos. Se volvió hacia Collin y el grupo de elverin que tenía detrás.

—Quiero resolver esto ahora, frente a todos —anunció—. Sé que no les he dado razones para confiar en Keera… o incluso para verla como una de nosotros. —Su mirada se dirigió hacia mí y me encendió una llamarada en el vientre—. Eso es culpa mía —continuó Riven—. Tenía mis propias reservas debido a su título, un título que le fue impuesto —gruñó en dirección a Collin—. Nunca debí haber dejado que eso influyera en sus opiniones sobre ella. Si alguien se ha sentido molesto por mi fracaso como líder, le ofrezco mis disculpas. A todos ustedes y, especialmente, a Keera.

La garganta se me cerró ante sus palabras. No había sarcasmo en su tono ni dureza en su rostro. Su disculpa me desgarró el pecho. Había oído lo que le había dicho en Caerth, lo había escuchado, y había entendido que yo tenía razón. Los rostros de esas dos penumbras se me pasaron por la mente. Pensar en ellas dolía, como siempre, pero el dolor era más fácil de soportar sabiendo que Riven también entendía el peso de sus muertes.

—Tenemos que confiar los unos en los otros —continuó Riven— si queremos sobrevivir el tiempo suficiente para brindarles a los mestizos la justicia que se merecen. Keera se arriesgó en el momento en que ofreció una alianza. No teníamos por qué aceptarla…, yo no tenía por qué aceptarla, pero lo hice. Y no me arrepiento de esa decisión. Ya ha arriesgado su vida dos veces, salvó la de Nikolai y la de Syrra también, y esta noche ha podido terminar la misión por su cuenta. Una misión que solo peligró porque yo no pude confiar en ella lo suficiente.

Me miró fijamente y se llevó la mano al pecho. Luego dio un paso hacia mí sin quitarme la vista de encima.

—No volveré a cometer ese error —terminó con un tono áspero y grave.

El aire de los pulmones se me escapó por completo y sentí una opresión en el pecho. Mantuve la boca en una línea recta mientras asentía. No quería mostrarles a todos cuán profundamente me habían afectado las palabras de Riven. De algún modo, llevaba semanas esperando a que las dijera, pero en el fondo me ponían nerviosa. Todos los que se preocupaban lo suficiente por mí como para demostrarlo terminaban heridos o muertos, y no quería ser responsable de lo que le sucediera a Riven.

Me incliné hacia adelante, a punto de dar un paso, cuando Collin se movió. Riven se dio la vuelta tan rápido que pensé que se había convertido por completo en sombra.

—No hay lugar para ti aquí —le dijo a Collin, abalanzándose hacia él una vez más.

Esta vez no encorvó los hombros hacia adelante y los labios le cubrieron todos los dientes. Estaba mortalmente tranquilo e irradiaba la paz de un depredador de pie ante su presa.

Collin abrió los ojos de par en par, mirando a Riven y a Nikolai, y rogándole a este último que volviera a interponerse entre ellos.

—Lo siento, Riven —gimió.

—Llevarás a los elverin rumbo a Desembarco del Mortal. Syrra te informará sobre cómo reabastecer provisiones allí y qué aldeas abastecer primero. ¿Queda claro? —le ordenó él. Su profunda voz resonó en las paredes.

Collin inclinó la cabeza y se fue sin decir nada más.

El resto del grupo se puso a terminar de prepararlo todo. Dos mestizos desengancharon a los caballos y se los llevaron. Nikolai se inclinó para inspeccionar el bastidor del carruaje.

—Estaré en el salón para cuando estés lista —me dijo Riven, y se dirigió hacia la puerta sin esperar una respuesta.

Seguí el ejemplo de Nikolai y los demás y decidí darle un poco de espacio. Agarré mi alforja y me subí al carruaje para cambiarme. Me quité el vestido y me puse cómoda en mis pantalones y túnica habituales. Después me envolví la capa alrededor del cuello. Volví a sentirme yo misma.

Salí y me apoyé en el carruaje. Nikolai estaba debajo, con la espalda apoyada sobre una tabla rodante. Dijo que la había inventado para poder construir sus creaciones, que estaban dispersas por el almacén. Podía oírlo golpear algo contra el metal del bastidor. Después de unos cuantos balanceos, salió y me miró.

Tenía el ceño fruncido, no sabía si hacia mí o el carruaje. Se mordió el labio y pude ver una pregunta que se le arremolinaba detrás de los ojos.

—¿Qué, Nik? —inquirí para acabar con la tortura.

Él inclinó la cabeza, sosteniendo una llave de tuerca.

—Algo sucedió entre tú y Riv en la mansión. —No era una pregunta.

Una ráfaga de calor me inundó las mejillas mientras él se deslizaba de nuevo bajo el carruaje. Por fortuna, no podía verme la expresión de culpa en el rostro. No supe cómo responderle cuando volvió a salir, así que me encogí de hombros y esperé que no me pidiera detalles.

—Eso explica por qué está nervioso, entonces —murmuró, retorciéndose para alcanzar algo debajo del carruaje.

—Siempre está nervioso a mi alrededor —dije—. Creo que me odia.

El carruaje que tenía encima de la cabeza amortiguó su risa. Volvió a salir de debajo y me miró, levantando una sola ceja.

—¿No escuchaste ese discurso? —La boca se le partió en una sonrisa traviesa—. Riven no te odia, Keera. Y ambos sabemos por qué lo pones nervioso.

Puse los ojos en blanco. No pensaba tener esa conversación con Nikolai.

—Lo único que sé es que necesitas ponerte a trabajar. Calculo que tenemos cinco días antes de que las penumbras comiencen a patrullar, lo que significa que tenemos cuatro días para volar la presa.

Las horas pasaron en una bruma de sueño incómodo, tendida sobre los bancos del carruaje mientras el camino irregular me obligaba a despertarme cada pocos cientos de metros. Cuando los caballos empezaban a ir más despacio, los intercambiábamos por otros. Cada vez entregaba una pequeña bolsa de oro que contenía tres veces el valor de dos caballos, pues no teníamos tiempo de regatear. Nos deteníamos apenas unos minutos antes de volver al camino.

Algunos de los explosivos robados estaban atados debajo del carruaje, otros se encontraban escondidos bajo el banco en el que estaba sentada y el resto iban metidos en el falso techo que Nikolai había diseñado. Su trabajo había sido tan impecable que no creía que nadie se diera cuenta del compartimento oculto a menos que supiera que estaba allí.

Los días se dividieron en turnos de cuatro horas. Uno conducía el carruaje y el otro vigilaba en tanto los dos restantes intentaban descansar dentro antes de volver a cambiar de lugar. Me emparejé con Nikolai, pues no confiaba en mí misma cerca de Riven. Todos necesitábamos centrarnos en la presa porque con solo un error nuestra misión fracasaría.

Nikolai apenas dormía; se pasaba las horas cosiendo grandes trozos de tela. Yo no entendía lo que estaba construyendo, pero sabía que aquello contendría los explosivos. Con los ojos rojos por la falta de sueño, se movía demasiado rápido como para responder a mis preguntas.

Apenas hablamos. Todo el mundo estaba demasiado agotado como para conversar, pero también había una tensión que crecía entre nosotros con cada kilómetro que nos acercaba a Silstra. Las preguntas se me arremolinaban en la cabeza y no me dejaban dormir: ¿nos detendrían las penumbras antes de que llegáramos a la ciudad? ¿Los explosivos serían suficientes para dañar la presa? ¿El daño sería suficiente para destruir por completo los canales? Me sentía a cada momento como si estuviéramos colgando del borde de un acantilado y una leve brisa fuera lo único que bastara para hacernos caer al abismo.

A la segunda noche estaba tan cansada que no podía mantener las preguntas en la cabeza, así que las susurré. Nikolai levantó la vista de su trabajo, con una cuchilla de corte escondida detrás de la oreja y un carrete de hilo en la boca. Frunció el ceño y dejó caer el carrete sobre su regazo.

—La presa explotará, Keera —me aseguró con unos ojos salvajes y rojos—. Hice los cálculos. Tan pronto como llene los detonadores, estos cinturones tendrían la fuerza suficiente para derribar el palacio de Koratha si así lo quisiéramos.

Se zambulló de nuevo en sus costuras, murmurando para sí mismo. Toda su aura de coquetería se había evaporado, dejando ante mí a un Nikolai que apenas reconocía.

Nikolai el inventor, que no tenía ojos para nada más que para su trabajo.

Llegamos a Silstra en tres días, a una velocidad milagrosa que esperaba no tener que alcanzar nunca más. Me dolía todo el cuerpo por el viaje y me ardía la garganta por la sed. Estaba tan cansada que no sabía si ansiaba agua o una bebida, pero de todos modos saqué el frasco de *winvra* y dejé que me cayera una gota del líquido negro en la lengua. La sensación de picazón se desvaneció junto con la rigidez del cuello, pero el agotamiento aún me dominaba las extremidades, que se movieron con torpeza al salir del carruaje.

Agarré las alforjas que estaban atadas a la parte trasera del carruaje. Riven se me acercó por detrás, cogiendo su propia bolsa y la mía.

—Deja que ellos las lleven —dijo en voz baja mientras tres mestizos salían del refugio—. Necesitas descansar, Keera.

Era la primera vez que hablábamos desde que habíamos salido de Cereliath. Asentí y entré en la casa. Lo único que quería era un baño caliente y una cama. Riven saludó a la mestiza que nos esperaba dentro. Llevaba un vestido grueso y sus faldas estaban cubiertas por un delantal. Sacó dos llaves.

Le pasó una llave negra con una etiqueta dorada a Riven, pero él negó con la cabeza.

—Dale esa a ella —pidió, señalándome.

Levanté una ceja y acepté la llave de la mano de la mujer.

—Es la única con baño propio —me explicó Riven con una mirada apacible.

Me quedé en silencio, conmovida por su amabilidad, y él desapareció por las escaleras con su propia llave.

Me tomé mi tiempo en el baño, lavándome cada minuto de los últimos tres días. Disfruté de la cama y me sentí agradecida de poder dormir en mi camisón en lugar de con la ropa que había estado usando durante días. El cuerpo se me relajó en el colchón suave, listo para dormir, pero mi mente no pudo evitar preguntarse si el descanso de esa noche sería el último.

CAPÍTULO 35

El caos se había desatado cuando bajé las escaleras a la mañana siguiente. Las mesas en el comedor estaban apiladas unas contra otras para abrir el espacio suficiente para contener el cinturón de explosivos de Nikolai. Las sillas estaban apiladas a lo largo de las ventanas y las cortinas se encontraban corridas para que nadie pudiera ver el interior. La gente estaba dispersa por la posada, preparando armas y comida.

Nikolai y un mestizo que no reconocí estaban ocupados pesando la pólvora explosiva y comprobando tres veces las conexiones de los detonadores. Para esta noche, las dos cadenas que había construido estarían enrolladas en grandes ejes para que pudiéramos desenrollarlas por toda la base de la presa. Una vez instaladas, encenderíamos las líneas de detonadores y tendríamos el tiempo justo para salir del radio de la explosión antes de que estallara.

Eso si los cálculos de Nikolai eran fiables.

Y si lográbamos colocar los explosivos en primer lugar.

—Hemos estado vigilando la presa durante dos semanas. Hay guardias apostados en cada torre y tres penumbras que se rotan entre ellas —le informó otro mestizo a Riven, que estaba junto al mostrador del posadero. Tenía las orejas cortadas y vestía la ropa de un carnicero. Un mestizo más escondido a plena vista. La red de Riven era más grande de lo que había imaginado.

—No hay tres —dije, ocupando mi lugar junto a Riven.

No llevaba capa, solo su túnica, y la mitad del cabello lo tenía recogido en una sola trenza. El resto caía más allá de los hombros en ondas suaves. Le estudié las líneas afiladas de la mandíbula y las mejillas. Rara vez mostraba el rostro, pues prefería esconderlo debajo de la capucha o el pelo.

Riven se volvió y me descubrió mirándolo fijamente. Arqueó las cejas.

—¿Cómo sabes que no hay tres? —preguntó, no en su tono áspero habitual, sino de la misma manera en que le hablaba a Nikolai: curiosa, calculadora, sedienta de información.

—Las penumbras trabajan en pareja. Si has visto tres es porque debe haber una cuarta.

Cogí una manzana del frutero que había sobre el mostrador y la mordí. La pulpa estaba blanda, pero su dulzura lo compensaba. El estómago me protestó al masticar; no había comido antes de acostarme.

Miré el mapa que yacía sobre la mesa. En mi mente, las viviendas se elevaban del pergamino como si estuviera volando sobre la ciudad y viendo todos sus detalles desde arriba. Silstra estaba dividida en dos por un largo río en cuyas orillas se habían construido bancos de ladrillo. Al oeste estaban las viviendas de piedra de la antigua ciudad fae y hacia el este se encontraban las construcciones aleatorias de los mortales. Las casas se dispersaban hacia afuera desde el río, pero toda construcción llegaba hasta las lindes de la presa.

Silstra había sido construida junto al borde de un acantilado que se elevaba sobre los puertos de más abajo. Tiempo atrás, el río que atravesaba la ciudad rugía sobre la roca en una monstruosa cascada, pero el rey había cortado el agua cuando se construyeron los canales. Ahora un gran muro de piedra sobresalía de la roca y cubría el centro de la ciudad con su sombra. A cada lado de la presa había dos torres de vigilancia que miraban por encima del borde almenado y unas aguas lentas se agitaban en el lado interior de la presa, mientras que el lado exterior tenía un pequeño puente de patrullaje en la base, casi sesenta metros por debajo. Por lo general, el puente era apenas visible por la niebla de los aliviaderos que caían hasta la bahía, muy por debajo.

—¿Revisaste los tejados? —le pregunté al mestizo.

Él asintió.

—No vi a nadie. He estado allí todos los días de esta semana.

Lo sospechaba.

—Entonces la cuarta está dentro de la presa.

Le di un último bocado a la manzana y la arrojé a la chimenea ardiente al otro lado de la habitación. Chisporroteó contra el tronco.

—¿Dentro? —repitió Riven, su voz en un susurro ronco.

—Al otro lado —dije—. Supongo que no has intentado investigar el lado exterior. Tendrías que neutralizar a un guardia para obtener una buena visibilidad y eso delataría nuestra posición. —Era una suposición, pero el mestizo asintió con los ojos muy abiertos.

—Pero ¿por qué tener solo a una en ese lado? —se preguntó Riven—. ¿Las parejas no trabajan juntas?

—Es probable que estén trabajando como una unidad, ambas parejas siempre unidas. —Me encogí de hombros—. Eso, por un lado. Por otro, dudo que la pasarela en la parte inferior sea muy ancha. Es más probable que un ataque provenga de la parte superior, por lo que tiene sentido tener a más penumbras allí. Supongo que rotan a la persona que patrulla abajo. No parece ser un trabajo divertido.

—Siempre parecen ser las mismas tres —observó el mestizo, pasándose una mano por los rizos marrones.

—Ese es el objetivo —respondí—. Las penumbras deben tener el mismo aspecto: nuestras parejas y unidades se seleccionan para lograr ese efecto. Todas las penumbras tienen la misma altura, ¿no es así?

—El mestizo asintió, mordiéndose el labio—. Exacto. También han sido entrenadas para tener formas de caminar similares. Podrían rotar todas las noches y tus espías nunca notarían la diferencia.

—Eso no es un buen augurio para nuestra distracción —dijo Riven, cruzando los brazos mientras miraba el mapa—. No podemos esperar a que la cuarta penumbra salga de la presa: nos haría perder demasiado tiempo.

—¿Todavía planeamos incendiar la casa urbana? —pregunté.

Riven y sus elverin habían comprado una propiedad junto al río. Un equipo de cuatro le prendería fuego justo cuando los soles se estuvieran poniendo, lo cual nos daría la coartada que necesitábamos para detonar las explosiones.

—Sí —asintió él—, pero con la cuarta penumbra...

—Yo me encargo de ella —le interrumpí—. La puedo quitar de en medio lo suficientemente rápido.

—¿Tienes intención de matarla? —preguntó Riven, arqueando las cejas. Yo había sido la que había insistido en que alejáramos a los guardias y a las penumbras. Era más seguro para nosotros, pero también significaba menos vidas perdidas en la explosión.

—Lo haré si es necesario —dije sin rodeos, con los hombros tensos bajo el peso de esa posibilidad—, pero si puedo incapacitarla antes de que me vea a mí o a cualquier otra persona, no hay razón para que muera. No habrá visto nada.

Me preparé para que Riven me llevara la contraria, pero no lo hizo. Me recorrió el rostro con los ojos por un momento y luego asintió con aprobación.

—¿Y estás segura de que los guardias se dispersarán? —Riven trazó una ruta con el dedo desde la presa hasta la casa urbana que se quemaría en cuestión de horas.

Asentí.

—Sí. Verán el incendio como una amenaza, en especial una vez que sea tan grande que ponga en riesgo la casa mercantil de la Corona. Esa será razón suficiente para abandonar sus puestos. —Hice una pausa—. Los guardias han recibido un entrenamiento demasiado rígido: son demasiado predecibles. Las penumbras no ayudarán con el incendio, pero buscarán a los pirómanos. Tu equipo debe estar listo.

«Para morir», fue lo que no dije en voz alta.

Riven tenía la espalda tensa. Se mordió el interior de la mejilla y sus ojos recorrieron las pequeñas calles de Silstra dispuestas sobre la mesa.

—Saben lo que se les pide —dijo en un tono grave—. Han trazado la ruta más rápida hacia el sistema de túneles. Si llegan allí, tendrán una buena oportunidad de escapar.

Me miró con los ojos muy abiertos, suplicantes. No quería enfrentar el hecho de que podría estar sentenciando a sus reclutas a morir.

—Si logran llegar, la tendrán.

Debían moverse rápido una vez que las penumbras comenzaran su caza. Nos habían entrenado para conocer cada atajo y cada pasaje, sin mencionar que éramos más rápidas que los mortales y la mayoría de los mestizos. Incluso con unos minutos de ventaja, era probable que las penumbras tuvieran éxito en su persecución.

Sentí que alguien se acercaba a mí por la derecha. Syrra estaba vestida con una inmaculada armadura de cuero de la que colgaban sus cuchillos curvos, y llevaba un arco y un carcaj en la espalda. Tenía los ojos pintados con una tinta negra del color de sus iris, la cual le goteaba por las pestañas hasta las mejillas y le cubría la frente.

Pintura élfica de guerra.

Le quedaba bien. No pude evitar sonreír cuando la vi. Después de todo, quizás podríamos conseguirlo.

—Todo está listo para esta noche —le dijo a Riven, asintiendo y terminando su informe.

Nikolai se acercó a nosotros con paso ligero, polvo por toda la cara y la ropa más arrugada que nunca.

—Los explosivos también están listos. Que nadie los toque o podríamos volar esta posada, y a nosotros con ella, sin problemas. —Esperé su risa habitual, pero no llegó—. ¿Y ahora qué? —preguntó, quitándose la tierra de la frente.

—¿Para ti? —Arrugué la nariz—. Un baño y una siesta. En ese orden. —Los círculos oscuros que tenía bajo los ojos me preocupaban; no había dormido en absoluto desde que habíamos llegado.

—¿Y para ti? —preguntó él con un bostezo. Se tapó la boca antes de mirar hacia el final de las escaleras, donde su cama todavía lo esperaba.

Puse las manos en el mapa y me apoyé contra la mesa en tanto miraba la versión en miniatura de la presa trazada en el papel. Levanté la cabeza y vi a todos observándome.

—Esperamos hasta el anochecer. Y luego conspiramos contra el rey.

Trabajamos en dos equipos. Riven envió a cuatro centinelas a incendiar la casa urbana, armados con petróleo crudo y un frasco de fuego líquido. En cuestión de segundos, la vivienda quedaría envuelta en las flamas, el humo abriría un agujero en el cielo y los zarcillos de llamas alcanzarían las nubes.

Ese era el primer equipo.

El segundo estaba compuesto por nosotros. Riven y Syrra se infiltrarían en la presa desde la orilla oeste y Nikolai y yo entraríamos por el este. Solo tendríamos unos minutos para colocar las cargas, encender los detonadores y alejarnos de la explosión.

Nikolai y yo salimos primero. Él llevaba el enorme carrete de explosivos en la espalda y yo escondía las armas y el equipo de escalada debajo de mi capa. Caminamos en silencio por los callejones que habíamos marcado en el mapa apenas unas horas antes, escondidos en las sombras y evitando los carros, comerciantes y campesinos que llenaban la calle. Cuantos menos nos vieran, mejor.

Llegamos al dique este y esperamos detrás, en la penumbra de un estrecho callejón, observando cómo el cielo naranja se coloreaba de azul oscuro, hasta que los soles al fin se pusieron detrás de nosotros. Giré hacia el sur y vi la barrera de piedra que bordeaba el acantilado. Era lo suficientemente alta como para que ningún niño pudiera escalarla, pero se quedaba corta junto a la presa que tenía al lado, la cual rebanaba el cielo.

Las primeras señales de humo se elevaron en el aire. Unas pequeñas bocanadas se convirtieron en grandes nubes que dibujaron rayas de carbón en el cielo mientras el viento soplaba a través de la presa. Observé a los guardias del borde superior señalar al humo y oí sus gritos amortiguados por las furiosas llamas carmesí que ardían contra la noche. El vigilante más cercano a mí abandonó su torre y corrió por el parapeto hacia el lado oeste de la presa para encontrarse con el otro. Juntos dejaron sus puestos atrás y corrieron en dirección a la casa urbana en llamas.

Tres figuras encapuchadas que observaban el incendio intercambiaron un par de frases antes de escalar el borde de la presa. Cada una saltó con destreza de merlón en merlón para luego desaparecer en el vecindario lleno de humo al otro lado del río.

Las penumbras estaban al acecho. Era hora de escalar la pared.

Salí del callejón y dejé a Nikolai solo.

Un caballo retrocedió de repente en el camino. Salté para esquivarlo. Presioné la espalda contra la pared del alto terraplén. El pecho me subía y bajaba con respiraciones pesadas, así que cerré los ojos e inhalé tres veces para centrarme.

Abrí los ojos con renovada concentración, saqué el arco y cargué la flecha de agarre. Apunté directamente por encima de la cabeza a uno de los merlones de la almenada torre de vigilancia. La flecha se ancló de forma segura causando solo una pequeña grieta. Tiré de la cuerda para comprobar su enganche. No se movió.

Mientras escalaba la soga, la capa ondeaba contra un viento suave que transportaba en él olor a petróleo y humo. Podía escuchar los gritos de pánico de la gente por toda la ciudad. Era una buena señal; con todos distraídos, nos habíamos vuelto invisibles.

Me deslicé por el borde para aterrizar en el parapeto de piedra que las penumbras acababan de abandonar y me mantuve agachada al tiempo que miraba hacia la base exterior de la presa. Incluso en la oscuridad, sentí lo alto que estábamos sobre la bahía. Las luces de las casas portuarias parecían estrellas diminutas en medio de la noche. La única estructura que existía entre la pared lisa de la presa y los puertos de abajo era el estrecho puente de patrullaje, lo suficientemente ancho como para que una persona pudiera caminar de un lado a otro. Vi una capucha oscura que observaba el humo que ahora llenaba el cielo.

Agarré la cerbatana que tenía enfundada en el costado y le lancé el dardo al hombro derecho. Dio en el blanco. La penumbra giró la cabeza y cayó. Dormiría durante horas.

Saqué el pequeño frasco que Nikolai me había dado y lo sacudí. Una luz azul brillante estalló dentro del vidrio. Hice rebotar el resplandor en el acero de la espada y envié un haz de luz azul por el cielo. Había sido un destello demasiado rápido como para llamar la atención de nadie, excepto de Syrra y Nikolai, que esperaban la señal.

Miré el cuerpo de la penumbra. Tenía las extremidades extendidas en ángulos extraños. Estaba completamente inconsciente, pero viva. No me había visto ni había caído por el borde. Podría perdonarle la vida.

Volví a acercarme a la pared justo cuando Nikolai trepaba por el borde. La gente se reunía en la calle para observar la masa negra de humo y llamas. Nadie se había dado cuenta de que el elfo y su enorme equipaje escalaban la presa. Esperaba que los demás tuvieran la misma suerte.

—¿La penumbra? —me preguntó, quitándose la mochila.

—Inconsciente.

Le ayudé a colocar los grandes broches de metal que había diseñado. Se anclaron alrededor de un merlón con un ajuste perfecto. Nikolai empujó el fardo unido al broche por el borde, el cual cayó por la pared y se transformó en una escalera de cuerda que se detuvo centímetros por encima de la pasarela de piedra de abajo. Esperaba que todas sus medidas resultaran ser igual de exactas.

Riven y Syrra aparecieron al otro lado de la presa. Riven se mantuvo erguido, incluso con los pesados bultos de nuestros suministros amarrados a la espalda. Giró la cabeza para comprobar nuestro progreso. Levanté una mano y él asintió antes de desplegar su fardo y arrojar la escalera hacia abajo.

Yo bajé primero, sin molestarme en usar los escalones, sino deslizándome a lo largo de la pared en caída libre antes de atrapar la escalera en el último momento. Aterricé en la pasarela sin titubeos.

—Presumida —murmuró Nikolai, que bajó por la escalera con la cadena de explosivos.

Eran voluminosos, estaban apiñados unos encima de los otros y le sobresalían de los hombros. Me quedé quieta abajo, lista para atraparlo a él o a uno de los fardos, si se caían.

Pero no hizo falta.

Nikolai me guiñó el ojo cuando su pie tocó la parte inferior de la presa.

—Enseguida vuelvo —le dije y me cargué a la penumbra inconsciente sobre un hombro para subir la escalera.

Su cuerpo era ligero. Era más pequeña que la mayoría de las penumbras. De estatura baja, como Gerarda. Aunque no podía verle el rostro, sabía que no era la Daga. Una larga trenza color castaño me había caído sobre los brazos. La dejé apoyada contra la pared superior, fuera de la vista de cualquiera que estuviera abajo y lista para llevármela cuando nos fuéramos.

Entonces capté un movimiento con el rabillo del ojo. Una figura vestida con una capucha negra corría por la presa a toda velocidad, hacia la escalera de cuerda, con un arco y una flecha preparados.

La compañera de la penumbra.

Desenganché mi propio arco y preparé una flecha. Apunté. El estómago se me desplomó hasta el fondo de la presa cuando hice lo que tenía que hacer. Disparé con lágrimas cayéndome de los ojos. La flecha voló hacia la penumbra y la golpeó justo en el pecho.

Una muerte instantánea. Esa era la única misericordia que podía ofrecerle. Había visto demasiado. Me había visto.

Su cuerpo cayó al barranco y fue barrido por los estruendosos chorros de agua que agitaban el canal de abajo.

El arco yacía en la pasarela, descartado, pero no la flecha.

Un gemido resonó en la pasarela inferior. Le había dado a Nikolai, que se sostenía el muslo donde el proyectil de la penumbra lo había atravesado.

—¡No la toques! —grité, examinando el horizonte y las orillas del río en busca de más visitantes. No vi ninguno. Al menos no todavía.

Me deslicé de nuevo por la escalera, apenas usándola para detener la caída. La piedra gimió bajo el impacto de mi aterrizaje. Llegué justo antes que Syrra hasta donde estaba Nikolai, que tenía la mano apretada alrededor de la flecha e intentaba extraérsela.

—Déjala —ladré y le empujé el pecho con las manos.

El corazón me golpeaba contra las costillas con tanta fuerza que apenas podía respirar. Agarré la mano de Nikolai y le retiré los dedos de la flecha, uno por uno.

—No creo que haya golpeado el hueso —dijo él con una mueca—. Si me la saco, podré continuar.

—Si te la sacas, morirás —le advertí.

El miedo me atravesó como si la presa ya hubiera estallado. Podía oler el veneno, dulce y acogedor, en la sangre que le rezumaba de la pierna. El aroma era un disfraz que a menudo usaba la muerte.

—La punta de flecha estaba recubierta de sombramiel —dije, temblando mientras le agarraba la mano. Traté de disimular el miedo de mis palabras—. Si te la sacas, eso solo hará que entre más veneno en el torrente sanguíneo. Necesitamos llevarte a un curandero.

Miré a Syrra, que asintió, consciente de su nueva tarea.

—Este no es un trabajo para dos personas, Keera —respondió Nikolai con los dientes apretados. El sudor ya se le acumulaba en la frente y el blanco de sus ojos comenzaba a amarillearse.

—Ahora sí lo es —afirmé con la respiración entrecortada. No permitiría que muriera otra persona, y menos aún Nikolai—. Riven y yo somos los más rápidos. Nos aseguraremos de lograrlo.

Miré por la pasarela hacia donde trabajaba Riven. Sabía que estaba escuchando cada palabra y que lo atormentaba no poder ayudar a su amigo, pero debía terminar de instalar los detonadores.

—Riven te ayudará a subirlo al parapeto —le dije a Syrra—. ¿Necesitas ayuda para llevarlo a las calles? —Nikolai no era ni de lejos tan voluminoso como Riven, pero sí era alto.

—No —respondió ella, poniendo a Nikolai de pie.

Luego le pasó un brazo alrededor del hombro y se fueron cojeando por el camino. Riven ancló su último explosivo tan pronto como llegaron a la escalera.

Me moví tan rápido como pude. Deposité una bolsa de polvo explosivo a cada metro y clavé un detonador en la pared entre cada una. Tenía treinta más. Corrí, ubicando dos bolsas a la vez mientras fijaba los anclajes contra el muro de un solo golpe. Cada vez que la estaca se estrellaba contra la piedra, escuchaba el grito de Nikolai resonándome en los oídos.

Riven volvió a bajar por el desfiladero e instaló los dos últimos detonadores. Yo saqué los cables de mecha de la mochila de Nikolai y le entregué uno. Tuvimos que trenzarlos cuidadosamente en cada una de las cadenas, conectando bolsa tras bolsa, detonador tras detonador. Comenzamos en los bordes, llevando el detonador al centro antes de doblar hacia atrás y ubicando las cuerdas de mechas en el suelo. Una vez que encendiéramos cada línea, solo tendríamos unos minutos para subir las escaleras y refugiarnos de la explosión.

Miré hacia arriba, con un fósforo en la mano. Los ojos de Riven ya estaban sobre mí, a la espera, expectantes. La capucha se me había caído hacia atrás. Observé cómo su mirada pasaba despacio desde mis ojos hasta mi trenza, como si estuviera memorizando cada detalle.

Al fin, se fijó en el detonador y asintió.

Encendimos nuestros fósforos y los acercamos al detonador en perfecta sincronía. Los extremos se encendieron y comenzaron a llevar una diminuta llama por la línea de mecha adicional hacia el centro de la presa. Una chispa que detonaría una erupción total.

Subí por mi escalera y Riven por la suya. A mitad de camino, miré hacia abajo para revisar las líneas de detonadores. La de Riven todavía lanzaba chispas, un rastro de parpadeos azules y rojos que se movían a lo largo de la pasarela de piedra, tal como estaba planeado.

Pero la mía ya no estaba encendida.

La mecha se había apagado con solo unos pocos metros de línea carbonizada desde donde la había dejado.

Nikolai me había enfatizado muchas veces en ese maldito carruaje que era primordial que las explosiones fueran sincrónicas, pues esa era la única manera de asegurarse de que la explosión fuera lo suficientemente grande como para derribar toda la presa y que una inundación repentina irrumpiera a través de los canales.

Vi cómo la capa de Riven se elevaba sobre la parte superior de la presa. Comenzó a correr hacia mí. No se había dado cuenta de que el plan había fallado, de que yo había fallado.

«No, todavía no», pensé.

Solté la escalera y volví a aterrizar en la dura piedra. Corrí hacia el centro de la presa, mirando la mecha de Riven. Tenía que volver a encender la mía exactamente en el mismo lugar.

Me adelanté a la llama corriendo, saqué otro fósforo y esperé a que las chispas de Riven me alcanzaran. Estaba a menos de quince metros de la primera explosión. No había forma de que pudiera alejarme a tiempo, pero no me importó.

Riven estaba a salvo.

Con suerte, Syrra y Nikolai también.

Si uno de nosotros tenía que morir, me alegraba que fuera yo. Debería ser el peor de nosotros.

Ellos eran los que tenían una legión de elverin dispuestos a salvar a los mestizos. Seguirían adelante.

Encendí el fósforo y respiré.

Todos mis nervios se desvanecieron y fueron reemplazados no por miedo, sino por alivio.

«Esto ha sido lo mejor que he podido hacer para cumplir nuestra promesa», pensé mientras encendía la mecha.

Una flecha de agarre aterrizó detrás de mí, anclándose en la pasarela. La cuerda estaba tensa; Riven la había atado al merlón. Se asomó por la almena y elevó mi escalera de cuerda por la pared.

No tenía tiempo de llamarlo, de decirle que me dejara a mi suerte. Si discutíamos, ambos moriríamos.

Corrí tan rápido como pude. Di siete zancadas por la cuerda antes de saltar.

Aterricé demasiado abajo y todo lo que pude agarrar fue la pared lisa.

Riven se estiró hacia mí y me agarró por la muñeca con una mano grande y callosa mientras la escalera de cuerda se balanceaba contra la presa, pues la había elevado lo suficiente como para usarla de columpio. Me cargó en su espalda y trepó por el borde.

Me bajé de él y me puse de pie, temblando. Riven se volvió, corrió hacia el borde de la pared y saltó sobre ella sin dudarlo ni un segundo.

Solo tenía unos segundos para hacer lo mismo.

Vi a la penumbra inconsciente apoyada contra la pared y supe que tenía que dejarla atrás si quería tener alguna posibilidad de sobrevivir a la explosión.

Pero no pude. No era solo una penumbra: era una mestiza.

No podía tomar la vida de otro inocente. No pensaba estallar en pedazos sabiendo que la había dejado morir también.

Eché a correr, agachándome y cargándomela sobre los hombros sin desacelerar.

La primera explosión detonó detrás de mí en tanto corría por la parte superior de la presa. Unos trozos de piedra del tamaño de un humano salieron disparados por el aire cuando el segundo conjunto de explosiones detonó, seguido por el tercero.

¡Bum! ¡Bum! ¡Bum!

Solo me quedaban tres metros. Corrí todo lo que pude. Usé la última zancada para saltar desde el borde de la presa a la calle de abajo. Moví las piernas en círculos en el aire para impulsarnos hacia adelante.

Mi capa atrapó el viento que tenía por debajo. Aflojé el agarre al cuerpo de la penumbra. Pude ver cómo la grava en el suelo rebotaba y temblaba con cada ráfaga sucesiva.

El aterrizaje sería difícil. Me preparé para el impacto, para los huesos rotos, pero de repente sonó la última explosión y todo lo que pude sentir fue un calor abrasador mientras el cuerpo me daba vueltas por el aire. Me protegí la cara de la ráfaga febril y noté que la carne me ardía.

Luego todo se volvió negro.

CAPÍTULO 36

Me dolía el cuerpo entero. Estaba sangrando por todas partes. Unos pequeños trozos de esquirlas me habían atravesado la ropa y se me habían incrustado en la carne. Traté de ponerme de pie, pero sentí que se me partía la cabeza en dos por la agonía y el suelo comenzó a girarme debajo de las manos. Luego me desplomé sobre la tierra. Me froté la sien, como si eso fuera a calmarme el dolor sordo del cráneo. Moví la mano hacia atrás y sentí algo mojado. Poco a poco fui enfocando los dedos mientras parpadeaba. Estaban pegajosos con sangre ámbar.

«Necesito irme», dije para mis adentros. Los guardias nos encontrarían en un instante.

A los dos. ¿Dónde estaba Riven?

«¿Lo habrá alcanzado la explosión?», pensé. Traté de gritar y pedir ayuda, pero me atraganté con la sangre que me goteaba por la garganta.

Me volví y vi una cara.

No era la de Riven. La capucha se le había caído en la explosión, pero reconocí la larga trenza. Tenía los ojos abiertos y la sangre ámbar le goteaba por un lado de la frente hasta la tierra. El tono topacio de su iris era tan penetrante como lo habría sido en vida.

La penumbra.

Me pareció conocida. Quizás la había entrenado en la Orden o me había cruzado con ella en algún momento, pero no tenía presente su nombre y ahora ya nunca lo descubriría. Lo único que sabía era que era joven. Podía verlo en su piel, en sus manos. Había sido una de las mestizas elegidas para presentarse a sus Pruebas antes de tiempo.

Y ahora estaba muerta.

El estómago se me retorció y vomité sangre por todo el suelo. Me picaban los ojos. Había venido a salvar a los mestizos y ahora estaba mirando a una. Muerta. Un dolor inconmensurable me recorrió el cuerpo, peor que cualquiera de las heridas que había sufrido.

Le había fallado. Me había esforzado mucho por mantenerla con vida y aun así había fallado. Volví a vomitar, sintiéndome hueca por dentro. El dolor me envolvió en el olvido.

Le había fallado, pero no viviría con eso mucho más tiempo. Cerré los ojos, lista para sucumbir a la nada, lista para que el dolor que llevaba años soportando se desvaneciera con mi último aliento. Relajé los hombros contra el suelo.

Una figura apareció entre el humo.

Riven saltó de su caballo y se arrodilló a mi lado. Sus ojos me recorrieron el cuerpo, evaluando el daño. Vi que movía los labios, pero los oídos me zumbaban tan fuerte que no podía escucharlo.

Alcancé a la penumbra y le agarré el brazo roto. El rostro de Riven se tiñó de comprensión. Le cerró con dulzura los ojos y me miró.

—Ya no hay nada más que podamos hacer por ella. —Eso fue lo que creí que dijeron sus labios.

Me levantó y me sentó en el caballo. Me doblé de dolor, pero él se deslizó detrás de mí y me acunó el estómago. Le empapé el brazo de sangre mientras galopábamos lejos del lugar. El dolor se agudizaba a cada paso. Me recosté contra él y dejé que mi cabeza le colgara libre sobre el hombro.

—¿Lo logramos? —le pregunté en un suspiro quejumbroso.

No podía ver el daño provocado con todo el humo. Esperaba que todo el dolor que sentía no hubiera sido en vano, que esas penumbras no hubieran muerto por nada.

Asintió con rigidez, mirándome a la cara y mordiéndose la mejilla. Empecé a inclinar la cabeza hacia abajo para ver en qué estado tenía el cuerpo, pero Riven me detuvo. Una mano suave, más gentil que los primeros copos de nieve, me sostuvo la barbilla. No quería que viera. Debía ser tan grave como sentía que lo era.

En la mente se me arremolinaban imágenes borrosas: la pierna de Nikolai, Riven agarrándome en la pared, los primeros trozos de esquirlas que se me enterraron en la piel. Me rebotó la cabeza contra el hombro de Riven; ni siquiera su espeso aroma a madera de abedul y rocío lograba despejarme la mente. Traté de estabilizarme y concentrarme en la respiración, pero cada inhalación me desgarraba los pulmones y cada exhalación era un silbido débil. Las edificaciones a nuestro alrededor se difuminaron. Riven cabalgaba demasiado rápido y yo procesaba lo que veía demasiado lento como para saber dónde estábamos. Cerré los párpados pesados. Cuando los abrí, las construcciones se habían transformado en un borrón de color crema a la luz de las lunas.

«¿Un campo?», pensé, sin poder averiguarlo. Parpadeé de nuevo y nos descubrí rodeados de árboles. La cabeza se me descolgó contra la mandíbula de Riven. Él me presionó su mejilla contra el pelo. O tal vez sus labios, no podía saberlo. Quería dormir, caer en el olvido para no tener que sentir más dolor.

Los párpados me pesaban. No me importaba a dónde íbamos. Sabía qué era lo que Riven tenía tanto miedo de admitir: me estaba muriendo. El dolor en las piernas había desaparecido. Ya no podía sentirlas. Y pronto no sentiría nada en absoluto.

Podía escuchar el corazón de Riven martilleándole contra el tórax. Sus fuertes respiraciones me llegaban a la espalda. Me llevé una mano al pecho en busca del mismo pulso rápido, pero el corazón me latía lento. Tranquilo.

Estaba lista.

Riven debió verme cerrando los ojos porque me sacudió con su brazo.

—No te duermas, Keera —me dijo fuerte al oído.

Me estremecí. El zumbido se había atenuado lo suficiente como para que sus gritos dolieran.

—Estoy cansada —susurré.

—Solo un poco más —insistió él, y clavó los talones en el caballo, instándole a ir más rápido.

—Riven, estoy cansada.

Le estaba suplicando. Le estaba rogando que me dejara dormir, que me dejara a un lado del camino en paz. Tenía el cuerpo roto. Ya había perdido mucha sangre y estaba segura de que tenía las piernas destrozadas. Incliné la cabeza para mirarlo, pero se me desenfocó la visión. Unas manchas rojas le cubrían el rostro. Se me cerraron los párpados pesados. Ya no tenía fuerzas para luchar contra ellos.

—¡No! —gritó Riven, y me sacudió hasta que abrí de nuevo los ojos—. No puedes dormirte, Keera. Tienes que seguir despierta. Vamos a ver a alguien que puede ayudarte.

—No necesito ayuda —contesté.

—Este no es momento para tu obstinada independencia —bromeó él, aunque su voz tenía un tono serio.

—Eso no es lo que quiero decir. —Arrastré las palabras y enfoqué la mirada en el arco de su nariz. Riven me miró con ojos muy abiertos y vidriosos. Traté de levantar la mano hasta su mejilla, pero el brazo se me cayó inerte a un lado—. Déjame morir. Por favor.

Cualquier resquicio de determinación que me quedara se resquebrajó con esa petición. Relajé el pecho y se me aflojaron las extremidades. Estaba cansada de pelear, cansada de matar. El cuerpo me ardía por las heridas, pero no era nada comparado a las décadas que me había pasado tratando de olvidar los rostros de las personas, los niños. De los inocentes cuyos nombres había quitado, como si esa fuera una verdadera penitencia.

Ya no quería seguir soportándolo.

—Estoy cansada —dije de nuevo, y unas lágrimas calientes me cayeron por el rostro, dejando un rastro color ámbar.

Riven me miró. La línea entre las cejas se le profundizó. Sacudió la cabeza. Sentí que su mano me apretaba la cintura con más firmeza, como si pudiera mantenerme con vida por pura voluntad. Su brazo me sacudió el torso mientras cabalgábamos por un bosque. No podía mantener los ojos lo suficientemente abiertos como para ver los árboles, pero olía la tierra húmeda y el olor de mi sangre.

Riven dejó escapar una exhalación profunda y me habló con voz quebrada contra el cabello.

—Te diré todo lo que quieras saber, pero debes permanecer despierta, Keera. —Era un trato.

Le observé el rostro a través de las pestañas. Tenía la mandíbula tensa y los ojos enmarcados en rojo. Un círculo ámbar le cubría la mejilla, allí donde su rostro me había tocado la cabeza. ¿Por qué no podía ver lo rota que estaba? ¿Por qué no se daba cuenta de que no valía la pena salvarme?

—No puedo —susurré.

Tragó saliva tan fuerte que lo sentí contra la cabeza.

—Tienes que hacerlo —me ordenó con la voz entrecortada.

Levanté la vista un poco más. Tenía la cabeza inclinada hacia un lado mientras se concentraba en el camino. No vi más sangre en él que la mía, pero me di cuenta de que él también se estaba rompiendo.

Jugaría a su juego durante un rato si eso lo ayudaba a no romperse por completo.

—¿Cuántos años tienes? —pregunté, demasiado débil para sonreír.

Riven inhaló un suspiro tembloroso y se rio contra mi pelo.

—Nací hace poco más de noventa años. Soy el más joven de nuestra especie, hijo de una fae llamada Laethellia Numenthira.

El nombre me despertó algo en la memoria, pero me dolía demasiado la cabeza como para explorarlo. Dejé que la cara se me descolgara hacia adelante y rebotara con el movimiento de nuestro caballo hasta que Riven me acomodó en el pliegue de su cuello.

—Era hermosa —susurró, con la mirada hacia abajo para asegurarse de que me mantenía consciente. Traté de sonreír, pero me dolían las mejillas, como si la piel de alrededor de los labios estuviera en carne viva—. Era una maravillosa cantante y arquera. Sus flores favoritas eran las rosas de rocío: por eso Aralinth está llena de ellas. Feron siempre se aseguraba de que sus jardines estuvieran colmados de ellas cada vez que los visitaba y ahora las cultiva todo el año en su memoria.

Asentí y cerré los ojos, recordando el aroma fresco de las rosas azules. Era el mismo rocío que cubría la piel de Riven.

—Ella era especial —continuó, sacudiéndome para que me despertara—, incluso para ser fae. Dicen que tenía la capacidad de convertirse en una lechuza.

Parpadeé. Todavía podía sentir sorpresa a pesar del dolor.

—¿Una cambiaformas? —murmuré.

—Sí —respondió—. Un don inusual, incluso entre los fae.

Riven me dio golpecitos suaves en la mejilla, obligándome a abrir los ojos de nuevo. Luché por mirarlo a través de las pestañas, pero el tirón era más fuerte ahora. Me estaba muriendo de verdad. Todo lo que tenía que hacer era dejar que la oscuridad me reclamara.

—También era sanadora —insistió Riven, sacudiendo el hombro por debajo de mi cabeza—. No solo elixires y pociones, aunque también era una maestra alquimista. Tenía el don de la curación, la capacidad de tejer la carne desgarrada o curar a los enfermos al borde de la muerte.

«Lástima que no esté aquí», pensé.

—¿Y tu padre? —suspiré, tratando de mantenerme consciente. Me ardían los pulmones, enviándome insoportables ondas de dolor a través del cuerpo con cada respiración. El sabor metálico de la sangre me cubría la lengua. No me quedaba mucho tiempo.

—No tengo padre —dijo Riven, mordiéndose el labio y mirándome—. Resiste, Keera. Ya estamos llegando.

El pánico cubrió sus palabras y el pulso le martilleó contra el cuello. Podía oler la adrenalina que le recorría la sangre. Estaba asustado, más aterrorizado de lo que nunca lo había visto.

Pero no tenía por qué estarlo. La muerte no me asustaba.

«La muerte es la única certeza en esta vida». Esas habían sido las palabras de Riven. Las palabras de la Sombra, del fae que se aferraba a mí, deseando que viviera.

Pero yo estaba lista para esa certeza. Cerré los ojos y no los volví a abrir.

Voces. Escuché voces.

—¿Qué pasó? —gritó alguien. Una voz ronca. No tenía su franca seguridad de siempre. Era Nikolai.

—Una mecha se apagó y Keera decidió volver para encenderla. —La voz grave de Riven. Se escuchaba cerca. Podía sentir su respiración en la mejilla. Me llevaba en brazos.

Entreabrí los ojos. Sentía demasiado dolor como para abrirlos más. Estábamos en una habitación. No, una cueva. El techo y las paredes eran de piedra oscura, pero había luz, mucha luz. En la esquina de la habitación vi una gran llama fae.

—Tráela aquí —ordenó una voz femenina ronca. A través de la rendija de las pestañas, vi a una mujer pequeña de cabello gris que caminaba frente a Riven—. Ponla sobre la mesa.

Sus palabras sonaban ahora amortiguadas, como si estuviera lejos. Volví a mirar a través de las pestañas. La mujer estaba cerca. Alguien más habló, pero el sonido me llegó silenciado, como si me hubieran sumergido bajo el agua y solo pudiera escuchar la cadencia del discurso.

Riven me dejó donde le había indicado la mujer con una gentileza abrumadora. La rigidez de la superficie hizo que me doliera la espalda. Echaba de menos la ingravidez de estar acunada en sus brazos. Traté de hablar, pero un sonido antinatural se me escapó de la garganta. Quizás estaba gritando.

—¿Cómo esperaba sobrevivir a la explosión? —preguntó aquella voz femenina—. Hay mucha sangre. Es un milagro que haya llegado aquí aún respirando.

Los brazos se me doblaron incontrolablemente mientras gemía. Sentí calor, como si estuviera ardiendo de adentro hacia afuera.

—No creo que sus planes incluyeran sobrevivir.

La voz de Riven se quebró. Sentí que alguien me tomaba de la mano y me apretaba los dedos.

—Así que complejo de heroína y magnetismo para la muerte. Es increíble que no se haya consumido ya. —Era esa misma voz ronca que no reconocía. Escuché el sonido del acero al ser frotado—. La ropa ya no le sirve para nada, será más rápido si la cortamos.

Alguien me agarró del brazo y tiró de la manga cubierta de sangre. Luego me la levantó por encima de la muñeca y sentí que un pedazo de metal fresco me tocaba la piel. Iban a cortar la manga.

Iban a dejarme expuestas las cicatrices.

Abrí los ojos de golpe y sacudí el brazo. Jadeé, buscando a la persona que me estaba cortando la túnica. Una mujer de cabello gris rizado me miró con unos ojos amarillos.

—¿Qué pasa, niña? —preguntó, con un par de tijeras en la mano.

—No... —empecé, pero la voz se me atoró en la garganta—. No dejes que me vea —le supliqué, mirando a Riven. Agarré la mano que sostenía las tijeras y apreté las cuchillas con los dedos—. No dejes que él... que nadie. Solo tú —susurré.

La cabeza comenzó a darme vueltas y se me cortó la respiración. Me recosté sobre la mesa dura. Sus ojos amarillos me estudiaron la cara, abriendo y cerrando las tijeras. Asintió decidida y las dejó a mi lado.

—¡Fuera! —le gritó a Riven.

—Pero ¿qué pasa con...?

—¡Dije fuera!

Los pasos amortiguados resonaron contra las paredes de piedra hasta desvanecerse.

Los ojos amarillos aparecieron sobre mí una vez más. Parpadeé, pensando que estaba en un sueño.

—No dejaré que nadie te vea —me aseguró.

El primer corte en la túnica me dolió como el tajo de una cuchilla. El segundo fue un fuerte puñetazo en la mandíbula. Luché contra ella, reacia a que viera la verdad que llevaba escrita en la piel.

—Tranquila —susurró.

Sentí un pinchazo en el brazo desnudo y los ojos se me cerraron una vez más.

CAPÍTULO 37

Me desperté con un ligero malestar en todo el cuerpo. Ya no sentía dolor, pero estaba sensible. Cuando recobré el conocimiento del todo, sentí la cabeza pesada. Tenía el cuerpo agarrotado, rígido, como si hubiera estado acostada durante horas. Días. Traté de sentarme, pero algo me ataba el cuerpo contra la mesa.

No, no era una mesa.

Ya no tenía nada duro contra las piernas; en cambio, estaba flotando. Abrí los ojos y parpadeé para acostumbrarme a la tenue luz de una antorcha cercana. Estaba en una pequeña piscina, con las piernas y el torso envueltos en una planta húmeda.

La frescura me calmaba la piel. Levanté uno de los brazos fuera del agua. También estaba envuelto en delgadas tiras de la planta turquesa. La toqué. Era pegajosa y suave. Un líquido púrpura rezumó de la planta y me cayó en el dedo. La yema me hormigueó antes de que la sensación se transformara en una frialdad relajante.

Me retiré las capas del brazo. Unas pequeñas marcas rojas me salpicaban la piel allí donde las esquirlas me habían perforado la carne. Ya se habían cerrado y estaban lisas. Me dio la sensación de que no me quedaría ninguna cicatriz de la explosión.

Cicatrices.

Los nombres que llevaba en los brazos estaban igual que siempre. Líneas delgadas que se me arremolinaban por toda la piel. Ninguno había desaparecido. Incluso en los lugares donde la metralla me había cortado la piel, las cicatrices seguían brillando a través del enrojecimiento, como si nada hubiera sucedido.

Agarré las tiras de la planta y me las arranqué del otro brazo, luego de las piernas y después del pecho. Todos los nombres que me había tallado seguían allí, prístinos, como si la explosión nunca hubiera ocurrido. Suspiré y me recosté en la piscina, flotando con alivio. Un intento por sacrificarme no compensaba las vidas que había tomado.

Mi espalda se chocó con el costado de la piscina y una fina lámina de la planta se desprendió de la piel. No recordaba haber recibido ningún golpe en la espalda, pero seguro que la sanadora me habría revisado todo el cuerpo. Así que, sin duda alguna, había visto mis cicatrices.

Me quité cada capa de planta hasta que no quedó nada, solo la piel. No había ningún espejo para verme y, aunque lo hubiera, la luz de la antorcha era demasiado tenue. Me abracé y me acaricié el cuerpo con los dedos para sentir los surcos familiares a lo largo de la espalda. Me revisé la cadera y suspiré. Todas mis cicatrices estaban en su lugar.

Volví a sumergirme del todo en el agua. Había apilado las cintas desechadas formando un montón en el borde de la piscina, pero aún tenía su residuo pegajoso en la piel.

Vi una botella de jabón junto a la superficie y la cogí, ansiosa por lavarme la viscosidad que me cubría. Le quité el tapón de vidrio —que llevaba una joya azul incrustada—, me sostuve el frasco bajo la nariz y cerré los ojos, inhalando el aroma del abedul. Podía apenas distinguir las minúsculas letras de la botella. La reconocí del carrito del comerciante en Cereliath. Sonreí y me vertí el líquido sobre los hombros. Riven debió haberla comprado sin que yo lo viera.

Me lavé el cuerpo y el pelo con las burbujas. La sensación de estar limpia me deleitó. Luego me enjuagué y examiné la habitación, si es que a eso se le podía llamar habitación. No tenía puerta: era simplemente otra parte de la cueva, pero parecía tener cierta privacidad por la entrada única y estrecha.

Había otras dos piscinas de agua además de la mía, ambas vacías. Esperaba que eso significara que Nikolai y Syrra estaban sanos y salvos. Junto a la mía había una silla sobre la que reposaba un libro. Detrás, encajado en la pared, vi un mango de antorcha quemado. Alguien me había estado acompañando mientras descansaba.

Junto a la silla había una manta y algo de ropa, probablemente para mí, pero aún no estaba lista para vestirme. Una vez que saliera de aquella habitación, me concentraría en la siguiente parte del plan: asegurarme de que la Corona cayera.

Todavía quería que eso pasara, pero más tarde, después de dedicarme un momento de paz.

Llevé los brazos hasta el borde de la piscina y apoyé la cabeza sobre ellos. Podía apenas tocar el fondo rocoso con los dedos de los pies, con la espalda curva fuera del agua. Después de haber estado envuelta durante tanto tiempo, notar el aire en la piel me resultaba agradable. El frescor me acarició la espalda y empecé a respirar más lento contra mi brazo.

Me estaba volviendo a dormir. Tal vez lo hice y por eso no lo escuché acercarse.

Riven jadeó, sosteniendo una antorcha en la mano.

Podía verme la espalda y los hombros por completo.

No me moví para cubrirme bajo el agua y el pánico habitual no me palpitó en el pecho. En cambio, una ola de alivio se apoderó de mí, trayendo consigo una extraña sensación de paz. Ahora él lo sabía. Ya no tenía que esconderme. La verdad estaba al descubierto, la prueba de que el rey me había convertido en un monstruo.

—Ahora sabes uno de mis secretos —dije con más confianza de la que sentía.

No giré la cabeza para encontrarme con su mirada. Había pasado mucho tiempo desde que había dejado que alguien me viera todo el cuerpo. Años. Décadas. En ese tiempo, las cicatrices me habían llenado la espalda, los hombros y los brazos con espirales sinuosas. No solo me sentía desnuda: me sentía expuesta.

Salí de la piscina y me volví hacia él. El agua me resbaló por el cuerpo y empapó el borde de la roca. No traté de ocultar ninguna parte de mí. Mostrarle a Riven las cicatrices me parecía mucho más íntimo que mostrarle mi desnudez.

Él se quedó de pie, a unos metros de mí, con el pelo suelto y descuidado.

—¿Qué son? —Su voz fue apenas un murmullo.

Enderecé los hombros y luché contra las ganas de cruzar los brazos.

—Nombres.

—¿Nombres? —repitió con el ceño fruncido.

Levanté la barbilla, obligándome a encontrar su mirada. Sus ojos violetas me recorrían las extremidades, el pecho, asimilando cada línea que me había grabado en la piel, como si me estuviera leyendo. Sostenía la antorcha sobre la cabeza y devoraba los remolinos de nombres una y otra vez, como si yo fuera una carta que necesitara entender, un extracto de prosa que atesorar.

—¿Por qué nombres? —preguntó, y dio un paso adelante.

La respuesta se me atoró en la garganta ante la suavidad de su voz y la dulzura de sus ojos. Siempre había concebido mis cicatrices como algo terrible, pero Riven las admiraba como si fueran algo precioso.

—Son los nombres de todos los inocentes que he matado. —Tragué saliva—. Me los tallo en la piel para llevarlos conmigo siempre.

Riven acabó con el espacio entre nosotros. Me sorprendí a mí misma manteniéndome firme. No me alejé de su tacto mientras su dedo trazaba con suavidad la ola de nombres diminutos que comenzaba en el hombro derecho y me llegaba hasta el pecho. Sus dedos me dejaron un rastro de fuego por la piel. Me quedé sin aliento.

—Parecen olas —susurró, regresando con el dedo por el mismo camino—. Y aquí… —Movió la mano a lo largo de mis brazos—. Estas parecen llamas.

Asentí, abrumada por que hubiera descubierto el patrón tan rápido.

—Los corté como…

—Una armadura élfica —terminó por mí.

El estómago me dio un vuelco cuando me di cuenta de que no me estaba mirando con desagrado, sino con asombro. Se acercó un paso más. Nuestros cuerpos quedaron a solo un respiro de distancia.

—Son preciosas. Tú eres preciosa —susurró, dándome un beso suave en el hombro. La sinceridad de sus palabras me desgarró el pecho. Había visto las cicatrices, conocía el significado que escondían y, aun así, encontraba belleza en su oscuridad, en mi luz y en mis sombras.

La mano de Riven me acarició todo el brazo, despertándome escalofríos en la piel. Me quedé sin aliento cuando me agarró la muñeca derecha.

—¿Y esta?

Me levantó la mano para que el nombre que tenía en el antebrazo fuera visible a la luz de la antorcha. El cuerpo se me puso rígido cuando los ojos de Riven trazaron las líneas que tenía en el brazo.

Me aparté de él y me volví hacia la silla.

—Algunos nombres son más grandes que otros —respondí antes de recoger la ropa, dejándolo solo en la oscuridad.

Supe que estábamos en mitad de la noche porque me los encontré a todos dormidos en una pequeña caverna, acostados en sus catres. No esperé a que Riven me siguiera; agarré un saco de dormir y busqué una habitación diferente.

Los pensamientos me daban vueltas tan rápido en la cabeza que apenas podía procesarlos. Tantas vidas, tantas historias en las que yo era la villana, cada una de ellas escrita en mi piel. No podría pagar esas deudas ni aunque viviera mil vidas.

Pero ahora estaba haciendo algo al respecto.

Había estado lista para morir. Cuando me lancé hacia esos explosivos, sabía que alguien llevaría a cabo el resto del plan: Riven. Él derrocaría a la Corona si yo no lo lograba.

¿Cuánto tiempo llevaba queriendo hacerlo? Y ahora estaba a mi alcance.

Recorrí el nombre que llevaba en el antebrazo. Tenía la cabeza llena de recuerdos de ella, de la promesa que habíamos hecho hacía tanto tiempo, esa que tanto me había esforzado por olvidar.

Una persona no era suficiente para acabar con la Corona, pero ahora ya no estaba sola.

De alguna manera, había logrado rodearme de la gente que necesitaba, tal vez incluso de personas que eran mis amigas. Sentí cómo una dureza habitual empezaba a recubrirme, recordándome que debía alejarlos a todos para mantenerme a salvo.

Para mantenerlos a ellos a salvo.

Pero la gente moría de todos modos. No había salvado más vidas por encerrarme en mí misma; al contrario, solo había provocado más muertes. Tal vez había un camino en el que podía dejar entrar a algunas personas y aun así cumplir mi promesa, pero tendría que ser lo suficientemente fuerte como para permitírmelo.

Revelar mis cicatrices había sido un paso en esa dirección. Los destellos de rostros y nombres que constantemente me invadían la mente estaban cambiando. Todavía seguían allí, pero de alguna manera parecían estar más tranquilos, como si ellos también se dieran cuenta de que los vengaría.

De que había compartido el recuerdo que tenía de ellos en lugar de guardármelo solo para mí.

Una lágrima se me deslizó por la mejilla. Tal vez eso era lo quc había necesitado todo este tiempo: compartir el peso de esos recuerdos, aunque fuera solo para poder cumplir mi misión.

CAPÍTULO
38

Me quedé dormida justo cuando la luz comenzó a filtrarse desde arriba y unos delgados rayos se deslizaron por las grietas del techo de la cueva, reflejando tonos dorados por el suelo. Era como ver estrellas hechas de luz solar. Hacían la morada rocosa mucho más cómoda.

Alguien había puesto una taza de té caliente frente a la silla en donde me había quedado dormida. Me desperté con un sobresalto y vi que la curandera me observaba con unos penetrantes ojos amarillos.

—Te curas rápido —dijo, revolviendo su bebida con una ramita.

—Gracias por ayudarme —contesté mientras me tomaba un sorbo del té. Sabía a madera de cedro y limón, un elixir curativo.

La mujer asintió. Tenía un cuerpo encorvado que alguna vez había sido alto, pero ahora se desplomaba con la edad. Su rostro estaba arrugado y desgastado, pero los ojos eran atentos y observaban cada movimiento en mi rostro. Llevaba el pelo trenzado a la espalda, completamente gris excepto por las puntas, que se desvanecían en un marrón oscuro. Tenía manos fuertes, pero los dedos comenzaban a doblársele en diferentes direcciones y los nudillos estaban hinchados por la gota. Las arrugas que tenía parecían grises en comparación con el bronceado de su piel.

Era muy vieja para ser una mortal.

—Sin embargo, no tan vieja como tú —dijo, como si me leyera los pensamientos.

—¿Disculpa? —pregunté, frunciendo el ceño. Yo apenas pasaba de los sesenta, así que podía llevarme al menos dos décadas—. Solo he vivido sesenta y ocho giros.

—Ah, ¿sí? —preguntó, entrecerrando los ojos amarillos.

Sacudí la cabeza.

—Creo que lo sé.

Estaba agradecida de que esta mujer me hubiera salvado la vida, pero era obvio que su vejez le estaba haciendo perder el juicio.

—Rheih, espero que no estés molestando a Keera. La pobre *ikwenira* acaba de despertarse. —Nikolai se asomó desde la abertura en la pared de la caverna y soltó una risita. Me sonrió tanto que las mejillas le cerraron los ojos. Estaba apoyado en una muleta y tenía la pierna envuelta en una férula.

—¿Rheih? —pregunté, captando su nombre.

Ella me tendió un brazo.

—Rheih Talonseer.

Le estreché la mano.

—Puedes llamarme Keera —me presenté con una pequeña sonrisa, consciente de que sus ojos me seguían incluso cuando me volví hacia Nikolai.

—Estoy agradecido de que hayas logrado volar la presa —dijo este con una sonrisa tensa—, pero no necesitabas volarte en pedazos tú también.

—No has perdido la pierna —observé, levantando una ceja.

Nikolai hizo una demostración al poner todo su peso sobre ella mientras se acercaba a la mesa. Rheih murmuró en voz baja, pero Nikolai logró mantener su andar habitual.

—La férula es solo temporal. Rheih logró remendarme, aunque no tan bien como a ti, según parece.

Me recorrió el cuerpo con los ojos. Noté que estaba sentada, erguida y sin una pizca de dolor.

—No he sido yo. Ya se estaba curando ella solita incluso antes de que la tocara —aclaró Rheih, y tomó un sorbo de su taza.

—¿Que yo estaba qué? —repetí, con la boca abierta. Tendría que agradecerle a Riven el traerme aquí a tiempo, pero era obvio que esta mujer estaba loca.

—Curándote —repitió, tomando otro sorbo—. Con esas heridas, cualquier otra persona habría muerto mucho antes de llegar aquí.

—Eso es ridículo. Solo los fae tienen magia curativa. —Bufé y puse los ojos en blanco. Miré a Nikolai en busca de apoyo, pero él me examinaba como si yo fuera uno de sus inventos.

Rheih se encogió de hombros y sirvió más té.

—Y, sin embargo, aquí estás. Viva.

Syrra entró en la habitación y se sentó junto a Nikolai. Él le susurró en élfico para ponerla al día de las fantasiosas afirmaciones de Rheih.

Crucé los brazos.

—¿Me estás llamando mentirosa?

—No, te estoy llamando *valitherian* —zanjó, poniendo la taza sobre la mesa.

Syrra jadeó. Giré la cabeza rápidamente: tenía los ojos muy abiertos. Me examinó todo el cuerpo como si me estuviera viendo por primera vez.

—*Valitherian* —susurró—. Por supuesto.

Extendí los brazos frente a mí.

—No hablo élfico antiguo —les recordé.

—Significa «los dotados» —me explicó Syrra, con los ojos desenfocados como si hubiera desbloqueado un recuerdo lejano—. Durante los primeros días de la llegada de los mortales, hubo niños nacidos de fae y mestizos. Era raro, pero existían. A veces, esos niños nacían con un toque de magia. Para la mayoría suponía la inmortalidad, a pesar de su linaje mortal. Otros recibían la capacidad de comunicarse con seres que no hablaban, predecir el clima o…

—¿La curación? —terminé por ella.

—Eso pensé tan pronto abrió los ojos —le dijo Rheih a Syrra, que arrugó los labios mientras asentía con la cabeza.

—¿Cuando abrí los ojos? —pregunté.

En ese momento, Riven entró en la habitación. Supe que había oído todo lo que Rheih había dicho porque levantó una ceja en su dirección. La mujer se encogió de hombros y él volvió hacia mí su mirada, que se suavizó. Sin embargo, cuando notó las marcas rojas que tenía en el cuello y en la cara y que se iban desvaneciendo, tensó la mandíbula.

Respiró hondo y respondió a mi pregunta.

—¿Nadie te ha preguntado nunca por el color de tus ojos?

Me froté la frente.

—Algunos hacen comentarios al respecto. Son de un color extraño. Nunca he visto a nadie con ojos como los míos.

—No lo dudo —le dijo Rheih a su taza de té.

Le lancé una mirada a la mujer, pero Riven continuó.

—Nadie ha visto ojos como los tuyos en un milenio. Así como los ojos violetas marcan a los fae oscuros, los ojos plateados marcan a los fae de la luz.

Sus palabras me golpearon el cráneo. Fue muy difícil entender su significado al principio.

—Pero ¿los fae de la luz no tenían ojos dorados? —pensé en voz alta, mordiéndome el labio. Las historias de los fae se contaban en todo el reino: los crueles ojos violetas de los fae oscuros y los dorados y penetrantes de los fae de la luz.

Rheih negó con la cabeza, pero fue Syrra la que respondió. Enderezó la espalda y presionó los dedos contra la mesa.

—Solo ha habido tres fae con ojos dorados, niña —me explicó con calma. Dirigió la mirada hacia Riven—. Y todos murieron mucho antes de que los fae de la luz desaparecieran.

Me tragué sus palabras. Tenía la mente inundada de preguntas. La garganta se me cerró al mirarme las manos: por mis venas corría sangre ámbar, no había duda de que era una mestiza, pero ¿podría ser parte fae?

—El último de los fae de la luz se extinguió hace mil años —les recordé, todavía encarando mis manos y los secretos que guardaba mi sangre ámbar incluso de mí.

—Tal vez no —opinó Rheih, encogiéndose de hombros—. O algunos fae de la luz permanecen ocultos o tú tienes más de mil años.

—De todas formas, eso no significa que tenga poderes curativos —insistí. El corazón me latió más fuerte contra el pecho.

—Lo vi suceder, Keera —dijo Riven, sacudiendo la cabeza—. Cuando te recogí después de que la presa explotara, tenías la mitad de la cara destrozada. Cuando llegamos al bosque, casi se había curado. —Riven tenía la mandíbula tensa. Parecía enfadado.

—Entonces, ¿por qué ahora? —pregunté, poniéndome de pie—. ¿Por qué de repente puedo curarme después de sesenta años? —Crucé los brazos. Si hubiera tenido habilidades mágicas de curación toda la vida, lo habría notado.

—¿Alguna vez habías sufrido heridas tan graves? —Rheih bebió de su taza—. No serías un buena Espada si tuvieras el hábito de volarte en pedazos a ti misma.

Hice una pausa. Tenía razón. Me había roto huesos antes, me había cortado la piel en peleas de espadas, pero nada que pusiera en riesgo mi vida. Siempre me había curado rápidamente, pero lo había atribuido a la fuerza de mi linaje élfico. Los mestizos se curaban más rápido que los mortales y yo siempre me había curado más rápido que otros mestizos.

—Pero tengo heridas que no han sanado. No del todo —le recordé. Intenté no decirlo directamente frente a Nikolai y Syrra.

—Ninguna que no se haya hecho con una pluma de mago —respondió Rheih con frialdad—. Aparte de eso, tienes la piel impecable, Keera.

La miré boquiabierta. Pasé tanto tiempo fijándome en todas las cicatrices que me infligía que nunca pensé que debería tener más. Pensé en las penumbras, en los cuerpos que había visto a través de los años, con heridas de arma blanca nunca curadas y rastros de quemaduras por el fuego y las torturas. Todo aquello les había dejado marcas en la piel. Pero no en la mía.

—¿Cómo supiste que había sido la pluma? —le pregunté a Rheih. El vello del cuello se me puso de punta. Me acerqué a ella y permanecí erguida frente a donde estaba sentada.

—Siento que me estoy perdiendo alguna información crítica —susurró Nikolai, mirándonos a mí y a Rheih.

Lo ignoré y me enfoqué solo en la mujer que tenía frente a mí.

—Yo soy maga —me confesó Rheih, sin dejar de beber su té—. Mi hija y yo somos las últimas del linaje de Talon.

Me senté con incredulidad. Los magos eran portadores de magia, portadores de magia mortales. Las historias de su gente se compartían alrededor de las hogueras y atormentaban a los niños asustadizos por las noches, pero no eran más que historias, cuentos para mantener a los pequeños fuera del bosque. Observé a la frágil mujer frente a mí, preguntándome cuánta magia atesoraba debajo de la piel.

—Supe lo que había creado esas cicatrices antes de ver la pluma yo misma. Creo que una pluma de mago es lo único que podría dejarte una marca. —Rheih me escudriñó los brazos, como si pudiera ver los remolinos de cicatrices por debajo de las mangas.

—¿Revisaste mis cosas? —pregunté con frialdad. Podría haberme salvado la vida, pero eso no significaba que me cayera bien.

—Yo lo hice —intervino Riven, bajando la mirada a la mesa.

—Riven me dijo que te había visto con una —explicó Rheih—. No le creí, así que hice que la buscara entre tus cosas. Son objetos raros, incluso en los círculos de la gente mágica. Es muy posible que sea la última que exista. ¿Cómo te encontraste con un artículo así?

Las pupilas de Rheih se contrajeron y me di cuenta de que sus ojos eran como los de un pájaro. Un águila, el símbolo de su linaje.

—La robé —admití. No tenía sentido ocultarlo.

Riven y Nikolai sonrieron. Rheih se me quedó mirando, tratando de descifrar algo en mi mirada.

—No tengo respuestas para ti —dijo al fin—, pero una cosa es cierta: naciste de fae. Tal vez los fae de la luz realmente hayan desaparecido, pero uno estaba vivo el día en que fuiste concebida.

Salió de la habitación sin decir una palabra más.

Al día siguiente nos separamos. Mi presencia era necesaria en la capital, pues no había forma de evitar la ira del rey después de lo que habíamos hecho en Silstra. Querría a su Espada a su lado más que nunca. O mi cabeza, si de algún modo sabía que yo era quien estaba detrás de la explosión. Además, el príncipe Killian pensaba que estaba de regreso.

Riven ensilló un caballo negro y dejamos el otro para Nikolai y Syrra, que se quedarían el tiempo suficiente para que el primero sanara. Riven enviaría un mensaje con el lugar en el que debían esperarnos una vez que me reuniera con el rey. Por ahora, nuestro único objetivo era salir de la capital con las cabezas aún puestas y, con suerte para mí, habiéndome ganado la confianza del rey.

—Nos volveremos a encontrar —se despidió Nikolai mientras yo abrochaba el cinturón de mi última alforja—. Y espero que no sea en las celdas de las mazmorras —agregó, acercándome para envolverme en un abrazo.

—Cúrate rápido —susurré y lo apreté con fuerza—. Necesitaré tu sentido del humor para cuando Riven entre en uno de sus estados de ánimo.

Nikolai se rio antes de abrazar a Riven. Si le susurró algún cálido adiós, no lo escuché.

Syrra metió un paquete envuelto en mi alforja.

—Un poco de conejo para el viaje —dijo, y me acercó a su cuerpo rígido. Dejé escapar un suspiro de sorpresa, pero le envolví los brazos a su alrededor—. No seas imprudente en la capital, niña —me susurró, demasiado bajo como para que alguien la escuchara—. Haz lo que tengas que hacer para sobrevivir y te ayudaré a encontrar las respuestas que buscas.

Retrocedió y me regaló una sonrisa cálida y una caricia en el hombro antes de tomar su lugar junto a Nikolai.

Me monté en el caballo, esperé a que Riven se acomodara detrás de mí y tomé las riendas. Si teníamos que compartir montura, yo sería quien dirigiría. Me despedí de Syrra y Nikolai con la mano y comenzamos a trotar por el camino hacia Koratha.

Riven no dijo nada mientras cabalgábamos. Me agarraba la cintura con suavidad y procuraba inclinarse hacia atrás, como tratando de poner tanta distancia entre nosotros como fuera posible. Después de una hora me sentí obligada a decirle algo. Sería inútil en una pelea si se lesionaba la espalda.

—No tengas miedo de hacerme daño —le pedí, girando la cabeza hacia atrás—: te prometo que estoy curada.

Cuando no respondió, tiré de su brazo para que se aferrara a mí. Después de un momento, se relajó contra mi espalda.

—No quería incomodarte —me murmuró al oído. Tuve que forzarme a no recostarme sobre él para sentir más su aliento cálido en el cuello.

—Agradezco tu preocupación, pero no me siento incómoda.

Sonreí ante la verdad de esas palabras. El peso de los nombres ya no se me arrastraba sobre la piel y, sin ese secreto, sentía los hombros ligeros. No creía que existiera nada que pudiera hacerme sentir incómoda cerca de él de nuevo.

No nos detuvimos sino hasta llegar al canal de Koratha. O lo que quedaba de él. La inundación repentina había destruido las paredes de piedra y la tierra apelmazada que los mortales habían usado para llenar el río había cedido. Unos grandes parches de tierra flotaban río abajo, acompañados de trozos de muelle rotos y barcazas que no sobrevivieron a la inundación. El río había recuperado su antiguo esplendor, libre de la prisión a la que el rey lo había forzado. Una vez más fluía hacia el mar.

Esperaba que lo mismo hubiera sucedido en los otros dos canales, no solo porque significaba que nuestro plan había funcionado, sino porque no podía ignorar la belleza del agua salvaje; el recuerdo de la tierra que reclamaba lo que una vez había sido suyo.

Cabalgamos sigilosamente a lo largo del río. Era mediodía cuando llegamos al puerto en ruinas. La pintura había pasado de rojo a gris y no se había hecho nada para arreglar el techo que goteaba. El edificio descansaba sobre un alto acantilado junto a lo que una vez había sido el canal. La inundación había arrasado con el muelle, pero había dos barcazas aseguradas a la tierra junto a la edificación. Hice un trato con el dueño, un anciano que se apoyaba sobre el mostrador, desesperado. Había perdido tres barcazas y sus envíos en las inundaciones.

Le lancé un gran saco de monedas y le pregunté si podía llevarnos río abajo en una de las pequeñas embarcaciones. Le temblaron las manos cuando tomó el dinero y se le anegaron los ojos de lágrimas.

—No sé hasta dónde puedo llevarlos —dijo entre gimoteos—. Hay bloqueos hacia Silstra. Puede ser igual hacia el este.

—Llévenos lo más lejos que pueda —le pedí, y lo dejé para que preparara el bote.

Riven y yo regresamos al atardecer. El hombre nos guio hasta debajo de la cubierta. Navegamos río abajo en una pequeña barcaza que olía a té y especias. Teníamos una hamaca para compartir. Riven se ofreció a dormir en el suelo, pero yo me negué. La hamaca era lo suficientemente grande para los dos y el suelo de la barcaza estaba húmedo. Para cuando llegáramos a la ciudad, tendría filtraciones.

Riven aceptó a regañadientes y se deslizó a mi lado, con cuidado de no tocarme las cicatrices. Nos quedamos dormidos espalda contra espalda, pero, cuando me desperté, tenía la cabeza apoyada sobre su pecho y él me tenía rodeada con sus brazos. Me quedé congelada contra él. Había pasado mucho tiempo desde que había dormido tan cerca de alguien. Riven sintió el cambio en mi cuerpo mientras dormía y me apretó con más fuerza hacia su pecho al tiempo que me acariciaba la espalda. Respiré su aroma y dejé que la madera de abedul y el rocío me envolvieran. Cerré los ojos, saboreando su calor.

Pero había algo más. Esa misma sensación que había surgido entre nosotros cuando luchamos como Espada y Sombra, el tirón eléctrico que nunca se desvanecía. En el silencio de la barcaza, con solo el gorgoteo del agua que fluía, lo sentí de nuevo. Era una atracción imposible explicar, pero que sabía que estaba ahí.

Me pregunté si él también podría sentirla.

Como si escuchara mis pensamientos, Riven abrió los ojos. Bostezó, se pasó una mano por el pecho y sintió la mía allí. Miró hacia abajo y abrió los ojos de par en par al darse cuenta de cómo nos habíamos terminado entrelazando. Una pequeña sonrisa apareció en su rostro.

—Buenos días —dijo, con la voz ronca por el sueño.

—No es de día —susurré.

El capitán me había dado una vela de ocho horas para marcar el paso del tiempo; todavía estaba encendida: se había quemado solo la mitad de la mecha. El amanecer no llegaría sino hasta dentro de varias horas.

Pasaron los minutos y yo seguía escuchando el latido del corazón de Riven dentro de su pecho. En algún momento, comenzó a acariciarme el pelo. Disfruté de ese pequeño momento de paz que nos estábamos dando. Bien podría ser el último que nos quedara, pues la capital estaría desbordada de guardias y penumbras en busca de pistas, de culpables, y nosotros íbamos a entrar justo delante de sus narices.

Miré a Riven. Los pómulos pronunciados le brillaban con la tenue luz de la vela; observaba, sin verlas realmente, las vigas de la barcaza. Por primera vez desde que me había despertado en aquella piscina, me di cuenta de que me alegraba de no haber muerto. Haría cualquier cosa para liberar a los mestizos y acabar con el rey. Daría mi vida de nuevo si tuviera que hacerlo, pero me complacía tener otra oportunidad para conseguirlo. Nunca había pensado en lo que pasaría después; siempre me había imaginado la muerte del rey atada a la mía.

Tal vez eso aún era cierto, pero tal vez no.

—¿Qué pasará después? —le pregunté a Riven, inclinando la cabeza hacia él—. Cuando la Corona ya no esté, ¿quién liderará Elverath? ¿Los fae oscuros? ¿Tú?

Jamás había imaginado ese futuro. Siempre me había parecido un sueño, así que nunca me había dejado llevar por una esperanza ingenua. Aquella noche en la presa había sentido que era un futuro que no me pertenecía, un futuro que no me merecía.

¿Y ahora? Seguía sin saber cómo sería el futuro, pero tenía curiosidad.

Riven dejó de acariciarme el pelo y permaneció en silencio durante mucho tiempo.

—No, yo no —dijo con una molestia sutil en la voz—. Estoy seguro de que los fae ayudarán a reconstruir un sistema de gobierno, aunque no creo que quieran quedarse al mando.

Me apoyé contra su pecho.

—¿No gobernaban las tierras antes?

—No —contestó Riven, con los dedos enredados en un mechón de mi cabello—. Antes de que llegaran los mortales, antes de que Aemon conquistara y cimentara su reinado, los elverin gobernaban por consejo. Estaba conformado por fae de la luz, fae oscuros y elfos, y tenía representantes de cada uno de los territorios y de todos los clanes... Creo que eso también sería lo mejor para Elverath. Un consejo que represente a cada uno de los pueblos que quedan en sus tierras. Fae, elfos y mestizos.

—¿Un gobierno compartido?

Reflexioné sobre la idea. ¿Qué tan diferente sería el mundo si más personas tuvieran voz en las decisiones? ¿Qué tan diferente sería para los mestizos, que se consideraban poco más que una propiedad bajo la ley del rey? La idea me apretó el pecho. Un continente donde nadie tuviera que esconderse o fingir que su sangre era de un color diferente.

—Sería algo bonito de ver —susurré contra su pecho.

Riven me quitó un mechón de pelo de la cara y yo lo miré, acercándome a su tacto. Tenía los ojos oscuros en la tenue luz. En ellos nadaba algo que no me estaba diciendo.

—Pregúntamelo —le dije, sin dejar de mirarle. Sus expresiones eran cada vez más fáciles de leer.

—No estoy seguro de que deba hacerlo —musitó, con la boca en línea recta.

—No sé nada sobre mis padres —respondí, levantando una ceja—. Y no estoy convencida de la teoría de Rheih.

Riven se rio entre dientes. Su aliento me calentó la mejilla.

—Yo tampoco creo estar convencido. Tendré que preguntárselo a Feron cuando volvamos al Faelinth. —Me puso un dedo debajo de la barbilla y me hizo mirarlo de nuevo—. Eso no es lo que quería preguntarte —susurró. Su mirada era suave y la mano con la que me acariciaba el rostro, dulce y curiosa.

Yo me quedé helada. Si no se trataba de mi linaje, solo había una cosa que le costaría mencionar. Me acarició la espalda, trazando con los dedos las gruesas crestas de las cicatrices. Cerré la mandíbula de golpe, pero no lo detuve. Compartir los nombres con él había aliviado parte de la carga que llevaba. Tal vez compartir otra historia haría lo mismo.

—Estas cicatrices son diferentes —dijo, mordiéndose el labio—. Distintas a las de los nombres, quiero decir.

Asentí, y tragué saliva para aflojar la tensión que sentía en la garganta. No funcionó.

—No te las has hecho tú, ¿verdad? —me preguntó. La voz se le volvió gruesa, pero la mano que me acariciaba la espalda seguía tan suave como antes.

—No —le confesé, forzándome a encontrar su mirada—. Son de mis Pruebas. Es el símbolo de mi hazaña más impresionante.

Riven respiró hondo y la comprensión comenzó a registrarse en su rostro.

—¿No suelen ser tatuajes? —preguntó.

La mano que tenía en la espalda dejó de moverse y se le detuvo la respiración en el pecho. Podía sentir el latido de su corazón acelerándose, esperando mi respuesta.

—Por lo general, sí —expliqué, girando la cabeza hacia las vigas—, pero mis Pruebas fueron diferentes a las de la mayoría. Se pensó que necesitaba un tipo diferente de marca.

—¿Quién lo pensó? —Riven me agarró la cintura. Su voz era de hielo, dura y a punto de romperse.

Cogí un hilo suelto de su túnica y evité su mirada al responder.

—El príncipe.

El pecho de Riven se hinchó debajo de mí. Apretó la mano que tenía en mi cintura, atrapando parte de la túnica con ella. Las sombras de la cabina comenzaron a arremolinarse a la luz de las velas. El aire me supo a ácido en la lengua. Los ojos de Riven se volvieron salvajes. Le llevé una mano a la cara, acariciándole la mejilla, trayéndolo de vuelta a mí, lejos de cualquier imagen que le inundara la mente.

—Fue hace mucho tiempo —le recordé. Las cicatrices eran la parte menos espantosa de esa historia.

—¿Por qué Damien haría algo así? —preguntó finalmente, acariciándome la espalda de nuevo.

—Dijo que era una lección —respondí, haciéndome eco de las palabras que el príncipe me había susurrado una y otra vez mientras me arrancaba la carne de la espalda.

La voz de Riven se tiñó de veneno.

—¿Qué clase de lección?

—Una que jamás aprendí —concluí, acurrucándome contra el cuello de Riven y cerrando los ojos. Su brazo siguió envolviéndome mientras yo dormía, manteniendo a raya las pesadillas.

CAPÍTULO 39

EL ANCIANO NOS DEJÓ A las afueras de una villa a solo un día de viaje de la capital. Cuando desembarcamos, los soles estaban muy altos en el cielo como para comenzar el viaje. La madera crujió bajo mis pies cuando Riven saltó primero. Aterrizó en el muelle flotante con una gracia fácil, sin molestarse en extenderme su brazo, pues sabía que podía arreglármelas.

Río abajo había un tramo de rápidos que habían quedado bloqueados por varios trozos de madera rota y de tierra que habían llegado flotando hasta allí por las inundaciones. Tomaría semanas despejarlos e, incluso entonces, no habría forma de que las barcazas cruzaran ahora que las paredes del canal habían desaparecido. Ningún barco podía navegar sobre las afiladas rocas y las empinadas caídas, así que todo el comercio de la capital tendría que hacerse a caballo. En unas pocas semanas, las primeras nevadas caerían y el comercio se ralentizaría casi hasta detenerse.

Justo como lo habíamos planeado.

Caminamos por el pequeño pueblo, cubriéndonos los rostros con las capuchas, pero las calles estaban vacías. Casi todos habían huido a la capital tan pronto como llegaron las inundaciones en busca de tiendas y raciones para antes del invierno. El estómago se me revolvió al ver a los ancianos y niños que habían quedado atrás. ¿Cuántos de ellos sobrevivirían? No confiaba en que el rey fuera a priorizar la alimentación de los hambrientos. Esa verdad me dejó un sabor amargo en la boca. Sabía que salvaríamos a más personas al final, pero eso no hacía que sacrificar a estos fuera más fácil.

Encontramos comida y hospedaje en una vieja taberna. Una persiana sobre la parte delantera estaba suelta y colgaba torcida de una bisagra. Nos sentamos en una mesa cerca de una chimenea llena de polvo, el cual se apelmazaba a lo largo del borde por falta de uso.

No había nadie más en la taberna aparte de un viejo mortal que se había quedado dormido en su silla con el pelo derramado sobre los trozos de comida que le quedaban en el plato. La hija del posadero solo salió para traernos la comida. Pude oírla reírse con el personal de cocina detrás de las puertas batientes.

Si había otros huéspedes, se habían ido o estaban en sus habitaciones.

Riven y yo comimos en un silencio cómodo. Era la quietud de antes de aventurarnos en la capital. Si es que lográbamos penetrar sus muros. Dejé el último de los huesos de pato y me limpié los dedos con la servilleta de tela que había junto al plato astillado. Riven tomó un sorbo de vino. Olí el aroma robusto del roble y las bayas, pero lo rechacé; en cambio, me bebí una copa de agua.

Observé a Riven terminarse la comida. Cortó el filete de cordero en trozos perfectos antes de saborear cada bocado.

—¿Te alegra que no sea conejo? —pregunté con una sonrisa.

Asintió, ahogando la risa con otro bocado.

La chimenea junto a nosotros estaba caliente. Ya me había quitado la capa, pero incluso sin su peso, el sudor se me acumulaba en la piel. Examiné la habitación para asegurarme de que estuviéramos solos y me subí las mangas. Las llamas más largas de las cicatrices, tan pequeñas que nadie las notaba, se asomaban más allá de la tela enrollada. Lo único que era completamente visible era el nombre que llevaba grabado en el antebrazo. Lo tracé con los dedos una y otra vez mientras Riven comía.

Él se tragó el último pedazo del cordero y dejó el tenedor. Sus ojos me siguieron los dedos.

—¿Ese fue el primer nombre? —preguntó con prudencia.

Sabía que era una pregunta para la que no esperaba respuesta. Una que no volvería a formular si yo no quería hablar de ello.

Pero sí quería hacerlo.

Últimamente había estado pensando tanto en ella que me dolía. Me quemaba la carne, como si cada pensamiento me trazara de nuevo la cicatriz. De alguna manera, el hecho de que Riven hubiera visto mis cicatrices había aliviado el dolor que me provocaban. Que supiera sobre ellas había comenzado a drenar cualquier veneno que llevara debajo de la piel. Tal vez hablarle de ella también aliviaría esa carga.

—Así es —respondí después de un momento. Repasé el nombre una vez más.

—¿De quién es el nombre? —preguntó en el mismo tono suave, ofreciéndome la misma opción.

—Brenna —afirmé en un susurro que luchó por salir de la garganta. No había dicho su nombre en voz alta desde aquel día, el día que me lo grabé en la piel y juré cumplir nuestra promesa—. Ella era mi compañera de cuarto en la Orden. Al principio no nos caíamos muy bien, pero con el tiempo nos hicimos amigas, mejores amigas... y luego algo más.

Me ardieron los labios al decir su nombre, como si se me abriera una herida supurante. Me dolió, pero tenía que hacerlo.

Riven se aclaró la garganta.

—¿Fueron amantes? —Su expresión era severa, pero no detecté ningún juicio en sus ojos.

Asentí.

—Sí, supongo que sí —contesté. Me mordí el labio mientras pensaba en su rostro, en esos rizos rubios y ojos de miel que me habían acechado durante tanto tiempo. Esa palabra no parecía lo suficientemente grande como para describir todas las formas en que Brenna existía en mí—. Pero fue más que eso —continué, con los ojos fijos en Riven—. Éramos todo lo que la otra tenía: amigas, familia, amantes, esperanza. La mayoría no encuentra ninguna de esas cosas en la Orden, mucho menos todas a la vez.

Pensé en las penumbras que ya habían muerto. ¿Cuántas más no tendrían nunca la oportunidad de encontrar un poco de esperanza a la que aferrarse? Me ardieron los ojos cuando sus rostros invadieron mi mente. Las penumbras que estaban en la presa y no conocía. Alys. Elinar. Brenna.

—¿Qué le pasó?

Los ojos de Riven eran suaves y acogedores, pero, de nuevo, sabía que no tenía que responder. No necesitaba ese pedazo de mi pasado para confiar en mí. Para verme. Yo era Keera, con o sin mis secretos. Eso hacía que fueran más fáciles de compartir.

Riven extendió una mano y me la posó en el pliegue del codo. Me tocó la piel libre de cicatrices del antebrazo.

—Era una persona apasionada. Siempre se esforzaba por superarse a sí misma y a todos los demás —dije, con una sonrisa ladeada—. Entró en la Orden más tarde que la mayoría, pero con el tiempo se convirtió en una de las mejores. Y no por tener un talento natural. En realidad, tenía muy poco: lo logró por pura voluntad. Para ella, nada era imposible. Decirle que algo era imposible era como plantearle un desafío.

Me reí y me apoyé en la mano, entrelazando los dedos con los de Riven. Nunca me permitía pensar en los recuerdos felices. La había mantenido envuelta en oscuridad. Traerla a la luz me aliviaba el peso del pecho y el ardor de la garganta.

—Fue ella la que me hizo ver lo que el rey había hecho, lo que todavía hace: encarcelar a nuestra gente, dejarla morir por él, matarla de hambre a pesar de que su trabajo sostiene el reino. Ella era la que estaba decidida a detenerlo, a destrozar la Corona hasta que no quedara nada. Quería hacerlo desde dentro, como una penumbra, y quería que lo hiciéramos juntas.

Las palabras me salían con mucha facilidad ahora: se derramaban como si una presa me hubiera estallado dentro del pecho. Los recuerdos fluyeron y se estrellaron contra las paredes que había construido a mi alrededor. Riven no dijo nada, pero me apretó la mano con tanta suavidad que pensé que podría llorar.

—No sé si fue amor o una ingenua arrogancia, pero hicimos un juramento, una promesa: que trabajaríamos juntas sin descanso hasta que el rey muriera y el reino dejara de existir.

Me atraganté con las palabras que no dije. Era la única promesa que había hecho… y la había roto muy rápido.

—¿Intentaron derrocar al rey? ¿Fue así como ella…? —Riven no terminó la frase, pero entendí su significado de todos modos.

—No. Nunca tuvimos esa oportunidad —dije en un susurro pesado—. Brenna era excelente, la mejor de nuestra clase después de mí, mejor que muchas generaciones de iniciadas anteriores o posteriores. Pero yo… yo era algo diferente. No sé si alguna vez ha habido alguien tan… naturalmente hábil en cada uno de los pilares como yo. En ese entonces o en la historia de la Orden.

Suspiré, me recosté en la silla y solté la mano de Riven. Él dejó la palma plana contra la mesa y esperó a que yo continuara.

—No nos dimos cuenta de lo peligrosas que éramos teniendo tanto talento. No nos dimos cuenta de lo mucho que nos vigilaban…

Entrenamos toda la vida para ser las mejores, para ser más fuertes, más rápidas y más inteligentes que cualquier enemigo al que nos enfrentáramos, pero —Respiré hondo y encontré la mirada de Riven— éramos solo chicas en una isla. No entendíamos la amenaza que representábamos. Ni siquiera tratamos de ocultar la profundidad de lo que sentíamos la una por la otra. Todas las instructoras sabían que éramos mejores amigas y sospecho que muchas de ellas adivinaron que era más que eso...

Me quedé callada, mirando las llamas de la chimenea. No podía sentir el calor en el cuerpo. Me froté los brazos para no temblar.

Volví la cabeza hacia Riven. El pelo negro le brillaba a la luz del fuego mientras me miraba. Respiré hondo, preparándome para la verdad que no había visto cuando era niña.

—Dos penumbras talentosas pueden ser un arma poderosa para el rey, pero solo si él está seguro de poder controlarlas. —Me detuve para tocar los bordes irregulares de su nombre—. Nos convocaron a las mismas Pruebas y eso nos entusiasmó. Brenna llevaba en la Orden poco más de quince años y siempre había esperado que la llamaran.

—Pero ¿tú no? —preguntó Riven y la voz le salió en un susurro bajo.

Sacudí la cabeza.

—Esperaba que me llamaran cada vez que las anunciaban, pero ya llevaba entrenando veinticinco años. Había visto pasar nueve Pruebas y nunca me habían convocado a ninguna de ellas, ni siquiera con mi talento. Pero ese año las señoras decidieron que era hora de que ambas las pasáramos.

Me mordí el interior de la mejilla y crucé las piernas, pensando en ese día. Qué emocionada había estado. Qué ingenua.

—Como mis Pruebas habían sido tan esperadas —expliqué, mirando de nuevo las llamas—, la Corona estuvo presente en todas ellas.

Riven tenía los ojos muy abiertos. Su voz sonó insegura.

—¿El rey estaba allí?

Asentí despacio, pensando en esa primera Prueba.

—Y el príncipe Damián también.

—¿Fue entonces cuando te hirió? —Riven empuñó la mano sobre la mesa.

—Sí, después de mi última Prueba —dije, mordiéndome el labio—. Él mismo se encargó de hacerlo.

Una mirada salvaje le brilló en el rostro antes de volver a la máscara de calma que había usado antes, tranquila y paciente. Justo lo que él sabía que necesitaba.

—Presenciaron todas las Pruebas. Luego me llamaron para la última, la prueba de lealtad.

Un escalofrío me recorrió la espalda ante esas palabras, reconociendo lo que tenía tallado allí.

—Nadie sabe cómo son las Pruebas hasta que llegan —le expliqué—. Entrenamos para superarlas, sabiendo que debemos perfeccionar nuestras habilidades, pero a las penumbras se les prohíbe hablar de ellas, por lo que a menudo las iniciadas tienen apenas una idea de qué esperar. Ni siquiera sé si las Pruebas son siempre las mismas o si cambian de un año a otro. Todo se mantiene en secreto. —Me froté la cabeza mientras me recostaba contra la silla—. Supongo que podría saberlo ahora, pues como Espada se me permite, pero solo he asistido a una serie de Pruebas desde las mías. Desde entonces, me he negado a participar.

Me ardió la garganta al pensar en ese año, en el mes que me pasé ahogando los recuerdos en vino y cerveza. Por costumbre, hice un movimiento para alcanzar el frasco de elixir que llevaba en el bolsillo, pero no estaba allí. Aún seguía escondido en mi bolsa.

Riven se aclaró la garganta y se apoyó en la mesa hasta que crujió bajo su peso.

—¿Brenna habló de las suyas? ¿Es por eso que ella…?

—¿Murió? —terminé por él. Él asintió, acariciándome la mano—. No, no fue ejecutada por traición… Ella no sobrevivió a las Pruebas. El Arsenal trata de evitarlo. Por lo general, expulsan a las iniciadas que saben que no sobrevivirán, pero aun así sucede. Las Pruebas están pensadas para poner a prueba tus límites. Si fallas, mueres. La muerte de Brenna fue… inesperada.

El rostro de Riven se tiñó de oscuridad, como si la luz del fuego ya no pudiera tocarlo.

—No sabía que eran tan estrictas —susurró, con los ojos fijos en la mesa. Después me miró—. ¿No le conviene al rey tener a tantas penumbras como sea posible?

Bufé.

—No, él quiere a tantas penumbras obedientes como sea posible. La adrenalina de la competencia, la posibilidad del fracaso y la muerte… todo es parte del plan. Las penumbras se gradúan sintiéndose afortunadas de haber sido elegidas, de haber sobrevivido. Y el rey usa eso a su favor. —Traté de tragarme el desprecio, pero tenía la boca demasiado seca.

Una parte de mí quería contárselo todo a Riven. Decirle exactamente cómo había muerto Brenna. Lo que le había hecho el príncipe Damien. Lo que me había hecho a mí. Pero las palabras no me salían. Me había tomado treinta años decir al fin su nombre en voz alta. Y bien podría tomarme otros treinta estar lista para contar el resto de esa sórdida historia.

Así que preferí resumirla.

—Fue el príncipe Damien —dije, y la voz se me quebró al decir su nombre—. Él se… encariñó con Brenna. Pensó que ella lo había superado antes de llegar a la Orden, y nunca la perdonó por ello. Tenía la costumbre de recordárselo —Hice una mueca cuando el rostro del príncipe se me pasó por la mente— incluso a pesar de la protección de la Orden. Esta no sirve de mucho cuando el príncipe heredero tiene interés por una iniciada.

El calor me inundó la piel. El corazón me latía en el pecho como si Damien estuviera sentado frente a mí en lugar de Riven.

—Al final, Damien se dio cuenta —proseguí, cruzando los brazos— de que éramos más que compañeras o amigas. Convenció al rey de que era peligroso que cualquier penumbra amara a algo más que a la Corona. Que eso mancillaba nuestras habilidades y nos hacía inutilizables. El rey se dio cuenta de que le convenía más tener a una penumbra talentosa, que sabía que le obedecería, que dos en las que no podía confiar.

Las palabras se me clavaron en la garganta. Me sequé las lágrimas de los ojos. Riven alargó un brazo por encima de la mesa y sostuvo mi mano en la suya.

—Damien tomó la decisión —continué cuando recuperé el aliento—. Me talló la espalda para que siempre recordara que yo era la que vivía, mientras que Brenna era la que sufría las consecuencias. Ella fue el precio de mi lealtad a la Corona.

Me recosté en la silla. Estaba cansada, pero también aliviada. Brenna ya no era un fantasma entre nosotros, uno que solo yo podía ver. Ya no era un rostro a evitar. Le había devuelto la vida a su recuerdo con mis palabras. Descubrí que me sentía mejor. Más ligera.

Viva.

Riven tenía el cuerpo rígido y su respiración se había detenido. El único indicio de vida era el calor de sus dedos, que todavía me sostenían la mano.

—Si alguna vez tienes la oportunidad, mátalo —dijo con los dientes apretados y una voz oscura y peligrosa—. Y si no puedes, lo mataré por ti. —Entrecerró los ojos hasta que solo fueron tajos violetas. La mirada salvaje regresó a su rostro.

—Por eso me tallé su nombre —dije, volviendo a recorrerme el antebrazo—. La forma en que Damien me marcó… Dijo que era un homenaje a las cicatrices que llevaban los guerreros fae y los elfos.

Como las de Syrra... Las suyas son una marca de su poder y habilidad, pero él convirtió las mías en algo cruel.

Le acaricié la piel a Riven con la mano, disfrutando de la calidez de su tacto.

—Dejó la pluma de mago que usó. Yo la robé. No quería que sus cicatrices me definieran, así que me corté el nombre de ella en el lado con el que blandía la espada y me dije a mí misma que ese sería el brazo que le asestaría la estocada final al príncipe Damien. —Se me quebró la voz de nuevo—. Era un recordatorio de que no sería la penumbra que pensaban que era... Sería una guerrera, como los elfos que vinieron antes que yo. Me grabé los nombres en la piel como un homenaje a ellos, para no olvidar esa parte de mí que había perdido, que había sido destrozada por el rey. El nombre de Brenna fue el primero. Fue una forma de mantenerla viva a ella y a mi promesa.

—Lo has hecho —dijo Riven, apretándome la mano. La mandíbula le palpitaba. Me acarició la mejilla con dulzura—. La has mantenido viva. Y cumplirás tu juramento, Keera. Sé que tú no haces promesas, pero yo te haré una: mientras viva, trabajaré para destronar al rey. Por los mestizos, por Elverath... y por Brenna.

Sus ojos de tormenta me atravesaron. Me apretó la mano. Una lágrima se me resbaló por la mejilla. Sabía que su promesa iba en serio y que él sabía lo que esas palabras significaban para mí.

CAPÍTULO
40

Riven me dejó sola en nuestra habitación para que pudiera bañarme. Me sumergí en el agua caliente hasta que la piel se me arrugó y me cubrí con la espuma del jabón que él me había comprado. Cuando terminé, me examiné en el espejo. No había indicios de que unos días antes hubiera estado al borde de la muerte. Más bien lo contrario: era la viva imagen de la salud. El enrojecimiento alrededor de los ojos por las noches de bebida y las resacas matutinas se había desvanecido junto con las ojeras, y tenía el pelo suave y brillante a la luz de las velas. Mi aspecto era mejor de lo que lo había sido en años y me sentía más viva de lo que jamás recordaba haberme sentido. También notaba el cuerpo más fuerte: los brazos y piernas habían recobrado de nuevo su definición, la cual había desaparecido hacía décadas. Estaba más robusta y me costaba menos respirar.

«Porque al fin tengo algo por lo que vivir», pensé. Era cierto. Ir tras el rey me había dado el propósito que me hacía falta, el propósito que había dejado atrás y tratado de olvidar. Todos esos años que me había pasado huyendo de mis demonios por poco me habían matado, y aunque encararlos de frente también podría matarme, al menos me sentiría como una persona mientras lo hacía.

Incluso las cicatrices tenían mejor aspecto. Las que me recorrían la espalda no estaban rojas ni hinchadas y ya no me dolía tocarlas. Los vendajes de Rheih debían haber curado alguna infección subyacente. ¿Había estado llevando veneno por debajo de la piel durante tres décadas? No me sorprendió. Durante dos de esas décadas me había estado envenenando activamente.

Siempre pensé que el dolor de esas cicatrices era mi castigo, lo que me merecía por lo que Damien le hizo a ella, pero ahora me preguntaba si era mi falta de voluntad para dejarlo ir, como si el dolor mantuviera a Brenna viva de alguna manera o sirviera para asegurarme de pensar en ella siempre. Como si no fuera a recordarla hasta mi último aliento.

Busqué un cepillo de pelo en mi alforja y lo encontré junto con el camisón que solía usar en las misiones. Durante semanas había estado durmiendo con la ropa normal puesta para mantener las cicatrices en secreto, pero eso ya no tenía sentido.

Me puse el camisón. Me colgaba del pecho en dos delgadas cintas que se deslizaban por la espalda y se volvían a encontrar justo arriba del coxis. Los bordes estaban forrados con un cordón suave que complementaba el rojo intenso de la prenda. Le había comprado varios a un sastre en Koratha, pues eran el único tipo de ropa para dormir que no hacía que me picaran las cicatrices.

Escuché a Riven regresar y cerrar la puerta. Pasó junto al cuarto de baño sin mirar y dejó su bolsa sobre el escritorio. De repente, me sentí nerviosa por salir de la pequeña estancia. Pensé en trenzarme el cabello para ganar tiempo, pero me gustaba la forma en que se había secado en ondas suaves que me flotaban hasta la cintura. Si estaba decidida a no esconderme más, entonces no necesitaba tener el pelo recogido hacia atrás.

Riven se apoyó contra el escritorio y agarró el borde con ambas manos. No me miraba a mí, sino al suelo. Reflexionaba sobre algo. Cerré la puerta del baño con un chasquido silencioso. Me miró y me quedé sin aliento.

Sus ojos eran de un violeta abrasador que irradiaba desde debajo de sus cejas oscuras. Toda la habitación estaba iluminada por un único farol que le arrojaba un cálido resplandor a su piel. Seguí el camino de sombras que se le formaba en el cuello hasta llegar a la túnica ligeramente abierta.

Tragué saliva. Un torrente de calor me recorrió entera, asentándoseme arriba de los muslos. No me había sentido así en mucho tiempo.

No me habían mirado así en mucho tiempo.

Riven no solo me miraba: me devoraba. Paseó la mirada por mis piernas, deteniéndose en el dobladillo del camisón antes de subir hasta el cuello. Tenía una forma de observarme las cicatrices que me hacía sentir como si no las estuviera viendo a ellas, sino a mí. Estaba viéndome por completo, toda a la vez, y no podía alejarme.

Di un paso hacia él. Un mechón de pelo se me deslizó por la cara.

Apretó aún más las manos contra el escritorio y el aroma a madera de abedul y rocío se desató en la habitación. Para mí era una fragancia embriagadora, pero parecía que Riven no respiraba en absoluto.

—¿Te encuentras bien? —le pregunté. No estaba segura de querer saber la respuesta.

Riven cerró los ojos, sin soltar el escritorio.

—Tengo otra pregunta que hacerte. —Su voz estaba ronca.

Di otro paso al frente.

—¿Qué quieres saber?

Estábamos a centímetros de distancia.

—Nunca has tenido otro amante, ¿verdad?

La mandíbula le palpitaba. Agarraba el escritorio con tanta fuerza que tenía los nudillos abultados, como si estuviera tratando de contenerse. Pero había comprensión en sus ojos. Sabía lo que había significado para mí hablarle sobre Brenna y que me viera las cicatrices. No era algo que le hubiera permitido a nadie antes.

Me costaba respirar.

—No.

—Si fueras... a tener otro —Su voz era ahora un susurro áspero—, ¿sería otra *ikwenira*? ¿Una mujer?

Parpadeé, conmocionada por la pregunta. Nunca había pensado en eso antes. Solo había existido Brenna. Nadie más había tenido importancia.

—¿Por qué? —pregunté, sin saber cómo responder.

Riven abrió los ojos y los enfocó en los míos. Ya no eran violetas, sino casi negros. Una de las muñecas le tembló ligeramente sobre el escritorio, pero no se movió.

—Porque lo único que quiero ahora mismo, lo único que quiero siempre, es besarte. Pero no si es algo que no disfrutarías.

Su expresión era seria, pero había cierta dulzura en sus ojos. Cariño. El mismo cariño que estaba allí el día que me llevó a donde Rheih o cuando me vio las cicatrices. El mismo que me mostró solo unas horas antes, cuando le confesé lo peor de mí y él lo llamó fortaleza.

Lo deseaba, no podía negarlo, pero además me importaba tanto que quería que él supiera que yo también lo anhelaba.

—Riven. —Di otro pequeño paso hacia él. Su mirada me penetraba; las cejas oscuras le proyectaban una sombra sobre el rostro. Se mordió el labio y la punta afilada de un colmillo se asomó por debajo. Hambre. Tenía hambre de mí. El estómago se me contrajo cuando di un último paso—. Deberías besarme —susurré.

Sus labios estuvieron en los míos antes de que dijera la última palabra. El escritorio crujió cuando al fin lo soltó para agarrarme la cintura.

Sus labios avanzaron suaves y cautelosos. Degustaban los míos despacio, trazando el borde con la lengua.

Eran una invitación y un mensaje: solo llevaría las cosas tan lejos como yo quisiera. Yo tenía el control.

Y yo quería más.

Me aferré a su túnica y lo acerqué hacia mí. Nuestros cuerpos se juntaron con tanta fuerza que pude sentir su pulso en el pecho. Levanté una mano hacia su cabello oscuro y tiré de él. Riven gruñó y me mordió el labio antes de levantarme del suelo.

Le envolví las piernas a su alrededor y sentí la dureza de su cadera. La necesidad que sentía entre los muslos creció. Le atrapé el labio inferior con los dientes. Él respondió dejándome un rastro de besos por todo el cuello. Gemí ante su tacto y le clavé los dedos en el hombro.

—Preciosa —me susurró al oído antes de besarme las cicatrices del pecho.

El cumplido me estremeció la piel. Podía sentir, por la forma en que me besaba, la forma en que su mano me agarraba la espalda y los muslos, que lo decía en serio.

—Keera —susurró después de varios minutos de dejarme besos por toda la piel.

Abrí los ojos como si despertara de un sueño. Riven sonrió con picardía y se inclinó para besarme los labios una vez más.

—¿Podemos ir a la cama? —preguntó, acariciándome la mejilla con el pulgar.

Se me congeló el cuerpo. No estaba segura de estar lista.

—No para eso. —Riven me dio un beso en la frente—. Quiero besarte hasta que te quedes dormida. —Me apretó con más firmeza la cintura—. Y para eso necesitamos una cama.

Me reí, echando la cabeza hacia atrás. Luego asentí, sonriendo de cara al techo.

Cuando lo observé, tenía la mirada fija en mí. Abrió la boca y, con los ojos muy grandes, me acunó el rostro en una mano.

—Podría pasarme siglos escuchando esa risa.

Sonrió mientras me apoyaba en el colchón.

Cuando lo miré desde abajo, sentí un cosquilleo en la piel. Tenía las piernas a horcajadas en las mías y sus brazos me enmarcaban el rostro. Con una de las manos jugaba con un mechón de mi pelo. Me besó la mejilla y luego la frente en tanto me acariciaba un lado del cuello con los dedos.

—Podría besarte por todas partes —dijo, mirándome embelesado.

—Entonces deberías hacerlo —respondí, levantando una ceja.

Riven me regaló otra sonrisa pícara antes de descender sobre mí.

Probó cada centímetro de mi piel con besos que ya no eran suaves, sino hambrientos. Empezó por un hombro y me besó por todo el brazo. Cuando llegó a la mano, se la acercó a la cara para que pudiera tocarle la mejilla antes de besarme despacio cada dedo. La mirada que me dedicó al hacerlo me obligó a apretar los muslos.

Me besó el pecho, siguiendo las olas de cicatrices hasta que sus labios se encontraron con la piel sin marcas. No intentó mover el camisón, sino que me besó por encima. Era tan fino que sentía perfectamente cada roce. Me lamió un pecho y la espalda se me arqueó hacia él mientras dejaba escapar un suave gemido.

Riven me besó el cuerpo con incluso más pasión, acariciándome los senos a través de la tela. El pecho se me elevó a medida que crecía el deseo que sentía por dentro. Me besó las piernas, subiendo con sus manos hasta las caderas, agarrando el camisón entre los puños para poder acceder a lo alto de mi muslo.

Metió la mano por debajo del dobladillo por un breve instante, pero eso le bastó para sentir lo húmeda que estaba allí.

—Puedo encargarme de eso —me gruñó al oído—. Si quieres.

Su aliento me calentó el cuello, haciéndome estremecer.

—No creo estar lista para… —Me interrumpí, demasiado tímida como para decirlo.

Riven se me acercó a los labios y me acarició el rostro con el pulgar, sosteniéndome la barbilla.

—Entonces esperaré a que lo estés —susurró antes de llevar sus labios a los míos y acercarme el cuerpo hacia el suyo.

Le enredé los dedos en el cabello y enganché una pierna sobre su cadera, profundizando el beso. Fue como si pasáramos horas en el fervor de nuestros cuerpos antes de que la pasión se aplacara y nos quedáramos simplemente abrazados.

No supe cuánto tiempo estuvimos así, enredados el uno en el otro. Ambos nos encontrábamos totalmente a gusto con respirar el mismo aire y no decir nada. Después de un rato, un pensamiento se me cruzó por la mente. No lo pude eludir.

—¿De verdad soy tan mala besando que me besaste no una, sino dos veces, y seguías sin estar convencido de que podía desearte?

Riven se rio contra mi pelo y me besó la cabeza.

—No. Más bien todo lo contrario. Apenas pude dormir después de ese primer beso. No había querido que sucediera, simplemente… sucedió. Luego, cuando te besé en Cereliath, supe que no podría quedarme a tu lado sin que volviera a suceder —admitió.

Le besé el cuello.

—Fue Syrra quien me metió la idea en la cabeza. Fue algo que le dijiste en el camino hacia Cereliath. Pensó que cargabas con un corazón roto desde tu época en la Orden, e hizo una broma sobre crecer rodeada solo de *ikweniras*… —Riven se encogió de hombros—. Tendría sentido que esas fueran tus preferencias.

—No solo *ikweniras* —dije, probando la palabra en la boca. Era mucho mejor que llamar hembras a las mestizas.

—Después de eso, me quedé intranquilo. —Riven me acercó a su pecho—. Te pasaste días en esa piscina, sanando, y yo daba vueltas sin parar, estorbándoles a todos. No podía dormir, no comía, solo necesitaba saber que te encontrabas bien. Cuando Syr me preguntó si estaba seguro de que tú sentías el mismo… anhelo, dudé de mí mismo. Me pregunté si me lo había imaginado todo. La primera vez trataste de apuñalarme y la segunda pudo haber sido parte de nuestra estrategia de distracción.

—No lo fue —respondí con sinceridad. Estaba cansada de esconderme y cada confesión era más fácil de compartir con él.

—Gracias a la maldita suerte por eso —dijo Riven, acercándome a él para darme otro beso.

Después de un rato, nuestros labios se separaron y el agotamiento al fin nos llevó a descansar. Dormí toda la noche en sus brazos, sin sueños ni pesadillas. Solo paz.

CAPÍTULO 41

AL DÍA SIGUIENTE conseguimos un par de caballos y cabalgamos hasta las afueras de Koratha, pero no podíamos ir más lejos. Al menos no juntos.

Llevaba la capa y capucha negras y el broche de la espada, reluciente después de haberlo pulido esa misma mañana. Entraría en la capital como la Espada, pero Riven tendría que encontrar su propia ruta de acceso.

—Te esperaré en la caverna, como acordamos —me murmuró en el oído.

Dejamos que nuestros caballos pastaran a lo largo de la línea de árboles mientras nos despedíamos. Respiré su relajante aroma de abedul y rocío.

Asentí, con la espalda aún tensa. Solo nos volveríamos a encontrar si ambos engañábamos a los guardias y yo engañaba al rey.

Si el rey decidía mantenerme con vida.

La capacidad de planificar nuestro próximo ataque dependía de lo bien que pudiera manipular a Aemon y de cuánta información pudiera obtener durante nuestra audiencia.

Riven me abrazó por la cintura, debajo de la capa. Apoyé la cabeza contra su pecho y sentí los latidos de su corazón, tan firmes y sólidos como él. No hablamos. No quedaba nada que decir que no nos hubiéramos dicho entre susurros la noche anterior. Ahora saboreábamos los últimos instantes antes de separarnos, sin saber si volveríamos a estar juntos de nuevo.

Fui la primera en soltar el abrazo. Le di un beso suave en la boca. Él me acarició el rostro con la mano y pude sentir la aspereza de sus callos en la mejilla, prueba de los años que había pasado entrenando. Llevé una mano a su cara para que pudiera sentir los míos.

Sonrió antes de besarme la frente, en una ligera caricia, dejándome para que montara mi caballo.

—Tal vez sea yo la que te esté esperando —dije, con un tono más ligero que como me sentía en realidad, antes de dirigir mi montura hacia la ciudad y dejar atrás a Riven para que aguardara hasta el anochecer.

La ciudad estaba hecha un caos. Cabalgué a través de las primeras puertas, que habían quedado abiertas para que cualquiera entrara. Solo dos guardias vigilaban desde las torres. Dentro de la muralla, la gente gritaba y amenazaba, intercambiaba restos de comida y ropa y peleaba en las calles mientras los guardias trataban de acorralar a la multitud. Todo se puso peor en el siguiente círculo. Los comerciantes estaban de pie frente a las carretas con un aspecto desconcertado ante sus mesas vacías. La noticia de la explosión había llegado a la capital y, presa del pánico, la gente había comprado todos los bienes. Una carreta vacía solía ser el deleite de cualquier comerciante, pero ahora miraban la escena sin saber cuándo llegaría su próximo envío, si es que alguna vez llegaba.

No pude evitar sentirme culpable al pasar junto a más personas que lloraban. Sabíamos desde un principio lo que estábamos haciendo, el caos y la penuria que infligiría el plan. Lo único que podía hacer era reconocer su dolor, su preocupación, y jurar una promesa silenciosa de que haría todo lo posible para asegurarme de que su sufrimiento valiera la pena.

Los guardias que estaban fuera de las paredes del palacio me hicieron un gesto para que avanzara. Entré por las puertas de hierro forjado, que crujieron al abrirse. La piedra blanca del palacio se veía gris contra el cielo nublado, como si supiera que la gente abajo lloraba.

Dos penumbras me esperaban en la entrada de los sirvientes. No le dije una palabra a ninguna de ellas. Esperaba que el rey quisiera verme en el momento en que llegara a la capital.

Dentro del palacio, los criados iban de un lado a otro, tan absortos en sus susurros que ni siquiera notaron que la Espada caminaba entre ellos. Prefería ese zumbido de actividad al silencio habitual, aunque sabía que estaban hablando de Silstra. Se preguntaban quién era el responsable de un ataque tan flagrante contra el monarca sin siquiera darse cuenta de que la culpable acababa de pasar junto a ellos.

Incluso con la capucha puesta, mantuve una expresión neutral. No sabía en qué me estaba metiendo, qué había oído el rey ni qué habían averiguado las penumbras. Podría estar caminando hacia mi muerte, pero sospechaba que habrían enviado a más de dos penumbras novatas para recibirme si ese hubiera sido el caso. Mientras tuviera las muñecas libres de grilletes, lo tomaría como un buen presagio.

Subí detrás de las penumbras por la amplia escalera de mármol y entramos en el ala de grandes ventanales. Levanté la vista para ver cómo las primeras gotas de lluvia golpeaban el techo de cristal. Las nubes comenzaron a arremolinarse y oscurecerse. Reprimí una sonrisa.

La lluvia solo ralentizaría el establecimiento del comercio por tierra, pues enturbiaría las carreteras y haría que las carretas fueran lentas o incluso que se atascaran. Un favor de la propia naturaleza.

Me detuve frente a las imponentes puertas de la sala del trono. Respiré hondo. Las puertas se abrieron y dejé a mis dos acompañantes en el pasillo, detrás de mí. Incliné la cabeza mientras me acercaba al trono. A ambos lados del rey había dos sillas que, aunque no estaban chapadas en oro como la suya, sí eran ornamentadas y hermosas. Los príncipes estaban allí sentados.

Traté de mantener la respiración tranquila cuando me quité la capucha. No esperaba que el príncipe Killian hubiera llegado a Koratha tan rápido. Incluso a buen ritmo, debería haber tardado días en llegar a la capital. Debió haber cabalgado por las noches, como lo hicimos nosotros para llegar a Silstra, sabiendo que su padre lo necesitaría.

Me mordí la mejilla. Tendría que ser aún más cuidadosa con lo que le dijera al rey.

—De pie —me ordenó el rey Aemon.

Pude ver cómo la ira que tenía grabada en el rostro le profundizaba las pocas arrugas que le marcaban los ojos y la frente. Sus manos estaban apretadas en puños contra el trono, tanto que tenía los nudillos blancos y las mejillas de un rojo llameante.

—¡Te envío a acabar con la Sombra y vuelves con mi presa hecha pedazos! ¡Mis rutas comerciales en ruinas!

No tuve que fingir que me estremecía cuando las palabras del rey me golpearon lo profundo del pecho. Había fallado al no atacarlo antes. Dejé que ese fracaso se elevara y se me viera en el rostro.

Damien estaba encorvado sobre el reposabrazos de su silla, con las yemas de los dedos juntas mientras me miraba. Podía ver cómo la esperanza le bailaba en los ojos, el deseo de que su padre descargara su rabia sobre mí de una manera más física. O que incluso lo dejara ayudar con la lección.

Las cicatrices de la espalda no me ardieron, como solían hacer bajo su mirada, y los músculos no se me tensaron. Cualquier poder que Damien hubiera tenido sobre mí durante las últimas tres décadas se había roto. ¿Había sucedido el día en que negocié una alianza con el enemigo de su padre? ¿El día en que puse mi vida en peligro para asegurarme de que la presa volara? ¿O acaso el baño curativo que drenó la infección que había llevado en la espalda?

O tal vez había sido una ruptura lenta; grietas en un vidrio que crecían como las ramas de un árbol, insignificantes hasta que rompían el cristal en pedazos tan pequeños que nunca podría rehacerse. Desde que salí de la capital, yo había cambiado. No pude notarlo cuando sucedió, pero, de pie frente al trono, frente a las personas que habían esclavizado a mi gente, que habían adoctrinado a las penumbras, que me habían roto, no podía negar que era diferente.

Ya no era la Espada que habían forjado. Era algo completamente distinto.

Damien bufó, como si pudiera sentir que ya no temblaba bajo su mirada.

—El reino está en total desorden —soltó, inclinándose hacia adelante en el asiento—. Mi cacería en la Grieta fue cancelada. Incluso Killian se sintió obligado a regresar de Volcar. —Miró a su hermano y agitó la mano con desdén.

—¿Volcar? —repetí, mirando a Killian.

No era posible que el príncipe hubiera viajado hasta allí, de vuelta y luego hacia el norte, a Cereliath, desde que hablamos en la biblioteca hacía tantas semanas. Cuando lo vi en la Cosecha, asumí que nunca había ido a Volcar.

Killian estaba ocultando algo. Eso estaba claro.

—Como te dije, hermano, nunca llegué a Volcar —respondió el príncipe, mirando a Damien por encima del trono de su padre—. Hice una pausa en mi viaje a las afueras de Wenden y escuché un rumor de que la Sombra había estado cerca y planeaba un ataque en Silstra.

Ya, claro: un rumor, sin duda. Riven había estado conmigo todo el tiempo. Era demasiado conveniente, demasiado perfecto como para aceptar que fuera una coincidencia. El príncipe Killian no quería que su familia supiera sobre nuestro encuentro en Cereliath. O bien era un enorme golpe de suerte o una señal ominosa.

Averigüé todo lo que pude en Wenden y luego regresé a la capital. Acababa de llegar cuando nos enteramos de que tú también estabas aquí —terminó Killian. Su mirada era retadora: me instaba a seguirle el juego.

Como si tuviera alguna opción.

—¿Supongo que no encontraste ningún rastro de la Sombra en Aralinth? —preguntó Killian.

Era la coartada perfecta. El rey nunca dudaría de mi historia si uno de sus hijos la respaldaba, pero ¿por qué? ¿De qué le servía a Killian engañar a su padre? ¿Qué verdad estaba ocultando?

Negué con la cabeza, comprometida con nuestra versión compartida.

—No, Su Alteza, ninguno —mentí, deseando que mi rostro permaneciera neutral a pesar de los nudos que se me estaban formando en el estómago—. Pasé mi tiempo en las Tierras de Fae vigilando a los fae oscuros. Investigué a todos los que viven en la ciudad, así como a sus familiares, pero no encontré indicios de que hubieran estado apoyando a la Sombra o albergando algún tipo de resquemor contra la Corona. Una vez que estuve segura de que la Sombra no estaba allí, y que probablemente nunca lo había estado, viajé a casa. Sospechaba que la Sombra atacaría la red comercial. Por desgracia, no llegué a Silstra sino hasta que volaron la presa y, para entonces, pensé que sería mejor regresar a la capital de inmediato.

—Como corresponde —dijo el rey, algo apaciguado por las palabras de Killian y mi explicación—. Necesito a mi Espada más que nunca, pero tal vez esa Espada no eres tú.

Sus ojos atravesaron los míos y se le paralizó la boca en una línea recta. Levantó la barbilla, desafiándome a protestar su decisión y a rogarle por mi vida.

No cedería a otra de sus órdenes, incluso aunque me deslizara una soga alrededor del cuello. Me puse de pie, con las manos entrelazadas detrás de la espalda, y me encontré con su mirada de frente.

—Padre —intervino Killian—, no podemos castigar a Keera por una información errónea. Ella fue a Aralinth por ti y regresó con su cabeza sobre los hombros. Eso, en sí mismo, es una victoria. —Levanté las cejas, sorprendida. El rey frunció los labios hacia un lado y golpeteó el trono con los dedos—. Además —insistió el príncipe—, acaba de admitir que sospechaba que la Sombra estaba planeando atacar las rutas comerciales. Ella es la única que vio venir este ataque, por lo que puede que sea la única que vea el siguiente.

Killian me dirigió una sonrisa casi imperceptible que hizo que se me apretara el pecho. No sabía si estaba jugando conmigo, pero sabía que la elección era jugar o morir.

El rey hizo una pausa para reflexionar sobre los argumentos de su hijo. Me quedé quieta, pues no quería interrumpirlo mientras sopesaba el valor de mi vida. Después de un momento, asintió.

—Esta amenaza contra mí no puede prevalecer. Espero que apagues las llamas antes de que incendien el bosque.

Me examinó el rostro con una mirada severa, atento a cualquier resquicio de debilidad.

—Creo que el bosque ya está en llamas —murmuró Damien desde su silla. Su padre lo ignoró.

Yo tenía el rostro de piedra.

—No descansaré, Su Majestad, hasta detener la amenaza —respondí, mirando directamente a la pata de su trono.

—Bien. Tu tarea sigue en pie.

El rey se aferró al reposabrazos y la voz le destiló veneno. Incliné la cabeza, esperando que me diera la orden de salir.

—¿Padre?

Era Killian, con las cejas levantadas y los ojos redondos, quien se dirigía al rey.

—¿Qué pasa? —ladró Aemon.

En el pasado, Killian habría retrocedido ante la impaciencia de su padre, demasiado tímido para insistir, pero en sus años de ausencia había cambiado: su carácter inseguro se había convertido en confiado y su presencia brillaba junto al trono. Se notaba atento y calculador, y sus palabras, aunque pocas, tenían un peso que nunca antes habían tenido.

Las décadas de viajes y estudios habían convertido a Killian, el príncipe bastardo, en un heredero más sólido que su hermano, que era legítimo.

—No creo que debamos enviar a la Espada a cazar a la Sombra —dijo.

Damien se burló, levantando la pierna sobre el costado de la silla.

—¿Prefieres esperar, hermano? ¿Hasta que la Sombra nos despedace en nuestros propios tronos? ¿De qué sirve una espada si no puede cortar primero?

Miró a su padre en busca de su habitual asentimiento de aprobación, pero no lo encontró. El rey se volvió hacia Killian.

—No, hermano —respondió el príncipe más joven—. Esta Sombra es un peligro. Una amenaza no solo para el reino, sino también para la monarquía... para tu legado, padre —agregó, mirando al rey y su corona—. No podemos simplemente enviar a la Espada a cazarlo y esperar que eso sea suficiente. No solo su espada es afilada, sino también su mente. Creo que sería mejor aprovechar plenamente sus capacidades.

—¿Qué sugieres, Killian? —insistió su padre con un tono menos agresivo que antes.

—La Espada es la comandante de tu Arsenal, así que deja que lo sea —siguió—. Convoca al Arsenal, convoca a las penumbras y mira lo que puede hacer cuando tenga a toda la Orden a su disposición. Keera no ascendió a su cargo para ser un verdugo. Cualquier asesino hábil podría hacer eso. Ella es la Espada porque sus habilidades son tan admirables como su ingenio. Deja que use ambas cosas.

Killian apenas me miró, pero yo lo observé con incredulidad. El estómago se me revolvió tan violentamente que no logré saber si quería vomitar o interrogar al príncipe.

Tendría que prestarle más atención en el futuro.

El rey miró a su hijo largo y tendido, como si acabara de darse cuenta de que Killian ya no era un niño desgarbado y débil, sino un hombre. Después de una pausa extensa, le dio un solo asentimiento serio.

—Convoca a todo el Arsenal —ordenó, volviéndose hacia mí—. Te reunirás con ellas y diseñarás un plan. Quiero que reasignes a todas las penumbras para cazar a la Sombra. Quiero saber cómo de grande es esta amenaza y quiero acabar con ella. Espero que mi Espada sepa dirigirlas como corresponde. Déjanos.

Hice una reverencia profunda y salí de la habitación, dejando a los príncipes con su padre.

Killian no solo me había salvado de la ira del rey, sino que había orquestado la ventaja perfecta para que pudiera manipular los eventos en el futuro. Me había dado acceso directo al Arsenal y a las penumbras, por órdenes del rey.

Tendría que darme tiempo para determinar cómo usaría esto contra la Corona, pero por ahora tenía una sola misión por delante: averiguar lo que Killian estaba planeando antes de que me arrastrara con él.

CAPÍTULO 42

ME FUI DIRECTAMENTE a mis aposentos, cubriéndome el rostro con la capucha, con Killian y sus planes llenándome la mente. Solo pude llegar a una conclusión: el príncipe bastardo de Elverath quería el trono.

Se había pasado la mayor parte de la vida fuera del alcance de su padre y yo siempre había pensado que era para evitar las habladurías de la corte y las burlas de su propio hermano. La vida había sido fácil para él en las bibliotecas de Volcar, con tutores contratados para que le enseñaran historia e idiomas mientras viajaba. Eran los lujos de un príncipe que sabía que nunca sería rey.

Pero ¿y si todo había sido una artimaña? ¿Sería posible que Killian estuviera ganando tiempo, conspirando contra su padre, con la esperanza de derrocarlo? Había escuchado relatos de los reinos mortales; sus historias sangrientas estaban llenas de regicidios y rebeliones. Era solo cuestión de tiempo antes de que las mismas tramas se escribieran en las páginas de la historia de Elverath.

No tenía intención de que me usaran como un peón para que el hijo reemplazara al padre.

Mi misión no era pasar la Corona de una cabeza a otra. Yo quería que desapareciera, destruirla por completo, tal como habían sido destruidos los mestizos y los elfos.

No dudaría en matar a Killian si intentaba detenerme.

Entré en mis aposentos con la intención de tener algo de tiempo para pensar, pero en el momento en que crucé el umbral me aplastaron contra la puerta.

—¡Keera! —chilló Gwyn, abrazándome con fuerza.

—No puedo respirar —susurré, pero ella solo me apretó más fuerte—. Gwyn, no puedo respirar —jadeé de nuevo.

—¿Qué? —Retrocedió y me vio resollar—. ¡Santos dioses! Lo siento. —Se llevó una mano a la cabeza y vi que tenía las mejillas sonrosadas por contener la risa.

—Eres sorprendentemente fuerte para ser una doncella —dije y solté una carcajada propia.

Gwyn me sonrió radiante y se encogió de hombros, tirando de su falda en tanto se balanceaba de un lado a otro.

—Entonces, ¿qué tal en Aralinth? ¿Viste a algún elfo? —Abrió mucho los ojos por la anticipación.

Me tiré a la cama y me quité las botas.

—Unos cuantos.

Sonreí cuando Gwyn chilló aún más fuerte.

—¿Cómo son? ¿Bellos? ¿Aterradores? ¿Mágicos? ¿Viste a algún fae? —habló sin parar.

Me reí entre dientes.

—Tantas preguntas.

Gwyn se mordió el labio inferior para que no se le escaparan más.

—Es solo que he estado un poco encerrada, supongo —susurró. Su voz ya no era ligera y desenfadada.

—¿Qué quieres decir? —pregunté. Se me tensó la espalda.

—Nada, en realidad —dijo. Levanté una ceja y ella cedió—: El príncipe Damien había planeado una cacería la semana pasada, pero el rey lo obligó a cancelarla cuando llegó la noticia de Silstra. No quería a su heredero paseándose por el bosque al tiempo que se formaba una resistencia a solo unos cientos de kilómetros de distancia.

—El rey tenía razón —contesté, pero eso no tenía nada que ver con Gwyn.

—Damien estaba molesto. Me llamó a sus aposentos y me retuvo allí. No fue tan horrible. Estuvo fuera la mayor parte del día y se cansó de mí después de unas pocas... sesiones. Pero no se me permitió salir de sus aposentos y no le gustaba que el personal entrara y saliera de allí, así que ha pasado un tiempo desde que tuve a alguien con quien hablar. —Se frotó los dedos sobre el regazo.

Apreté los dientes contra el interior de la mejilla. Necesitaba encontrar una manera de sacarla del palacio, pero eso sería imposible hasta que el rey estuviera muerto.

—Entonces... —Gwyn interrumpió mis pensamientos, con los ojos fijos en las alforjas sobre el banco que estaba al borde de la cama—. ¿Encontraste algo interesante mientras estuviste fuera?

—¿Por eso me estabas esperando en mis aposentos? —Me eché a reír—. Ya veo. Me haces creer que me extrañaste, pero en realidad solo quieres tus regalos.

Gwyn se horrorizó.

—¡Claro que te extrañé! No puedo creer que... espera, ¿dijiste «regalos»? Es decir, ¿más de uno?

Olvidó su sufrimiento simulado mientras corría hacia las bolsas y me las traía.

—He visitado algunos lugares más por el camino —dije, y saqué un paquete envuelto en seda azul oscura. En el sello de cera había fijado un pétalo de rosa de rocío, que se había arrugado solo un poco después de todo el viaje.

Gwyn se sentó de nuevo en la cama y jugó con los pies, que le quedaron colgando.

—¿Qué es? —preguntó.

Ladeé la cabeza, entrando en nuestra rutina habitual.

—Tienes que abrirlo. —Dejé caer el paquete en su regazo.

Estaba tan emocionada que no terminó su parte del diálogo. Tiró de las sedas con unos dedos hábiles. Se le escapó un suave chillido cuando las retiró para revelar dos hermosos zafiros. Eran pequeños, incluso para ser pendientes, pero brillaban y estaban enchapados en el oro más fino que las Tierras de Fae podían ofrecer.

—¡Son hermosos!

Gwyn los sostuvo frente a la cara para inspeccionarlos de cerca. Los broches también estaban hechos de oro, tallados en forma de rosa de rocío.

—Son más que hermosos —dije, desabrochando uno y poniéndoselo en la oreja—. Están encantados con magia fae.

Gwyn saltó de la cama, sosteniéndose la oreja como si le quemara. La magia fae, incluso los objetos bañados con ella, estaban prohibidos en Elverath. Significaría la muerte para un mestizo si lo atrapaban.

—No te preocupes. No es un encantamiento que se pueda descubrir —le dije para tranquilizarla. Me había asegurado de ello antes de comprar el regalo—. Cuando los uses, te avisarán de si la persona a la que más temes está cerca. Tú, y solo tú, escucharás un suave zumbido que se hará más fuerte cuanto más te acerques a ella. Si los pierdes o alguien te los quita, no funcionará para ellos.

Me había llevado un frasco de sangre de Gwyn conmigo a Aralinth para asegurarme de que así fuera. Era probable que no recordara el día que se la había extraído. En ese entonces era una niña, pero quería estar preparada en caso de que alguna vez mis viajes me llevaran a las Tierras de Fae. Los artefactos encantados eran bastante difíciles de encontrar en el reino y tener encantamientos personalizados era casi imposible ahora.

Gwyn se deslizó el otro pendiente en la oreja y comprobó su reflejo en el espejo. Contrastaban con el color de su pelo de una manera que desfavorecería a la mayoría, pero a Gwyn el color la hacía brillar.

—Me encantan. Muchas gracias, Keera —me sonrió, pero su tono de voz estaba cargado de comprensión. Por ahora, los pendientes eran la mejor protección que podía ofrecerle.

—El otro regalo está en esa bolsa —dije, señalando el gran bolso de cuero que contenía mi ropa.

—¿Una máscara? —preguntó, sacando el encaje dorado que había usado en Cereliath.

—Tuve que disfrazarme para asistir a una fiesta elegante —le expliqué, encogiéndome de hombros—. Ya no la usaré más y, como sé que aprecias las cosas bonitas, pensé que te gustaría quedártela.

—¿Usaste esto para espiar a los fae? —me preguntó en un susurro emocionado.

Una risa me burbujeó en el pecho.

—La usé para bailar con uno —respondí, imitando su susurro.

—¿De verdad? —Abrió los ojos con incredulidad.

—Los fae son excelentes bailarines —le confesé, y le describí la cena en casa de lord Feron y el baile en Cereliath. En la historia que tejí, ambos eran el mismo evento, aunque celebrado en Aralinth. No podía arriesgarme a que Gwyn conociera mis secretos.

Una hora más tarde, le había revelado todo lo que había podido a Gwyn, que estaba tirada sobre la cama. La cabeza le colgaba hacia el suelo con la máscara dorada atada al rostro. Me recordó a cuando era niña, tan curiosa y divertida. Gwyn no solo había crecido, sino envejecido. Había tenido que experimentar lo cruel que podía ser el mundo para los mestizos.

Las campanas de la cena llenaron el pasillo. Se levantó de un salto, pues ella tendría que traerme la comida. Se quitó la máscara y la sostuvo en la mano mientras abría la puerta.

—Te veré en…

Un hombre que estaba de pie en la puerta interrumpió a Gwyn.

El príncipe Killian se encontraba allí, con el brazo levantado, como si hubiera estado a punto de llamar.

Abrió los ojos de par en par al registrar los rasgos de Gwyn y se detuvo en la máscara que sostenía en la mano. Un destello de reconocimiento le marcó el rostro, pero rápidamente desapareció.

Me puse de pie, protegiendo a Gwyn ante el príncipe. Cualquiera que fuera la trama en la que había tratado de meterme, no quería que ella estuviera involucrada en absoluto. Me negaba a dejar que la ira del rey, o la de su hijo, le cayera sobre los hombros.

—Su Alteza —dijo Gwyn con una reverencia y salió de la habitación. Detrás de la espalda de Killian, vi que tenía la boca muy abierta por la sorpresa.

—¿Le pasa algo al rey? —pregunté una vez que Gwyn despejó el pasillo. Sin embargo, sabía que Killian estaba aquí para explicarme la audiencia de hacía un rato.

—Mi padre está bien por el momento. Sano y salvo —dijo casualmente, como si sus palabras no velaran una amenaza contra su propia familia.

—¿Cómo puedo ayudarle, señor? —pregunté con una pequeña reverencia.

Killian negó con la cabeza, sonriendo.

—No hacen falta las cortesías, Keera. Solo estamos nosotros. —Entró en mi habitación.

Parpadeé ante su audacia y cerré la puerta tras él. Lo último que necesitaba era que me vieran con un príncipe que quería cometer parricidio.

—¿Qué quieres? —le pregunté con franqueza.

Killian se rio entre dientes y un hoyuelo le apareció en la mejilla izquierda.

—Nada más que darte las gracias. Por no revelarle a mi padre que estuve en Cereliath —dijo, cruzando los brazos detrás de la espalda.

—No tenía otra opción. —Les lancé una mirada a mis cuchillos, que estaban al otro lado de la habitación.

Killian se encogió de hombros.

—Supongo que no, pero de todos modos me siento agradecido. —Regresó hacia la puerta y giró el pomo.

—¿Eso es todo? —pregunté con incredulidad. No esperaba que al príncipe le importara en absoluto, y mucho menos que viniera a darme las gracias en persona.

—Por ahora —se despidió, abriendo la puerta—. Hasta que nos volvamos a encontrar.

CAPÍTULO 43

EL ARSENAL LLEGÓ A LA MAÑANA SIGUIENTE. No podía recordar la última vez que habíamos estado todas juntas en la misma habitación. Años. Una década, incluso. Odiaba nuestras reuniones casi tanto como odiaba ser la Espada.

Abandoné mis aposentos antes de que salieran los soles y crucé el puente inacabado. Salté de poste en poste sobre las agitadas aguas y el aire salado me llenó los pulmones. Me sentía más fuerte que la última vez que toqué las costas de la isla. Estaba lista para tomar el mando de la manera en que debería haberlo hecho hacía treinta años.

La Orden no era un territorio seguro, con tantas espías en un solo lugar, pero lo prefería al palacio, donde el rey y Damien podían insistir en supervisar nuestra reunión. El pequeño castillo ubicado al otro lado del canal de Koratha era el único lugar en donde podíamos estar seguras de tener suficiente privacidad como para una conversación franca.

Aunque ojalá no demasiado franca, pues no podía arriesgarme a exponerme ante el Arsenal. Tenían demasiadas conexiones entre sí y con la Corona, de modo que sería imposible saber dónde yacían realmente sus lealtades. Pero podría usarlas contra el rey de cualquier manera, con pequeñas maniobras que harían mella sin dejar rastro en la base del trono hasta que se derrumbara por completo.

Recorrí el largo camino hacia la Orden. Una brisa fresca me agitaba el cabello mientras los soles se alzaban. El estruendo del acero resonó en el aire. Un pequeño grupo de iniciadas estaba practicando su técnica con la espada en los terrenos. Vi a las dos iniciadas que había emparejado durante mi última visita: se rodeaban como leones, esquivando los golpes de la otra y asestando los suyos propios. Sus pasos formaban una danza en la hierba que dejaba huellas reflejadas en el rocío de la mañana. Sonreí con la certeza de que estaban perdidas en el trance y de que para ellas no existía nada más que su compañera y las dos espadas. El resto del mundo se había desvanecido.

Con suerte, para cuando salieran de la isla, el mundo que se encontrarían esperándolas sería diferente. Me froté el nombre de Brenna en el antebrazo y seguí por el empinado camino hacia el castillo blanco.

No hablé con nadie cuando entré. De todos modos, los pasillos estaban en su mayoría vacíos tan temprano en el día. Subí la gran escalera de piedra y me encontré de frente con la estatua de la guerrera fae. Había pasado frente a ella miles de veces; conocía sus labios gruesos y los rizos que le enmarcaban la cabeza en una melena feroz. No llevaba capa, sino las mismas pieles que Syrra usaba, talladas con los elementos. Eran los mismos patrones que me había cortado en la piel.

Tenía los ojos cerrados, y no pude evitar preguntarme si tendría ojos plateados como los míos. Ojos como los de los fae de la luz que me habían abandonado en el fondo de un abismo. Necesitaba respuestas a esas preguntas. Me mordí el labio al mirarle el rostro. Las palabras de Rheih me resonaron en la mente. ¿De verdad era posible que los fae de la luz se hubieran estado escondiendo todo este tiempo?

Si alguno seguía con vida, lo encontraría y lo convencería de que nos ayudara a acabar con el rey.

Un grupo de iniciadas me adelantó por las escaleras y me trajo de vuelta a la realidad. Cada una me dedicó una venia antes de salir corriendo. Caminé por el pasillo hacia la sala de guerra y esperé a las demás miembros del Arsenal.

La gran mesa de madera no tenía cabecera. Me senté de espaldas a la ventana, la cual daba a las ondulantes olas del mar. Ya había pasado demasiado tiempo de mi vida atrapada aquí, mirando esa vista. No me forzaría a hacerlo ni un momento más.

Myrrah ya estaba en la habitación cuando llegué. Se sentó a mi lado. Un gran mapa se extendía frente a ella. Los bordes sobresalían de la mesa circular, rozando las ruedas de su silla.

Habían herido a Myrrah en una misión cuando yo todavía era una iniciada. Aunque nunca volvería a caminar, eso no le había impedido convertirse en el Escudo. Las defensas de Elverath habían mejorado en los años posteriores a su lesión, pues ella había reforzado cada punto débil y eliminado cada amenaza.

Al menos hasta la Sombra.

Y ahora yo.

—Buenos días, señora —la saludé.

Myrrah tampoco tenía un apellido propio y le profesaba el mismo odio que yo al apellido Kingsown.

—Cuánto tiempo, Keera —dijo, levantando una ceja gris.

Sus ojos se posaron sobre mí con incredulidad, como si me estuviera viendo regresar de entre los muertos. De alguna manera, suponía que era así. Había pasado años rodeándome solo de fantasmas. Ahora, en cambio, había elegido luchar por la vida. Myrrah asintió con aprobación y regresó a sus mapas. Había pequeñas piezas de madera ubicadas en todo el continente, iguales a los alfileres que Hildegard tenía para marcar las locaciones de las penumbras en su oficina.

Myrrah se acomodó las mangas largas en el regazo. No llevaba ni la capucha ni la capa negra, pues con su silla era tan distinguible que una capucha le resultaba inútil y la capa era un impedimento cuando se movía por el castillo. En cambio, llevaba una larga túnica negra con su escudo plateado puesto sobre el pecho.

—¿Tu viaje desde Volcar fue rápido? —pregunté para pasar el tiempo.

Ella asintió.

—Los mares estaban en calma —dijo con la voz suave y ronca—. Regresamos justo cuando las inundaciones pasaron.

No ofreció más detalles y yo sabía que no debía preguntar. Myrrah siempre había sido una mestiza de pocas palabras.

Hildegard entró en la habitación con una figura encapuchada detrás de ella. Incluso con la capucha sobre la cabeza, podía saber, por la anchura de los hombros y la forma en que se elevaba detrás de Hildegard, que era la señora Moor. La flecha plateada brillaba a la luz de los soles mientras tomaban asiento. La Flecha se bajó la capucha y dejó a la vista una trenza gris que le bajaba por la espalda. Sus ojos eran negros, enmarcados por círculos púrpuras que le colgaban bajo las pestañas, su piel parecía gris. Miré a Hildegard, que se encontraba sentada junto a Myrrah. Ambas parecían igual de cansadas.

Respiré y me froté los dedos debajo de la mesa. El caos ya estaba empezando a causar estragos en mis camaradas. Una punzada de culpa me retorció el estómago, pero la ignoré. No podía dejarme distraer por problemas a corto plazo si el objetivo a largo plazo era la libertad para todos.

Mestizos.

Penumbras.

Nosotras.

En eso debía concentrarme.

Gerarda fue la última en llegar. Como era de esperar, tomó asiento justo a mi lado. Un recordatorio no tan sutil de que ella era la segunda al mando.

—¿Por qué convocaste esta reunión, Keera? —preguntó Hildegard.

Respiré profundamente. No servía de nada andarme con rodeos con respecto al problema.

—El rey ha pedido que el Arsenal persiga a los que atacaron Silstra. Es decir, a la Sombra y a aquellos que descubramos que sean sus conspiradores. También quiere que reasignemos a todas las penumbras.

Puse las manos sobre la mesa, lista para las quejas.

—¿A todas las penumbras? —repitió Myrrah y las cejas le rozaron la línea del cabello.

Golpeteó el reposabrazos de la silla con los dedos.

Yo asentí.

—Algunas penumbras están muy lejos al oeste, en Volcar. Les llevará semanas recibir el aviso para regresar y aún más tiempo poner un pie en la capital —dijo Gerarda, levantando la barbilla. Le encantaba señalar cualquier error mío, incluso cuando el rey lo solicitaba.

—Soy consciente de eso —afirmé, mirándola. Había estado pensando lo mismo desde que el rey dio sus órdenes—. Convoca a cualquiera que podamos reclutar y que esté a menos de dos semanas de viaje de la capital. Les ajustaremos las misiones a las demás para que vigilen las fronteras de los fae oscuros y para que estudien a cualquier persona que sospechemos esté asociada con la Sombra.

Gerarda levantó una ceja.

—Pensé que le habías dicho al rey que los fae oscuros no estaban relacionados con la Sombra.

Luché contra la necesidad de poner los ojos en blanco. No me sorprendió que Gerarda hubiera espiado nuestra audiencia. Le gustaba tener toda la información, incluso cuando intentaba ocultársela.

—Así es —dije con un gesto rígido—. Mientras estuve en Aralinth no vi ninguna prueba de que estuvieran involucrados, pero, si por alguna razón estoy equivocada, ¿quieres ser tú la que le diga al rey que dejamos su frontera completamente sin supervisión?

Levanté las cejas hacia Gerarda, que se enderezó en su asiento, pero no dijo nada.

—Un trabajo como esa explosión requiere de mano de obra —interrumpió la Flecha—. Es sorprendente que hayan podido hacerlo sin que las penumbras se enteraran de nada, pero eso no puede durar para siempre. La Sombra debe tener docenas de hombres trabajando para él.

—Eso es exactamente lo que pensé, Rohan —asentí— ¿Hemos recibido algún informe de Silstra?

—El fuego se inició con un poderoso acelerador —intervino Myrrah—. Mis contactos creen que se trató de fuego líquido, lo que indica que el grupo tiene buenos recursos o que está bien conectado con los mercados negros. Probablemente las dos cosas. Un equipo incendió la casa urbana y otro hizo explotar la presa. Nadie fue detenido ni por las penumbras ni por la guardia del rey.

Fingí sopesar la información. El labio inferior me sobresalía ligeramente.

—¿Un trabajo de diez personas, entonces? —pregunté, fingiendo que no sabía exactamente cuántos de nosotros habíamos sido.

Myrrah asintió, ajustándose el broche del escudo en el pecho.

—Al menos una docena. Se instalaron más de sesenta cargas a lo largo de la base de la presa para derribarla. Fueran quienes fueran, se movieron rápido.

—Y solo se volverán más rápidos —agregué.

Gerarda puso los ojos en blanco sin disimulo e hizo girar una estrella arrojadiza entre los dedos.

—Eso no lo sabemos.

—Claro que sí —respondí, moviendo la cabeza hacia ella—. En todos los sentidos, la Sombra ha ganado en su primer ataque. Pronto se preparará para otro y seríamos muy ingenuas si no nos tomáramos en serio esa amenaza.

—Estoy de acuerdo —me defendió Myrrah—. Ellos atacaron primero. Tenemos que asegurarnos de terminar la pelea antes de que todo se desdibuje entre los golpes.

El silencio se instaló en la habitación. Cada arma del Arsenal consideraba qué sector del reino sería el siguiente que atacarían los vándalos. Era hora de hacerse cargo.

—Hasta que recibamos mejor información, debemos optimizar nuestras defensas —interrumpí el silencio—. Myrrah, quiero que trabajes junto a la guardia real para programar rotaciones en toda la capital, así como en Desembarco del Mortal. Serás responsable de determinar las raciones de nuestros almacenes de alimentos y cuánto tiempo puede resistir la ciudad si las rutas comerciales sufren un nuevo ataque.

El Escudo asintió.

—Señora Hildegard —seguí—, ¿el rey sigue insistiendo en celebrar las Pruebas?

Ella asintió despacio, con la boca en línea recta.

—Sí —dijo, aclarándose la garganta—, aunque creo que podría convencerlo de que organizar un evento tan grande sería un mal uso de los recursos con la Sombra al acecho.

«Bien», pensé. Las iniciadas estaban a salvo por ahora.

—Preferiría proteger a las iniciadas el mayor tiempo posible —afirmé, mirando por la ventana hacia abajo, donde practicaban—. No tenemos que preocuparnos por incrementar nuestros números sino hasta que tengamos una mejor idea del tamaño de la amenaza a la que nos enfrentamos. ¿Están de acuerdo? —le pregunté a la habitación.

Todas asintieron, incluida Gerarda. Al menos estábamos de acuerdo en algo.

—Hildegard y Rohan mantendrán sus puestos de enseñanza en la Orden —ordené, y recibí asentimientos del Arco y la Flecha como respuesta—. En cuanto al resto, te las asigno a ti, Gerarda.

—¿A mí? —repitió ella, apoyándose en la mesa.

—Sí. —Asentí—. Serás mis ojos y oídos en la capital y asignarás a las penumbras como mejor te parezca. Todas las demás canalizarán su información a través de ti. Espero informes regulares.

—¿No es ese tu trabajo? —preguntó Gerarda, recostada en la silla.

Apreté los dientes. Todo tenía que ser una pelea con ella.

—Cuando estoy en la ciudad, lo es —contesté—, pero no lo estaré a partir de mañana.

—¿Por qué no? —insistió la Daga, levantándose de la silla—. ¿Vas a abandonarnos cuando la mayor amenaza de la historia reciente se cierne sobre el reino?

—No. —Me levanté de mi propio asiento—. Voy a ir de incógnito a Desembarco del Mortal.

—¿Desembarco del Mortal? —preguntó ella con una risa burlona, cruzando los brazos y mirando a las demás en busca de apoyo.

Di un paso hacia la ventana. Gerarda podía ser la segunda al mando en el Arsenal, pero yo era su jefa. No toleraría sus quejas, incluso si tenía derecho a ellas.

—Sí, Desembarco del Mortal. —Levanté la voz mientras me volvía hacia ella—. Y aunque la Espada no necesita darle explicaciones a la Daga, y mucho menos a nadie más, te las daré. La Sombra no solo atacó las rutas comerciales, sino que apuntó al suministro de alimentos. Si yo estuviera tratando de derrocar al rey, mi siguiente jugada sería atacar los textiles, especialmente en vísperas de la temporada de invierno.

Un silencio cayó sobre la habitación. Todo el Arsenal levantó las cejas al mismo tiempo.

—Desembarco del Mortal es el siguiente objetivo lógico —continué—. Y teniendo en cuenta que no encontré ninguna señal de él en el norte, solo hay algunos lugares en donde la Sombra podría esconderse sin dejar de estar tan bien conectada. Desembarco del Mortal es la cubierta perfecta y el lugar ideal para organizar un escape rápido si es necesario.

Gerarda abrió la boca para responder, pero no le salió ninguna palabra, así que se volvió a sentar en su asiento.

—Ahora que hiciste tu pequeño berrinche —añadí—, va en serio la orden de que te quedes al mando mientras yo no estoy, Gerarda. Pensé que había seleccionado a la persona adecuada para el papel, pero corrígeme si ese no es el caso, por favor.

Gerarda no dijo nada; dejó los ojos enfocados en su bota.

—Eso creía —dije con un asentimiento final—. Como decía, liderarás a las penumbras y determinarás sus puestos en tanto yo no esté. Haré los arreglos necesarios para que nos reunamos una vez al mes y puedas proporcionarme cualquier información que no pueda enviarse por mensaje codificado. Hasta que regrese, servirás como mi portavoz de cara al Arsenal.

—¿Durante cuánto tiempo? —susurró Gerarda.

Sonreí.

—Hasta que regrese con su cabeza.

Solo había una cabeza que tenía la intención de traer: la del rey.

CAPÍTULO 44

SALÍ DE LA CAPITAL ANTES DEL AMANECER del día siguiente. El Arsenal se ocuparía de los asuntos oficiales mientras yo sembraba semillas de rebelión en todo el reino y buscaba respuestas. Saqué el mapa que Riven me había dado, un antiguo rollo de pergamino con un pliegue tan pronunciado por la mitad que pensé que el viento lo rompería en dos.

Los soles se elevaban sobre el horizonte occidental y arrojaban una luz cálida sobre el mapa. Era lo que Riven me había dicho que esperara. Detuve el caballo y me puse el mapa frente a la cara, dejando que la luz de los soles empapara el delgado papel. En el momento en que la luz lo tocó, aparecieron símbolos por todo Elverath con nombres que no podía leer ni reconocer.

Era un mapa de escondites que habían dejado los fae de la luz. Riven y su equipo los habían estado usando durante años. El que yo buscaba era una caverna escondida en la linde de Bosquemuerto. Era el lugar de encuentro perfecto hasta que ideáramos la siguiente etapa de nuestro plan.

Encontré el pequeño punto que marcaba su ubicación en tinta azul y tracé mi rumbo. Era un viaje de un día completo por la rivera. Tendría suerte de llegar antes del atardecer.

Doblé el mapa y me lo volví a guardar en el bolsillo. Los cielos se mantuvieron despejados mientras cabalgaba. Me crucé con personas que llevaban las pertenencias de toda una vida a sus espaldas, ciudadanos de la Corona que lo habían perdido todo en las inundaciones. Me ardía el pecho cada vez que pasaba junto a una familia que avanzaba por la orilla del río. Solo esperaba que tuviéramos éxito y que su sufrimiento no fuera en vano.

Horas más tarde, llegué al límite de Bosquemuerto. Los troncos doblados se curvaban alrededor de las ramas quemadas y de su corteza rezumaba una savia negra tan caliente que podía sentir el calor en las piernas. Revisé el mapa. El camino estaba justo al lado de la gran piedra gris que se encontraba al lado de mi caballo. Me bajé de la montura y sostuve las riendas, pisando lo que parecía ser tierra ennegrecida y humeante.

El encantamiento se hizo añicos. Los árboles muertos retrocedieron para revelar un camino despejado a través del bosque, compuesto de piedras que marcaban el sendero sobre una pequeña colina. Tiré de las riendas, pero el caballo no quiso seguir adelante. Di otro paso y desaparecí tras el encantamiento antes de que me siguiera.

La caverna estaba enclavada entre espesos árboles, tan negros como la noche. Até el caballo a un tocón fuera de la cueva. De repente, una ramita se rompió detrás de mí. Solo tuve tiempo de girarme antes de que me despegaran del suelo.

—Te dije que sería yo quien esperaría —me gruñó Riven al oído, dándome vueltas. El cálido aliento de su risa me hizo cosquillas en el cuello. Me abrazó, sujetándome contra su pecho de modo que mis pies no tocaran el suelo—. Había extrañado esa risa —ronroneó antes de llevar sus labios a los míos.

El cuerpo me explotó, temblando con el calor de su tacto. Le envolví las piernas alrededor de la cintura y le mordí el labio inferior. Riven gruñó contra mi boca, tratando de alejarse, pero no lo dejé.

Había pasado demasiado tiempo. Los días que habían transcurrido sin tener sus manos encima y sin su aroma envolviéndome la piel me habían resultado insoportables. Quería probar cada parte de él, robarle su aliento para mí y nunca dejarlo ir. Me aferré a su nuca y le tiré del cabello, que se me derramó entre los dedos. Bajó las manos por mi espalda y me levantó más alto en el aire.

—Keera —me susurró contra el cuello. Gemí en respuesta cuando me lamió debajo de la oreja. Él también quería probarme—. Si no nos detenemos ahora, es posible que no te deje ir hasta por la mañana.

Sonreí contra su boca y lo acerqué más a mí para otro beso.

—No le veo ningún problema a esa idea —bromeé, dejándole más besos por la mandíbula.

Riven se tensó bajo mi toque. Le raspé la piel con los dientes. Me hundió más los dedos en los muslos mientras se aclaraba la garganta.

—Tenemos cosas que discutir —dijo sin aliento—. Y sé que tienes hambre.

Como respuesta, el estómago me gruñó tan fuerte que asustó al caballo. Riven se rio entre dientes y me dejó un suave beso en los labios antes de bajarme al suelo. Agarró mi alforja y me llevó a la cueva.

Jadeé cuando vi lo que había hecho. Un colchón de paja yacía el suelo con una manta de piel de oveja. El suave zumbido del agua que fluía llenaba la habitación desde un pequeño arroyo que caía por la pared de roca en cascada. Al final de la cascada, se creaba una pequeña cuenca salpicada de rosas de rocío. Los pétalos estaban cargados de gotas de agua que parecían brillar con el suave y cálido resplandor de las luces fae que flotaban en la parte superior de la cueva.

Era como si Riven nos hubiera transportado de vuelta a las Tierras de Fae. Nuestro propio escondite privado.

—¿Tú hiciste todo esto? —susurré, mirando los orbes flotantes.

Riven se encogió de hombros y me miró.

—Tuve algo de tiempo libre —contestó.

Me agarró de las manos y me llevó hacia el colchón. Una pequeña cesta estaba dispuesta al lado de una manta gris. Riven la abrió cuando nos sentamos. Estaba llena de carnes saladas, quesos y frutas. Me mordí el labio, pero el estómago me rugió con anticipación. Había viajado todo el día sin comida para llegar a él lo más rápido posible.

Agarró una gran hoja para usarla como plato y me puso una ración. Devoré la comida antes de que Riven comenzara con la suya. Sonrió ante la hoja vacía y yo me serví otra porción.

—¿Vino? —preguntó, abriendo un pequeño odre.

El rico aroma me atravesó. Se me irritó la garganta.

—No —dije algo fuerte, negando con la cabeza.

Riven dejó el odre con las cejas levantadas.

—¿Algún problema? —preguntó, estirándose para tocarme la pierna. Su gran mano me cubrió la totalidad del muslo.

Tragué saliva. Una parte de mí esperaba que Syrra me hubiera mentido, que le hubiera contado a Riven lo que había sucedido en Caerth.

—Utilicé el vino, cualquier tipo de alcohol en realidad, como una muleta durante mucho tiempo —dije, y el calor se me subió a las mejillas—. Me pasé la mayor parte de dos décadas bebiendo para soportar los días, tratando de olvidar, de que no me importara. No creo que vuelva a confiar en mí misma lo suficiente como para beberlo de nuevo.

Cuando las últimas palabras salieron de mi boca, abrí los ojos de par en par. Nunca había dicho antes nada de eso en voz alta, y me sorprendió lo bien que me sentó. Incluso el ansia que a veces notaba en la garganta se había desvanecido cuando miré a Riven.

Me apretó la pierna, dejando el odre de lado.

—Gracias por decírmelo —comentó, y sus ojos violetas me atravesaron en tanto me acariciaba la mejilla.

—Pero tú puedes beber. No me importa...

Riven negó con la cabeza.

—Para ser honesto, no me entusiasma mucho el sabor del vino mortal.

Me acercó a su pecho mientras comíamos y me habló de sus días de reuniones con contactos en la capital. Los mercados negros se habían vuelto volátiles después de las inundaciones y los comerciantes de todo el reino intentaban encontrar suministros para vender. El precio del grano ya se había triplicado.

Le conté mi reunión con el Arsenal y cómo podría vigilar de cerca a las penumbras al tiempo que trabajábamos. Mencioné la audiencia con el rey y su hijo.

—¿No crees que el príncipe Killian está interesado en el trono? —pregunté.

Tenía el cuerpo rígido contra mi espalda. Las cejas oscuras le enmarcaron los ojos mientras me acariciaba el pelo.

—Que el príncipe matara a su padre nos facilitaría el trabajo —dijo Riven. Había algo frío en su voz que no entendía. Y tampoco me agradaba.

—Pero si él...

Riven me interrumpió con un beso.

—Se me ocurren muchas cosas que preferiría estar haciendo en lugar de hablar del príncipe —cambió de tema con una sonrisa.

Sus ojos no abandonaron los míos al tirar de la cuerda de mi túnica. Al abrirse, me dejó un camino de besos por el cuello, mordiéndome la piel.

Se me cortó la respiración. Riven me recorrió las cicatrices que tenía grabadas en el brazo con los dedos, apartándome la túnica del hombro. Me tensé mientras su pulgar se movía a lo largo de un remolino de nombres.

—Keera —me susurró al oído, besándome las cicatrices. Sus suaves dedos me tomaron de la mandíbula y me levantaron la cabeza para que lo mirara—. Eres tan hermosa como fuerte. —Me dio un beso en la oreja—. Y eres la persona más fuerte que conozco.

Me sostuvo el rostro con una mano y me acarició la mejilla con el pulgar antes de besarme los labios. El calor se me acumuló en el vientre. Alcé los brazos y le enredé las manos en el cabello, profundizando nuestro beso. Él gruñó contra mi boca.

Me di la vuelta, sentándome a horcajadas sobre su regazo en un movimiento rápido. Parpadeó y le sonreí desde arriba, acercándolo para darle otro beso. Podía sentir el hambre en el toque de Riven. Me mordió los labios con los dientes hasta que gemí. Sus manos me apretaron las caderas, acercándome a él. Algo duro se me presionó contra el muslo.

Riven me envolvió la espalda con las manos. Me arqueé contra ese fuerte agarre mientras él me seguía besando el cuello. Presionó los labios contra mi clavícula en tanto me rozaba la línea abierta de la túnica con los dedos. Estaba esperando que le diera permiso. Me estaba dando todo el control.

El corazón me estalló cuando levanté la cara de Riven hacia la mía y le besé la frente. Él cerró los ojos ante el contacto. Le sonreí. No llevaba capucha ni máscara. Las luces fae le arrojaban rayos dorados por toda la piel. Era Riven, y solo lo envolvía el hambre que sentía por mí.

Le mordí el labio inferior.

—Quítamela —dije. No: exigí.

Él abrió mucho los ojos de repente. Agarró el cuello de mi túnica, rasgándola por la mitad. Atrapó mi jadeo con su boca.

—Puedes quedarte con la mía —dijo entre besos, con la voz ronca.

Sus labios me calentaron la mandíbula y luego el cuello. Me mordió el hombro; sus colmillos afilados me provocaron escalofríos por toda la columna. Movió las manos por mi torso, deteniéndose en mis pechos y quitándome la túnica de los hombros. Me dejó el torso completamente desnudo, solo con las cicatrices.

Riven se inclinó hacia atrás, deleitado con la vista. Se lamió los labios una vez antes de descender sobre mi piel. Me tocó los pechos con las manos y me robó un suave gemido. Me quedé sin aliento cuando movió hábilmente la lengua sobre uno de mis pezones. Le apreté los hombros con los dedos mientras probaba mi piel.

—Me pasé tanto tiempo intentando no desearte... —me susurró contra el pecho, dándome un beso entre cada palabra—. Pero cuando te vi caer en picado desde esa presa —Se aferró a mí con más fuerza—, supe que nunca necesitaría a nadie de la manera en que te necesito.

El pecho se me contrajo ante sus palabras. Lo miré, sin saber cómo decirle que yo también llevaba tiempo deseándole. Esa sensación había estado latente entre nosotros como Sombra y Espada y ahora como Riven y Keera, sin máscaras y sin fisuras.

Tanteó con los dedos el borde de mis pantalones; sentí escalofríos en todo el vientre. Metió el pulgar por el borde de la cintura y arqueé la espalda, esperando a que su mano descendiera más. Miré hacia abajo. Me encontré con una sonrisa traviesa mientras Riven me quitaba los pantalones sin dejar de mirarme. Movió los dedos por el borde de la tela, tentándome. Me estremecí y lo hizo de nuevo.

—Por favor —le supliqué.

Ensanchó la sonrisa y su mano se perdió entre mis piernas. Me gruñó contra el cuello por la humedad que sintió; me arañó la piel con los colmillos.

Me lamió un pezón a la vez que me hacía presión con los dedos, liberando una ola de tensión. Le tiré del pelo de la nuca para acercármelo más hacia el pecho. Sus dedos me tentaban, rozándome la piel por todas partes, excepto en el único lugar que quería.

Riven me mordió suavemente el pezón con los dientes justo cuando presionó ese lugar que había evitado hasta entonces. El gemido que solté resonó en las paredes de la caverna. Desplacé las caderas. Él hizo un movimiento rápido con el pulgar y yo me arqueé contra el roce. Sentí el peso de su mirada al tiempo que jugaba conmigo, incrementando la necesidad que sentía entre los muslos.

—Más —supliqué con un suspiro entrecortado.

Agarré sus hombros y me froté contra su mano. Él soltó una maldición. Luego deslizó un dedo dentro de mí y gimió por la humedad que encontró esperándolo.

Metió y sacó el dedo con movimientos firmes que me robaron el aliento. Me atrajo hacia su cuerpo, llenándome los pulmones con sus besos hambrientos. Balanceé las caderas contra él, acelerando la velocidad. Riven igualó el ritmo y deslizó un segundo dedo en mi centro.

Jadeé. No podía concentrarme en nada más que en la estrechez. El olor a rocío y abedul me envolvió mientras Riven me dejaba cada vez más cerca de un precipicio. Abrí los ojos y lo vi observándome. Tenía la mirada fija en mis caderas, incapaz de no mirar hacia donde se unían nuestros cuerpos.

Se me tensaron los muslos. Me presioné contra la dureza que reposaba contra uno de los de él.

—Mierda… —Riven tosió. Su mirada se volvió hacia mí—. Keera —suspiró.

Mi nombre en sus labios era una liberación. Dije su nombre de vuelta y lo aferré contra mí mientras unas oleadas de placer me estallaban en todas las extremidades. Riven ahogó mis gemidos con sus labios, calmando aquel clímax con cada beso.

—Preciosa —me susurró contra la mejilla.

Moví la mano a la dureza que sentía, pero me agarró la muñeca y sacudió la cabeza. Me recostó en el colchón. Yo tenía el ceño fruncido, pero él me dio un beso en la frente.

—No necesitamos ir más lejos —dijo, acomodándome un mechón de pelo detrás de la oreja—. No tengo prisa, Keera.

—Pero quiero…

—Oh, eso ya lo sé —bromeó con una sonrisa y me besó la muñeca antes de soltármela. Me acerqué hacia él, tratando de que su boca volviera a estar sobre la mía—. Lo digo en serio, Keera. —Se rio—. Te deseo. Más de lo que me importa respirar. Pero cuando llegue ese día, no quiero que sea algo apresurado o en una cueva. Quiero horas, días, para sacarte mi nombre de los labios una y otra vez. No quiero el peso de la despedida de mañana entre nosotros, o el peso de…

Se mordió el labio y bajó la mirada por un momento.

—Cuando compartamos eso entre nosotros, Keera, no quiero que haya nada que nos apresure. Nada que no seamos tú y yo —concluyó, con una mirada resuelta. Pude ver el peso de lo que habíamos hecho, de lo que todavía haríamos, en su rostro. Todo el esfuerzo que hacía para mantener su miedo bajo control.

Le puse una mano en la mejilla y asentí. Riven me acercó contra su pecho y me acarició el pelo. Nos quedamos allí, enredados bajo la luz fae, memorizando la piel del otro. Cuando se pusieron los soles, Riven me trenzó el pelo mientras yo me enjuagaba el rostro en el pequeño lavabo. Me fui a la cama con su túnica colgándome hasta las rodillas, envuelta en su aroma y con sus brazos alrededor de la cintura.

Todavía estaba oscuro cuando abrí los ojos. La luz de las lunas se filtraba a través de la entrada de la pequeña cueva. La única razón por la que me había despertado fue el frío que sentí de repente en la espalda. Riven ya no dormía a mi lado, sino que preparaba su alforja a unos metros de distancia.

—Sé que dijiste que necesitabas irte temprano, pero apenas es mañana —dije, arrastrando las palabras, y agarré la almohada que estaba tratando de guardar.

—Tengo que irme ya si quiero llegar a la Grieta.

Me dio un beso lento y me quitó la almohada de la mano.

—¿Necesitas tu túnica? —pregunté con timidez. Me levanté y comencé a deslizármela por el cuerpo con la esperanza de que eso lo convenciera de quedarse un poco más.

—Quédatela. —Bajó el dobladillo y me sonrió contra el cuello—. Puedes esperar dos semanas. —Me mordisqueó la oreja de un modo que me hizo dudar de que eso fuera verdad—. Te queda mejor a ti, de todos modos —dijo, y me recorrió las piernas desnudas con los ojos.

—Sí, ¿verdad? —me burlé.

Me mordí el labio inferior y miré hacia abajo para examinarme toda la longitud del cuerpo antes de dedicarle una amplia sonrisa. Le guiñé un ojo.

Riven negó con la cabeza, pero había diversión en su mirada.

—Creo que has estado pasando demasiado tiempo con Nikolai.

Me encogí de hombros. Probablemente era cierto.

Lo atraje para que se tumbara encima de mí. Me encantaba sentir el peso de su cuerpo sobre el mío, su calidez y su aroma. ¿Cómo había vivido tanto tiempo sin tocar a otra persona de esta manera? Ahora que lo tenía de nuevo, la idea de estar sin él me parecía como vivir sin agua.

Riven me envolvió la espalda con sus grandes manos y nos acomodó de lado. Nos acostamos uno junto a otro, con los cuerpos apretados, al tiempo que me acariciaba suavemente la espalda. Sus ojos violetas me observaban con perspicacia. Le besé los labios suavemente; me acercó más a él.

Sus labios quemaron los míos, incapaces de obtener suficiente piel mientras me dejaba besos por el cuello y la mandíbula. Le tiré del pelo, atrayéndolo aún más cerca. Cuando no cedió, le enganché una pierna alrededor de la espalda y un suave gemido se me escapó de los labios.

Riven suavizó su mordisco. Me rozó la mejilla con el pulgar en una suave caricia antes de terminar el beso.

Fue bonito, pero la sensación fue de despedida.

—Solo son dos semanas —dije, haciéndole eco a sus palabras. Ya sentía la piel fría sin sus labios sobre mí.

La expresión de Riven era seria; tenía la mandíbula tensa. Pude escuchar cómo apretaba los dientes, y miró hacia abajo para alejarse de mis ojos.

—No vas solo a la Grieta, ¿verdad?

Con un dedo debajo de la barbilla, le moví la cabeza para que me mirara.

El cuerpo se le congeló contra el mío.

—Confío en ti, Riven —dije con convicción—. Si no puedes decírmelo o crees que es mejor no hacerlo… Confío en ti. «Saber solo lo necesario», ¿recuerdas?

Por supuesto, cuando hice ese trato con él nunca imaginé que estaríamos tan involucrados el uno con el otro como lo estábamos.

—«Saber solo lo necesario» —repitió él en voz baja, con los ojos cerrados, y asintió.

Nos abrazamos. Riven me acarició la espalda hasta que las primeras notas del canto de los pájaros sonaron desde los árboles. Sus armonías casi me habían adormecido cuando Riven rompió el silencio.

—Has sido una sorpresa, Keera —susurró ferozmente—. Has sido una maravillosa y bella sorpresa. Nunca pensé que esto sucedería, pero me alegro de que lo haya hecho.

Sus palabras eran urgentes y apremiantes. Me tenía aferrada muy fuerte por la cintura.

—Yo también me alegro —respondí. Los discursos grandilocuentes no eran mi estilo. Todo lo que podía ofrecerle era la verdad y esperar que eso fuera suficiente.

Me besó por última vez. De nuevo, no logré evitar la sensación de que era una despedida. Le di un beso entre las cejas. Él me abrazó hasta que me acomodé contra su cuello y me frotó la espalda hasta que me quedé dormida. Cuando me desperté, horas después, Riven ya no estaba.

Los soles ya se habían elevado por encima de la línea de árboles antes de que guardara todo y preparara al caballo. Había dormido hasta bien pasado el amanecer, más tarde de lo que recordaba haberlo hecho en mucho tiempo. Sentía el cuerpo renovado. Incluso estaba emocionada por cabalgar hasta Desembarco del Mortal.

Nuestro plan estaba funcionando y pronto el rey, la Corona, se derrumbaría.

Por primera vez en la vida, me emocionaba la perspectiva de lo que vendría.

Tarareé una melodía en tanto le abrochaba las alforjas a la yegua, que pastaba en la maleza que tenía bajo las patas. Me tomé el tiempo para cepillarle la crin. Tendríamos que hacer un buen equipo durante nuestro viaje de cinco días. Le saqué un poco de avena de mi bolsa y me reí cuando su lengua me hizo cosquillas en los dedos.

Todavía llevaba la túnica de Riven. Su olor persistía en la tela. Me subí el pantalón y la ajusté con el elástico de la cintura. Era demasiado grande para mí, pero no me importaba. De todos modos, nadie me vería durante días.

Subí una bota en el estribo, pero capté un movimiento de las orejas de la yegua. Una ramita se rompió detrás de mí.

Me di la vuelta, pero ya era demasiado tarde.

Sentí un pinchazo en el brazo. Cuando miré hacia abajo, un pequeño dardo rojo me sobresalía de la piel. Se me empezó a desdibujar la visión y me flaquearon las piernas.

Lo último que vi antes de desmayarme fue a alguien que caminaba hacia mí y me ponía una bolsa sobre la cabeza.

CAPÍTULO 45

ESTABA EN UN CARRUAJE, desplomada en medio de sacos de alimentos y granos. Podía escuchar a gente afuera yendo a caballo. Varias voces. Hombres. Traté de contar cuántos, pero tenía la cabeza nublada. Era como si los estuviera escuchando hablar desde debajo del agua. La tensión hizo que me doliera la cabeza, hasta que me rendí.

Podía oler el aroma del palo de rosa, la tierra húmeda y el agua dulce. El suelo debajo de las ruedas del carro era suave, pero estaba lleno de raíces duras y de grava. Estábamos en un bosque, pero no tenía idea de cuál. Me sentía como si hubiera estado dormida durante semanas. Tenía los brazos y piernas atados con una cuerda. Hice un esfuerzo por sentarme y noté que tenía la espalda rígida de haber estado recostada un tiempo en la misma posición.

Algo me picaba en el cuello. Levanté las manos atadas para rascármelo. Me saqué algo de la piel: un dardo rojo, del mismo tipo que había usado con la penumbra en Silstra.

Una poción de sueño.

Pero el dardo que me había pinchado fuera de la caverna me había dado en el brazo. Quienquiera que me hubiera secuestrado me había mantenido inconsciente durante días. O quizá más. Podría estar en cualquier lugar a estas alturas.

Luché contra las ataduras. La cuerda me quemó la carne cuando moví las muñecas para tratar de aflojar el nudo. No logré nada distinto a herirme la piel alrededor de los dedos hasta hacerlos sangrar. Supuse que mis captores podían oírme maldecir, pero nadie vino a sedarme de nuevo. No sabía si eso era una buena o una mala señal.

Cuando el carruaje se detuvo, me fui hacia adelante por el impulso. Me caí sobre las muñecas atadas con un fuerte tirón. Pasos. Alguien se acercaba al carruaje. Me apoyé sobre las rodillas justo al lado de las puertas. Levanté las manos por encima de la cabeza, lista para atacar.

Las puertas se abrieron y la luz blanca de los soles me cegó cuando me lancé hacia quien había abierto la puerta. Era un mestizo apenas un poco más alto que yo. Usé su sorpresa a mi favor y le lancé los codos a la cara. Cayó con un grito. Alguien me tiró al suelo por detrás.

—No le hagas daño —gritó una voz desde cerca.

Me quedé paralizada. No porque la voz me asustara, sino porque la reconocí.

Nikolai.

Alguien me sostuvo los hombros mientras Nikolai caminaba hacia mí. Su habitual actitud cálida había desaparecido y ahora la reemplazaba una máscara estoica que nunca lo había visto usar.

—Keera —dijo con una ligera reverencia.

Le escupí. Hizo una mueca, pero no se movió para golpearme. Se mordió el interior de la mejilla cuando notó la piel en carne viva que tenía alrededor de los dedos y las muñecas. Me tendió una mano, pero yo me moví hacia atrás. Dejó el brazo inmóvil. Le noté una expresión triste en el rostro al mirarme, pero sabía que era una mentira.

Todo había sido mentira.

Nikolai me levantó del suelo y me sostuvo por detrás. Me puso una bolsa sobre la cabeza y yo le lancé todos los insultos que conocía. Él me ignoró y me empujó hacia adelante. Caminamos con pasos cortos, pues mi andar estaba restringido por la cuerda que tenía alrededor de las rodillas. Me apoyé en sus hombros, le agarré el torso con una mano y lo pellizqué. Con fuerza. Inspiró fuerte y me alejó de él, pero no dijo nada.

Esperé que le doliera. Era un traidor. Me había vendido a alguien y me iba a entregar. Riven se pondría furioso cuando se enterara.

Una fría ola de comprensión se me estrelló contra el cuerpo y se me asentó en la sangre.

Riven. ¿Y si Nikolai no era un traidor en absoluto?

¿Y si Riven había ordenado esto?

Él sabía exactamente en dónde estaba yo y se había ido antes de que me despertara esa mañana. Pensé que había sido para poner en marcha su parte del plan, pero tal vez necesitaba que estuviera sola. Le dio a Nikolai la oportunidad de atraparme sin que yo lo sospechara.

No tuve tiempo de pensar en las implicaciones de eso porque entramos en algún tipo de edificación. El suelo bajo mis pies era duro y desigual; estaba hecho de madera. Podía escuchar el leve crujido de un fuego y una brisa que rozaba el cristal de una ventana.

«Por todos los dioses, ¿dónde estoy?», pensé con amargura.

Alguien abrió una puerta y la atravesamos. Mis oídos captaron más latidos, demasiados para estar segura. ¿Tal vez cinco…? Además de los tres que habían entrado conmigo.

No necesité adivinar más porque Nikolai se detuvo, me frenó con el brazo y me quitó la bolsa de la cabeza.

Un hombre estaba sentado frente a mí en una gran silla de madera, no muy diferente a un trono. Detrás de él estaban Syrra y Collin. El cabello rubio del hombre enfatizaba la delgada corona dorada que le rodeaba la cabeza. Sus ojos eran de un verde feroz, como hojas de primavera que se desvanecen en ámbar en el centro. Iguales a los de su hermano.

El príncipe Killian.

El suelo se me balanceó bajo los pies. Nikolai me apretó más fuerte el hombro para mantenerme estable. Killian levantó la barbilla, evaluando el estado de mis ataduras. Sus ojos se detuvieron en el enrojecimiento que me notó alrededor de las muñecas. Por un segundo frunció los labios; luego los relajó en una sonrisa cruel.

—Te pido que me perdones por la naturaleza descortés de esta audiencia, Keera —dijo, arrojando un oscuro silencio sobre la habitación—. Es por tu seguridad, así como por la seguridad de mis camaradas.

—¿Capturarme? ¿O tomarme como rehén? —ladré, sin ni siquiera intentar ocultar el hielo en la voz.

—Ambas cosas —afirmó él—. No podía arriesgarme a liberarte hasta que habláramos y no podía arriesgarme a revelarme hasta que estuviéramos fuera del alcance de mi padre y mi hermano.

—¿Y para qué, exactamente? —exploté.

Me solté del agarre de Nikolai y di un paso hacia el príncipe. Nikolai intentó sujetarme de nuevo, pero Killian levantó la mano.

—Keera es nuestra amiga, como siempre —le dijo.

Su dura mirada recorrió al resto de las personas en la habitación. Algunas asintieron con la cabeza; la mayoría se quedó en silencio, con las manos enganchadas alrededor de la empuñadura de un arma.

—Una puta mentira —espeté.

Syrra levantó la mano para cubrir una sonrisa.

—Pero, Keera —habló Killian, moviendo los labios hacia un lado—, hemos sido amigos todo el tiempo. Tu vigilancia en Aralinth, tu misión en Cereliath, volar la presa en Silstra.

Killian enumeró cada ciudad con los dedos; cada una me cayó como un duro golpe a las entrañas.

—¿Sabías de todo eso? —No podía creérmelo.

Nikolai bufó detrás de mí. Killian le lanzó una mirada de advertencia.

—Yo lo planeé —respondió el príncipe.

—Pero Riven…

Se me cortó la respiración. Todo empezaba a tener sentido.

—Sí, mi Sombra me ha mantenido bien informado de tus misiones —me explicó, agitando la mano.

«¿Su Sombra?». No podía ser cierto. Riven me lo habría dicho. No podría haberme ocultado esta alianza durante tanto tiempo. No después de demostrar mi valía en Silstra. No después de que hubiéramos…

«Saber solo lo necesario». Palidecí y el cuerpo se me desplomó, inerte, junto a Nikolai. No era el único que había estado guardando secretos pesados.

—¿Dónde está Riven? —pregunté— ¡Quiero hablar con él ahora!

La boca de Killian formó una línea recta. El agotamiento me inundó los huesos a pesar de que había dormido durante días y noté que a las rodillas les costaba sostenerme.

—Riven está indispuesto en este momento —afirmó el príncipe, levantándose de su silla y caminando hacia mí—. Él sabe dónde estás y no tardará en volver. Tan pronto como llegue, podrás hablar con él, pero primero tendrás que tomar una decisión.

Resoplé.

—¿Una decisión?

¿Qué decisión podía tomar estando atada y desarmada?

—Sí —respondió Killian, dando un último paso hacia mí. Estaba lo suficientemente cerca como para que percibiera el olor a pergamino que emanaba de su ropa. Pude verle las tenues manchas de tinta en las manos—. Nuestra alianza secreta ya no nos sirve a ninguno de los dos —continuó—. El rey actuará con rapidez. Si tenemos alguna esperanza de derrotarlo, necesitas saber con quién has estado tratando en realidad.

—¿Quieres que me una a tus filas? —Sacudí la cabeza con incredulidad—. ¿Por qué confiaría en ti?

Levanté las muñecas atadas. Eran solo un ejemplo de cómo Killian y Riven me habían traicionado.

El príncipe sonrió.

—Ya lo has hecho. Simplemente no lo sabías. Necesito que vuelvas a comprometerte con la misión, Keera, sabiendo que tu Riven trabaja para mí. Si no puedes, entonces me temo…

—¿Que tendrás que matarme? —adiviné.

—La verdad es que preferiría no hacerlo. —Se llevó la mano al pecho—. Creo que tú y yo nos convertiremos en grandes amigos.

—¿Tienes la costumbre de mentirles a tus amigos? —pregunté—. ¿De atarles las manos?

—No, a menos que sea necesario. —Se encogió de hombros—. Keera, sabes mejor que la mayoría que compartir secretos es peligroso. Evitar herirte el orgullo al revelarme a mí mismo no compensaba el arriesgar a todos mis hombres.

Su voz era seria y contundente. Odiaba la parte de mí que entendía lo que quería decir.

—¿Por qué revelarte ahora? —inquirí.

—Para empezar —dijo Killian con una sonrisa—, creo que una persona dispuesta a volarse en pedazos a sí misma quiere derrocar a mi padre tanto como yo. Tal vez incluso más. —Inclinó la cabeza, estudiándome.

La piel se me irritó bajo su mirada. ¿Por qué el príncipe quería derrocar a su padre? ¿Cuánto tiempo había estado trabajando contra la Corona? Le fruncí el ceño. No le daría la satisfacción de hacerle mis preguntas frente a todos sus cómplices.

—Y, lo que es más importante —añadió—, creo que serías útil a mi lado en la lucha que está por venir.

Fruncí aún más el ceño.

—Quieres decir que no confías en mí.

Las ataduras que tenía en las muñecas me parecían estar más apretadas, como si nunca fueran a deshacerse. Todas aquellas personas que había matado tratando de escapar del peso de la Corona, tratando de ponerle fin al reinado de Aemon, habían sido en vano. Me había liberado de un conjunto de grilletes solo para que alguien más me atara. El estómago me dio un vuelco. Si iba a vomitar, me aseguraría de que cayera sobre el príncipe.

—A decir verdad, sí confío en ti —me aseguró Killian, suavizando su expresión—. Y tendré que seguir haciéndolo para que tengamos éxito. Creo que eres mejor estratega que arma. Tengo a otros que matarían por mí, pero no tantos que sepan ver qué piezas necesitamos mover para derrocar a una monarquía.

Había dicho algo similar el último día en la sala del trono. Las mejillas se me calentaron al recordar lo agradecida que me había sentido por su apoyo frente al rey. Ahora sus palabras me dejaban un sabor amargo en la boca. Había estado jugando conmigo todo el tiempo y yo había sido demasiado tonta como para darme cuenta.

—Quería terminar con la Corona —dije y la voz me raspó la garganta—, no ayudar a sentar a otro rey en el trono.

—Queremos lo mismo —respondió él sin emoción.

Levanté las cejas hacia la pequeña corona dorada que llevaba sobre la cabeza.

Killian se la quitó sin apartar sus ojos de los míos.

—Esta corona no es más que una herramienta, Keera. Igual que tu espada. O, mejor aún, igual que tu capucha. Nos ayuda a movernos sin ser vistos y protege a los que confían en mí.

Miró a los mestizos y elfos que estaban diseminados por la habitación, observándonos. Dio un solo paso hacia mí.

—Pero una vez que tengamos éxito, me la quitaré. No tengo ningún interés en ser rey o en gobernar una tierra que nunca ha estado destinada a ser gobernada.

Dejó caer la corona, y esta rebotó contra el suelo. No confiaba en sus palabras, pero, cuando miré por encima de su hombro, vi a Syrra. Tenía los labios en su línea recta habitual, pero me miraba fijamente.

Asintió en dirección a mí una sola vez. Una señal de que podía confiar en el príncipe o, al menos, de que ella confiaba en las cosas bonitas que decía.

Killian me tomó de las manos. Eran amables y no tenían marcas ni callos por pelear o entrenar. Sin embargo, sentí su piel dura y seca, como los rollos y pergaminos con los que pasaba la mayor parte de sus días.

Sacó un cuchillo del cinturón. El acero fino brilló. Era corto, pero lo suficientemente largo como para perforar un corazón.

—Todo lo que te he dicho va en serio, Keera —susurró tan cerca de mí que su respiración me calentó la mejilla—. Quiero que seas mi aliada, pero también quiero que seas mi amiga.

Me clavó los ojos, desafiándome a arriesgarme una última vez. Inhalé fuerte, sin saber si podía confiar en aquellos ojos que tanto se parecían a los crueles de su hermano.

Asentí.

Killian me cortó las ataduras con el cuchillo.

—Ahora —dijo mientras la gruesa cuerda caía al suelo— matemos a mi padre.

No era una broma. Era una promesa.

AGRADECIMIENTOS

Muchas manos han sostenido las diversas versiones de este libro y muchas más me sostuvieron mientras lo escribía. Me gustaría dar las gracias a mi familia y amigos, que escucharon todas mis digresiones apasionadas, mis lágrimas de estrés y mis espirales de pensamientos llenas de ansiedad durante el proceso de publicación de esta historia.

A mi hermana, Emma, por leer muchos borradores y pasarse varios viajes en auto debatiendo. A mi amiga, Marissa, por leer varios borradores y creer que BookTok amaría este libro tanto como yo. A mi madre, Cheryl, por ofrecerme charlas de motivación cuando las necesitaba y conversaciones difíciles cuando me desesperaba. A mi hermano, Eric, por ayudarme a elegir una portada a pesar de que ignoré por completo sus consejos. A mi padre, Greg, por aceptar que este libro tendría que interponerse en nuestra revisión de *Dexter*. A mi hermano, Sag, por llevarme a cenar y distraerme de todas las correcciones que debía hacer. No lo sabías entonces, pero lo necesitaba. A mis amigas,

Abby y Emily, por estar siempre a una llamada de distancia y nunca dudar de que realmente llegaría a publicar esta obra. Espero haberlos hecho sentir orgullosos a todos.

Este libro tuvo a dos increíbles equipos de personas detrás que hicieron realidad este sueño. Gracias, Hannah Van Vels, por tus correcciones y comentarios. Estos personajes fueron esculpidos, en parte, gracias a tus atentos ojos. Gracias, Colleen Sheehan, por convertir mi manuscrito en el primer libro que he publicado. Karin Wittig, gracias por dibujar a Elverath para que los lectores pudieran ubicarse. Y gracias, Kim Dingwall, por tu increíble diseño de portada. Le diste vida a Keera de una manera que nunca hubiera creído posible.

Esta versión de *La asesina del rey* no existiría sin el equipo de Union Square & Co. Me gustaría darle las gracias a mi editora, Laura Schreiber, por creer en este libro y ayudarlo a brillar aún más. Gracias a Stefanie Chin por identificar agujeros en la trama que nunca hubiera notado. Y gracias a Hayley Jozwiak por perfeccionar la historia y ayudarme a navegar mi cuestionable uso de las comas. Estoy muy emocionada de que la historia de Keera haya llegado a todos ustedes.

Mi último agradecimiento es para la comunidad de BookTok. Empecé este libro a mediados de 2021, después de ver videos sobre sagas literarias de las que nunca había oído hablar: el perspicaz discurso me atrajo. He escrito este libro para ustedes, combinando todas las cosas que BookTok ama con todas las partes que sentía que le hacían falta. Es un placer formar parte de esta comunidad, aprender de ella, explorarla y escapar allí una y otra vez. Espero que también hayan encontrado alguna forma de escape entre estas páginas.

Pasa la página para descubrir un capítulo especial...

ALGO QUE RECLAMAR

RIVEN

GUIE A NIKOLAI ENTRE LOS EDIFICIOS de piedra arenisca de Cereliath. Pasamos el puerto, donde el sistema de canales de la ciudad desembocaba en una pequeña bahía y donde habíamos encontrado el barco abandonado a plena vista. Era el cargamento de mercancías que el ayudante de Curringham debía haber sacado de la ciudad. Rylan había mostrado el sello del lord docenas de veces para desviar la comida robada por la pequeña vía fluvial artificial hacia Silstra y nunca había tenido ningún problema.

Hasta que ella apareció.

Llegamos a las afueras de Cereliath con las capuchas sobre las cabezas para que nadie pudiera vernos la cara. Nikolai atravesó el templo en ruinas, pisando con las botas fragmentos de vidrio roto que alguna vez fueron una ventana. Examinó con la mirada las vigas que se encogían por la podredumbre y los bancos dañados que el tiempo había olvidado. Nikolai se tocó el interior de la mejilla con la lengua, dando otro paso para entrar, y luego se bajó la capucha.

—¿Quieres que la atraiga hasta aquí? —Deslizó un dedo a lo largo del púlpito. Después se sacudió la gruesa capa de polvo, que cayó hasta el suelo—. De todos los lugares que podrías elegir para morir, Riv... ¿de verdad es este el último que quieres ver? —Levantó una ceja al descubrir una mancha de moho en la pared.

Yo apreté los dientes.

—No moriré —repetí por séptima vez ese día—, pero, si lo hago, ya sabes lo que hay que hacer.

No teníamos tiempo para discusiones. Nikolai tenía que irse antes de que los soles terminaran de ponerse.

Cualquier resto de humor que le quedara en los ojos a mi amigo se desvaneció cuando se volvió hacia mí.

—Sé que te hice una promesa, Riven, pero no pensé que eso implicara seguirte a ti y a tu estupidez.

—No es estu...

—Es absolutamente ridículo y lo sabes. —Nikolai se sacó un trozo de lino del bolsillo de la camisa y quitó el polvo de un banco. Se sentó despacio, haciendo una mueca—. Seguirle el juego a la Espada, aceptar su invitación a matarte... es ridículo —murmuró para sí mismo.

Me aclaré la garganta y dejó de refunfuñar.

—Ojalá Syrra estuviera aquí. —Suspiró, mirando hacia la curva en el techo—. No te atreverías siquiera a sugerirle este plan y mucho menos a seguir adelante con él.

Tuve que contener mi sonrisa.

—¿Por qué crees que la envié a Myrelinth?

Nikolai volvió la cabeza de golpe hacia mí y entrecerró los ojos, pero luego suavizó la mirada mientras se frotaba la frente.

—Rylan está muerto, Riven —dijo con cuidado—. No hay nada que podamos hacer para cambiar eso. Sacrificarte para vengar su muerte no le traerá paz. Lograr lo que le prometimos, lo que les prometimos a todos los mestizos: esa debe ser tu prioridad.

Me apoyé en uno de los pilares. El yeso que una vez había decorado la viga comenzaba a agrietarse.

—Es mi prioridad.

Los labios de Nikolai se le transformaron en una línea recta en medio del rostro.

—¿Se supone que simplemente debo olvidar que un joven ha muerto? —le espeté—. ¿Un hombre que nos ha ayudado durante meses? ¿Que nos ha ayudado a alimentar a cientos de personas?

—Riven, estamos en guerra…

—No usaré a los que me siguen como peones en un juego —grité. El calor me inundó el cuerpo y una mezcla brutal de rabia y miedo despertó mi magia—. Sus vidas son valiosas. No olvidaré eso. No puedo olvidarlo… Pensé que tú, más que nadie, lo entenderías.

El poder me recorrió la piel, como un montón de dagas atravesándome la carne. Respiré hondo y cerré los ojos. Desde que llegamos a Cereliath, mi magia había sido más difícil de controlar. Ahora la sentía como una espiral tan fuerte que la visión se me volvía borrosa por el dolor. No me había sentido tan inestable en años. No desde que Syrra y Feron comenzaron a entrenarme.

Nikolai esperó pacientemente a que controlara la oleada de emoción. Despejé la mente como Feron me había enseñado, empujando la magia de vuelta a las profundidades que existían dentro de mí. Pasó un momento. Luego otro. Al fin, se me calmó la respiración. Le di un pequeño asentimiento a Nikolai, indicándole que continuara.

Sus ojos permanecieron en mí unos instantes antes de hablar de nuevo.

—Si mueres esta noche, Riven, ¿quién estará allí para proteger al próximo Rylan de la ira de Aemon?

Crucé los brazos, aún consciente de mi respiración.

—Ella no es el rey.

Nikolai negó con la cabeza.

—No, es cierto, pero incluso si logras matarla esta noche, Aemon tiene una larga lista de mestizas listas para tomar su lugar. Nunca dejarías de vengar a Rylan… o cualquier vida inocente que corra peligro cuando Aemon ascienda a su nueva Espada.

Mi ira volvió a estallar. Unas pequeñas sombras se arremolinaron contra la pared iluminada por los soles, proyectando intrincados patrones hechos de oscuridad sobre la madera. Respiré de nuevo.

—Si tengo que matar a todos los miembros del Arsenal, a todas las penumbras, lo haré.

Nikolai cruzó las piernas y abrió la boca para continuar, pero lo corté.

—Ella es la mejor de todas. Su reemplazo sería poco más que un título. —Respiré de nuevo—. Es un monstruo, Nik. El monstruo de Aemon. Cuando muera esta noche, pasarán semanas antes de que el Arsenal se recupere. Podemos usar eso para promover nuestra causa. Podemos usarlo para mejorar. Yo necesito mejorar.

Las últimas palabras se me quedaron atrapadas en la garganta mientras pensaba en Rylan llorando sobre la tumba de su hermano. Le había prometido que haría de Elverath un lugar mejor, que vería un mundo sin niños hambrientos, ya fueran mestizos o mortales.

Pero ahora él estaba muerto. Y eso me convertía en un mentiroso.

Me volví hacia Nikolai, que tenía los ojos puestos sobre mí, muy abiertos y derrotados.

—Si es tan monstruosa como dices, solo espero que ella no te mate a ti.

Se levantó la capucha de la capa y desapareció bajo la luz de los soles ponientes.

Ahora solo tenía que esperar.

La observé desde las sombras mientras trepaba por la ventana del segundo piso. Un punto de entrada inesperado; Syrra lo habría aprobado. La Espada, digna de su nombre, atravesó el aire nocturno como un cuchillo afilado y aterrizó en el derruido púlpito blandiendo sus espadas dobles. Un cuarto de vuelta más y me vería. Mi oportunidad de evitar su invitación había salido volando por la ventana tan pronto como ella la había usado para entrar.

La magia se me encendió dentro del pecho. Traté de controlarla, manteniendo la respiración equilibrada y apoyándome en el pilar. Quería parecer tranquilo, sereno. Necesitaba que la Espada supiera que esto era idea mía y que planeaba salir con vida.

Le hablé a la oscuridad.

—Me enteré de que quieres una revancha.

Ella se giró con un movimiento fluido. Tenía los hombros relajados, pero listos. Movió los pies de forma casi imperceptible, sintiendo las baldosas desiguales bajo las botas. Mantuve la mirada en su torso para memorizar el equilibrio de su cuerpo, tal como Syrra me había enseñado.

La Espada estaba vestida con su atuendo negro habitual. Sonreí. Me pregunté si adivinaría que había diseñado mi propia ropa a partir del uniforme de las penumbras, de su uniforme. Aemon aún no se había dado cuenta de mi burla, pero la Espada no podría ignorarla ahora. No estábamos peleando en aquella azotea donde nuestras extremidades daban giros frenéticos en todas direcciones; estábamos de pie, en la paz antes de la tormenta inevitablemente mortal.

Tenía el rostro oculto detrás de la sombra que proyectaba su capucha. Mi poder parpadeó. Tuve la tentación de usarlo, de dividir esa sombra en dos y separarla para revelar la cara que escondía.

Me negué a hacerlo. Esto sería más fácil si no tenía que verle el rostro.

—Me alegra saber que recibiste mi mensaje —respondió.

Giró su hoja izquierda, probando su peso. La muñeca no le vaciló, pero le noté un temblor en la derecha. Atacaría con ese lado primero.

Me encogí de hombros. Ella había pedido la reunión, pero yo la había organizado. Era yo quien tenía el control.

—Habría sido descortés ignorar una solicitud de la Espada del rey —respondí, sin desviar la mirada de la línea de sus hombros.

Se crujió el cuello y el espeso aroma del vino rancio me sorprendió. La Espada estaba tensa. Tal vez esta noche terminaría a mi favor.

—¿Tienes ganas de morir? —preguntó.

Noté la petulancia en su voz, pero no coincidía con los rápidos latidos de su corazón. Estaba nerviosa. Me venía bien.

Me reí entre dientes.

—¿Estás segura de que puedes matarme?

Saqué mi espada de su funda, recordando la primera lección que Syrra me había enseñado: «La rabia es un catalizador; puede ser tu arma o puede ser tu perdición». ¿Cuántas provocaciones se necesitarían para asegurar la caída de la Espada?

Di un paso adelante. Su pie izquierdo se movió sobre las tablas irregulares del suelo.

—¿Tan seguro estás de que no lo haré? —se burló desde debajo de la capucha.

Nikolai y Syrra se me pasaron por la mente. Los mestizos. Los elverin. Respiré hondo y me preparé para lo que debía hacerse.

—Que gane el más digno —susurré.

Luego ataqué.

Ella esquivó mis golpes y lanzó los suyos con rapidez. Ataqué su lado derecho, pero el temblor se había desvanecido. Su espada derecha la protegía tan bien como la izquierda.

Necesitaba cambiar de táctica.

Sonreí con superioridad, esperando que lo escuchara en mi voz.

—Ha pasado más de un minuto y aún no me has hecho sangrar.

—Una vez más, se ve que estás deseando morir —respondió, cortante. La voz le sonaba algo agitada.

Cambié la mano de mi espada. Jugaría a la defensiva mientras ella se cansaba.

—La muerte es la única certeza en esta vida —afirmé. Era una de las frases favoritas de Syrra durante el entrenamiento.

Al notar mi cambio de maniobra, dio un paso atrás. Pude sentir cómo sus ojos me atravesaban, atentos a mi próximo movimiento.

Ira. Necesitaba provocarla.

—Esperaba más de la Espada del rey. Ya esquivaba ataques como ese cuando era un aprendiz.

Un gruñido se le escapó desde debajo de la capucha. Se abalanzó como un león de fuego y me atacó con sus espadas. Bloqueé todos sus golpes, sabiendo que su energía se estaba agotando más rápidamente que la mía.

Atravesamos el suelo en medio de destellos de metal; nuestras respiraciones marcaban el ritmo, nuestras espadas chocaban la una contra la otra. Ella bajó un poco los brazos, como si sus armas fueran cada vez más pesadas.

La tenía.

Retrocedió hasta un banco. Yo ataqué. Ella me esquivó pisando asiento.

Preparé otro golpe, pero ella se elevó sobre mi cabeza y me pateó la empuñadura, que salió volando de mi mano. La espada se deslizó por el suelo detrás de mí. No podía alcanzarla sin darle la espalda.

Me mataría en un instante.

Me incliné hacia ella cuando aterrizó, le agarré la muñeca y se la retorcí con fuerza. Una mueca se me dibujó en el rostro cuando escuché el metal golpear contra el suelo. Luego, otro destello de metal atravesó mi línea de visión. Le atrapé el brazo con la mano y la detuve en el aire.

Me había quedado sin armas. Tenía que recuperar mi espada antes de que ella tuviera tiempo de apuñalarme por la espalda. Cerré los ojos y le di un rodillazo en el estómago, tan fuerte que pude sentirla jadear contra mi cuello. Mi magia latía, golpeándome el pecho. La ignoré y corrí hacia mi espada.

Extendí el brazo y las yemas de mis dedos rozaron el mango. Entonces sentí un destello de dolor agudo. Sangre roja me goteó de la mano donde su daga me había cortado. Mi magia ardía alrededor de la herida, encendiendo el dolor una y otra vez mientras la sangre se derramaba. Gruñí.

—¿Alguna preferencia sobre cómo quieres que te mate? —me provocó, pero tenía la voz ronca. Estaba haciendo tiempo para recuperarse.

Ella necesitaba una pausa y yo necesitaba distraerla en tanto alcanzaba mi arma.

—No, pero me gustaría saber por qué quieres matarme —contesté.

En realidad no me importaba. Necesitaba vigilarla, ver qué puntos del cuerpo le dolían, dónde estaba su debilidad. Me moví muy despacio hacia la espada en el suelo.

—El rey lo ordena —respondió ella de forma casi automática.

No era la respuesta que esperaba. La Espada era una amenaza para todo el reino: no había nadie que hubiera derramado tanta sangre como ella. Sin duda alguna parte de ella debía disfrutarlo, o, al menos, disfrutar de los placeres de la vida que obtenía gracias al título que ostentaba.

—¿Alguna vez has soñado con no servirle al rey? —pregunté, tratando de no parecer demasiado interesado. Necesitaba encontrar su debilidad. Sus razones para matar no tendrían sentido una vez vengara el asesinato de Rylan.

—Ese es el problema de las coronas —susurró—: cuando una cabeza cae, otra las recibe.

Hice una pausa. Esas palabras. Le había dicho algo muy similar a Nikolai hacía muchos años para convencerlo de que se uniera a mí para derrocar al rey. ¿Acaso ella lo sabía? El ritmo cardíaco se me aceleró, al igual que la magia, y una aguda punzada de preocupación se me clavó en la piel. Las sombras a nuestro alrededor se volvieron más oscuras y la magia se resistió a mi control, amenazando con estallar.

Necesitaba terminar con esto antes de que más personas resultaran heridas.

Acerqué la mano a mi arma, con el cuerpo aún vuelto hacia la Espada.

—Solo si dejas una corona que reclamar —respondí. Toqué el metal con las yemas de los dedos.

Ella se abalanzó, deslizándose sobre el suelo y pateando la espada fuera de mi alcance. Le lancé un barrido con la pierna y me puse de pie de un salto, preparándome para su ataque. La Espada pegó un salto y yo le lancé un golpe, esta vez con el puño.

Ella se agachó. Yo ataqué, asestándole otro puñetazo. Ella me esquivó.

Nos rodeamos como bestias enjauladas. Solo uno de nosotros podría salir victorioso. La magia me desgarró la piel. Tensé los músculos de las manos, tratando de contenerla hasta que esto terminara. Volví a atacar, pero ella me esquivó con una rapidez felina.

Me agaché mientras ella lanzaba una patada. Me enderecé y ataqué una vez más, apuntando a su izquierda. Volvió a hacerse a un lado, pero esta vez ya me lo esperaba. Me abalancé hacia ella y ambos chocamos con el pilar.

Un fuerte crujido resonó contra las paredes derruidas. Miré hacia abajo y vi una trenza oscura sobresaliendo de la capucha, que se había quedado atrapada. Entonces vi sus ojos. Unos pozos plateados de luz revestidos de las sombras que mi magia había oscurecido.

Una descarga eléctrica me atravesó el cuerpo. Era cálida y radiante, como disfrutar de la luz de los soles de un largo día de verano. Magia.

Mi magia. Irradiaba de mí y me bajaba por los brazos hacia…

Ella.

Estaba llamando a mi magia. No había frialdad ni dolor, solo calor. Pude ver el brillo mágico en sus iris. La plata mezclándose con el violeta.

—No es posible —susurré.

Había escuchado las historias, el mismo Feron me lo había explicado. ¿Podría ser eso realmente lo que estaba sintiendo?

Ella dijo algo, resistiéndose a mi agarre, pero no pude oírla. Solo alcanzaba a escuchar el profundo pulsar de magia, que coincidía con los latidos de mi corazón. Con nuestros latidos.

Parpadeé y traté de concentrarme en sus palabras. Tenía el ceño fruncido. Rabia. Estaba enfadada. ¿Cómo podía estar enfadada envuelta en tanta ligereza?

—¿No puedes sentirlo? —pregunté, comprendiéndolo.

Ella inclinó su rostro hacia el mío y quedamos un poco más cerca. Mi magia respondió con otro pulso de calor.

Me estaba atrayendo. Magia y cuerpo. Nunca había sentido algo tan fuerte. Me concentré en su rostro, cortado y ensangrentado, pero hermoso. Radiante. Sus ojos plateados parpadearon. Bajé mi rostro hacia el suyo, sucumbiendo a cualquier magia que existiera entre nosotros.

Sus labios eran suaves. Como una brisa al amanecer, dulce, pero con la amenaza de convertirse en algo peligroso. La besé más intensamente, presionando mi cuerpo contra el suyo y sintiendo cómo la calidez de mi magia nos inundaba a ambos. Le apreté la cintura con la mano mientras mi lengua memorizaba su sabor. Su boca era seductoramente dulce, como un veneno que me consumía por completo.

Ella me acercó, mordiéndome el labio, y cualquier resquicio de control que hubiera podido tener aún desapareció. Le subí la mano hasta el cuello y tiré de su cabello mientras la mordía de vuelta. Cualquier cosa por acercarla más a mí. La devoraría toda la noche si ella me lo permitía.

Un pequeño gemido se le escapó de los labios. Yo parpadeé. ¿También podía sentir la magia? ¿Estaría sintiendo aquella misma emoción embriagadora?

Un beso había bastado para arruinar mi plan. Un beso… y supe que jamás podría matarla.

Movió un hombro. Mi magia sintió la daga antes de que pudiera verla. Extendí la mano, agarrándole la muñeca que buscaba hundirme el acero en el pecho. Sentí un pinchazo afilado antes de empujarla contra el pilar.

El dolor me devolvió un poco a la realidad. Mis sombras aún giraban entre nosotros, pero ahora podía controlarlas. La miré. No irradiaba magia ni calidez.

Era simplemente la Espada.

El enemigo.

¿Había sido algún tipo de truco?

Se sacudió contra mi pecho, tratando de librarse del agarre.

—¿Tienes la costumbre de besar a la gente antes de matarla? —estalló.

Se retorció de nuevo antes de mirarme. Engrosé las sombras de mi capucha. Si se dio cuenta, no lo demostró.

Me incliné hacia delante, ocultando el rostro mientras le acariciaba la mejilla con mi aliento.

—No volverá a suceder —murmuré, tratando de encontrar la fuerza para caminar.

Respiré su aroma a amanecer y cedro. Inspiré una vez más y luego la dejé allí antes de que me matara.

Corrí por los callejones de Cereliath hasta la pequeña posada donde Nikolai y Collin me esperaban. El corazón me latía con fuerza;

todavía podía sentir la oleada de poder que me surcaba las venas. Como la réplica de un terremoto. El calor me palpitaba por el cuerpo, electrizándome la piel. Era embriagador. Entré dando tumbos por la puerta de atrás.

—Estás vivo —dijo Nikolai, impasible, mirando por encima de sus gafas de aumento. Tenía un artilugio de metal en la mano.

Di un manotazo contra el mostrador de la cocina vacía y respiré entrecortadamente. Lo único que podía sentir era mi magia. La frialdad no había regresado, pero todavía la sentía familiar, no como la punta afilada de una daga que me arañaba las extremidades, sino como una caricia en la piel, dócil y expectante. Por primera vez, estaba completamente bajo mi control.

No confiaba en mí mismo para usarla.

—¿Qué pasa? —Nikolai se puso de pie. La bola de metal que sostenía cayó al suelo—. ¿Te ha apuñalado? ¿Estás herido?

Me liberé de sus manos preocupadas y tropecé contra la mesa. Nikolai se sentó a mi lado. Su rodilla no paró de rebotar mientras se ponía las gafas sobre la melena rizada.

—¿Está… muerta? —susurró, examinando innecesariamente cada rincón de la habitación vacía. Solo estábamos nosotros. Collin vigilaba desde el techo.

—No.

Me cubrí el rostro con las manos, tratando de ignorar la magia que se me agitaba en las venas.

Nikolai jadeó.

—¿Escapó?

—No exactamente. —Levanté la cabeza lo suficiente como para mirarlo.

Nikolai frunció los labios, esperando una explicación. Respiré hondo. Me recosté en la silla.

Me froté la frente, repitiendo de nuevo ese momento en mi cabeza. Su cara. Mi magia. Sus labios.

—La besé —respondí, todavía aturdido.

Nikolai abrió los ojos de par en par antes de que se le dibujara en el rostro una sonrisa de complicidad.

—No era el mejor momento para dejarse llevar por el instinto, amigo mío. —Resoplé una risa. Nikolai disfrutaba inmensamente con lo inesperado—. ¿Qué hizo cuando la besaste? —La sonrisa burlona se le agrandó.

Tosí.

—Intentó apuñalarme.

Nikolai parpadeó una vez. Y otra vez. De repente, se golpeó la rodilla con la mano y se echó a reír a carcajadas.

—Prométeme que podré conocerla antes de que intentes matarla de nuevo —soltó entre risas.

—No voy a intentarlo de nuevo… Al menos no todavía. —Me puse de pie. La magia por fin se me estaba enfriando en la piel. Respiré con normalidad—. Tenemos que irnos.

Nikolai se puso de pie inmediatamente.

—¿A dónde?

—Aralinth —respondí—. Necesito ver a Feron. Esta noche.

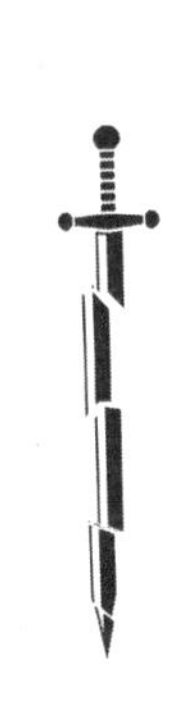